淡江大學中國文學系 主編

近、現代中國文學與文化變遷

臺灣學生書局印行

序

近現代中國文學與文化呈現出十分重要的變遷與發廣，而爲研究中國文學與文化者所不能不重視者。

首先，我們可以說，整個中國文學及文化到近代，也就是自鴉片戰爭以來，可說是面對著一個與數千年來完全異質的文化生態與挑戰。如果說中國從漢代以至隋唐而發展出諸如天台宗、華嚴宗、禪宗等中國化的佛教與佛學，乃是中國文化對印度文化成功地吸收與表現的話，那麼，近現代的中國則是面對比印度佛教更爲強烈而嚴厲的挑戰。此中之所以更爲強烈而嚴厲，除了可由船堅礮利的現實壓迫之外，整個文化的異質性更是問題關鍵。

即就佛教而言，無論其捨離精神如何強烈，然而其以生命爲中心，以實踐爲優位的根本關懷，畢竟與中國儒道思想有某種程度之相似性與相容性。相對而言，則西方文化以基督宗教爲基調，加上科學知識及民主政治之內容，不但在基本精神上與中國文化有甚大之距離，同時，科學知識與民主政治之內容亦罕見於中國文化傳統。再加上現實生存之競爭與衝突，也就不難理解何以近現代中國文學與文化有如是鉅大的變化與發展。

易言之，近現代中國文學與文化的背景，不僅是程度、量的變化，而更是整體性的、質的變化。而且，它也是一個仍然在發展中的課題。直至今日，我們依然要回應西方在文化上的諸多挑戰。因而，時代的適切性與迫切性，都彰顯出本會議的主題之重要價值與意義。同時，在中國佛教的發展中佔有重要歷史意義的格義佛教，也以另一種面貌呈現在近現代中國的文學與文化發展中，此中，康有爲等人便是很好的例子。推擴此義，則吾人發現在今日的中國，又何嘗不也充滿著對西方當代思潮的一些「準格義式」的理解。說其爲「準格義式」的理解，乃是指出我們對西方文化的理解與消化尚未成熟。然而，另一方面，我們也不再像晚清的哲學家們那般地生疏，因而是介乎「格義」與「消化」之間，此所謂「準格義式」的理解。能知其爲準格義式之理解，便能更進一步完成應有之理解與消化。而這一切，亦有賴吾人對近現代中國文學及文化變遷之理解與掌握也。

其次，我們在近現代中國文學及文化變遷的軌迹中，不但是對以往有了進一步的了解，同時更是希望能藉此進入當代中國的文化脈絡，參與當代中國文學與文化之改造與重建。易言之，我們並不只是在時代之後做一個記錄者而已，而更是要做爲時代之創造者。淡江中文系始終的信念之一，便是要指出中文系不是考古系，中文系充滿了時代感與生命力。而淡江中文系正是要通過「社會與文化」學術研討會，逐步建立中文系以至於整個人文學界的新風氣與新方向，走出考古的迷思與封閉的困局，走入時代，進入社會，創造出新時代的新文化與新文學。

當然，這樣的努力，其最終的目標便是試圖在這個「道術將爲天下裂」的時代裏，重新發現文化整合的可能。筆者以爲，中國傳統所謂文史哲不分家的觀念，不只是一種事實的概念，而且也是一種價值的概念。它一方面描述事實，一方面也揭示理想。而此中，中文系無疑對中國傳統文化有最深刻、最周延之掌握，也是中國文化新局的開創先鋒。中文系應以此地位自豪，也應以此地位自勉。而淡江中文系更願以「社會與文化」、「文學與美學」兩種學術研討會的不斷舉辦，扮演開風氣、做先鋒的角色，也期盼有志之士能與我們一起努力。

最後，要感謝教育部、國科會、文建會、世華銀行文教基金會，上海銀行文教基金會、岑子和同學文教基金會各單位之支持，與會學者的參與，助教及研究生的辛勞，而何金蘭教授以主辦者的身分而爲大會所付出的心血，我在此也要致上誠摯的感謝！

高柏園　民國八十五年十二月十二日
序於淡江大學中文系

近、現代中國文學與文化變遷

目　次

論康有爲《大同書》的文化觀

高柏園

一、前言

康有爲是近代中國重要的政治家與思想家，做爲政治家，他實際參與了百日維新，而在戊戌變法後逐漸歸於沈寂；做爲思想家，他無疑是近代中國力圖以維新改良方式回應西方文化及武力挑戰的核心人物，其不但有異於其前的洋務運動，也有別於其後的革命要求，而做爲康有爲弟子的譚嗣同、梁起超，也都在一定程度上秉持師說，發揮對中國十分可觀的影響。此中，《大同書》無疑是此說勢力的最高理想藍圖與指標，也是康有爲最重要的作品之一。

正是因爲《大同書》對康氏思想而言是如此重要，是以康氏十分重視此書，其構思甚早，但發表卻很晚，是在一九一三年《不忍雜誌》上發表了甲乙兩部。康有爲在《大同書題辭》中便指出：

吾年二十七，當光緒甲申，清兵震羊城，吾避兵居西樵山銀塘鄉之七檜園澹如樓，感國難，哀民生，著大同書。❶

根據康氏的題辭，則其《大同書》是寫於西元一八八四年，不可不謂其構思甚早，而至一九一三年始發表，其間相隔亦頗長矣。然而，對此成書年代卻並非如此輕易定位，學者對此討論甚多，除了由此說明《大同書》的成書年代外，也籍此而說明了康氏思想之發展。❷唯本文既是以《大同書》的文化觀爲主題，是以不再細論成書年代及內容之增補問題。易言之，本文乃是將重點放在《大同書》之理論意義而非發生意義上，是以將《大同書》視爲一完整之作品加以討論，而暫時擱置發生問題之討論，如此的抉擇，一方面是本文之興趣與要求，另一方面是因爲發生問題對本文所論主題影響甚微也。

此義既明，則本文將首先展示《大同書》的主要預設與立場，而後再解析《大同書》的義理結構及其特色，並將之分爲四個層面加以討論，以此爲基礎，本文將分別評述其主要內容，而後以結論收攝全文。

二、《大同書》的主要預設

(一) 進化史觀

對康氏而言，大同不僅是理想，而且應該是人類進化的最後歸宿。康氏指出：

> 神明聖王孔子，早慮之憂之，故立三統三世之法。據亂之後，易以升平太平，小康之後，進以大同。曰窮則變，曰觀其會通以行其典禮。蓋深慮守道者不知變，而永從苦道也。❸

此外，康氏在《大同書》中丁部〈去種界同人類〉中所列之人類進化表，亦明確地使用據亂世、升平世、太平世三分的範疇。❹可見三世說所代表的進化史觀，不僅是康氏《大同書》的觀念預設，而且也是其具體實踐的時間表。然而，對此三世說我們必須做以下的釐清。

首先，三世的區分原本就只是一種分類上的方便，它只是分類中的一種，但並不是唯一的一種，而康氏的使用顯然受其歷史傳統之影響。其次，三世說不但是一種分類，而且是一種價值上的分類，太平世最有價值，升平世次之，據亂世價值最低。既是一種價值之區分與要求，是以提供了我們追求太平世的要求與動力，然而在此同時，它也說明了三世說的進化意義絕不是一種歷史的、經驗的必然，而只是理想與價值上的必然。再其次，三世說既然在時間上區分爲三，也就承認歷史發展的歷程性與發展性，也因此，便可合理地推出進步改革的實踐程序與步驟。易言之，康有爲之所以反對民主革命而主張漸進之改良，其中或許可以有個人主觀因素的影響，但就其哲學意義而言，則三世說無疑具有決定性的影響。由於改革的實踐程序與步驟是漸進的，因而此中漸進的歷程，便可方便地再加以區分；同時，吾人亦可相應於此方便之區分，而暫定階段性之目標，由是而可將三世說之區分加以相對化，這便是康有爲在《中庸注》中的立場了：

> 每世之中又有三世焉，則據亂亦有亂世之升平、太平焉；太平世之始，亦有其據亂、升平之別。每小三世中，又有三世焉；於大三世中，又有三世焉。故三世而三重之爲九世，九世而三重之爲八十一世，輾轉三重可至無量數，以待世運之變，而爲進化之法。❺

湯志鈞先生對康有爲這樣的主張作了如下的反省：

> 不管是「三世」、「三重」還是「三統」，不管是「三世」、「九世」還是「八十一世」「無量數」。他把「大同」說得越來越玄遠了，把「進化」分得越來越「細緻」了。這決不是康有爲理論的微妙精深，而是更加暴露了他循序漸進的實質。他把「大同」推到遙遠，替自己製造出的未來美好社會砌成無窮的階梯，企圖用幻想來抵制一場革命，反映了他對資產階級革命的防範和攻擊。❻

湯先生在此指出了康氏暴露出其循序漸進的實質，由是而抵制革命，同時，將三世說相對化，也等於混淆了大同、小康之意義。只是我們必須注意的是，康氏對革命的抵制，可以是客觀學理上的理由所推出的內容，也可以是主觀的個人階級意識的反映。唯從哲學角度而言，前者的解釋是較後者更有意義的，以前者是理論的，而後者卻只是發生的。[7]其次，三世說的相對化未必是對大同觀念之混淆與迷失，其眞正的問題乃是有無限後退的困境，也就是會無限地拉長改良的歷程，而使大同永遠落在相對中而無法眞正完成。易言之，如果大同是遙遠而非一蹴可及的理想，則大同在現實中的實現必然會有其實踐的歷程。吾人對此歷程也可方便地、相對地以三世說加以區分，由是而可形成不同的階段，此中必須避免的，便是因區分的無限可能所導致的無限後退的危險。因此，我們不能不肯定漸進在實踐中的必要性，但卻要避免因漸進所可能帶來的過分妥協性與無限後退。

總之，康有爲的三世說無論其觀念根源之原意爲何，康氏已然已經加以創造性的轉換，而成爲自己面對世界的史觀。這套史觀不只是一種說明現象所預設的範疇，同時在描述與說明之外，它更是一套價値的規範與嚮往，由是而提供《大同書》理論及實踐上的基礎。

(二) 二元的人性論

《大同書》做爲一個理想國的藍圖，乃是爲了要求實現，而此理想之實現如何可能，則不得不論及人性論。此中之理由實甚簡單，因爲大同理想必須由人加以實現，它必須安立在人性的基礎上，如是才能獲得普遍而必然的實現。易言之，因爲大同的理想乃是根據人性加以設計的，自然也就水到渠成而且必然會實現。另一方面，我們也可以從康有爲所以要提出大同理想的動機來理解人性，也就是以康有爲自己的價值要求來理解人性的內容，而我們發現，這二種看法所得到的結論有某種程度的不一致。

首先，我們看康有爲寫《大同書》的動機：

> 普天下人皆憂患之人而已。普天下衆生，皆戕殺之衆生而已。蒼蒼者天，摶摶者地，不過一大殺場大牢獄而已。諸聖依依，入病室牢獄中，劃燭以照之，煮糜而食之，裹藥而醫之，號爲仁人，少救須臾，而何補於苦悲。康子悽楚傷懷，日月噫欷，不絕於心，何爲感我如是哉？是何朕歟？吾自爲身，彼身自困苦，與我無關，而惻惻沈詳，行憂坐念，若是者何哉？……夫見見覺覺者，形聲於彼，傳送於目耳，衝觸於魂氣，悽悽愴愴，襲我之陽，冥冥岑岑，入我之陰，猶猶然而不能自已者，其何朕耶？其歐人所謂以太耶，其古所謂不忍之心耶，其人人皆有此不忍之心耶。甯我獨有耶？而我何爲深深感朕？❽

根據以上引文，康有爲乃是因爲不忍人之心而引發其寫《大同書》之動機，因此，康有爲在此顯然是接受孟子人性論的立場，而採取了性善論的解釋。但是，康氏在隨後的分析裏卻並沒有貫徹其性善論與不忍人之心的人性論，反而轉向一種趨利避害的中性論。試看下文：

> 故夫人道只有宜不宜，不宜者苦也，宜之又宜者樂也。故夫人道者，依人以為道，依人之道，苦樂而已。為人謀者，去苦以求樂而已，無它道矣。夫喜群而惡獨，相扶而相植者，人情之所樂也。故有父子夫婦兄弟之相親相愛相卹者，不以利害患難而變易者，人之所樂也。其無父子夫婦兄弟之人，則無人親之愛之，收之卹之，時有友朋，則以利害患難而易心，不可憑藉，號之曰孤寡鰥獨，名之曰窮民，憐之曰無告，此人之至苦者也。聖人者，因人情之所樂，順人事之自然，乃為家法以綱紀之，曰父慈子孝，兄友弟敬，夫義婦順，此亦人道之至順，人情之至願矣，其術不過為人增益其樂而已。[9]

夫人道者，依人以為道，是以聖人乃是因人之情而制禮作樂，以去苦求樂，此中之理由無他，因人性即為去苦求樂者也。然而就事實而言，我們也可以發現許多人並非去苦求樂，反而寧願為名譽或其他而不避苦。康氏將如是之反例仍然以其去苦求樂之人性論解釋之：

> 聖人者，因人情之所樂而樂之，則為創出世之法，煉神養魂之道，長生不死之術，以求生天證聖之果，輪迴不受，世界無邊，其樂浩大深長，有迥過於人生之數十年者，

於是人遂願行苦行焉。棄親愛之室家，絕人間之榮華，入山面壁，裸跣乞食。或一日一食，或三旬九食，編草嘗糞，臥雪視日，喂虎飼鷹，彼非履至苦也，蓋權其苦樂之長短大小，故甘行其小苦短苦，以求其長樂大樂也。彼以生老病死爲苦，故將求其不苦而至樂者焉，是尤求樂求免苦之至者也。……故普天之下，有生之徒，皆以求樂免苦而已，無他道矣，其有迂其途假其道曲折以赴，行苦而不厭者，亦以求樂而已。雖人之性有不同乎，而可斷斷言之曰，人道無求苦去樂者也。立法創教，令人有樂而無苦，善之善者也；能令人樂多苦少，善而未盡善者也；令人苦多樂少，不善者也。⑩

除非我們硬是將《大同書》中的人性論分爲不忍人之心與去苦求樂的對立而不相容之二元，否則我們便必須承認康氏實際上仍是以去苦求樂爲其人性論的根本立場，而諸如文化中之道德、宗教，亦皆不過是去苦求樂的手段與方便罷了。果如此，則其去家、去國、去種族等等的做法，也都必須以去苦求樂的立場加以理解，由是而康氏在《大同書》中便表現出徹底的快樂主義立場。也正因爲是快樂主義的優位，使得康氏在《大同書》中一開始便對不快樂——苦的種類，做了詳盡的列舉與說明。

㈢ 苦的普遍性

康氏在《大同書》中將人生之種種苦列舉如下：

1.人生之苦凡七
2.天災之苦凡八
3.人道之苦凡五
4.人治之苦凡五
5.人情之苦凡八
6.人所尊羨之苦凡五

康氏在此的眞正意圖，其實是要說明苦的普遍性，正是因爲苦是普遍的，因此去苦求樂的要求也具有普遍性，而其《大同書》的理想也就成爲普遍的理想了。其次，我們在康氏列舉的苦之內容時也可以發現，它幾乎就是整個人生文化的內容，而如此龐大的內容，康氏乃是將其間優先性找出，而後再分別予以解決，由是而構成《大同書》的主要內容。

值得一提的是，康氏對苦的普遍性之強調，其目的正是爲說明去苦求樂的普遍性，由是證成其《大同書》的重要性，而不在「模糊了階級界限」。試看湯志鈞先生這段話：

非但如此，他又認爲人世間苦難的根源是『脱胎之誤』，『雖有仁聖不能拯救，雖有天地不能哀憐，雖有父母不能愛助』。還說：帝王有苦，富者、貴者也有苦，這樣就不但掩蓋了階級的產生和階級剝削的實質以及人類苦難眞正根源，也模糊了階級界限。⓫

湯先生顯然是過分強調了階級性的區別，而無法給予康有爲以同情的理解，因爲康氏對苦說明的理論意義並不在階級的區分上。此外，康氏認爲苦的根源是「脫胎之誤」等等，也不過是說明人生無法避免的命限罷了，而康氏的《大同書》也正是要對此命限進行補救的努力，與階級毫不相干！

如果說進化史觀與性善論是受儒家影響，則苦觀與去苦求樂便是受佛教的影響，可見《大同書》的主要預設仍是以中國傳統思想內容爲主軸，再配上康氏對西學的了解，進而完構出《大同書》的完整內容。

三、《大同書》文化觀的特色及其四個層面

《大同書》以整個人生內容爲其所關懷的對象，也就是以整個文化爲其討論之內容。《大同書》大分爲十部分，其中的甲部〈入世界觀衆苦〉純爲一描述性質，在說明人間種種內容無不含有缺陷而不圓滿，也就是無不爲苦所充斥。正是因爲人間無處不苦、無人不苦、無時不苦，

是以康有爲接著便分別予以討論，進而破此種種苦以得其大樂。一如前論，苦乃是具有普遍性之存在，而欲破此種種苦固然應該相應其種種差別之內容而定，但是其中仍應有其普遍之理據以爲支持，此即康氏對苦的產生之反省。

康氏以爲人間之苦大分爲五，此即：人生之苦、天災之苦、人道之苦、人治之苦、人情之苦。除卻人生莫可奈何之天災之外，人間之苦大多由人而起，更正確地說，便是由人的分別心而起。然而，天災之可怕固然無法否認，可是如果人和，則天災亦可因人和而降至最低，是以吾人之重點，便可將之放在人的問題上。人間萬物本是如是如是，而人以其文化之要求，是而賦與種種名與種種差別，由是而有分別之存在。就人而言，人是文化的動物，是以人有因文化而有之種種區分與差別亦是人必有之內容，此亦是一事實之存在，尚未造成人間的苦難。人間的苦難，乃是因爲人將此文化之差異與區別加上價值之執取與判斷，是以造成人與人、人與社會、人與國、國與國間的衝突與苦難。果如此，則對此苦難之化除，其實應該是由人病著手，也就是從人心之誤執上著手。當人能對此文化之區別與差異有正確的了解，便能避免因爲誤解與執取所造成的衝突與苦難。事實上，這也是整個中國哲學與文化的重要特色，也就是重主體之修養，而康氏在《大同書》一開始所強調的不忍之心，其實也正是受此文化特色影響之表現。只是康氏在此並不試圖從主體心性的修養上著手，而是轉向對客觀對象的改造，這不能不說是一種重要的態度轉換，也就是由重主體的態度，轉向重客體的立場，這與康氏受西方文化刺激不無影響。就此而言，康氏的轉折也暗示了近代中國在文化改造上的態度，然而這樣的態度卻也引發出一些難題。

首先，當康氏由主觀的修養轉向客觀制度的改造，這誠然是有價值的，但是，如果文化是整體的存在，則我們可以說，文化的改造便應兼具主觀面與客觀面的改造，而康氏卻只將重心放在客觀制度上，這不能不說是一種偏差。這樣的偏差，一方面表現出康氏對問題的過分簡化，另一方面也忽視了人的自覺性與自律性，而試圖完全由外在的制度與形式達成其轉化的目標，這不但忽視了「徒法不足以自行」的眞理，也是對人性缺乏自信的表現。易言之，我們承認文化問題之解決有其客觀面之意義，但是卻並非只有客觀面，康氏在此顯然對人性主觀面之要求缺乏深入之理解與安頓，此其所以爲浪漫、空想與烏托邦也。

其次，康氏認爲人間之苦難起於人的分別心以及此分別心所造作出之種種虛妄分別，是以去苦難亦非難事，只要能去此分別即可。於是康氏在《大同書》中便去種種分別，而此種種分別皆是就客觀制度而言，並不包括主觀之分別心。諸如：去國界合大地、去級界平民族、去種界同人類、去形界保獨立、去家界爲天民、去產界公生業、去亂界治太平、去類界愛衆生、去苦界至極樂，凡此，皆是去類界分別而欲由是而滅苦。這樣的做法很容易讓我們想到墨子。墨子在其〈兼愛〉中便有如是之論述：

> 聖人以治天下爲事者也，不可不察亂之所自起。當察亂之所自起？起不相愛。〈兼愛上〉

又，

既以非之，何以易之？子墨子言曰：以兼相愛、交相利之法易之。然則兼相愛、交相利之法將奈何哉？子墨子言曰：視人之國若其國，視人之家若其家，視人之身若其身。

〈兼愛中〉⑫

依墨子，人間之亂起自不相愛，今以兼愛取代之便可去此不相愛，亦去此人間之亂。只是如果我們完全將重心擺在此，若人人如此則亦可收止亂去苦之效。問題是，人是否願意接受，這顯然是主觀的意願，此非客觀制度所能解決，是以若人不願接受如是之安排時，墨子及康氏便不得不訴諸外在之權威了。果如此，則完全忽視主觀修養之重要而獨以客觀制度爲重的立場，便顯然會落入功利主義與權威主義。而無論是墨子的兼愛抑或是康氏的大同，也都必須承擔功利主義與權威主義所帶來的困擾。易言之，功利果眞就是價值的標準嗎？我們可以通過權威而要求他人接受我們的功利要求嗎？當兩種權威彼此衝突時，我們又該如何抉擇呢？康氏如何證成其《大同書》的理想具有價值的優先性呢？

再其次，即使以上所論都可以解決，我們也不認爲以去區別而達到和諧是有價值的。理由是，和諧乃是一種關係，而關係必然預設多元的存在，吾人文化中的種種差異與區別，正是多元內容的表現。如果我們以去區別爲手段而要求和諧，則所求到的只是無分別的混沌，而不是具豐富內容的和諧。我們可以說，康氏的做法只是取消問題而不是解決問題，它造成了生命與文化的貧乏化惡果，這顯然不應該是大同世界應有的內容。當然，康氏也可以回應說，《大同書》並沒有取消差別，而只是取消目前導致人生之亂的差別。事實上，康氏乃是以另一種差別來取代目前的差別罷了。因此，我們可說，康氏的去差別只是一種治療的策略，其眞正目的在證成其大同的內容。即使如此，我們仍然可以合理地質疑：大同的和諧果眞僅由制度之差別即可達成嗎？康氏《大同書》的制度就能保證人心的和諧嗎？因此，如果康氏的取消區別而以另一件制度取代之，則此種治療依然只是形式上的治療，而無法形成整體文化的治療，因而大同的理想依然無法達到。易言之，如果人的主觀態度對文化的影響乃是必然的，則大同的獲致也就不能只限定在客觀制度的治療上。更進一步說，目前世界的亂因是主觀的還是客觀的？易言之，當世之病究竟是人病或是法病？如果是法病，是客觀制度的問題，則康氏的解決方式或治療方式是正確而合理的；但是如果其中也有人病的成分，則康氏的改造便顯然只是以另一種形式取代原有的一種，而病因依然可能存在。康氏《大同書》之可愛，便是完全將重點放在客觀形式之討論，甚至企圖由客觀的形式改造主觀的內容，例如由育嬰及日後教養的公共化，以從人性的根本上加以改造。只是康氏對這樣的主張往往只是獨斷地提出，而缺乏充分的理據或經驗內容加以支持，由是而使得康氏的主張只是主觀的構作，而缺乏堅實之基礎，而也正因此使康氏可以完全扭轉現實的種種，從而展現出獨具的內容與特色。果如此，則康氏在《大同書》便只提供了另一種思考的方向，但也是一種缺乏充分證實的想像與態度罷了。

總之，《大同書》以平等與和諧爲主軸，以去差別爲手段與策略，由是希望徹底改造人類文化。而在這樣的大同世界裏，並非完全取消差別，而是建立一種合理的層次，這也才是眞正的和諧與平等。就此而言，康氏雖言平等卻又在養老及考終問題上提出差別的結論，也就不至於造成理論上的矛盾。

至於《大同書》的整體結構，筆者擬由文化的觀點，將之區分爲四個層面。首先，《大同書》要安頓的是自我的定位，而自我首先是由家庭開始成長，是以〈去家界爲天民〉之部應該具有理論上的優先性。至於《大同書》將〈去國界合大地〉置於前，乃是就當時戰爭危害之烈而提出，只具有發生上的先或主觀感受上的先，並非是理論上的先，因爲國家之區分最後仍要歸到人我之區別也。

其次，《大同書》要說明人我之關係，此中包含社會、國家與種族問題，也就是〈去形界保獨立〉、〈去產界公生業〉、〈去國界合大地〉、〈去級界平民族〉及〈去種界同人類〉諸部的主要內容。此中，康氏強調男女的平等，強調公產私產的殊勝，說明國家之害而欲以天下爲一國，要求泯除社會上不平等的階級存在，最後將人類的種族差別加以取消，以避免彼此的衝突。康氏在此部分提出其有名的「人類進化表」，作爲整個大同世界的進化總綱。値得注意的是，既言進化，就表示此中有優劣先後之別，而這樣的價值判斷是《大同書》所無法避免的，但這也正是筆者在前文所質疑的：康氏的功利主義與權威主義眞的能得到合理的證成嗎？

由自我的定位到人我關係的安立，接著便是人與宇宙的關係了，〈去類界愛衆生〉顯然是以人與宇宙萬物的關係爲主要的關懷對象，也是康氏宇宙觀與世界觀的內容所在。無論是自我、人我及人與宇宙，尙都是在人間的文化內容，除此之外，我們也不當忽視超世間的內容，此即文化中的宗教觀。〈入世界觀衆苦〉及〈去苦界至極樂〉二部，便是以宗教的立場展示其對世間及出世間的種種看法。只是這樣的宗教境界又顯然已有超文化的傾向，而屬於大同之後的境界了。此康氏云：

故大同之後，始爲仙學，後爲佛學。下智爲仙學，上智爲佛學。仙佛之後，則爲天遊之學矣，吾別有書。⓭

在大同對人間的合理安頓之後，接著便是仙佛的宗教境界，也是超人間的領域。此中，康氏顯然是將佛教安置在道教之上，認爲下智爲仙學，上智爲佛學。但是佛學並非最後的歸宿，因爲在仙佛之後仍有天遊之學，此則離道教與佛教而更近於老莊了。

就以上四個層面而言，其中的人我關係及物我關係的意見，都是十分精采的內容，也都是我們今日社會所追尋的理想。例如，〈去形界保獨立〉便是要求男女二性的平等關係，〈去產界公生業〉我們不必將之理解爲共產而已，也可以將之理解爲一種產業平衡及再分配的要求，也是對資本主義無限制的膨脹所提出的反省。再如〈去國界合大地〉，我們由歐洲共同體的產生似乎也得到了印證與支持，而在今日社會以民主政治爲基調的情形下，基本人權的保障也可以視爲〈去級界平民族〉的要求。至於〈去種界同人類〉雖然在現實世界中並未眞正實現，但其做爲吾人共同之理念卻是已然被普遍接受的。擴充至人我關係的〈去類界愛衆生〉，更可視爲人與宇宙共存的環保思想之基本精神指標。總之，《大同書》的人我關係、物我關係，無不呈現出十足的現代意義，而與今日社會有其相似而同調的韻律，在此，我們也不得不承認康有爲思想之獨立與貫徹，能超越時代之限制，而單顯理之所在，進而與其後之世界有同步的要求。

值得注意的是，無論是人我關係、物我關係甚至宗教態度，都是立基在自我的定位上，而康氏在《大同書》的種種說法中最引發爭議的，也正是在其對自我的定位上，〈去家界爲天民〉一部正是主要的內容。且看以下之引文：

> 夫大地之内，太古以至於今，未有能離乎父子之道者也。夫父母與子之愛，天性也，人之本也，非人所強爲也。……由此推之，父之於子，不必問其親生與否，凡其所愛之婦之所生，則推所愛而愛之，推所養以養之，此時太古初民以來之公識公俗也，然實父子之道，所以立者也。⓮

在以上引文中，康氏首先說明父子親情乃屬天性而非人爲，所謂「故生生之道，愛類之理，乃一切人物之祖也。夫以鳥獸之愛其子，慕其母，猶如此，而況於人乎？」⓯但是康氏在其後卻又認爲「父之於子，不必問其親生與否」，此則不一致矣。其實，康氏眞正的用心，乃是先以天性說明父子之親，由是而證成升平世、小康世之基礎，而後再以「父之於子，不必問其親生與否」，而獨以養為父子關係之基礎，進而以此而說明大同世界〈去家界為天民〉的可能及其取代的方式。易言之，家的存在只是過渡階段，在太平世是能超越家的區分的。此康氏謂：

論欲至太平大同必在去家。夫欲人性皆善，人格皆齊，人體皆養，人格皆具，人體皆健，人質皆和平廣大，風俗道化皆美，所謂太平也。然欲致其道，舍去家無由。故家者，據亂世升平世之要，而太平世最妨害之物也。以有家而欲至太平，是泛絕流斷港，而欲至於通津也，不甯唯是。欲至太平而有家，是猶負土濬川，添薪以救火也，愈行而愈阻矣。故欲至太平獨立性善之美，惟有去國而已，去家而已。⑯

在此，我們要質疑的是：家的存在、父子之親情，究竟是人的本性抑或是後天經驗的學習？如果是前者，則去家便成為反人性，不但不可能，而且也不道德。如果是後者，則人又何以要有現有的家庭觀與倫理觀？我們能完全合理地忽視人的血緣問題嗎？我想，康氏在此對人的血緣感與歷史感過於忽視，而完全以後天的教養上說明父子關係及家的存在，這顯然無法滿足人的精神要求。易言之，父母不僅是衣食教養的供給者，同時也是生命根源與意義的象徵，人愛父母也正是愛自己的根源。只有在這個態度下，我們才能合理地理解孝道、理解家庭、理解婚喪喜慶的文化意義。果如此，則康氏為什麼又要去家呢？原因無他，因為有家便有私，便會妨礙大同的來臨。⑰在這一點上，康有爲與墨子思想便十分接近了。只是我們仍要質疑的是，家是私的充分條件、必要條件還是充要條件呢？顯然，答案是以上皆非，因爲有家不必然就是自私。更進一步說，則私又有甚麼不好呢？私不正是反映出人的個別存在性嗎？只要不妨害他人的存在，爲什麼不允許私的存在呢？而且，如果連個人的個體性都保不住，則人又有何動力去求大同呢？總之，康有爲對家、對親情的理解都過於簡單化了。他只從親情、家庭中的經驗功能來論斷家庭及親情的意義，而不了解其中仍有超經驗之上的價值與意義的追尋。由此看來，康有爲與墨子都是以功利主義及經驗主義角度來理解親情與家庭，此其所以會主張去家、主張兼愛。當然，既然只是偏見，自然無法滿足人的要求，也就無法順利推展了。

從功利主義出發，康氏反對出家，認爲出家爲背恩滅類而期期以爲不可。⑱然而，去家之後，父母之恩與種類之延續又將如何安頓呢？康氏的想法非常直接而簡單，他一方面利用公共的教養方式取代了父母子女的恩情問題，另一方面主張男女立契約以使其生殖行爲合法化，而避免家庭的產生與介入。⑲即使我們暫時擱置由功利主義、經驗主義、權威主義所引伸出的諸多問題，單就實施的過程，我們便可質疑：究竟是由誰開始？因爲我們已然受父母恩、已然在家庭中、已然有夫婦關係，則開始者豈不要背恩了嗎？豈不造成夫婦關係的混亂嗎？再回到前面的問題，則去家眞的就比較有利嗎？有利就是合理嗎？當別人不去家時我們可以以權威強制嗎？我們的權威如何保證它不是暴力呢？我們對現有制度的改良，難道就眞的無法達到大同的要求嗎？凡此，都是康有爲在《大同書》應回答而未能回答的問題，也正是《大同書》文化觀的根本問題所在。至於其中的種種內容，容許修正或損益，但其中之根本精神則無可逃以上之批評也。

四、結　論

本文主要目標，在展示康有爲《大同書》的文化觀。筆者首先對文獻、範圍及方法提出說明，而後再由三點說明《大同書》的主要理論預設，以此爲基礎，指出《大同書》功利主義、經驗主義的特色，並依其邏輯意義而將全書分爲四個層面，逐一加以說明，並以〈去家界爲天民〉爲主，說明其文化觀之意圖其及可能的困難與限制。

值得注意的是，《大同書》不止在中國近代思想史上具有重要的意義，同時它也是在西潮東漸的影響下的產品。我們從《大同書》中不但看見康有爲及其時代的奮鬥，也爲我們今日面對世界與未來，提供了極有價值的參考藍圖，這也是我們研究《大同書》的時代意義所在了。

註釋：

❶康有爲《大同書》，（台北：龍田出版社，民國六十八十二月），題辭部分。

❷參見李澤厚，《中國近代思想史論》之〈康有爲思想研究〉，房德鄰，《儒學的危機與嬗變——康有爲與近代儒學》（台北：文津出版社，民國八十一年一月），頁二三二～二四〇。張錫勤，《中國近代思想史》，（台北：萬卷樓圖書有限公司，民國八十二年三月），頁二六〇～二七〇。

❸同❶，頁一一。

❹同❶，頁一八九～一九一。

❺康有爲，《中庸注》，頁六三。

❻湯志鈞，《改良與革命的中國情懷——康有爲與章太炎》，（台北：台灣商務印書館，民國八〇年六月），頁一一五。

❼大陸方面的學者在論述康有爲時，都喜歡從階級角度下手，這並非錯誤，但過分強調階級，卻也會使得問題模糊與窄化。參見如李澤厚、張錫勤等人的作品，如❷所引。

❽同❶，頁二。

❾同❶，頁七～八。

❿同❶，頁八～九。

⓫同❻，頁一二〇。

⓬本文所引之《墨子》爲孫詒讓之《墨子閒詁》，（台北：河洛出版社，民國六十四年五月）。

⓭同❶，頁四五三。

⓮同❶，頁二五五～二五七。

⓯同❶，頁二五六。

⓰ 同❶，頁二八八～二八九。

⓱ 參見同❶，頁二八七～二八八。

⓲ 參見同❶，頁二八九。

⓳ 參見〈去家界為天民〉部及頁二四九對男女婚姻的說明。

胡適的宗教觀

鄭志明

一、前言

胡適是二十世紀中國學術思想史上的一位中心人物，從一九一七年因提出文學革命的綱領而「暴得大名」，經歷了四十多年「譽滿天下，謗亦隨之」的一生❶。不管是譽是謗，胡適是與近代整個學術文化相結合的，反映出當時社會變遷下某一類知識分子的意識形態與理想志業，且帶動出新的文化運動與改革風潮。當然，在這個浪頭上，胡適也成爲一個頗具爭議的人物。不僅中共當局於，一九五〇—五一年間動員其兒子與學者痛斥胡適爲「反動派的忠實官吏及人民的公敵」❷。在臺灣因一九六一年十一月的一篇有關對傳統文化的批判演說，竟招來了又一次的「圍剿」❸，引發出一場對胡適評價的論戰有了「捧胡」、「罵胡」間的對立與衝突❹。

其實像胡適這樣的人物，其歷史的功過評價並不是很重要，歷史本來就只是一面鏡子，把人物一切的因緣聚會都投射出來，還給他一個眞實存在的歷史命運。這也正是胡適所主張的社會不朽論，形成了其獨特的宗教觀念，其一言一動都與當時文化的走向，有了「共命」的交涉關係，其「暴得大名」的背後，實際上反映的是一股醞釀已久一觸即發的文化勢力[5]，胡適只是盡其一身的努力，來推動時代的轉變而已，用胡適自己的話來說，是以「小我」的功德罪惡，一一地留下來影響在那個社會「大我」之中，一一都與永遠不朽的「大我」一同永遠不朽[6]。這是胡適自己設定的宗教觀念，也可以用來作爲胡適評價的準則，不必對胡適有太大的期待或斥責，胡適就是胡適，留下了後人可以批判的「德、功、言」，如此，胡適就可以不朽了。

本文企圖從宗教觀念的立場，來重新說明胡適與近代中國間的互動關係。胡適的「無神論」也可以說是整個大時代的產物，交雜了新舊文化間矛盾與對立，形成了一股新的宗教改革運動，進而影響到今日兩岸的宗教政策，這也不是當時胡適所能意料得到的事，這或許也是一種歷史的宿命罷，在傳統的神滅論與西方進化論相互衝擊下的必然產物，經過這樣一個階段才能讓東方社會眞實地面對宗教這一個課題。很遺憾的是，中國大陸仍然無法完全擺脫馬克斯「無神論」的陰影，對宗教還是有不少的顧忌，交織著更多的糾纏。從這樣的文化氣氛下來面對胡適的宗教觀念，難免也有一些盲點，如蕭萬源的〈持無鬼論不信上帝的胡適〉一文，完全基於無神論的立場，贊美胡適：「他繼承古代無神論思想，並在近代自然科學基礎上加以發展，爲中國近代無神論思想的發展作出了卓越的貢獻[7]。」這樣的評價是難以客觀的，也無法釐清近代整個被扭曲的宗教問題。故本文希望從客觀的描述中，去呈現胡適無神論的內涵及其時代的意義。

二、理學家庭的毀神論者

早年的胡適不僅主張「無神論」，也有積極毀神的言論與行動。胡適的無神論是怎麼來的呢？對胡適思想來說，這應該是一個極爲重要的基源課題。

在傳統的人文教化下，本就具有著濃厚的理性色彩，有著掙脫原始鬼神信仰的知識精神，形成了讀書人除淫祀的道德勇氣[8]，難免會對民間的世俗崇拜有著強烈的批判，胡適的父親就是這樣的一個典型人物，曾詩云：

紛紛歌舞賽蛇蟲，酒醴牲牢告潔豐。果有神靈來護佑，天寒何故不臨工[9]？

胡適在其《四十自述》中引了這一首詩，說明其家族有著程朱理學的遺風，因襲了古代自然主義的宇宙觀，敢說「天即理也」，敢公然地斥責民間的鬼神信仰。其家大門上都貼著「僧道無緣」的條子，是理學家庭的共同招牌，承續了程朱一系格物窮理的宇宙觀念[10]。這是知識分子自我理性的期許，但並未否定宗教存在的價值與意義。無神不至於毀神，如胡適的家族不禁女眷的禮神拜佛。

胡適十一、二歲就變成一個無神論者，主要是受范縝神滅論的影響，僅讀了資治通鑑中有關范縝的論點，就讓胡適不再虔誠的拜神拜佛，甚至有毀神像的衝動，如其《四十自述》記述其十三歲過年時的一段毀神事蹟，云：

> 中屯村口有個三門亭，供著幾個神像。我們走進亭子，我指著神像對硯香說：「這裏沒有人看見，我們來把這幾個爛泥菩薩拆下來拋到毛廁裏去，好嗎⓫？」

胡適的無鬼論與毀神主張，大約成型於在上海求學時期所出版的《競業旬報》（一九〇六—一九〇九），時年十四至十八歲間，曾寫一部章回小說，題目叫做《眞如島》，用意在「破除迷信，開通民智」，在第七回「掃群魔潑婦力誅菩薩，施善會痴人妄想仙方」，就有婦女剁下菩薩頭倒入毛廁裏，那可眞算是胡適少年想要做的事，其小說的記載也頗爲寫實，如云：

> 那婦女走到毛廁旁邊，用刀挑去了毛廁上面蓋的板子，放下籃子，把那些人頭倒出來，一個一個的攛入毛廁裏面。那頭本是輕的，所以都游在水面上，那毛廁原只是二三尺寬闊，如今上面浮了三四十頭，差不多把水面都遮蓋了⓬。

胡適的這種毀神念頭，來自於其「無鬼論」，在其十七歲時曾寫了〈無鬼叢話〉數篇，指出其無鬼論的思想來源云：

宋儒持無鬼之論者甚多，司馬溫公攻之尤力。其論地獄也，謂：「人既死，則形既朽滅，神亦飄散，雖有錘燒舂磨，亦無所施。」此言至直切了當，世人所以迷信神權者，正以不能辨析「形」與「神」之關係耳，幼時稟受社會感化，亦嘗膜拜神佛，及讀溫公此論，已瞿然動矣，後讀《資治通鑑》，范縝之言曰：「神之於形，猶利之於刀，未聞刀沒而利存，豈容形亡而神在哉。」始知溫公此言，蓋本於此，此言何等痛快，何等爽利，區區二十四字，鄙人畢生不敢忘，年來持無鬼論，亦以此論為根據[13]。

胡適在其《四十自述》中也詳細說明司馬光與范縝在「無神論」上對他的啓蒙，尤其是司馬光的《資治通鑑》大大地影響了胡適的宗教思想，竟會使胡適變成了一個無神論者[14]。由此可見，胡適最初的無神論主要還是來自於古代典籍，繼承了傳統的人文思想，從形神的精氣觀念來突破傳統的鬼神之說。這種想法來自於人自身的理性自覺，修正了自古以來原始的神話信仰，重新建立一套健全的生命運作方式。知識分子的人文思想與原始神話的鬼神信仰並不是完全對立，彼此還是有著一脈相傳的關係。因此，二者本可以各行其事，形成傳統社會二套精神系統，各自接引不同的衆生。問題是二者在同一個生態環境中，因基本主張不同，難免就會互相的結下對立的恩怨。

胡適在十七歲就主動地披甲上陣，對傳統的鬼神信仰開火，尤其對知識分子支持鬼神說的人極爲不滿，如批評紀曉嵐云：

中國數千年來，善談鬼者，無過紀曉嵐之《閱微草堂筆記》矣。他人言鬼，則言鬼耳，紀氏乃獨能一一哀諸世情，準諸義理，其文復足以達其微言妙諦，然則此書不謂為空前絕後之談鬼絕作，不可得也。然紀氏能以義理附會鬼神，乃不能以義理闢除神鬼，則束縛猶於神道設教之說魄力不足之誚不能免也⓯。

這很明顯的就是一種文化衝突，形成了「以義理附會鬼神」者與「以義理闢除鬼神」者之間的對立。就文化的發展而言，二者就一定要彼此的相互殺伐，鬥得你死我活嗎？這一點胡適晚年才稍為有所體悟，但是在其年輕力壯的時候，幾乎是以戰鬥異端，作為其神聖的責任，無法忍受鬼神信仰的流行，對知識分子的「自干墮落」頗是痛心，對官方放任鬼神崇拜的流行更是極為不滿，如云：

王制有之，託於鬼神時日卜筮以疑眾者誅，吾獨怪夫數千年來之掌治權者之以濟世明道自期者，乃憒然不之注意，惑世誣民之學說得以大行，遂舉我神州民族投諸極黑暗世界。嗟夫，吾昔謂「數千年來僅得許多膿包皇帝混賬聖賢」，吾豈好詈人哉，吾豈好詈人哉⓰。

十七歲的胡適頗有孟子的氣概，「吾豈好詈人哉」正是其自認為義無反顧的道德使命，這也是一種文化的狂熱，沈迷在自以爲是的價值判斷之中，激發起戰鬥異端的豪情。這種豪情是每個人必然走過的年輕階段，難免有著強烈憤世疾俗的不滿情緒與激烈行動。「膿包皇帝」與「混賬聖賢」眞的罵得很過癮，問題是胡適是否經過了知識上的深思熟慮？還是只是一廂情願的自以爲是？

胡適自認爲其「詈人」是有經書作爲根據，取自於《禮記．王制》的四誅說，四誅說的全文如下：

> 析言破律，亂名改作，執直左道以亂政，殺。作淫聲異服奇技奇器以疑象，殺。行僞而堅，言僞而辯，學非而博，順非而澤以疑眾，殺。假於鬼神時日卜筮以疑眾，殺。此四誅者，不以聽。

胡適引〈王制〉的四誅說，沒有注意到該篇文章的撰寫背景，正是知識分子追求人文理性的高漲時代，有著對遠古以來神話傳統的強烈批評，希望快速地從原始社會的文化情境超越出來，因此希望藉用統治階層的力量來破除遠古以來的這種文化勢力，「殺」其實就是企圖利用政治威權形成文化霸力。年輕的胡適在傳統的教養下自然地也接受了如此「衛道」的意志，期待有個清明的治權者來排斥惑世誣民的學說。胡適到了晚年才對於這種獨斷的人文意識，有所反省，批評了其少時不能容忍的「衛道」態度，如云：

> 我在五十年前，完全沒有懂得這一段說的「四誅」，正是中國專制政體之下，禁止新思想、新學術、新信仰、新藝術的經典的依據。我在那時候抱著「破除迷信」的熱心，所以擁護那「四誅」中的第四誅：「假於鬼神時日卜筮以疑眾，殺。」我當時完全沒有想到第四誅的「假於鬼神……以疑眾」和第一誅的「執左道以亂政」的兩條罪名都可以用來摧殘宗教信仰的自由。我當時也完全沒有注意到鄭玄註裏用了公孫般作「奇技異器」的例子；更沒有注意到孔穎達正義裏舉了「孔子爲魯司寇七日而誅少正卯」的例子來解釋「行僞而堅，言僞而辯，學非而博，順非而澤以疑眾，殺」。故第二誅可以用來禁絕藝術創作的自由，也可以用來「殺」很多發明「奇技異器」的科學家。故第三誅可以用來摧殘思想的自由，言論的自由，著作出版的自由[17]。

五十年是一個漫長的歲月，但是對胡適與傳統文化都是有貢獻的，胡適晚年的自覺可能與當時的政治背景有關，讓胡適眞切地體會到政治霸權的可怕[18]，進而也反省到自己長期以來的知識霸權，這一部分留在第四節再作詳細的說明。

胡適雖然晚年對宗教的態度有所改變，但是在他的成學的過程中，完全受傳統人文教養知識所啓發，以「無神論」作爲思想的主架構，其中范縝幾乎影響了胡適半生的思想行事，如胡適在〈不朽—我的宗教〉一文中云：

一千五六百年前有一個人叫做范縝說了幾句話道：「神之與形，猶利之於刀；未聞刀沒而利存，豈容形亡而神在。」這幾句話在當時受了無數人的攻擊。到了宋朝有個司馬光把這幾句話記在他的《資治通鑑》裏。一千五六百年之後，有一小孩子一就是我，看通鑑到這幾句話，心裏受了一大感動，後來便影響了他半生的思想行事⑲。

在思想上影響了胡適不朽的宗教思想，在行事上則有毀神的衝動，遂有〈論毀除神佛〉一文，反映出其少年時「破除迷信」的熱心，主張「神佛一定要毀的」與「僧道是一定要驅逐的」，其論點有二，即「神道是無用的」與「神佛是有害的」，各舉了五個例證後，強烈地要求人們將神佛毀除云：

這神佛非但無用，而且有大害，這是一定要毀除的。我狠巴望我所最親愛最希望的同胞，大家快快地把各地的神佛毀滅了去，替地方除一個大害。列位切莫害怕，還有我呢。要當眞有神佛，我那裡還會在這裡做報；要當眞有神佛，我死已長久了，打下地獄已長久了，我那裡還在這裡做報呢？哎喲，列位，不要怕，毀了罷，毀了罷⑳。

在毀神的情懷下，胡適也大力地批判傳統習俗，一律視爲迷信，大罵民衆爲混賬東西的野蠻風俗，如續云：

現在文明世界，只可憐我國上至皇帝，下至小官，都是重重迷信的，什麼拈香哪，大廟哪，黃河安瀾哪，祈雪哪，祭社祭哪，日蝕哪，月蝕哪，還是纏一個不清楚。就是上海，那眞是極文明的了，然而那些上海道哪，上海縣哪，遇著什麼上元節、中元節、日蝕、月蝕，依舊守他野蠻的風俗。唉，這是這種混賬東西的行爲，列位切不可學他，學了他們，更是混賬。哈哈，我不說了罷[21]。

很明顯的，胡適的知識教養，導致大傳統與小傳統的文化對立，強烈地排斥世俗文化的宗教現象，加上當時西方文化的傳入，更把民間文化視爲野蠻。這其實是當時知識分子所共有的情感，十七歲時胡適更將這種情感化成激烈的毀神主張與行動，將傳統文化的對立問題更加地尖銳化起來，這種文化的對立影響是很深遠，往後的五四運動到中共的文化大革命都是一再地集合了知識青年對傳統文化的叫喊與破壞。到了今天，學術界仍然籠罩在「傳統」與「反傳統」之中，依舊還有不少人將傳統習俗視爲「迷信」，缺乏確實的反省與檢討[22]。

胡適可以說是近代主張破除迷信的重要代表人物，在其十七、八歲時就已對傳統各種鬼神習俗大力地加以抨擊，認爲這些信仰存在都是沒有道理的，當時思想的觀點主要還是承續了儒家的人文精神，如《眞如島》章回小說第十一回云：

別說沒有鬼神，那關帝呂祖，何等尊嚴，豈肯聽那一二張符訣的號召。這種道理，總算淺極了，稍爲想一想，便可懂得。只可憐我們中國人總不肯想，只曉得隨波逐流，隨聲附和，國民愚到這步田地，照我的眼光看來，這都是不肯思想之故。所以程伊川（宋朝大儒）說：「學原于思。」這區區四個字，簡直是千古至言㉓。

「學原於思」正是知識分子的理性精神，經由思想的組合與分析，洞曉事理原委，但是因此譴責老百姓爲混賬東西「國民愚到這步田地」，是否也只是知識分子的一種認知盲點？第一、無法要求老百姓有與知識分子一樣的教育水平。第二、老百姓的生活習俗經過長期的歷史傳承也應有其內在的精神價值系統，知識分子對這一套精神系統了解多少？當然，這不只是胡適自身的問題，在傳統的人文教化下也很少會去正視這個課題。知識分子由傳統的人文教化，興起了反鬼神的宗教觀念也是很自然的，只是胡適似乎比他人更強烈一些。

早期胡適是以理學論點來反對世俗信仰，留學後則轉向用科學的論點來破除迷信，如其反駁梁啓超的「科學破產」說，云：

> 這遍地的乩堂道院，這遍地的仙方鬼照相，這樣不發達的交通，這樣不發達的實業，我們那裏配排斥科學？至於「人生觀」，我們只有做官發財的人生觀，只有靠天吃飯的人生觀，只有《安士全書》的人生觀，只有《太上感應篇》的人生觀，中國人還不曾和科學行見面禮呢。我們當這個時候，正苦科學的提倡不夠，正苦科學的教育不發

達，正苦科學的勢力還不能掃除那迷漫全國的烏煙瘴氣[24]。

這個時期的胡適更加地強化其反傳統的意志力，其思想的原動力不再取法於傳統原有的價值意識，而以科學來對照出整體社會的「烏煙瘴氣」，企圖以科學來作為對治的特效藥。如此，胡適對傳統的批判更為嚴厲，形成了其心中之苦，苦科學教育的不發達，導致無法深入反省社會變遷的整體文化改造問題，而單純以二元對立的方式，期待以科學來解救中國，進而陷入到西方科學萬能的旋渦之中，也將中國帶到新舊文化強烈挑戰的生存困境。

胡適於是以科學的講求證據，來支持其「無神論」，如續云：

> 在宗教信仰向來比較自由的中國，我們如果深信現有的科學證據，只能叫我們否定上帝的存在和靈魂的不滅，那麼，我們正不妨老實自居為「無神論者」。這樣的自稱並不算是武斷；因為我們的信仰是根據於證據的，等到有神論的證據充足時，我們再改信有神論，也還不遲。我們在這個時候，既不能相信那沒有充分證據的有神論，心靈不滅論，天人感應論[25]。

以科學證據來作為「有神」與「無神」的唯一判斷，似乎將「宗教」附屬於「科學」之下，科學也可能因此成為萬能的唯一權威，實際上是另立了一個科學宗教，以科學據證作為最高的精神主宰。胡適說以科學證據來證明有神則會改信「有神論」，則是一句空話。宗教的有神論與科學證據根本就是二種不相干的精神領域，即使科學證明有神論的存在，胡適還是可以堅持其無神論的主張。為什麼二者一定是你死我活的對決呢？

胡適的「無神論」也受到杜威實際主義（實驗主義）的影響，如其接待杜威時所作的演講云：

譬如我們假使信仰上帝是仁慈的，但何以世界上有這樣的大戰，可見信仰是並非完全靠得住，必得把現在的事情實地去考察一番，方才見得這種信仰是否合理。迷信的事姑且勿論，就是普通社會的信條也未必是完全合情合理的，在實際主義看來，那都要待人試驗的㉖。

上帝是否仁慈與世界是否大戰是兩個不同層次的文化現象，未必是相關，怎麼去證明信仰是靠不住的呢？實驗主義大約可以說是達爾文進化論在哲學的運用，胡適將實驗主義運用到方法論上來，強調「大膽假設，小心求證」的科學方法，認為一切學說都要經過科學求證的運作的過程。這種方法論的提出，是胡適以其自己考證學方面的訓練，去接近杜威的思想㉗，進而膨漲了科學方法的有效性與權威性，成為其信仰的唯一眞理，認為「實驗是眞理的唯一試金石」㉘。在這種所謂科學的實驗主義下，更加地造成胡適不相信宗教的信仰感情，如云：

> 古代的人因爲想求得感情上的安慰，不惜犧牲理智上的要求，專靠信心（Faith），不問證據，于是信鬼、信神、信上帝、信淨土、信地獄。近世科學便不能這樣專靠信心了。科學並不菲薄感情上的安慰；科學只要求一切信仰要經得起理智的評判，須要求充分的證據。凡沒有充分證據的，只可存疑，不足信仰[29]。

很明顯的，胡適是以科學證據來否定一切的宗教信仰，認爲宗教是一種犧牲理智的盲目感情，經不起理性的實驗與檢證。這種對待宗教態度是極危險，有些學者認爲這種「科學方法」很容易僅流爲一種通俗的「科學主義」和「實證主義」[30]。若只是主義，問題還不大，怕的是這種主義形成了一種獨斷的意志，用來排斥其他信仰的存在，反對人們信鬼、信神、信淨土、信地獄等。胡適雖然說科學不菲薄感情上的安慰，卻限定了安慰的方式一定要符合理智的判斷與充分的證據，如此還是否定了人選擇信仰與宗教的自由。

最怕的還是這種傳統人文與現代科學結合的無神論，成爲胡適積極破除迷信的動力，將胡適推向於毀神的帶動者，形成了一股社會運動或文化運動，影響更多人來排斥他人的宗教信仰，如其〈我們對於學生的希望〉一文云：

> 我希望學生不但用科學的道理來解釋本地的種種迷信，並且還要實行破除迷信的事業。如求神合婚、求仙言、放焰火、風水等等迷信，都該破除。學生不來破除迷信，迷信

是永遠不會破除㉛。

「迷信」是一種價値判斷的詞語，若只是自己觀念上的一種主觀認知，是可以的，若轉換成一種「破除」行動，就已不是觀念問題，而是信仰與信仰間的對立與衝突問題，就不能只是站在自己主觀的立場，去「實行破除迷信的事業」。如果把破除迷信當成一種事業，就必須對這種事業作全盤的考量，不能僅是一時感情的急迫要求。科學方法原本也是要求人不要武斷，當證據不足時應該暫緩判斷與停止行動。胡適在面對民間禮俗與信仰時，是有些躁進與衝突，對社會缺乏整體與全面的觀察，難怪梁漱溟批評胡適「對中國社會的誤認」㉜，導致其破除迷信的改革行爲留下不少後遺症。

胡適這種毀神的感情，不只是針對傳統的民間信仰，對其他的宗教也有著破除與毀壞的衝動，幾乎所有的宗教都不被他所接受，遭其強烈的批評。如其早年留學時，對耶教與道教的批評云：

頗怪此宗派爲耶氏各派中之最近迷信者，其以信仰治病，與道家之符錄治病何異？而此派之哲學，乃近極端之唯心派，其理玄妙，非凡愚所能洞曉。吾國道教亦最迷信，乃以老子爲教祖，以道德經爲教典，其理玄妙，尤非凡愚所能洞曉。余據此二事觀之，疑迷信之教宗，與玄奧之哲理，二者之間，當有無形之關係。其關係爲何？曰反比例是也，宗教迷信愈深，則其所傳會之哲學愈玄妙㉝。

將各種宗教的神祕經驗視爲迷信，是一種極爲狹隘的認知態度，完全否定了宗教信仰的精神價值，以「極端的唯心派」稱之，表示了胡適與各種宗教信仰的不相容。胡適或許還能容得下各種大型宗教的「唯心派」，對於各種重神祕經驗的教派，則一律以「迷信」稱之，否定其宗教的地位。「宗教迷信愈深，則其所傳會之哲學愈玄妙」一句純是胡適個人主觀的情感作用，將迷信與玄理結合起來，認爲所有神聖經驗的宗教都是違反人文的理性精神。其中，胡適對道教最爲反感，以「非凡愚所能洞曉」將道教視爲「最迷信」，這種觀點是根本否定了道教存在的宗教現象與文化價值。

胡適從來未對宗教有過好感，一直是以「迷信」來看待各種宗教，如胡適一九五〇年代旅美時的口述自傳中，對道教作如此的批評：

無疑的道教已被今天的一般學術界貶低爲一團迷信了，道教中的（一套「三洞七輔」的）所謂聖書的「道藏」，便是一大套從頭到尾，認眞作假的僞書。道教中所謂（「三洞」）的經—那也是道藏中的主要成分，大部分都是模仿佛經來故意作僞的。其中充滿了驚人的迷信，極少學術價值。

從這個口述自傳看來，胡適根本否定了當時海外的道教研究，道教在胡適的心目中依舊是「充滿了驚人的迷信」或「一團迷信」，在學術界中是被看貶「幾少學術價值」。這也是胡適個人主觀的看法，不能代表當時學術界的共有意見。胡適雖然做了一些佛教的考證工作，其對佛教根本就沒有好感，如自傳續云：

> 我必須承認我對佛教的宗教和哲學兩方面都沒有好感，事實上我對整個的印度思想一從遠古（的「吠陀經」）時代，一直到後來的大乘佛教，都缺少尊崇之心。我一直認爲佛教在全中國（自東漢到北宋）千年的傳播，對中國的國民生活是有害無益，而且爲害至深且鉅。

又云：

> 我把整個佛教東傳的時代，看成中國的「印度化時代」，我認爲這實在是（中國文化發展上的）大不幸也。這也是我研究禪宗佛教的基本立場。我個人雖然對了解禪宗，也曾做過若干貢獻，但對我一直所堅持的立場卻不稍動搖：那就是禪宗佛教裏百分之九十，甚或百分之九十五，都是一團胡說、僞造、詐騙、矯飾和裝腔作勢。我這些話是說了很重了，但是這卻是我的老實話[34]。

胡適否定各種既有的宗教，在態度上是一致的，不因爲研究佛教，而改變其對待宗教的態度，胡適「對佛教的宗教和哲學兩方面都沒有好感」與「缺乏尊崇之心」，甚至站在中國人文教化的立場，認爲佛教的傳入是整個中國文化發展上的「大不幸」，對傳統社會的人民生活更是「有害無益」與「爲害至深且鉅」。胡適說到這裡還是氣得鬍子亂飄，大罵佛教的禪宗是「一團胡說、僞造、詐騙、矯飾和裝腔作勢」，還說這是他的「老實話」。可見，胡適是從訓詁、校勘等方面作宗教研究，自稱是「耙糞工作」（Muckraking）[35]，對於佛教在人類精神領域上的貢獻，缺乏相應的理解。

胡適不僅視宗教爲迷信，也視中國的「名教」爲宗教，更是要打倒的對象，如云：

> 孔教早就倒霉了，佛教早衰亡了，道教也早冷落了。然而我們卻還有我們的宗教。這個宗教是什麼教呢？提起此教，大大有名，他就叫做「名教」。名教信仰什麼？信仰「名」。名教崇拜什麼？崇拜「名」。名教的信條只有一條：「信仰名的萬能。」……「名教」便是崇拜寫的文字的宗教；便是信仰寫的字有神力，有魔力的宗教[36]。

結論云：

> 末了，我們也學時髦，編兩句口號：打倒名教。名教掃地，中國有望[37]。

胡適對於宗教的定義比較廣義些，大約等同於「信仰」、「崇拜」等詞。中國有沒有宗教，在民國初年引起了不少爭議，有些學者主張「中國是個沒有宗教的國家，中國人是個不迷信宗教的民族」，這些學者的說法似乎是不太實際，有點一廂情願。如果照胡適的宗教定義來說，其實中國各有式各樣宗教，因爲其內部有好幾種不同系統的信仰。儘管成型宗教的「早倒霉」、「早衰亡」、「早冷落」了，中國社會依舊還有其信仰的主系統，這一套系統胡適稱爲「名教」，是一種偉大的宗教，讓中國人信仰了幾千年，結果這種名教也是胡適所要打倒的對象。問題是名教能夠在中國留傳了幾千年，必然有著集體的文化意識，有著深層的文化生機功能，建構了優勢的禮教社會，胡適卻企圖從根源上完全地粉碎其背後所仰賴的精神系統，誇大這種名教的不合時宜性格，以推動其「全盤西化」的文化革命。這樣的反傳統是相當可怕的，從根源上完全否定了傳統精神系統下的觀念、價值與行爲模式。當然，在新舊文化的衝突，傳統的信仰系統也必然面對許多挑戰，但非全盤的否定，不代表著傳統就是不好的，科學就一定是好的。而胡適這種徹底地對傳統信仰系統的否定，實際上是一種連根拔起的情緒衝動，比他的毀神論更具有對中國社會文化發展的殺傷力。

三、胡適的宗教研究

將宗教視爲「迷信」的胡適，卻有不少與宗教相關的學術研究。這是一個很有趣的現象，一個否定宗教的人，是如何地進行其宗教研究呢？這種學術研究的成果，對整個學術與社會的發展，是有利還是有害呢？

胡適的宗教研究大致上是從「思想史」的角度切入，結合了其考證學與科學方法，強調「訓詁明而後義理明」，可是其主觀的宗教態度，未必是來自於理性的客觀考證，帶有著不少大膽的論斷，比如將中國哲學的衰敗，怪罪於民間宗教的興起，認爲是宗教迷信所造成的。胡適這種論點很特殊，有其貢獻，一般的思想史很少注意到原始宗教對哲學的影響，胡適可以說是別開生面，注意到此一問題。胡適在這方面的敏銳度是值得嘉許的，可是其將宗教視爲迷信的觀點，影響了其在哲學上的創見，如胡適解說方士宗教興起的原因時，是採用否定宗教的方式來作立論的：

> 後來又發生了幾種原因，頗爲宗教迷信增添一勢燄：一、是墨家的明鬼尊天主義。二、是儒家的喪禮祭禮。三、是戰國時代發生的仙人迷信。四、是戰國時代發生的仙人迷信。五、戰國時代發生的錬仙藥求長生之說。這五種迷信，漸漸混合，遂造成一種方士的宗教[38]

其結論爲：

> 古代的哲學，消極一方面受了懷疑主義的打擊，受了狹義功用主義的摧殘，又受了一尊主義的壓制。積極一方面，又受了這幾十年最時髦的方士宗教的同化；古代哲學從此遂眞死了。所以我說哲學滅亡的第四個眞原因，不在焚書，不在坑儒，乃在方士的迷信。[39]

這種排斥原始宗教的論點，幾乎是其思想史研究的基本史觀。這種史觀是胡適異於其他學者的地方，擴大了研究的視野，在論題上有不少的創新，意識到了大小傳統間文化衝突的現象，但是胡適依舊是站在大傳統的人文立場，不能相容於「原始」與「人文」交雜的生存情境，還是硬要將「原始」與「人文」割裂開來，激烈了彼此間的對立與矛盾，加速了二者誓不兩立的對決心態與意志。胡適對方士宗教形成的原因，發揮了其考證的專長，有相當深刻的分析，但是爲什麼每一點都要冠上「迷信」的字眼呢？「迷信」的價值判斷與考證有何關係？胡適對於這些其所認爲的迷信，作了深入的考證工作了嗎？

可見，胡適的思想推論不是建立在考證的基礎，而是以其主觀的史觀，發揮了人文學者排斥異端的戰鬥精神，甚至將人文社會的各種弊病怪罪於原始愚昧文化的復活，吞噬了理性人文主義的各種努力，摧殘了古代哲學的生機。這種論點是傳統知識分子常會有的知識與心理的雙重迷障，在大傳統的人文教化下，誤以爲理性哲學才是中國文化唯一的本，忽略了其背後更爲龐大的原始文化傳統，「原始」與「人文」原本就是相互滲透的，知識分子企圖將哲學從原始文化突破出來，表達了知識分子的大氣魄，如果說古代哲學無法繼續發展，原始文化重新成爲文化主流，應該是檢討知識分子缺乏了大氣魄，怎麼能怪罪原本就存在的原始文化呢？同樣地，方士選擇原始文化來創造其自身的信仰文化，也反映出這一類文化有其吸引人的地方，不是「迷信」一詞就可以全盤推翻。胡適的「齊學」研究本來是可以作源頭的探尋，可是其主觀的心態，影響了其深入研究的可能性，如云：

> 齊學本從民間宗教出來，想在禨祥禍福的迷信之上建立一種因時改制的政治思想。結果是災祥迷信的黑霧終於埋沒了政制變法的本意，只剩下一大堆禁忌，流毒於無窮。這是齊學的命運❹⓪。

「齊學」代表的是多重文化的重新組合，擴大了文明的內涵，可是胡適云：「騶衍諸人的政治的陰陽家，已是一個很大的思想迷信的大組合。」將齊學視爲「迷信」的大組合，是一種文化的成見，這種成見很可能來自以「經學」爲主流的「周文明」，以周文明的認知體系形成了一種獨斷的人文霸權，建立了一個唯人事是務的世界，沒有神容身之地的文化❹①。問題是中國文化不是單一傳統，而是多元並進，是多重匯合的豐富文化，而非堅守主流的霸權文化，形成排斥異端的獨斷作風。可是就某些知識分子而言，維持主流的優勢性是其終身的職責，必然要不斷地與異端對決。胡適雖然號稱是新派的知識分子，其根本立場還是清代的經學，膨漲成強烈的人文意識，以考證來加強其疑古學風，堅持人文的唯一性與神聖性。

在這樣主觀的文化認知下，胡適的齊學研究實際上已有預設立場，早就把齊學視爲迷信組合的思想文化，如續云：

> 此外，如天文、歷譜、雜占、形法，醫經、房中各家都和陰陽五行有很密切的關係。其中，一部分是陰陽家的支流，一部分也許是陰陽家的祖宗。陰陽五行之說都來自民間，陰陽出於民間迷信，五行出於民間知識。那些半迷信半常識的占星、看相、卜筮、醫藥等等，自然是陰陽五行說最初征服的區域。從這些區域裏流傳出來，陰陽五行說漸漸影響到上層社會的思想學術。這種思想到了學者的手裏，經過他們的思索修改，裝點起來，貫串起來，遂成一種時髦的學說了。這種下層思想受了學者尊信和君王歡迎以後，醫卜星相等等更依附於陰陽五行之說了㊷。

胡適的這種推論，如果把那些主觀的字眼去掉，是頗有價值的，意識到知識分子的上層社會與民間群衆的下層社會間相互融合的管道與方法。尤其是胡適提出了「民間知識」一詞是有創意的，「民間迷信」一詞若改爲「民間宗教」或「民間信仰」則會比較中性些，則這一段文字能把先秦時代文化變革的現象細緻地描述出來。即在春秋戰國時代「周文明」已非唯一的主流了，民間知識與民間宗教的再度流行，侵入到上層社會，被知識分子所吸收，進而成爲「時髦的學說」。其中以陰陽五行學說的流行，幾乎改變整個周文明的體質，加入了不少半宗教半知識的觀念系統，擴大了其文化的認知領域。可是胡適對陰陽學是極爲反感的，把這一類的觀念體系稱爲「陰陽家的祖宗」與「陰陽家的子孫」，是中國文化的亂流，也是胡適主要清除的對象。

胡適也是採用這種批判民間迷信的態度來看待秦漢以後的帝國政治與宗教，如云：

> 武帝的母家出身微賤，他自己正是民間迷信的產兒，而四方的宗教迷信得了他的提倡，都成了帝國祠祀的一部分。武帝在位五十多年，遂造成了一個幼稚迷信的宮庭和幼稚迷信的社會[43]

在批判的過程中，胡適對古代宗教的發展有相當程度的理解，如云：

> 在秦始皇統一中國以前，各國各有他們的宗教習慣，散見於古籍之中。古人所謂「天子祀上帝，諸侯祀先王先公」（國語四）；所謂「天子祭天下名山大川，諸侯祭其疆內名山大川」（史記封禪書），都暗示那地方性的宗教。戰國時代的中國只剩得幾個大國了，跨地既大，吸收的人民既雜，各地的宗教迷信也漸漸趨於混合雜揉。但各地民族的主要宗教仍有很明顯的地方個性，很容易辨別。如西部的秦民族，東部的齊民族，南部的楚吳越諸民族，皆各有特殊的宗教習慣。南部楚民族的宗教習慣，如《楚

辭》所記，便與北方民族的宗教大不相同㊹
漢代是民間原始宗教的再度流行，胡適找到了原因，即漢代的王室來自民間，保持或綜合不少民族的原始宗教，只是胡適把這些民族宗教一律視爲宗教迷信，將漢代王室稱爲「一個幼稚的宮庭和幼稚迷信的社會」，如此，其對民族宗教的觀察就無法發生作用，其目的只是在嘲笑原始宗教的愚昧，進而也否定了帝國自身的宗教，如謂：「賣繒屠狗的人成了帝國的統治者，看相術士的女兒，歌伎舞女，也做了皇后皇太后，他們的迷妄都可以成爲國家的祠祀㊺。」從這個角度來看，胡適有相當濃厚知識分子的優越感，極度的不滿意漢代王室的民間性格。其對各個民族宗教的研究，不是要去分析各個民族宗教的特色，因爲各個民族宗教文化的特色對胡適來說是沒有意義，都是「幼稚的拜物教」。如此，胡適雖然對古代宗教是有了解的，但是對他的學術研究是沒有貢獻的，其主觀的文化意識，讓胡適只能做「耙糞」工作，挖掘漢代王室宗教的黑暗面，無法正面地看待當時宗教的整體文化現象與功能。

不過，胡適還是貢獻的，他比其他學者更敏銳地意識到「儒教」的存在，如其論「儒教」云：

> 董仲舒的陰陽五行之學，本是陰陽家的思想，自從他「始推陰陽，爲儒者宗」，便成了儒教的正統思想了。他用《尚書》裏的一篇〈洪範〉作底子，把五行分配〈洪範〉

的「五事」（貌木、言金、視火、聽水，心土），每一事的失德各有災異感應。……合組成一個絕大規模的陰陽五行的儒教系統，籠罩了二千年的儒教思想㊻。

胡適指出中古時代在中國有三種宗教同時流行：

漢代究天人之際的新儒教，實在是要以「天人感應」的理論把儒家變成一個新宗教。董仲舒之後，災異之說簡直流行了幾百年。所以中國在中古期事實上有三種宗教在同時流行。第一便是那入口的夷教－佛教；第二便是佛教的中國對手方－道教；第三便是尚災異之說，董仲舒那一派的儒教㊼。

儒家是否為宗教，在學術界裏還一直爭論不休的課題。胡適在觀念上則很清楚地將「儒家」與「儒教」區分開來，胡適認為儒學到了漢代以後加上了「天人感應」理論，形成了「新儒教」，把「儒家變成一個新宗教」，是「一個絕大規模的陰陽五行的儒教系統」。胡適的這種看法相當有創意，指出中國社會實際上是一種「儒教社會」，而非「儒家社會」㊽。這種對傳統社會的本質分析，將有助於釐清某些錯綜複雜的文化情結，掌握到社會文化走向的眞實內涵，如胡適對中古社會的觀察就接近於事實，指出當時三種主要的信仰系統，注意到儒教對當時社會的影響。雖然胡適是採用負面批判的態度，其對儒教的觀察是相當具體與眞實，點出「災異」之說的儒教對社會所形成的影響力，以及由儒教所形成的專制統治的意識形態。由此可見，儒家在中國社會有兩套精神系統，即「儒家精神系統」與「儒教精神系統」，長期以來主導中國社會的是儒教的精神系統，而非儒家的精神系統，「儒家」只是專制政權口頭上的啦啦隊而已，其骨子裏根本就是「儒教」。儒教這一套亦有優點與缺點，胡適還是以其優勢的人文意識，作耙糞式的批判而已。

胡適對道教的研究甚少，其〈陶弘景的眞誥考〉一文完全是站在否定道教的立場上作考證，如云：

> 道教運動的意義只是造出一個國貨的道教來抵制那外來的佛教，要充分採納佛教的「道」，而充分排斥佛教裏的「戎俗」㊾。

結論時云：

> 其實整部道藏本來就是完全賊贓，偷這二十短章，又何足驚怪。我所以詳細敘述這二十章的竊案，只是要人看看那位當年「脫朝服掛神虎門」、「辭世絕俗」的第一流博學高士的行徑也不過是如此而已㊿。

道教在胡適的眼中根本沒有地位，一律視爲無稽之談，與「迷信」沒有兩樣，是荒唐的東西根本不值得研究。胡適還認爲道教是民族主義下的產物，是爲了抵制佛教才創立的，類似現在「提倡國貨，抵制洋貨」一樣的心理51。在胡適的《中國中古思想小史》中根本就無視於道教的存在，在其〈陶弘景的眞誥考〉一文完全是以耙糞的態度，嘲笑道教經典的胡說與亂寫。

胡適有關佛教的著作不少，大多是歷史考證的文章，其著作有〈禪學古史考〉、〈從譯本裏研究佛教的禪法〉、〈菩提達摩考〉、〈論禪宗史的綱領〉、〈白居易時代的禪宗世系〉、〈四十二章經考〉、〈楞伽宗考〉、〈荷澤大師神會傳〉、〈壇經考之一〉、〈壇經考之二〉、〈關於虛雲和尙年譜的討論〉、〈新校定的敦煌寫本神會和尙遺著兩種〉、〈神會和尙語錄的第三個敦煌寫本〉等，另有多篇遺稿，如〈十殿閻王〉、〈倫敦大英博物館藏的十一本《閻羅王授記經》〉、〈梵語捺落伽與泥犁的翻譯〉、〈《六祖壇經》原係《檀經》考〉、〈慧忠與靈坦都是神會的弟子？〉等。胡適雖然對佛教的興趣很廣，其目的卻依舊在證明佛教的經典有不少是僞造的，如云：

> 神會自己就是一個大騙子和作僞專家。禪宗裏的大部分經典著作，連那五套《傳燈錄》——從第一套在宋眞宗景德元年（公元一〇〇四），沙門道原所撰的《景德傳燈錄》到十三世紀相沿不斷的續錄——都是僞造的故事與毫無歷史根據的新發明52。

胡適自認爲是以史學方法來作佛教研究，如其〈菩提達摩考〉一文結論云：

這一件故事的演變可以表示菩提達摩的傳說如何逐漸加詳，逐漸由唐初的樸素的史蹟變成宋代的荒誕的神話。傳說如同滾雪球，越滾越大，其實禁不住史學方法的日光，一照便銷溶淨盡了㊸。

原來胡適對佛教的感情是如此惡劣的，其對佛教的研究完全是從文獻的考證入手，以其自認爲的「史學方法」，來揭露佛教荒唐的神話。故其佛教研究幾乎偏向於史料的翻案工作，造就爲一個佛教的辨僞專家，專治佛教胡說八道的神話，企圖從史料中還給佛教一個眞實的面貌。當然，這樣研究還是有價值的，有助於歷史事實的釐清，但不應以此作爲否定佛教的證據。史實的考證與佛教的信仰是兩回事的，胡適在《中國中古思想小史》的第八講到第十二講，曾對佛教在中國中古時代的傳入與發展，作了扼要的介紹，大致上對佛教有個整體的了解，可是主觀批評的話語還是不少，如「印度教化的傾向把原來佛教的精神完全毀滅了，咒術等等一律回來了，遂成了一部無所不容的垃圾馬車」、「中國人有歷史的習慣，所以感覺那一大堆經典內容的矛盾，又不敢說是後人僞造的，只好說是佛在不同時代說的」、「但這個最下流的宗教，在當時雖然也曾盛行幾十年，究竟不能得到中國思想界的看重，九世紀以後，密教遂衰歇了」、「禪學太主觀了，缺乏客觀的是非眞僞的標準」等，從這些語言可以看到胡適對佛教有不少先入爲主的價值判斷，甚至有排佛的傾向。

胡適的思想雖然受理學的影響，但是胡適對理學也有強烈批評，只贊成程伊川與朱子一系的路，主張積銖累寸的格物工夫，對陸象山、王陽明則大力地加以排斥，視理學也是一種宗教云：

> 理學是什麼？理學掛著儒家的招牌，其實是禪宗、道家、道教、儒教的混合產品。其中有先天太極等等，是道教的分子；又談心說性，是佛教留下的問題；也信災異感應，是漢朝儒教的遺跡。但其中的主要觀念卻是古來道家的自然哲學裏的天道觀念，又叫做天理觀念，故名爲道學，又名爲理學[54]。

胡適的這種理學觀頗具爭議性，理學確實受到「禪宗、道家、道教、儒教」等思想上的傳承與影響，但是不能說理學是這些思想的「混合產品」。所謂「混合」是指其思想什錦式的雜揉。問題是理學雖然在課題上與這些思想有所交涉，但並不意謂著理學是一種牽強附會的結晶，只是打著儒家的招牌。胡適對理學根本缺乏了思想上的研究，只是從外緣的形式，注入其反宗教的主觀意識，認爲理學也是一種宗教，算是「中古宗教遺留下來的一點宗教態度」，有了這麼「一點」，胡適就非常的不高興了。

胡適的反理學主要是承續了清初以來的學風，將中國頹敗的文化問題，怪到理學身上，如云：

> 五百多年（一〇五〇—一六〇〇）的理學，到後來只落得一邊是支離破碎的迂儒，一邊是模糊空虛的玄談。到了十七世紀的初年，理學的流弊更明顯了。五百年的談玄說理，不能挽救政治的腐敗，盜賊的橫行，外族的侵略。於是有反理學的運動起來㊺。

胡適基本上是贊同「樸學」，對「樸學」有極高的評價：

> 「樸學」的風氣最盛于十八世紀，延長到十九世紀的中葉。「樸學」是做「實事求是」的工夫，用證據作基礎，考訂一切古文化。其實這是一個史學運動，是中國古文化的新研究，可算是中國的「文藝復興」（Renaissancen）時代㊻。

反理學與重樸學是清代學術的基本走向，胡適對清代樸學推崇有加，認為樸學以考證的方法打倒舊理學，是近世哲學的復興，胡適比美為中國的「文藝復興」。但是清代的反理學運動，也可能是一種情緒的反應，將「政治的腐敗」、「盜賊的橫行」、「外族的侵略」等歸罪於理學，也僅是知識分子主觀認知下的價值判斷，胡適將這種情緒擴大，特意地歌誦戴震，視為大思想家，推崇其格物致知的工夫，也繼承了戴震反理學的為學態度。

胡適順著戴震的說法，將「理學」視爲中古宗教的遺風，是半宗教半玄學的「雜糅傅合」，必須大力地加以批判與清除，如云：

宋儒以來的理學掛著孔教的招牌，其實因襲了中古宗教種種不近人情的教條。中古宗教的要點在於不要做人而想做菩薩神仙。這固是很壞，然而大多數的人究竟還想做人，而不想做神仙菩薩。故中古宗教的勢力究竟還有個限度。到了理學家出來，他們把中古宗教做菩薩神仙之道搬運過來認爲做人之道，這就更壞了[57]。

將傳統社會的吃人的禮教，歸咎於理學的「以理殺人」，害死了無數的婦女[58]。這樣的論點是大有問題，胡適沒有去作仔細的思辨，反而將理學視爲「中古不近人情的宗教變相」，進而將中國變成了不近人情的社會。胡適認爲這種不近人情教條的起因，是因爲人人想作菩薩神仙。中國禮教的缺失是一個大問題，但是把這種問題怪罪於理學，認爲理學的壞，就壞在將做人之道與做菩薩神仙之道結合。胡適推崇戴震的樸學是一套具有科學精神的哲學，能剖析事理與對症下藥。胡適曾以這種「樸學」的觀念，加入了當時「科學與玄學的論戰」，極力地排斥理學，如云：

正統的理學雖然因爲「樸學」的風尚，減了不少氣燄，然而終因缺乏明白自覺的批評與攻擊，理學的潛勢力依然存在，理學造成的種種不近人情的社會禮俗也依然存在[59]。

中國社會種種不近人情的教條，是因爲理學的依然存在所造成的嗎？胡適的答案是肯定的，故駁斥理學也成爲其終身的職志，要徹底地改造理學的思想，建立出一個新的樸學世界，有著新的宇宙觀與人生觀，建立出理性的生存社會。

凡是反對理學的人，胡適都稱許有嘉，視爲同志，如支持吳稚暉反理學的論點云：

> 這種見解，從歷史上看來，同戴震等人的反理學的主張完全相同。但戴震等人想推翻理學而回到六經，那便是不懂歷史趨勢的論調。吳先生看清了歷史，所以他的反理學的結論要我們向前走，走上科學的路，創造物質文明[60]。

由此可見，胡適是一個極端的樸學主義者，且將樸學與西方科學結合，重物質而反精神，企圖從科學入手來改變世界，建立一個完全符合科學驗證的社會。胡適經常批評別人爲學是盲目、武斷與專制，然而其所謂的科學方法是否也是一種盲目武斷，甚至是專制的態度，其所要成就的人間社會，是否會變成新的科學霸權的社會？

四、胡適心目中的新宗教

胡適的反理學，可以說是反傳統有神形態的宗教，這是其消極性的破壞主張，其積極性的建設主張在於推廣他心目中「人道」的新宗教。要求人們建造「人的樂園」，其方法是「信任天不如信任人」與「靠上帝不如靠自己」，如云：

> 我們現在不妄想什麼天堂天國了，我們要在這個世界上建造「人的樂園」。我們不妄想做不死的神仙了，我們要在這個世界上做個活潑健全的人。我們不妄想什麼四禪定六神通了，我們要在這個世界上做個有聰明智慧可以戡天縮地的人。我們也許不輕意信仰上帝的萬能了，我們卻信仰科學的方法是萬能的，人的將來是不可限量的。我們也許不信靈魂的不滅了，我們卻信人格是神聖的，人權是神聖的。這是近世宗教的「人化」，但最重要的要算道德宗教的「社會化」61。

又云：

> 近世文明不從宗教下手，而結果自成一個新宗教。

續云：

十八世紀的新宗教信條是自由、平等、博愛。十九世紀中葉以後的新宗教信條是社會主義。這是西洋近代的精神文明，這是東方民族不曾有過的精神文明62。

胡適的「新宗教」簡單地說，相信科學的方法是萬能的，進而形成了「人」的崇拜。即胡適主張要崇拜「人」，不可崇拜「神」。以科學的方法做一個活潑健全的人，建造出一個「人的樂園」。除了崇拜「人」外，胡適還崇拜「社會」，「社會主義」成爲新宗教的信條。或者說，胡適根本就是崇拜西方的精神文明，否定了東方的各種精神文明，一再地以西方科學自身高度的生機性格，來挑戰或破壞傳統的各種生機文化。其實，胡適的「信任人」與「靠自己」，早就存在於東方民族的精神文明中，不是西方所專有的。問題是由於胡適先入爲主的宗教成見，認爲東方民族都是有神論的，首先要向西方文明搬救兵，崇拜西方的「科學」與「社會」，在科學的崇拜下造就「聰明智慧可以戡天縮地的人」，在社會的崇拜下堅持「人格是神聖，人權是神聖」的。

東西方文明本來就是兩套不同的精神系統，在內容上有著某種程度的距離，但不意謂著這種距離是絕對性的相互對立，彼此可以透過相同課題的搭線與對話，建立起溝通的橋樑，所謂「新宗教」還是可以建立在「舊宗教」的基礎上。很遺憾的是胡適採用的是破「舊」立「新」的方式，新舊宗教只有對決，沒有對話，如云：

> 他在宗教道德方面，推翻了迷信的宗教，建立合理的信仰；打倒了神權，建立了人化的宗教；拋棄了那不可知的天堂淨土，努力建設「人的樂園」、「人世的天堂」；丟開了那自稱的個人靈魂的超拔，儘量用人的新想像力和新智力去推行那充分社會化了的新宗教與新道德，努力謀人類最大多數的最大幸福[63]。

這段話完全是新舊宗教的生死對決，比如推翻迷信才能建立合理信仰，打倒神權才有人化宗教，拋棄天堂才有人的樂園，拋棄靈魂才有新道德與新宗教。追求新宗教與新道德在用意上是不錯的，「努力謀人類最大多數的最大幸福」也是現代文明的共同目標，可是有必要爲了追求「新」，就需要全盤揚棄「舊」的嗎？文化的創造，難道非「由破而立」才可以嗎？問題是「舊」的破除後，「新」的就一定可以建立嗎？更何況所謂「新的文明」就眞的百無一失了嗎？當新立精神系統是建立在對舊有系統的排斥與對立上時，二者必然時時咄咄逼人，反而失去了各自應該努力的目標，陷入到彼此高昂的抗拒情緒之中。

胡適還算有節制，在抗拒的情緒中，也懂得去清楚描述自己的論點，對其人化的宗教有具體的說明，認爲宗教本來就是人化的，是爲人而作的，如〈易卜生主義〉一文云：

> 宗教的本意，是爲人而作的，正如耶穌說的，「禮拜是爲人造的，不是人爲禮拜造的。」不料後世的宗教處處與人類的天性相反，處處反乎人情[64]。

這種人化的宗教觀點，其實並不是什麼新鮮的玩藝，儒家的人文思想原本就建立在對人的理性尊重上，早就強調了人的主體性格，從人的自覺中去處理生命存在的問題。只是儒家不把這種人性論視爲宗教，即不走「神」的崇拜，也不走「人」的崇拜。胡適的人化宗教則有崇拜「人」的傾向，過份地強調「人」的神聖意義，將「人」視爲宗教的核心，膨漲了「人」的神聖魅力。以「人」作爲宇宙的主體是接近於儒家的思想，但是「禮拜是爲人造的」說法，似乎「人」成爲新的崇拜對象。胡適對人化的宗教有更完整的解釋：

> 根據於生物學及社會學的知識，叫人知道個人——「小我」——是要死滅的；而人類——「大我」——是不死的，是不朽的；叫人知道「爲全種萬世而生活」就是宗教，就是最高的宗教；而那些替個人謀死後的「天堂」「淨土」的宗教，乃是自私自利的宗教[65]。

胡適的這一種人化的宗教，是從西方的生物學與社會學發展而成，有濃烈「進化論」的色彩，不相信任何超驗的精神實體，只承認人存在的具體事實，稱爲「小我」，其次承認由人所構成的社會價值，稱爲「大我」。胡適在這種進化論的觀點下，不只重視小我，也重視大我，由「人」的崇拜發展成「社會」的崇拜，建立起所謂「社會主義」的新宗教，推動其「爲全種萬世而生活」的宗教。胡適認爲這樣的宗教才是最高的宗教，一般的宗教都是「自私自利」的宗教。

胡適這種人化的宗教，是從生物學的角度來面對人生死存亡的宗教問題，即所謂「不朽」的問題，如云：

> 人不過是動物的一種，死後是要腐爛朽滅的；朽滅是自然的現象，不足使我們煩心。我們則應該努力做我們能做的事業，建造我們人世的樂園，不必去謀死後的淨土天堂66。

胡適同意古代的「三不朽」說，但認爲這種說法還是有缺點的，如云：

> 我批評那「三不朽論」的三層缺點：一、只限於極少數的人，二、沒有消極的制裁，三、所說「功、德、言」的範圍太含糊了67。

胡適的「不朽論」是純從生物學的角度來說，不相信任何精神實體的存在，故不能完全接受古代的三不朽說，因爲「功、德、言」實際上還是一種精神狀態，難怪會說「功、德、言」的範圍太含糊，那是因爲胡適完全從實證主義的立場出發，落在純現象的經驗上來說，只承認「社會」是不朽的，建立起其「社會的不朽論」，或謂「大我的不朽論」，這種社會的大我思想，將「大我」變成新的價值權威，只承認已存事實的永恆性，如云：

「小我」雖然會死，但是每一個小我的一切作爲，一切功德罪惡，一切語言行事，無論大小，無論是非，無論善惡，一一都永遠留存在那個「大我」之中。那個「大我」，便是古往今來一切「小我」的紀功碑，彰善祠，罪狀判決書，孝子慈孫百世不能改的惡諡法。這個「大我」是永遠不朽的，故一切「小我」的事業，人格，一舉一動，一言一笑，一個念頭，一場功勞，一樁罪過，也都永遠不朽。這便是社會的不朽，「大我」的不朽[68]。

胡適的「大我」是一種物質形態的崇拜，不講究是非善惡，只論物質的眞實的存有，以爲一切存在的現象，都是物質世界按自身規律在空間與時間中的運動變化，如此，人的「一場功勞」與「一樁罪過」都可以永遠不朽，不朽只是一種客觀運作的事實，與造物主或其他精神主宰毫不相干。胡適的「社會不朽論」，是以社會的既有的現實基礎，主宰或決定了個體小我的活動意識，彼此間是相互關連的，在「一舉一動」與「一言一笑」間，個人與社會有著物質性的相應關係，產生了發展與滅亡的客觀的運動關係。胡適的新宗教就是要人以科學的理論依據，去確定人與社會間的發展方向，擺開了對宗教神性的崇拜，而在具體的社會不朽中，追求人自身現存的價值。

胡適就是以這種「社會的不朽」觀念，作爲個人信仰的宗教，其宗教的教旨是：

> 我這個現在的「小我」，對於那永遠不朽的「大我」的無窮過去，須負重大的責任，對於那永遠不朽的「大我」的無窮未來，也須負重大的責任。我須要時時想著，我應該如何努力利用現在的「小我」，方才可以不孤負那「大我」的無窮過去，方才可以不遺害那「大我」的無窮未來[69]？

這種宗教觀念，是以社會的「大我」來確立個體「小我」的意義，則個體是附屬在社會之下的，是爲社會而服務的。如此，人的主體性消失了，個體的存在只是爲了滿足社會發展的客觀規律與基本方向，所以說個體不可以辜負「大我」的無窮過去，也不可以遺害「大我」的無窮未來。由此可見，人是爲社會而活，故胡適認爲新宗教就是爲「社會服務」，要求所有的宗教都要去爲社會服務，如云：

> 社會服務便是宗教，中國的古人說：「未能事人，焉能事鬼？」西洋的新風氣也主張「服事人就是服事神」。謀個人靈魂的超度，希冀天堂的快樂，都是自私自利的宗教。盡力於社會，謀人群的幸福，那才是眞宗教。「天國在人死後」，這是最早的宗教觀念。「天國在你心裏」，這是一大革命。「天國不在天上也不在人心裏，是在人世間」，

這是今日的新宗教趨勢。大家努力，要使天國在人世實現，這便是宗教⑳。

胡適對於其新宗教的觀念已表達了相當清楚，認爲「盡力於社會，謀人群的幸福，那才是新宗教」，主張人要從舊有的「自私自利」宗教解脫出來，致力於社會的改革運動就可以了，讓「天國在人世實現」即是新宗教的主要目的。人不是靠「天國」與「上帝」來感召的，而是經由社會的實踐來完成的。

因此，胡適相當重視宗教的社會實踐，要求宗教教育應擺脫傳教的目的，而以爲社會服務的目標來專辦教育，做到下列幾點：

1. 不強迫做禮拜。
2. 不把宗教教育到在課程表裏。
3. 不勸誘兒童及其父兄信教。
4. 不用學校做宣傳教義的機關。
5. 用人以學問爲標準，不限於教徒。
6. 教徒子弟與非教徒子弟受同等待遇。
7. 思想自由，言論自由，信仰自由㉑。

稍早，在其日記上則記錄了四點，云：

1.禁止小學校中之宗教教育。
2.廢止一切學校之強迫的宗教儀節。
3.與其教授神學，不如鼓勵宗教史與比較宗教。
4.傳教的熱心不當為用人之標準，當以才能學問為標準[72]。

胡適要將教育從宗教中解放出來，重新與社會結合在一起，這也是其新宗教的主要目的，將教育與各種宗教分離，回歸到社會自身，以促進社會的整體的發展，建立其「思想自由、言論自由、信仰自由」的理性文化。問題是由於胡適對舊有宗教的排斥，造成其二元式的思考方式，難免在新宗教與舊宗教的對立中也抹殺了其對自由的追求目標，最後也有可能讓自由落空了。

胡適曾與Houghton、Embree、Clark 等人談宗教問題，胡適最後作了三點結論云：

1.不必向歷史裏去求證事例來替宗教辯護，也不必向歷史裏去求事例來反對宗教。因為沒有一個大宗教在歷史上不曾立過大功，犯過大罪。
2.現在人多把「基督教」與「近代文化」混作一件事：這是不合的。即如協和醫校，分析起來，百分之九十九是近代文化，百分之一是基督教。何必混作一件事？混作一事，所以反對的人要向歷史裏去尋教會摧殘科學的事例來罵基督教了。

3.宗教是一件個人的事，誰也不能干涉誰的宗教。容忍的態度最好[73]。

透過這些交談，胡適已有一些反省了，對宗教的態度比較緩和些，作出了「容忍」的結論，強調「宗教是一件個人的事，誰也不能干涉誰的宗教」。這種不干涉，對胡適來說是一大進步，可以避免矯枉過正的反調觀念。問題是胡適早年有著強烈的批評精神，反對將思想變成宗教，對各種強有力的信仰系統極爲不放心，如云：

> 思想切不可變成宗教。變成了宗教，就不會虛而能受了，就不思想了。我寧可保持我無力的思想，決不換取任何有力而不思想的宗教。……宋人受中古宗教的影響，把「明善」、「察理」、「窮理」看得太容易了，故容易走上武斷的路。呂祖謙能承認「善未易明，理未易察」，眞是醫治武斷病與幼稚病的一劑聖藥[74]。

胡適反對各種武斷性的思想與信仰，這種反對的態度是否也是一種「武斷病」與「幼稚病」？早年胡適對其新宗教相當堅定，有各種理論來支撐其論點，早已形成其「個人的宗教」，很難要求胡適再從另一個角度來作思考，如胡適致周作人的書信云：

我相信種瓜總可以得瓜，種豆總可以得豆，但不下種不會有收獲。收獲不必在我，而耕種應該是我們的責任。這種信仰已成一種宗教——個人的宗教。……生平自稱為「多神信徒」，我的神龕裏，有三位大神，一位是孔仲尼，取其「知其不可而為之」；一位是王介甫，取其「但能一切捨，管取佛歡喜」；一位是張江陵，取其「願以其身為蓐荐，使人寢處其上，溲溺垢穢之，吾無間也，有欲割取我身鼻者，吾亦歡喜施與」。嗜好已深，明知老莊之旨亦自有道理，終不願以彼易此75。

「終不願以彼易此」即是胡適對自己思想的堅持，回到儒家的人本思想，來強化其社會主義的新宗教，堅持以其科學的理性觀點來推翻舊有宗教信仰的價值觀念與理論系統，既使舊有的信仰觀念也是有道理的，胡適還是不願改變自己已有的信仰。

胡適六十四歲（一九五四）以後，對其早期的思想開始有些反省，自覺到其思想上的某些盲點，如云：

在民國十五年六月的講詞中，我說：「十八世紀新宗教的信條是自由、平等、博愛。十九世紀中葉以後的新宗教信條是社會主義。」當時講了許多話申述這個主張。現在想起，應該有個公開懺悔。不過我今天對諸位懺悔的，是我在那時與許多知識分子所同犯的錯誤；在當時，一班知識分子總以為社會主義這個潮流當然是將來的一個趨勢。

> 我自己現在引述自己的證據來作懺悔[76]。

胡適到晚年自覺到其新宗教實際是類似共產主義的唯物論點，不過，胡適認爲那是當時整個時代的風潮，不能只怪他。胡適還是願意爲當時「許多知識分子所同犯的錯誤」來「公開懺悔」。雖然這樣，胡適還是始終未放棄其「社會的宗教」的主張，如其六十九歲時對僑生的演講「一個人生觀」，認爲「我們的行爲，一言一動，均應向社會負責，這便是社會的宗教，社會的不朽」，如續云：

> 我們千萬不能叫我們的行爲在社會上發生壞的影響，因爲即使我們死了，我們留下的壞的影響仍是永久存在的。「我們一出言不敢忘社會的影響，一舉步不敢忘社會的影響」。即使我們在社會上留一白點，但我們也絕對不能留一污點，社會即是我們的上帝，我們的制裁者[77]。

胡適所懺悔的只是主張社會主義的那一部分，對於「社會不朽」的宗教觀念來說，胡適還是頗爲堅定，依舊強調他是一個無神論者，但增加了對宗教的容忍態度，認爲「我自己不信神，但我能誠心的諒解一切信神的人，也能誠心的容忍並且尊重一切信仰有神的宗教」，在這心態下，胡適意識到其五十年前幼稚狂妄的行爲，如云：

我到今天還是一個無神論者，我不信有一個有意志的神，我也不信靈魂不朽的說法。但我的無神論和共產黨的無神論有一點最根本的不同。我能容忍一切信仰有神的宗教，也能夠容忍一切誠心信仰宗教的人。共產黨自己主張的無神論，就要消滅一切有神的信仰，要禁絕一切信仰有神的宗教，——這就是五十年前幼稚而又狂妄的不容忍的態度了[78]。

續云：

容忍是一切自由的根本，沒有容忍「異己」的雅量，就不會承認「異己」的宗教信仰可以享受自由。但因爲不容忍的態度是基於「我們的信念不會錯」的心理習慣，所以容忍「異己」是最難得、最不容易養成的雅量[79]。

胡適說他的無神論是與共產黨的無神論是不一樣，這種不一樣應該是晚年才形成的。胡適的「容忍」是耗盡了將近五十年歲月才形成的智慧，在胡適晚年以前的作品根本就很難看到其對宗教的容忍態度。透過前面幾節分析，胡適原本是「要消滅一切有神的信仰」與「要禁絕一切信仰有神的宗教」。容忍的智慧是晚年才有的，敢說「容忍一切信仰有神的宗教」與「容忍一切誠心信仰宗教的人」，像這樣的話在以前是從來不會說的。故胡適「容忍異己的雅量」，眞是經過漫長的歲月才形成的，是相當不容易的。尊重異己原本就是一件困難的事，這個觀念胡適也知道，還找到病因，那是人們深信「我們的信念不會錯」的心理習慣。

胡適將這種心理習慣稱爲「正義的火氣」，在民國五十年雙十節夜寫給蘇雪林的書信云：

> 「正義的火氣」就是自己認爲我自己的主張是絕對的是，而一切與我不同的見解都是錯的。一切專斷、武斷、不容忍、摧殘異己，往往都是從「正義的火氣」出發的。我在一九四六年北大開學典禮演說，曾引南宋哲人呂祖謙的話作結：「善未易明，理未易察。」懂得這八個字的深意，就不輕意動「正義的火氣」，就不會輕意不容忍別人與我不同的意見了[80]。

「正義的火氣」暴露出人在觀念上的執著，常認爲自己的主張是絕對正確，進而爲了維護自己的主張，不能相容別人的見解，反而凸顯出自己的「專斷、武斷、不容忍、摧殘異己」，進而引爆出劇烈的社會與文化的衝突，或許由於胡適看到了中共殘無人性的文化迫害，以及臺灣在強人政治下對言論的迫害，所形成的自覺吧。很可惜，胡適未能多活幾年，來處理其深信不疑的無神論。

五、結　論

總結以上的論述，胡適還是可以說是對應時代而生的豪傑，其一生的功過也是與整個時代的文化意識相結合的，即所謂「時勢造英雄」，胡適是一個英雄，卻未必是一個傑出的思想家。這樣的英雄實際上含藏著時代的悲情，由於其過早的暴得大名，又以文化的革命家自居，對往後政治情勢的發展，有著相當大的影響力，這種影響到現在還存在著，「傳統」與「反傳統」的論爭尚未平息。

「無神」與「有神」是否能並存？胡適晚年已自覺到這個問題，提出了對信仰的「容忍」態度，希望人們有尊重異端的雅量。這種觀念的形成，是胡適在思想上的一大突破，可惜，已近終年，未見胡適進一步的反省與檢驗，導致宗教意識的衝突，還是不斷地形成對立。這不是胡適個人的錯，而是我們的社會在現代化的過程中，還存在著理念的迷失與混亂的現象。宗教的問題尚未被完全重視，其中的糾纏仍是雜陳於社會之中。

宗教的問題是文化發展下的一個大課題，很遺憾的是有關此一課題的討論卻頗爲不足，加上知識分子對宗教認知的南轅北轍，各有各的立場，缺乏共持理念的討論，在各爲其主下互不相容。胡適晚年的「容忍」說是值得學術界深思的，希望有更多的人能進一步對現存的社會文化作體系性的創新與提昇。

註釋：

❶ 余英時，《中國近代思想史上的胡適》（聯經出版事業公司，一九八四），頁六。

❷ 見《胡適的日記（手稿本）》第十六冊與第十七冊的剪報（遠流出版公司，一九九〇）。

❸ 易竹賢，《胡適傳》（湖北人民出版社，一九八七），頁四五九。

❹ 有關當時的論戰文章，收於李敖編的《胡適研究》（遠景出版社，一九七九）一書。

❺ 同❶，頁二〇。

❻ 胡適，〈不朽—我的宗教〉（《新青年》六卷二期，一九一九），收錄於《胡適文選》（遠流出版公司，一九八六），頁七八。

❼ 蕭萬源，《中國近代思想家的宗教和鬼神論》（安徽人民出版社，一九九一），碩三五八。

❽ 鄭志明，〈康有爲的宗教觀〉（《第二屆近代中國學術研討會論文集》，萬卷樓圖書公司，一九九六），頁一五一。

❾ 胡適，《四十自述》（亞東圖書館，一九四七），頁六五。

❿ 同❾，頁六八。

⓫ 同❾，頁七九。

⓬ 周質平主編，《胡適早年文存》（遠流出版公司，一九九五），頁四九。

⓭ 胡適，〈無鬼叢話㈠〉，同⓬，頁一五六。

⓮ 同❾，頁七五。

⓯ 胡適，〈無鬼叢話㈢〉，同⓬，頁一六〇。

⓰ 胡適，〈無鬼叢話㈡〉，同⓬，頁一五八。

⓱ 胡適，〈容忍與自由〉（《自由中國》二十卷六期，一九五九、三、一六）。

⑱ 沈衛威，《胡適傳》（風雲時代出版公司，一九九〇），頁三七九。
⑲ 同⑯，頁七九。
⑳ 胡適，〈論毀除神佛〉，同⑫，頁一六四。
㉑ 同⑳，頁一六七。
㉒ 大陸學者因受官方無神論的影響，提到民間習俗還是要扣上迷信的大帽子，有自覺的學者也不敢抗拒「迷信」之說，頂多是各談各的。臺灣學者開始關心本土的民俗文化，但是對「迷信」也大多避諱不談。這個文化問題仍然擺在那裡，沒有結開，導致意見紛紛，二元對立的情況一到出現。
㉓ 同⑫，頁七一。
㉔ 胡適，〈《科學與人生觀》序〉（一九二三、十一、二九在上海），同⑲，頁五五。
㉕ 同㉔，頁六〇。
㉖ 胡適，〈談談實驗主義〉（一九一九、五、二在上海講），收錄於《胡適演講集㈡》（遠流出版公司，一九八六），頁五〇。
㉗ 同❶，頁四八。
㉘ 胡適，〈杜威先生與中國〉，同❻，頁一〇。
㉙ 胡適，〈我們對西洋近代文明的態度〉（一九二八、六、二四），收錄於《胡適文存第三集》（遠東圖書公司，一九七九），頁七。
㉚ 同❶，頁六二。
㉛ 胡適，〈我們對於學生的希望〉（《東方雜誌》十七卷十一期，一九二〇），《胡適哲學思想資料選》上，頁一四〇。
㉜ 梁漱溟，〈敬以請教胡適之先生〉（一九三〇、六、三），收錄於《胡適論學近著》（商務印書館，一九三五），頁四六二。
㉝ 胡適，《胡適留學日記》（商務印書館，一九三七），頁三七九。

㉞ 以上三段引文，見唐德剛譯註，《胡適口述自傳》（傳記文學出版社，一九八一），頁二五六。

㉟ 同㉞，頁二五七。

㊱ 胡適，〈名教〉（一九二八、七、二），同㉙，頁四〇。

㊲ 同㊱，頁五一。

㊳ 胡適，《中國古代哲學史》（臺灣商務印書館，1970），第三冊頁一一二。

㊴ 同㊳，頁一一四。

㊵ 胡適，《中國中古思想史長編（上）》（遠流出版公司，一九八六），頁一〇〇。

㊶ 謝松齡，《天人象：陰陽五行學說史導論》（山東文藝出版社，一九八九），頁一五。

㊷ 同㊵，頁一〇一。

㊸ 胡適，《中國中古思想小史》，同㊵，頁一二。

㊹ 胡適，《中國中古思想史長編（下）》（遠流出版公司，一九八六），頁六九。

㊺ 同㊹，頁一〇八。

㊻ 同㊸，頁二四。

㊼ 同㉞，頁二六七。

㊽ 中國是一個「儒家社會」還是一個「儒教社會」？參閱鄭志明，〈儒家崇拜與儒家社會〉（《中國意識與宗教》，學生書局，一九九三），頁八一—九七。

㊾ 胡適，〈陶弘景的眞誥考〉（一夷三三、四、一〇），《胡適論學近著》（商務印書館，一九三五），頁一五七。

㊿ 同㊾，頁一七二。

(51) 同㉞，頁二六六。

(52) 同㉞，頁二五七。

(53) 胡適，〈菩提達摩考〉（一九二七、八、二一），同㉙，頁三〇一。

(54) 胡適，〈幾個反理學的思想家〉（一九二八、二、七），同(29)，頁五二。
(55) 同(54)，頁五六。
(56) 同(54)，頁六九。
(57) 同(54)，頁七九。
(58) 同(54)，頁七六。
(59) 同(54)，頁八四。
(60) 同(54)，頁九二。
(61) 同(54)，頁九。
(62) 同(29)，頁一〇。
(63) 同(29)，頁一三。
(64) 胡適，〈易卜生主義〉（一九一八、五、一六），同(29)，頁八六。
(65) 同(24)，頁六八。
(66) 胡適，〈今日教會教育的難關〉（一九二六、三、九），同(29)，頁七三一。
(67) 同(6)，頁七八。
(68) 同(6)，頁七七。
(69) 同(6)，頁八〇。
(70) 胡適，〈祝賀女青年會〉（一九二八、六、二四），同(29)，頁七三八。
(71) 同(66)，頁七三五。
(72) 胡適，《胡適的日記》一九二二、五、二三（漢京文化事業公司，一九八七），頁三五八。
(73) 同(72)，一九二二、六、二四的日記，頁二八五。
(74) 中國社會科學院近代史研究所中華民國史研究室編，《胡適來往書信選》下冊（中華書局香港分局，一九八三），一九四八、三、三致陳之藩（稿），頁三四五—四六。

75 梁錫華選註，《胡適祕藏書信選》（遠景出版公司，一九八二），頁九〇二—九〇三。

76 胡適，〈從「到奴役之路」說起〉（一九五四、三、五），《自由中國》十卷六期，《胡適演講集㈢》（遠流出版公司，一九八六），頁二二〇。

77 胡適，〈一個人生觀〉（一九五九、一、八新生報與中央日報），引自胡頌平編著《胡適之先生年譜長編初稿》（聯經出版事業公司，一九八四），頁二八〇一。

78 同17，又同77，頁二八五五。

79 同17，又同77，頁二八五七。

80 《胡適的日記（手稿本）》第十八冊（一九五七、一—一九六二、二），遠流出版公司，一九九〇、一二、一七初版，未編頁碼，時間爲一九六一年十月十日夜，由王志維先生抄稿。

傳統文化與當代大陸文學

——新時期文學的回歸傳統傾向與傳統文化在大陸的消長

笠　征

本文試圖通過對大陸當代文學的縱向考察，來探討不同時期傳統文化的消長，藉以闡明中國傳統文化在大陸當代文學中的影響。

五四新文化運動是一場大規模的現代啓蒙運動，在這場以民主、科學精神爲主導的思想文化運動中，現代與傳統的對立，新舊思潮的衝突成爲時代精神現象。強烈的懷疑、批判和破壞的精神帶來了科學主義、理性主義的發展，對古老社會形成了重大衝擊和有效反抗，在民族生存危亡日趨嚴重的時代條件下，在西方文明的衝擊下，啓蒙主義的思想家們認眞面對中國現狀，出於民族命運的思考和焦慮，對中國文化進行了反思和總體性批判，從而作出了與傳統文化決裂的選擇。令人深思的是五四新文化運動思想家的努力在今後的思想歷史演變中的影響。誰也不能否認中國的傳統文化在悠久的歷史中，從內容到形式體裁，從道德評判標準到審美趣味，都深深地影響著中國人的平常生活，五四時期的思想家們，諸如胡適、魯迅、錢玄同、李大釗、陳獨秀等，他們把傳統文化當作國故否定了，而主要的目的是想在中國提倡民主與科學。但是五四以後，民主與科學在現代的中國並沒有得到應有的發展。在中國現代化的坎坷歷程中，政治鬥爭和權力鬥爭一直是焦點所在，任何的思想啓蒙最終都落實到政治運動上，而在政治社會上，傳統的政治方式並沒有多大改變，君主專制政治體制及制約著這個民族思想行爲，因而他們的思維方式也沒有多大的改變，這是令人悲哀的事實。在五四運動之後的幾拾年中，人們以一種拒斥的態度，把傳統文化的許多東西排除於視野之外（而恰恰是這一部分傳統文化反而被鄰近的日本、韓國、新加坡等所保留，並在這個基礎上發展成獨特的現代化），造成的結果是深層的文化斷裂，及由此帶來的新的價值失衡和精神危機，否定了傳統文化，我們以一種什麼樣的道德倫理體系，一種什麼樣的文化來代替它呢？這一個問題在五四以後的幾拾年中反覆地被討論，困擾著一代又一代的思想家們。一九二、三十年代，中國思想文化界出現了『全盤西化』、『西體中用』、『中體西用』等多種文化主張。

一九四九年，大陸淪陷，毛澤東在政治上取得了決定性的勝利，而共產黨所倡導的無產階級新文學思潮也名正言順地獲得了主人翁的地位，它首先排斥了中國五四運動以來的各種非左翼文學流派，如象徵詩派、新感覺小說派、九葉詩派等等。但是對於它自身而言，除了題材上有所開拓外，在文學觀念，創作技巧各方面並沒有什麼新的突破，它仍延用著三十年代中國左翼作家聯盟的革命理想主義傳統，以及毛澤東在一九四二年在文藝座談會上的講話宗旨。雖然毛也強調文學對政治的影響，並認爲『缺乏藝術性的作品，無論政治上怎樣進步，也是沒有力量的』，而且作家們似乎更感興趣於他的『文藝從屬於政治』的觀點，我們看曲波的《林海雪原》，是一九五七年九月出版，還曾多次再版印刷，發行數量很大，其中的一些片斷被改編成電影、話劇和各種戲曲，它根據親身經歷創作的一部長篇小說，富有濃郁傳奇色彩的作品。還有馮德英的《苦菜花》等一類的小說都是，在差不多的主人翁與舊勢力作艱苦鬥爭的描寫中，往往在關鍵的時刻，這些人物背後就響起了政治的號角，最後，正義就戰勝了邪惡。很難說這種創作方法上的雷同現代不是政治一元論，也就是專制政治所造成的惡果。而這種政治一元論同樣對文學所承擔的傳統文化觀念形成了負面的影響。一九五一年毛澤東發表了著名的對電影《武訓傳》的評論，其中嚴厲的批評態度，很明顯地表達了毛主張的本質，就是要永遠無限地鬥爭，不要一時的調和、行善。這根本是一種武斷的、絕對化的做法。接著一九五七年反右擴大化，一九五八年拔白旗、反右傾，以及以階級鬥爭爲綱，反修防修等政治運動，都從『左』的方面干擾了電影創作，使一些新意的作品和有才華的作家受到無謂的批判和打擊，給創作設置了種種禁區和限制，致使爲政治服務和圖解政策的公式化的作品泛濫。由於這種『左』的思潮愈演愈烈，終於釀成『文化大革命』中給電影創作帶來了一場歷史性的災難。所以儘管毛澤東也曾主張過要繼承中國過去的『豐富的文學藝術遺產和優良的文學藝術傳統』，而且他本人嗜好中國傳統的詩詞、戲曲，但是在五十年代盛行的無產階級新文學浪潮中，中國幾千年來積累的傳統文化底蘊，已經開始遭到冷落、摒棄。人們頭腦中逐漸形成了這樣的一個觀念：儒家的思想是反動的，道家的思想是消極的，佛家更是麻痺人心的工具。

一九七九年以後，隨著十年浩劫的結束及四人幫的倒台，中國進入經濟時代，經濟建設成爲頭號主題，而進入九十年代，商業化浪潮對中國大陸社會影響之大，可以說是中國歷史上從來未有過的，另一方面，中國的經濟、文化、科技、政治等各個層面，都要和世界接軌，由此也派生出許多問題。在這種社會環境下，當代大陸文學呈現出強烈的俗化趨勢。一方面，從讀者的角度說，出現俗化的傾向，從作者來說，也爲了迎合社會的俗化趨勢，炮製了大批的商品化的作品，更要引起我們注意的是，文學內部的俗化傾向。一九九三、四年以來，中國大陸幾家主要文學雜誌，紛紛打出了新市民小說和新體驗小說等招牌，標誌著文學內部俗化趨勢的勢力。在此之前，也有所謂新寫實文學，新現實主義文學的口號。其實這種趨勢的根源，我們不妨可以追溯到八十年代後半期開始日漸活躍的都市題材文學。大陸當代文學在五、六、七十年代最爲活躍而被重視的是農村題材，許多寫的成功的作品也大多數是以農村爲題材。但是八十年代中後期，出現了如陸文夫、范小青的『小巷文學』。陸的《小巷深處》的作品裏描敘蘇州一個深邃靜謐的小巷裡，住著一位叫徐文霞的女工。她每天用讀書到深夜的方式來排遣內心的煩惱。這種煩惱使她想起舊社會那段羞恥和屈辱的妓女生活。儘管如今她已經是勤大紗廠的工人，在尊敬、榮譽和愛撫的眼光中，她體驗到做人的尊嚴；但那段深藏在自己記憶中的屈辱經歷，仍時時折磨著她，她幾次想調動工作，希望過去像惡夢般地消失。她對愛情既渴望又畏懼，令她煩惱和孤獨。大學畢業的張俊的影子始終在眼前晃動。她多次撕毀那些曾玩弄過她的臭男人的求婚信，可無法抵禦張俊的愛情。她在與張俊一起學習、暢談和散步中，第一次感到愛情給人的幸福和激動。但她沒有勇氣向他坦白自己的過去。這篇小說取材新穎，情節曲折，描寫細致，語言純淨自然，受到廣大讀者的歡迎。同樣的陸文夫的另一作品《小販世家》於一九八〇年發表後，獲得全國第三屆優秀小說獎。他通過一個小商販坎坷不平的生活道路，提出了發人深省的社會問題。一九八八年范小青的《瑞雲》一文也是描寫瑞雲是瑞雲好婆從廁所裡撿回來的被人遺棄的姑娘的一個故事。這些小巷文學之外，還有像鄧友梅的京津市井小說也是八十年代以後才流行的。就像他一九八二年《北京文學》第四期獲全國獎的中篇小說《那五》，敘述的是滿清八旗子弟那五荒唐的生活故事，並且圍繞著那五的命運，概括了滿清末年到民國四十年間北京的社會風貌。尤其對北京的風俗民情，下層社會的生活習慣，都維妙維肖地給予展現。他採用了人們大衆所喜聞樂見的民族形式和中國傳統小說的筆法，在故事的推進中，靠人物對話、動作刻劃性格。語言又是經過提煉的北京口語，生動、簡潔、悅耳、傳神，字裡行間不乏幽默和譏諷。是一部獨具風格的市井小說。我們進一步再看劉心武在一九八五年在『當代』第五、六期所發表的長篇小說《鐘鼓樓》，是一部描寫當代北京市民生活。在北京北城鐘鼓樓附近的一座四合院裡發生了一系列平凡瑣屑而又令人玩味的故事。以薛紀躍的婚事作爲核心事件，採用『蓮花瓣』式的結構方式，相當全面地展示了北京普通市民平凡而耐人尋味的生活。劉心武將筆觸伸向北京市民的心靈，表現歷史文化與現代文明的複雜交織，從歷史深層和整體上對生活做出了史詩般的概括。作品裡，現代精神與懷舊情緒，對新的生活的追求和對傳統的依戀相互糾纏在一起，使內容籠罩上一層深沉、凝重的氣氛。小說中的各色人物大都寫得個性鮮明，眞實可信，是一部優秀成功的作品，榮獲茅盾文學獎。這些陸文夫、范小青、鄧友梅、劉心武等作家，作品都取材於就近的都市市民生活，表達作家對都市生活及其世態人心的體悟和評價。而這些作品也掀起了一個個不大不小的文學浪潮，吸引了大量讀者的歡迎視線。一向作爲文學題材主流的農村題材相對地來說，受到了讀者和作者的冷落。這種題材和現象的變遷，跟社會經濟結構和政治文化的變革相關聯，是對重農村輕城市，重農業輕商業的傳統文化心理的改變改造。從中國傳統來看，一向是重農輕商。而中共與農業、農村、農民又有著密不可分的關係。一九四九年以前，國共內戰時期，其重點可以說都在農村，所領導的革命實際上是農民革命；所謂解放區文藝實際就是農村民間文藝及其變體。所以一九四九年以後，農村題材和革命戰爭題材的作品，在數量和質量上占著絕對的優勢。而當代社會中的都市市民的生活卻很少被表現，所以八十年代中後期的市民文學，實在是中國大陸四十餘年當代文學中的新景觀。中國社會經濟結構和政治文化的變革，使向來重農村輕城市、重農業輕商業的傳統文化心理改變了，從而也改變了中國當代文學的整體格局。

中國傳統文化的主流可以說是關注社會、民族、人生命運，追求盡善盡美的。而八十年代以後興起的都市文學，由傳統文學的詩意觀點變化爲沉溺日常，由理性思考變化爲讚美市俗，他們有的只是『冷也好熱也好，活著就好』的麻木落漠歎息，在他們眼中，有的是『不談愛情』的婚姻，有的是無可奈何的『煩惱人生』，充滿於視野的是『一地雞毛』的日常瑣事。這些所謂新寫實派代表之一的『煩惱人生』（一九八七年《上海文學》第八期，池莉著）是描寫一個青年工人生活的作品。『早晨是從半夜開始的。昏濛濛的半夜裡突然聽到『咕咚』一聲驚天動地，緊接著是一聲恐怖的嚎叫。印家厚醒來時以爲是做惡夢，待反應過來才知道是兒子雷雷摔倒了床下。老婆卻早已下床趺趺撞撞撲向兒子。印家厚手忙腳亂去拉燈，燈亮，發現兒子跌得不輕。老婆愣了半天，終於破口大罵，說這地方簡直不是人住的，是豬狗窩，他印家厚連一間像樣的房子也搞不來，不是個男人。印家厚滿腔辛酸，呆呆坐在床沿上。一家人又睡了個回籠覺，五點多印家厚便又起來了。工廠遠離他的『窩』，坐汽車、換渡輪得二個多小時。印家厚急急進了十戶人家公用的衛生間，又去廁所，都是排隊。然後給兒子熱牛奶，催促雷雷起床，一切收拾停當，印家厚背起兒子大步匯入滾滾的人流。他知道，那排破舊老朽的平房窗戶前站著他燙著雞窩般髮式、臉色憔悴的老婆，她正目送著他們父子。印家厚在一家軋鋼廠的卷取車間當操作工，操作的是日本進口的機械手。他的操作台在玻璃房間裡，只要按電鈕就行。不順心時，印家厚想想自己的工作條件，便平添幾分欣慰。這天上午本來工作得好好的，廠辦卻突然通知讓各車間開會、評獎金。車間主任強調這次評獎金絕對要按原則辦事，一等獎不得『輪流坐庄』，印家厚心裡涼了半截，本來這個月正好輪他拿一等獎，三十塊。前幾日他就跟老婆商量好了，拿了獎給兒子買一件電動玩具，剩下的去吃頓西餐。老婆高興得眉開眼笑。印家厚是班長，爲了避嫌，這次被評個三等獎，五塊。印家厚憤懣至極，脖子根升起紅暈。印家厚的徒弟雅麗幫他解了圍。雅麗說大伙應該心中有數，知道到底誰幹得多幹得少就行了。大伙尷尬地一笑，散了。⋯⋯』這種『新現實主義』小說在題材選擇、背景描寫、人物刻劃、細節描繪等方面均表現出與以往的現實主義小說最不同的地方。它注重生活的原生狀態的描寫，重視普通人平淡而內蘊豐厚的生活的挖掘，細節的選擇和描繪更爲生活化。因此，池莉的這部作品，它繪聲繪色地描寫了青年工人印家厚一天當中繁雜而近乎瑣屑的生活。在這平淡的交織著艱難痛苦希望的普通人的生活中，主人翁的印家厚感到過苦悶、倦怠、徬徨，但到頭來他抬頭挺胸地韌性包容生活中現實的一切。這就是『新寫實小說”的特徵。再如『一地雞毛』是大陸文壇代表之一劉震雲在九十年代初期發表的，描寫了一個剛畢業的農村籍大學生，分配到北京某機關工作。他在工作單位泡上幾年，原來樂天熱情、富於幻想、率眞憨厚、會吹口琴和寫點詩的他，在辦公室的四堵牆壁裏消磨蹉跎，終於得到了脫胎換骨的改造。他善於藏拙、慣於奉迎、老於世故。他不侵公而又未忘營私，不抽板而先覓路過橋，無大志卻常算無遺策，欠機靈而能趨吉避凶，有操守又從俗如流，是一個平平庸庸的好人，如眞菌，如草芥，塡滿著社會的每一個角落。這種多採用生活流的逼眞描摹，迄今仍風行於中國大陸。

所以如果說五四新文化運動是在反思反省的基礎上對傳統文化的否定，大陸十餘年的文化大革命運動是對傳統文化的政治性的否定，那麼所謂的新時期則是因爲外在物質環境的巨大變化，人們對以道德倫理爲核心的傳統文化的放棄。（儘管這種放棄常常是不情願的、無可奈何的）中國現在正處於一個重物質輕精神、甚至是物欲橫流的時代，社會利益的分配與在分配正處於一個不斷調整的過程當中，物質文明的發展固然爲人們的生存提供了較之已往更爲廣闊的物質空間和機會，但純物質主義潮流下的物欲與利欲的膨脹，也不斷的擠壓和衝擊著人們的精神空間，對於人生存來說，如果有豐富的物質，而缺乏充實的精神，則必然趨向一種畸形的發展。生存競爭的激烈化，無論是強者還是弱者，都越發需要精神的撫慰，需要尋求一片聖潔的精神家園。在這種背景之下，傳統文化又為許多有識之士所關注。

其實，在中國大陸實行改革開放的國策不久，中國的社會環境變化伊始之時，許多作家就把目光投向了傳統文化觀念，汪曾祺、鐵凝、李杭育等人的作品，充滿了濃郁而純樸的鄉土人情，令人不禁回想起三十年代小說家沈從文的『邊城』風格。作品中表現的人物幾乎都是眞善美理想人性的化身，人與人之間眞誠相待，互相幫助，集中地體現了作家的美學理想。他希望表現那種『優美、健康、自然，而又不悖乎人性的人生形式』，使人們『從一個鄉下人的作品中，發現一種燃燒的感情，對於人類智慧與美麗永遠的傾心，健康誠實的贊頌，以及對愚蠢自私極端憎惡的感情』。對於這樣的『人生形式』，作者也未必相信是現實中存在的，然而，沈從文在《習作選集代序》上說，『這種世界雖消滅了，自然還能生存在我那故事中。這種世界即或根本沒有，也無礙於故事的眞實』。沈從文這種美學的理想，從一個側面反映了他對現實生活的不滿，但這種桃花源式的理想社會，跟那民族矛盾、階級矛盾非常尖銳、又複雜的三十年代，畢竟是不完全適應的。而中國傳統文學，從儒家創始人孔子那裡延續下來的審美原則，即審美評判與道德評判相結合的創作與批評標準，在上述作家的作品中又得到了完美的體證。以阿城、韓少功等作家的作品，則從文化的角度對中華民族的傳統進行了反思，呈現了尋根的創作傾向，而孔捷生、鄧剛等人則表現了自然崇拜的創作傾向，上述各類作家都沉湎於一種憶舊情懷之中，對從前的美好事物的無限依戀，自覺與不自覺地顯示了回歸傳統的文學主張。概略地介紹一下上述幾個作家作品，以見一斑。《爸爸爸》作者韓少功於一九八五年發表於〈人民文學〉第六期。小說敘述了一個遙遠的山寨裡奇異的風俗和生活，講了其中一個痴呆孩子的經歷。小說在一種古怪而神奇的故事中展開，向人們揭示了遙遠的山寨裡由神話、風俗、土語等等所構成的生存領域和文化基色。其內容包容著豐富而繁雜的信息涵量，不同的讀者根據不同的眼光去理解，就會有不同的認識和評價。小說在濃厚的歷史和原始的生活中，展示了人類的某種生存狀態及某些本質，很能啓迪人們探索和思考，和他一部《女女女》的作品合爲他『尋根文學』的代表作。

阿城的《棋王》（上海文學、一九八四第七期）和《孩子王》（人民文學、一九八五第貳期）兩篇都是描寫或者反映知青生活的作品。棋王~車站是亂得不能再亂，成千上萬的人都在說話。『我』的幾個朋友，早已被『我』送走插隊，現在輪到『我』了，竟無人來送，心中多少有點淒然。父母生前頗有些污點，運動一開始就被打翻死去。『我』野狼似地轉悠了一年，終於決定還是要走。此去的插隊農場按月有二十幾元工資，『我』很嚮往，爭了要去，居然就批了，自然有些歡喜。只是無人來送，『我』有點不耐煩，便進了車廂。『我』走動著找自己的座位號碼，卻發現在『我』這一格裡，還有一個精瘦的學生孤坐著。『我』坐了自己座位上，那個學生瞄了『我』一下，眼睛裡突然發出光來，問『我』是否會下象棋，『我』說不會，那學生卻不相信的看看『我』，就拿出了棋盤放在茶几上，碼好棋子，讓『我』先走。『我』胡亂下了幾步，火車就開動了。『我』不再有心思下棋，推亂了棋盤，那學生驚諤地看看『我』，好像明白了，身子軟下去，不再說話。這時一個同學走過來，讓『我』去打牌，正待伸手拉『我』，忽然看見了跟我下棋的那個學生，便大叫『棋呆子』。『我』才聽出音兒來，原來跟『我』下棋的這位竟是頗爲神奇的『棋呆子』王一生。王一生簡直大名鼎鼎。……《棋王》以樸素得近乎古老的敘事方式爲我們講述了『棋呆子』王一生的故事，應該說這故事不僅僅表現著過去年代的一種生存境況和景觀，從王一生身上我們更發現一種博大深廣的人的生命毅力和意志。知青題材的小說到阿城手中開始發生重大變化。大起大落，慷慨悲壯的『史詩』氣派被有意冷落，而瑣屑的卻更眞實更深刻的人生開始沉重而舒緩地進入小說天地。

孔捷生在一九八四年《十月》第六期所發表的〈大林莽〉是描寫文化大革命時期，一個知青勘探小分隊在海南大林莽中的複雜經歷和悲劇結局。小說著力揭示的是，在人與大自然的嚴酷對峙中，在生死存亡的關頭，人類終將拋開狹隘的私利和無謂的嫌隙，恢復其爲人的本性。他擅長描述以青年爲題材，並以衆多的成功的青年工人形象飲譽文壇。他把青年置於令人迷惘的年代，或者新時期的歷史背景中，通過對知識青年道路的描繪，塑造了傷痕到覺醒並投身到四個現代化建設的青年形象。在藝術上，他善於探索，勇於追求，〈姻緣〉、〈南方的岸〉、〈普通女工〉、〈追求〉等不同的作品筆墨各異，格調有別，具有濃烈的生活氣息和南國風情。

鄧剛是屬於年青的工人作家，工廠和海上生活，是他作品的主要題材。他描繪工廠生活的作品，充溢著『鐵氣』；寫海上生活的作品，則散發著『海味』。例如他的成名作《迷人的海》，是通過兩個搏擊者的形象，贊美了積極進取的精神，給人一種崇高、博大之感。作品採取了浪漫主義的表現方式，既不編織有序的故事情節，也不直露強烈的政治內容，而是通過五彩斑斕的海中傳奇生活，創造出一個抒情氛圍和哲理探究和諧統一的藝術境界。

上述『憶舊情懷』固然有其動人之處，但它的生命力卻值得使人擔憂。如果我們把目光拉向八十年代中期以後的大陸文壇，情勢對中國傳統的文化觀念並不容樂觀，因爲上述創作傾向受到了新引進的現代主義、後現代主義思潮的連連衝突。先鋒派小說、後新潮詩、王朔的調侃小說以及新寫實小說，都呈現咄咄進逼之勢。傳統文化的『仁義禮智』、『虛靜無爲』、『因果報應』或『因果輪迴』等思想，在經歷了極權專制政治的罹難之後，又面臨著現代工商文明的嚴峻挑戰，處境岌岌可危。

這時，傳統文化中的家族觀念卻如異軍突起，陝西作家陳忠實、山東作家張煒、江南作家蘇童等，都以家族母題爲依托，在文學之樹上開花結果。這一特殊的文學現象，使我們不得不把目光轉而定位於『家族』這個概念上。

一九八七年八月人民文學出版社出版了山東作家張煒長篇小說《古船》的單行本。作品寫的是膠東一個叫洼狸鎮的地方，從土地改革到農村改革四十多年的歷史面貌。這個鎮上有三個大姓：老隋家、老趙家、老李家。故事主要是在隋、趙兩姓之間的矛盾糾葛之中展開的。作品所包涵的內容相當豐富，具有『史詩』的品格。在結構上，採取了『一步三回頭』的敘事方式，將現實生活與歷史生活交匯在一起，慢慢推出，漸漸演進，布局較爲匀稱。語言的色調凝重，但行文中時有幽默調侃之處，稍嫌不夠簡潔，然無板滯之感。整個作品呈悲劇風格，發表後，反響強烈，評論疊出，有的說是『民族心史的一塊厚重碑石』，有的文章則透過作品對於宗法家族矛盾衝突的描寫和剖析，看到了它『把洼狸鎮當成整個兒中國大地的縮影的藝術構思』。

《收獲》一九八七年第五期載了蘇童的（一九三四年的逃亡）中篇小說。這是一篇家族史小說，描寫了陳姓家族史上驚心動魄的一幕。也可以說是陳姓一個家族的興亡史，這一頁歷史塗滿驚心動魄的災變、狂暴、性愛和死亡。在這裡生命變得異常蒼白、沉重、朝生暮死，極易毀滅；在這裡性愛變得畸形、瘋狂、充滿肉欲。作者一雙憂鬱的眼睛充滿哀傷地注視家族的歷史，從繚亂的記憶深處攝取淒豔的詩情，繽彩燦爛地呈現於讀者面前。於是這故事、這災難降臨之前的紛紛逃亡便具有了一種難以言說的意味，之因爲它不僅是指向陳姓家族，更可能暗示指向我們本世紀憂患重重的民族。蘇童在傳統文化中的歷史追尋小說呈現出對祖宗的詛咒和發泄、對生命原始魄力的挖掘以及對男女兩性關係的探索等的明顯傾向。

家族，英文名稱爲『Family』。它是指由婚姻和血緣關係構成的社會群體。本世紀初美國一位著名的人類學者顧素爾（Willystine Goodsell）在他《家族制度史》第二章裏，曾將『Family』分解爲『clan』、『social unit』和『Village Communities』三個同等的名詞。任何一個父權制社會（partriarchy），都會在其進程中留下家族觀念的印痕。可以說，人類早期社會和中世紀社會中的家族，作爲高於家庭的二級人類集團，作爲進一步顯現宗法的、禮俗的、血緣關係共同體的組織結構與行爲模式的集團，起到了極其重要的團結文化傳統的功用。

那麼，傳統文化中的家族觀念能夠一躍而出，成爲八十年代末期大陸文壇引人矚目的文學母題，並非偶然所致。一方面是因爲它本身具有的強大適應性；另一方面，則是要滿足於與現代工商文明相抗衡的需要。在這種情況下，洋洋五十萬言的長篇巨制《白鹿原》問世了。陝西作家的陳忠實在種種新潮派別的喧囂中另闢蹊徑。他著力敘述了清末以來關中地區白、鹿兩大家族的盛衰與鬥爭歷程，並將這兩大家族的命運化成了民族歷史的投影，頗富文化寓言的內涵。這部小說在某種意義上可以說接近於清代曹雪芹著的《紅樓夢》，主要體現在作者的目光已經深及中國傳統家族觀念的各個範疇。陳忠實所理解的『民族秘史』似乎也就是我們所說的『家族秘史』。家族制度在我國根深蒂固，有如國家的基礎，所以有『家國一體』之說。重在寫家族，也就深入到了宗法社會的細胞。但作者又不是一般的家族秘史，他的寫法，帶有濃重的『家譜性質』，也就是說，他要力求揭示宗法農民文化最原始、最逼眞的形態。在陳忠實看來，白鹿原所在的關中地區乃多代封建王朝的基地，具有深潛的文化土層。而生於這個土層的白、鹿兩大家族的歷史也就最典型不過地積淀著我們民族的文化秘密。我們不會忘記，《白鹿原》以怎樣精細曲折的筆墨描寫了『天然尊長』借鄉約、族規、續家譜來施展文化威力，甚至不吝篇幅把族規的原文都存留下來。《白鹿原》固然是個宏大的建築，但究其根本，它的礎石乃是對中國農村家族史的研究。它是枝葉茂盛的大樹，那根繫扎在宗法文化的深土層中。它是通過家族史來展現民族靈魂史。而且陳忠實所審視的是站在我們今天思想文化高度的重新審視，那諸多的新發現，那宗法文化的餘暉和臨近終結，就是過去的文學可以包括了。筆端囊括了傳統中祖先崇拜、宗族勢力、家長制、婚姻禮俗、夫妻關係、血緣意識、婦道倫常等各方面。有些評論家認爲，陳忠實也是個理想主義者，因爲他絲毫沒有掩飾向傳統復歸的意圖。他在描述民族秘史時，對維持和形成這一秘史的中國傳統文化～儒家文化～進行了新的闡釋，其中又顯示了對這種悠久而深厚的文化的依戀與留連。前述山東作家的作品《古船》，關於隋、趙、李三個家族間發生械鬥的描寫，則應視爲特定時代爭奪足權和政權的寫照，而他創於九十年代初期的《九月寓言》，在象徵意象中也隱藏著對傳統家族觀念境域的焦慮和思索。總起來看，作爲傳統文化一支的傳統家族觀念，經過許多作家們的集中發掘，已經成爲近幾年來大陸文學關注的一個焦點是沒有錯的。

在以認同世俗，靠攏世俗爲最高和唯一目標的文化傾向瀰漫整個兒文學領域時（正如我前面所談到的），自八十年代中後期興起的散文熱也不容忽視。這股散文熱悄然興起又逐漸壯大。在現代文學史上曾十分走俏，而被無產階級新文藝嗤之以鼻、冷落多年、備受非議的閒適小品，如周作人、林語堂、梁實秋、豐子愷等人的作品作爲經典再生。魯迅、朱自清、冰心、徐志摩等名家散文一再被選編成集出版。著名作家、資深學者如巴金、季羨林、金克木、曹卓等以飽經人生滄桑的筆墨寫出大量的玲瓏剔透的隨筆散文。中青年作家投入散文作家的更多。我認爲這股散文熱是對小說界俗化勢力的反抗，無論是所謂的新中國成立以前的散文，還是八、九十年新創作的散文都不約而同地顯示了對中華民族道德倫理體系中眞善美觀念的熱望。其中我要特別提到余秋雨的散文，也是海峽兩岸目前最受歡迎的散文作家。他的散文以對傳統文化的深情眷戀爲基調，又以冷峻的理性爲主導，對傳統文化內在的生命力進行了細膩而深刻的梳理，從而向讀者顯示了文化傳統中蘊含著具有無限生命力的可信又可行的因素。余秋雨散文關注於民族文化品格的重建，他以強烈的民族責任感和時代使命感對中國傳統文人的品格進行深刻的探討，暗示了重新檢討民族文化傳統、重塑民族文化人格的企盼。現錄數段他的作品，以知梗概。

『柳宗元晚年所幹的這些政績，是有點特別，每件事，都按著一個正直文人的心意，依照所遇所見的實情作出，並不考據何種政治規範；作了，又花筆墨加以闡釋，疏浚理義，文采斐然，成了一種文化現象。在這裡，他已不是朝廷棋盤中一枚無生命的棋子，而是憑著自己的文化人格，營築著一個可人的小天地。在當時的中國，這種有著濃郁文化氣息的小天地，如果多一些，該多好。時間增益了柳宗元的魅力，他死後，一代又一代，許多文人帶著崇敬和疑問仰望著這位客死南荒的文豪。（柳侯祠）

蘇州是我常去之地。海內美景多得是，唯蘇州，能給我一種眞正的休憩。柔婉的言語、姣好的面容、精雅的園林、幽深的街道，處處給人以感官上的寧靜和慰藉。現實生活常常攪得人心志煩亂，那麼，蘇州無數的古蹟會讓你慰貼著歷史定一定情懷。有古蹟必有題詠，大多是古代文人超邁的感歎，讀一讀，那種鳥瞰歷史的達觀又能把你心頭的皺折慰撫得平平展展。看得多了，也便知道，這些文人大多也是到這裡休憩來的。

他們不想在這兒創建偉業，但在事成事敗之後，卻願意到這裡來走走。蘇州是中國文化寧謐的後院。……（白發蘇州）

小事一樁，但細想之下，百味皆備，只能莫名地發一聲長長的感歎，感歎人生的溫馨和蒼涼，感歎歲月的匆迫和綿長。

西方一位哲人說，只有飽經滄桑的老人才會領悟眞正的人生哲理，同樣一句話，出自老人之口比出自青年之口厚重百倍。對此我不能全然苟同，哲理產生在兩種相反力量的周旋之中，因此它更垂青於中年。世上一切眞正傑出的人生哲學家都是在中年完成他們的思想體系的。到了老年，人生的磁場已偏於一極，趨於單向中年人不見得都會把兩力交匯的困惑表達成哲理的外貌，但他們大多置身於哲理的磁場中。我想，我在三十年前是體會不到多少人生的隱秘的，再過三十年已在人生的邊沿徘徊，而邊沿畢竟只是邊沿。因此且不說其他，就對人生的體驗論之，最有重量的是現在，是中年。

……（三十年的重量）

講到這裡，我們也許對中國傳統文化在大陸當代文學史的消長有所了解。那麼，它之對於大陸當代文學的特定屬性究竟是什麼呢？

從上述粗線條的縱向考察中，我們會很容易發現中國傳統文化觀念的潛流性質。換句話說，就是指它有一種看不見的綿延性，而且它對文學的發展並不輕易產生轟動效應。因爲它本是意識形態領域層次較深的部分。文學的諸種觀念、現象的發生並非在其內部，而是借助於外力（譬如政治、經濟等社會因素）的影響，以不同的方式對其取捨而成的。因此在文學創作中，傳統文化觀念屬於創作客體一方，體現的是對象性特徵，不同時期的創作主體（小說家、詩人等）都可以對其評頭論足，並借以實現自己的文學主張。

但這並不等於說傳統文化觀念就永遠處於被選擇的被動地位。大陸當代文學發展的事實也證明了並非只是如此的情形。一見外力的作用危及到傳統文化的根基時，它要嘛收縮起來以求自保，要嘛就浮現到歷史的地表。這又說明了它體現於文學上的另一屬性，即是兼容並包，伸縮自如的彈性作用。

從目前來看，中國傳統文化觀念對大陸文學的影響還是非常強大的。畢竟，它是以主人的姿態去面對現代工商文明的衝擊。至於大陸作家們對其如何去調整、發展，我們只有拭目以待。任何傳統在當代生活中的存活並不單純依靠儀式，文物遺物和文字記載，它只能復甦於當代文化意識，隨當代思想的流程而顯現，這是人類文明進化的一個規律吧！

沈從文小説創作的理論架構

王潤華

一、『詩人批評家』與『創作室批評』：沈從文的小説批評理論

我在〈從艾略特『詩人批評家』看沈從文的文學批評〉一文中指出，沈從文是一個標準的詩人批評家（poet-critic），他的小説理論與批評是典型的創作室批評（workshop-criticism）。『詩人批評家』的文學批評理論，視野與論點都很有局限，他只評論影響過自己的作家與作品，只評論自己有興趣又努力去創作的作品，因此被稱爲創作室批評，因爲它只是一個作家在從事創作時的一種副產品（by-product）。❶

目前由於政治的原因，收集在《沈從文文集》中第十一及第十二卷中的文論，雖然很不齊全，經過政治審查的過濾，凡不爲一九四九年以後中共文藝政策所容忍的觀點文章，都沒有被收集，❷但從這些論文中，已經很清楚的看到，沈從文的文學批評理論，是屬於『詩人批評家』

的傳統。他對小說的看法，所以具有權威性，並不是因爲他對小說作品及理論有特別深廣的研究，更不只是他有一套嚴密的批評體系，最主要的原因，是因爲他是一個有創作經驗的藝術家（craftsman），他所論的問題全是道出他人未能道的經驗之談。他對魯迅，廢名等人描寫被現代文明毀滅的鄉鎮小說的見解就是最好的例子，這是他自己在創作經驗中深入的感受與了解所得出的結論，不是純理論或哲學性的推理或分析。

沈從文的文學批評理論文章，都是在創作之餘，把零星的創作中的眞知灼見，反覆地表達在不很正式的文學批評文章中。第一類，屬於序言或後記，把自己開拓的小說領域之新發現或藝術技巧記錄下來。第二類是直接評論一位作家或作品，如《沫沫集》中的『論馮文炳』，這些都是沈從文向他們學習過，或受其影響的作家。第三類是筆記式的篇幅較長的著作如《燭虛》。這些論說序跋，其實主要是爲了一個簡單的目的：一方面替自己所寫的小說辯護，另一方面爲他所寫的小說建設一個理論架構，以便得到承認與建立其權威性。❸

沈從文在一九二二年（二十三歲）從湘西到北京後，開始寫作。大約到了一九二八年以後，才開始寫出〈柏子〉、〈雨後〉（一九二八）、〈七個野人與最後一個迎春節〉、〈夫婦〉（一九二九）、〈蕭蕭〉、〈丈夫〉（一九三〇）、〈邊城〉（一九三四）這些代表傑作。因此他的批評理賦在一九三〇年以後才開始出現。❹由此可見，沈從文是從自己的作品來考察當代或前輩的作品，因此對那些深感興趣又影響過他的以抒情筆調寫鄉土小說的作家，就大爲贊賞，但對那些與他創作興趣背道而馳的就表面冷漠，甚至攻擊，郭沫若的小說便是一個最好的例子。

二、包含著社會現象與夢象的小說

創作室的文學理論，目的是要爲自己的作品建設理論基礎，爭取承認，因此作爲詩人批評家的沈從文，所寫的許多評論文章，基本目的不是要替讀者解讀作品，更不是爲作家在文學史上定位，也不是要建立一套文學理論的新體系。他的動機與目的很有局限性。我在〈從艾略特『詩人批評家』看沈從文的文學批評〉一文中已討論過，現在再從下面沈從文對小說創作的理論架構來看，就更能了解他對小說的理論是建立在自己創新的小說之上。他的小說的理論是從他自己的創作經驗歸納出來，因爲這是構成他的小說的理念。

在三十年代前後，當寫實主義，人生文學成爲主流時，沈從文注意到很多作家憑著一個高尚尊嚴的企圖（如爲人生），一個不甚堅實的概念（如『社會的贓污』，『農村的蕭條』）去寫作，結果『所要說到的問題太大，而所能說到的太小』（一一：一六五—一六六），因此在『短篇小說』一文中，他除了肯定小說要表現人生，但這絕不止於外在表面的客觀事物現象，除了人生現象，應該還有夢幻現象，要不然小說就淪爲新聞式的報告了：

> 把小說看成『用文字很恰當記錄下來的人事』。因爲既然是人事，就容許包含了兩個部分：一是社會現象，是說人與人相互之間的種種關係；一是夢的現象，便是說人的

心或意識的單獨種種活動。單是第一部分容易成爲日常報紙記事，單是第二部分又容易成爲詩歌。必須把人事和夢兩種成分相混合，用語言文字來好好裝飾剪裁，處理得極其恰當才可望成爲一個小說。（〈短篇小說〉《文集》，一二：一一三—一一四）

他特別強調人事和夢要相混結合起來，因此這二者是二而一，一而二，不能分開的。把它們分開以後，我們小說中的人，生命或靈魂，就會破碎。沈從文的小說要把它們粘合起來，變成一個完整的人。『一切作品皆植根於「人事」上面，一切偉大作品皆必貼近血肉人體。』（〈論穆時英〉《文集》，一一：二〇三）

在面對現實主義的壓力，沈從文說明小說家要『貼近人生』，但寫作時卻要『儼然與外界絕緣』，絕對不能被一些崇高觀念左右：

我雖明白人應在人群中生存，吸收一切人的氣息，必貼近人生，方能擴大他的心靈同人格。我很明白！至於臨到執筆寫作那一刻，可不同了。我除了用文字捕捉感覺與事象以外，儼然與外界絕緣，不相粘附。（〈沈從文小說習作選·代序〉《文集》，一一：四一—四二）

他要『用文字去捕捉自我的感覺與事象』，而感覺是個人的，超現實的。所以接下去，他再強調寫小說要『獨斷』：

> 一切作品都需要個性，都必浸透作者人格和感情，想到這個目的，寫作時要獨斷，要徹底地獨斷！（《文集》，一一：四二）

沈從文在〈水雲〉（一九四二）那篇回憶式的哲理散文裡，很坦誠地透露了自己經常陶醉於夢境的經驗。寫作對沈從文來說，是『我要寫我自己的心和夢的歷史』（《文集》，一一：二七三）。《月下小景》中的佛經故事是經過『放大翻新，注入我生命中屬於情緒散步的種種纖細感覺和荒唐想像』（一一：二七四）。《邊城》那本中篇小說是『將我某種受壓抑的夢寫在紙上』的故事，是『純粹的詩，與生活不相粘附的詩』（一一：二七九—二八〇）。雖然『一切作品皆植根於人事上面，一切偉大作品皆必然貼近血肉人生』（《文集》，一一：二〇三），他爲小說中的，已經消失的蠻荒歷史，人類的記憶和夢幻裡的世界辯護：

> 只看他表現得對不對，合理不合理，若處置題材表現人物一切都無問題，那麼，這種世界雖消滅了，自然還能夠生存在我那故事中。這種世界即或根本沒有，也無礙于故事的眞實。（《文集》，一一：四五）

所以沈從文在小說中，常常寫的不是眼見的狀態，而是官能的感受、回憶、夢幻，請看下面幾段文字：

用各種官能向自然中捕捉各種聲音，顏色，同氣味，向社會中注意各種人事。脫去一切陳腐的拘束，學會把一支筆運用自然，……在現實裡以至於在回憶同想像裡馳騁，把各種官能同時並用，來產生一個『作品』。（〈幽僻的陳莊·題記〉《文集》，一一：三九）

創作不是描寫『眼』見的狀態，是當前『一切官能感覺的回憶』。（〈連華創作一集·序〉《文集》，

超越普通人的習慣，心與眼，來認識一切現象，解釋一切現象，而且在作品中注入一點什麼，或者是對人生的悲憫，或者是人生的夢。（〈學習寫作〉《文集》，一一：三五七）

三、探索人的靈魂與意識深處的小說

好的小說家，不同於常人，因為他能夠從普通人所共見的人生現象與夢象中，發現一般作家不易發現的東西，打開普通作家不能進入的世界：

一個偉大作家的經驗和夢想，既不超越世俗甚遠，經驗和夢想所組成的世界，自然就

恰與普通人所謂『天堂』和『地獄』鼎足而三，代表了『人間』，雖代表了『人間』，卻正是平常人所不能到的地方。❺

從一九二八到一九四七年間，前後約二十年，沈從文寫了大量有關延長千里的沅水及其支流各鄉村的小說。中國土地上的湘西，一般人都能前往觀光，但是沈從文小說世界中的湘西，不管是茶桐小邊城或是玉家母子的菜園，七個野人的山洞，吳甘二姓族居住的烏雞河，都是當地居民或遊客所看不見，到不了的藝術世界。❻

沈從文在文章裡，經常強調他五官的敏感性能，他善於通過官能，向自然捕捉聲音、顏色、氣味，而且幻想與回憶的能力，也超乎常人。這種能力能促進作品之深度：

天之予人經驗，厚薄多方，不可一例。耳目口鼻雖具同一種外形，一種同樣能感覺吸收外物外事本性。可是生命的深度，人與人實在相去懸遠。（〈燭虛〉《文集》，一一：二八〇）

他自認是一個能表現生命深度的作家，當然他是當之無愧的。相反的，沈從文下面這段文字，很顯然是針對當時長久住在北京或上海的現實主義作家，嘲笑他們感覺官能已麻木不仁，因此作品自然沒有深度，更沒有獨創性：

> 城市中人生活太匆忙，太雜亂，耳朵眼睛接觸聲音光色過分疲勞，加之多睡眠不足，營養不足，雖儼然事事神經異常尖銳敏感，其實除了色欲意識和個人得失以外，別的感覺官能都有點痲木不仁。（《文集》，一一：四四）

沈從文一再說創作描寫不是眼見的狀態，不是一般人所能到達的地方，也不是普通作家容易發現的東西。到底這種小說所表現的由人事與夢象相混合的是什麼世界？他在《燭虛》中指出，他的小說最終目的，就在於探索人的靈魂深處或意識邊際，這樣才能發現人，說明愛與死的各種形式：

> 我實需要『靜』，用它來培養『知』，啓發『慧』……用它來重新給『人』好好作一度詮釋，超越世俗愛憎哀樂的方式，探索『人』的靈魂深處或意識邊際，發現『人』，……（《文集》，一一：二八一）

接下去，沈從文說在現代文明社會，『生命或靈魂，都已破破碎碎，得重新用一種帶膠性觀念把它粘合起來』（《文集》，一一：二八一）他的小說便是尋找還未被現代社會文明打破的人，還包括『我』作者自己。

沈從文在〈《長河》·題記〉中說，他在作品裡把農民『加以解剖與描繪』就是要探索其靈魂深處或意識層面：

在另外一個作品中（指《長河》），把最近二十年來當地農民性格靈魂被時代大力壓扁扭曲失去了原來的素樸所表現的式樣，加以解剖與描繪。（《文集》，七：四）

因爲沈從文在論小說時，從夢象、意識、到探索與解剖靈魂，金介甫，吳立昌都肯定他對佛洛依德的文藝心理學的理論有所認識。❼

沈從文的〈漁〉，就是很有代表性的一篇探索人類靈魂意識深處的小說。在現實層面裡，苗族把毒藥倒進烏雞河里毒魚，這是一年一度的大浩劫。吳姓兄弟溯河而上，在月夜裡進入夢幻中，深入野蠻民族好鬥嗜殺的潛意識深處，這條河是歷史之河，意識之河，把這對孿生的青年人，帶回人類蠻荒時代，人類靈魂之黑暗深處去。所以在河的上流，他們發現荒灘上有流被流血染紅的岩石，有哀悼鬼魂而建的廟，還有舊戰場，以及唯一甘族生還的女子，這些都是二族互相殘殺帶來的悲劇。小說結束時，哥哥加入族人揮刀砍魚的族群野蠻習俗裡，弟弟卻拒絕回返現實，要停留在洪荒時代，因爲那裡有星星月亮，有花，更有美麗的女子。在小說中，殘殺生靈的寶刀與美化心靈與大地的野花交迭出現，充滿愛情之渴望的山歌與爲罪惡而懺悔的木魚誦經聲，此起彼落。哥哥進入的人類心靈深處那角落，充滿野蠻與黑暗，而弟弟進入的，卻是浪漫美麗的心靈世界。❽

四、小說是要發現人性，解釋人生的形式

沈從文要小說家超越現實，進入夢象，進入一般作家不能到達的地方，描寫眼睛看不到的狀態，探索人類的靈魂或意識底層，他的目的是要發現人，重新對人給予詮釋，因爲他在尋找中的人類，甚至自我的生命與靈魂，『都已破破碎碎，得重新用一種帶膠性的觀念把它粘合起來。』

在沈從文眼中，人的生命與靈魂破破碎碎是許多原因所造成，而最常表現在他的作品中的是野蠻的風俗與現代文明。譬如他說湘西的農民，『性格靈魂被時代大力壓扁扭曲失去了原來的素樸』，是指現代都市文明侵入鄉村與小城鎭後毀滅了原來的生活方式與人性。沈從文在更早的作家如魯迅的小說中，已看見中國小城鎭及其人民在新的物質文明侵入後，『皆在漸漸失去原來的型範』（『論中國創作小說』《文集》，一一：一七三）。農民性格靈魂固然被時代大力壓扁扭曲，城市人，像沈從文小說中的紳士政客，更喪失人性，道德淪喪。〈夫婦〉、〈三三〉中的城市人性已變形，身心都得了病，『菜園』中的鄉紳政客，就更加卑鄙醜惡地去殘害善良的老百姓了。

所以沈從文一次又一次的說明他用小說藝術建設的廟所供奉的是『人性』，因此他要表現眞正的人性，請看下面引自各篇論文的段落：

> 我要表現的本是一種『人生的形式』，一種『優美，健康，自然而又不悖乎人性的人生形式。』（〈《沈從文習作選》代序〉，《文集》，一一：四五）
>
> 在小小篇章中表現人性，表現生命的形式。（「短篇小說」《文集》，一二：一二六）
>
> 我寫小說，就重在從一切人的行爲表現上學理解人的種種長處和弱點……（「新廢郵存底」《文集》，一二：五四）
>
> 我寫小說，將近十年，這目的始終不變，就是用文字去描繪一角人生，說明一種現象。（「廢郵存底」《文集》，一一：三二〇）

沈從文那樣認眞看待小說，因爲他對小說具有傳統的文以載道的目的，希望小說能代替經典著作，幫助人去理解人的人性、神性和魔性，建立價值與道德感：

> 讀者從作品中接觸了另外一種人生，從這種人生景象中有所啓示，對『人生』或『生命』能作更深一層的理解。（〈短篇小說〉《文集》，一二：一一四）

沈從文對被壓扁扭曲的人性如何解剖（即探索其靈魂與意深處），目前像凌宇、、王繼志、吳立昌的著作都有討論。❾沈從文一方面表現鄉下人與都市人（包括農民、士兵、工人、妓女、政客、紳士等各行各業的人）被扭曲的變了形的靈魂，他也挖掘他們身上尚未完全泯滅的人性，甚至神性。譬如通過野花的象徵，沈從文表現出生活在古遠時代的魔鬼習俗中的龍朱、患上精神衰弱症的都市人璜、瘸子號兵、豆腐店老板和商會會長的女兒，他們心靈對原始的生活方式與愛情感覺，始終沒有被毀滅。〈新與舊〉的老兵劊子手的人性、〈丈夫〉中的丈夫的夫權與人性，都在復蘇和覺醒中。[10]〈旅店〉（《文集》，八：三〇二—三一〇）中的主人黑貓，一個守寡了三年的花腳苗族女人，終於在一個野狗很多的早晨，發現性慾在生長：一種突起的不端方的慾望在心上長大（〈旅店〉《文集》，八：三〇六）她大膽的讓一個客人滿足了自己的性慾。那商人來自都市，是一個患上了不治之症的現代人，一個月後他便死了。商人日夜奔跑，忙於賺錢，一到旅店便呼呼大睡。儘管他有病，卻經不起這位二十多歲的婦人苗條光滑的身段、脹起的奶子的誘惑，引起性慾。小說中的黑貓自己承認很易入睡，而住店的商客一到就倒頭大睡。作者以衆人爲『熟睡所攫』，象徵他們的感官在迷睡狀態，爲追求物質所疲勞。黑貓的助手是一位四十多歲的駝背男子，他又象徵一個身心殘缺的人，沒有感覺的人。她自己的丈夫不健康，已死了四年。雖然在這個旅店裡，人人爲金錢物質而忙碌，使到近年來沒有『年輕人的事』了。但性欲還是不會死亡的，它只是沉睡著，隨時都會醒來，就像大鼻子商人與黑貓一天早晨睡醒，一起到樹林中的河邊挑水（象徵回到自然生活中），那些潛意識便會醒來。

沈從文在一九八八年五月十日逝世後，在靈堂懸掛的遺照上，有他生前的題辭：

照我思索，能理解『我』。

照我思索，可認識『人』。

這是他在一九六一年未寫完的遺作，題名〈抽象的抒情〉一文前的題辭。初稿是在被查抄數年後退還的材料中發現。照淩宇的理解，未加引號的『我』和『人』，是受外在環境與壓力改變扭曲的『我』和『人』。因此這題辭最適合代表沈從文一生的創作目標，因爲他創作時，就是要盡一切努力，拒絕外在的壓力，保持自我，這樣他作品中所表現的人類，才是在他作品中的時代裡的眞正人類。我們能眞正理解與認識人，因爲沈從文的我去思索時，永遠是屬於沈從文自己的。所以我覺得這題辭應該作爲卷首詩，印在沈從文全集上。⑪

五、小說的新傳統：描寫被現代文明毀滅的鄉村小說

沈從文在二十年代末以後，開始大力描寫以湘西沅水流域爲背景的小說。他自己很欣賞沅水流域所激發出來的傑作，在〈《沈從文小說選集》．題記〉（一九五七），他回憶道：

> 一九二八年到學校教小說習作以後，由於爲同學作習題舉例，更需要試用各種不同表現方法，處理不同問題，因之在一九二八年到一九四七年約二十年間，我寫了一大堆東西。其中除小部分在表現問題、結構組織和文字風格上，稍微有些新意，也只是近

於學習中應有的收獲，說不上什麼眞正的成就。至於文字中一部分充滿泥土氣息，一部分又文白雜揉，故事在寫實中依舊浸透一種抒情幻想成分，內容見出雜而不純，實由於試驗習題所形成。筆下涉及社會面雖比較廣闊，最親切熟悉的，或許還是我的家鄉和一條延長千里的沅水，及各個支流縣分鄉村人事。這地方的人民愛惡哀樂、生活感情的式樣，都各有鮮明特徵。我的生命在這個環境中長成，因之和這一切分不開。（《文集》，一一：七〇）

這是他作品中，他『最滿意的文章』，因爲表現問題、結構、和文字都有『新意』。這不但是他的也是中國現代文字的新收獲，所以沈從文以湘西富有傳奇神秘色彩的生活、語言、地方色彩創造出突破性的新小說。他在『我的寫作與水的關係』（一九三七）說：

到十五歲以後，我的生活同一條辰河無從分開……

我雖離開了那條河流，我所寫的故事，卻多數是水邊的故事。故事中我所最滿意的文章，常用船上水上作爲背景。我故事中人物的性格，全爲我在水邊船上所見到的人物性格。我文字中一點憂鬱氣氛，便因爲被過去十五年前南方的陰雨天氣影響而來。我文字風格，假若還有些值得注意處，那只是因爲我記得水上人的言語太多了。（《文集》，一一：三二五）

到了三十年代至四十年代中期，沈從文從區域文化的角度來窺探和再現鄉村中國的生活方式及鄉下人的靈魂，他開始有信心的從他自己所追求與試驗的小說觀點來考察當時比他早成名的小說家之小說。這些評論，其實是爲自己努力創作的小說爭取承認，建設其新小說傳統而寫的。這些批評自然也洩露他自己的小說的奧秘。沈從文稱他自己所寫的這種小說的傳統，可追溯到魯迅的小說。從魯迅〈故鄉〉、〈社戲〉，魯迅影響了王魯彥、許欽文、羅黑芷、黎錦明、施蟄存，從而建立了鄉土文學的傳統：

> 以被都市物質文明毀滅的中國中部城鎮鄉村人物作模範，用略帶嘲弄的悲憫的畫筆，塗上鮮明準確的顏色，調子美麗悅目，而顯出的人、物姿態又不免有時使人發笑，是魯迅先生的作品獨造處。分得了這一部分長處，是王魯彥，許欽文同黎錦明。王魯彥把詼諧嘲弄拿去；許欽文則在其作品中，顯現了無數魯迅所描寫過的人物行動言語的輪廓；黎錦明，在他的粗中不失其爲細致的筆下，又把魯迅的諷刺與魯彥平分了（《文集》，一一：一〇七）

沈從文在一九四七年寫的『學魯迅』一文中，尊稱魯迅爲中國鄉土文學之始祖，肯定這種鄉土文學成爲二十多年來的小說主流：

於鄉土文學的發軔，作爲領路者，使新作家群的筆，從教條觀念拘束中脫出，貼近土地，挹取滋養，新文學的發展，進入一個新的領域，而描寫土地人民成爲近二十年文學主流。（《文集》，一一：二三三）

沈從文甚至承認，他的鄉土小說是受了魯迅同類小說的啓發才開始創作。在〈《沈從文小說選集》．題記〉中說：『加之由魯迅先生起始以鄉村回憶做題材的小說正受廣大讀者歡迎，我的學習用筆，因之獲得不少勇氣和信心。』（《文集》，一一：六九）

沈從文眼中魯迅及其同代人鄉土小說的特點，最適合拿來詮釋他自己的小說。在〈論中國創作小說〉一文（《文集》，一一：一六三—一八六）中，他指出：魯迅『從教條觀念拘束中脫出，貼近土地，挹取滋養』（《文集》，一一：二三三），魯迅小說展覽『一幅幅鄉村的風景畫在眼前，使各人皆從自己回想中去印証』（《文集》，一一：一六六）。沈從文特別喜歡魯迅這樣的主題：『中國農村是在逐漸情形中崩潰了，毀滅了，爲長期的混亂，爲土匪騷擾，爲新的物質所侵入，可贊美的或可憎惡的，皆在漸漸失去原來的型。』（《文集》，一一：一七三）此外他也很欣賞魯迅小說中的沉靜、憂鬱、感傷、苦悶、幻想和冷嘲：

> 魯迅的作品，混和看有一點頹廢，一點冷嘲，一點幻想的美……（《文集》，一一：一六六）

在《吶喊》上的〈故鄉〉與《徬徨》上的〈示眾〉一類作品，說明作者創作所達到的純粹，是帶著一點憂鬱，用作風景畫那種態度，長處在以準確鮮明的色彩，畫出都市與農村的動靜。作者的年齡，使之成爲沉靜……因此作品中的感傷的氣氛，並不比郁達夫少……魯迅的悲哀，是看清楚了一切，嘲笑了一切，卻同時仍然爲一切所困窘，陷到無從自拔的苦悶裡去了的。（《文集》，一一：一六六—一六七）

魯迅使人憂鬱，是客觀寫中國小都市的一切……（《文集》，一一：一七三）

沈從文也在許多當代小說中找到了與自己在主題與風格上相似的作品，屬於這個傳統的作家，在〈論施蟄存與羅黑芷〉一文中說，『這兩人皆爲以都市文明侵入小城小鎮的毀滅爲創作基礎』（《文集》，一一：一〇七）。沈從文也喜愛廢名的小說，因爲『由最純粹農村散文詩形式出現（《文集》，一一：一〇〇），在〈夫婦・序言〉中，他甚至坦白承認受了廢名抒情詩小說之影響（《文集》，八：三九三），兩人作品有相似之處：『一則因爲對農村觀察相同，一則因背景地方風俗習慣也相同。』（〈論馮文炳〉《文集》，一一：一〇〇）

從沈從文對魯迅及其他小說家的評論，可以清楚的看出，他努力建立一個小說的新傳統。這個傳統由魯迅開始，他們都是擺脫許多二三十年代寫作教條觀念的拘束，貼近土地去描寫被物質文明毀滅的鄉村小鎮。這種作品的語言文字表現風格特點是，充滿抒情的語言、冷靜、感傷、憂鬱，還混合著頹廢、冷嘲和幻想美。[12]

六、用鄉村中國的眼光看現代文明：都市小說的開始

雖然沈從文的小說給人的印象，主要是描寫湘西的鄉村中國，其實他的城市小說幾乎占了全部作品的一半。在《沈從文文集》中的小說，有七十六篇以城市為主題，八十七篇以鄉村為主題。⓭在他描寫鄉村社會的小說中，對都市文明的批判也有所表現，像〈雨后〉（一九二八）、〈蕭蕭〉、〈夫婦〉（一九二九）、〈菜園〉（一九二九）、〈三三〉（一九三一）、〈貴生〉（一九三七）等小說，就是很好的例子。沈從文的這些鄉村小說，不只表現區域文化，他更以鄉村中國的文學視野，一方面監視著在城市商業文明的包圍、侵襲下，農村緩慢發生的一切，同時又在原始野性的活力中，顯現都市人的沉落靈魂。⓮例如，在〈三三〉（《文集》，四：一二〇—一四八）那篇小說中呈現的是鄉村中國的自然人發現都市人的病態及荒謬性。三三和她的寡母住在苗區山彎堡子里過著世外桃源的生活。有一天城裡來了一個白面書生，他原來是希望到鄉下養病，享受農村田野的新鮮空氣，吃些新鮮雞蛋蔬菜，滋補身體，然後把病治好。三三的媽媽希望把女兒嫁給這位青年，可是城市人突然得狂病死了。整個村落的人開始對城市及從城市來的人感到驚恐，他們認識到城市人與病人是同等意義的。在〈三三〉小說中，通過象徵性的語言，解剖了鄉村中國與城市中國的第一次相遇後，鄉村人對城市的夢幻開始破滅，而大自然的靈藥也救治不了城市人的死亡，因為他患的已是第三期的癆病。

在另一篇充滿抒情幻想的抒情詩小說〈夫婦〉（《文集》，八：三八四－三九三）中，城市人在現代文明的污染與壓力下，生命變得空虛，因此患上神經衰弱症。最後他回歸大自然去尋找自然的生命力來治療自己的病。可是原本潛藏著生命力的鄉村世界卻正在都市文明的侵染下逐漸失去那原始的人性美與生命力。保護鄉村的團衛就是都市文明的化身：它亂用權力，虛僞，公報私仇。〈菜園〉（《文集》，二：二六一－二七一）中的『縣府』，胡亂處決玉琛及其妻子，代表現代文明只是一場慘無人道的政治鬥爭，在白色恐怖中，許多無辜的老百姓慘遭殺害。這是另一種現代文明帶來的災難。

所以沈從文在他的被稱爲最具魅力，充滿泥土氣息的小說中，仍然沒有忘記都市文化無孔不入的侵入其間，而引起自然生活秩序的錯亂，美麗的自然大地的受破壞。沈從文在一九三一年寫〈記胡也頻〉裡，對當時上海新感覺派都市文學作家如劉吶鷗、穆時英，葉靈鳳很有好感。他說：『上海方面還有幾個「都市文學」的作家，也彷彿儼然能造成一種空氣（《文集》，九：八〇）沈從文以都市主題爲中心的小說，如〈紳士的太太〉（一九二九）、〈虎雛〉（一九三一）、〈八駿圖〉（一九三五）等小說中⑮，他又以鄉下人的目光來觀察都市人生來看都市人生荒謬性與社會病態現象。沈從文的鄉村中國的視野是具有道德與價值的一把尺，一把稱：

> 我是一個鄉下人，走到任何一處照例都帶了一把尺，一把稱，和普通社會總是不合。一切來到我命運中的事事物物，我有我自己的尺寸和分量，來證實生命的價值與意義。

（〈水雲〉《文集》，一〇：二六六）

所以他對都市人的觀察，依據的是『鄉下人』的標準。他把人類病態精神看作都市文明一一外部環境對人性的扭曲，那就是他拒絕的『社會』。這種扭曲的人性與自然相衝突，在〈虎雛〉小說中，小兵虎雛被放置在城市中，接受現代文明的教育與文化，從野蠻湘西鄉村來的他，做出直覺的抗爭，最後他因在城裡打死一個城市人而消失。他打死一個城市人，表示他打死了城市文明，他的消失是暗喻鄉下人逃回到自然的鄉村去尋找失落的生命與意義。

這些小說都是通過鄉村中國的眼光在看中國城市，來觀察現代文明：眞正屬於大多數人的中國是農村中國，而它正在逐漸消失。沈從文小說中的人物，都感到只有回歸到鄉村中國，才能找回失落的精神和品質。他們始終無法與都市文化認同。

沈從文這種鄉村中國的詩學，從鄉村中國來考察城市中國的小說，可說代表了中國五四時期以後的城市小說與詩歌的寫作視野與思維方式。從魯迅、王魯彥到施蟄存的鄉土作家，他們作品的主題是呈現現代物質文明如何慢慢毀滅中國的鄉鎮。即使到了上海現代派作家，像劉吶鷗、穆時英、杜衡，葉靈鳳和戴望舒，他們雖然長期生活在中國現代的上海，對現代都市有些認同，但對都市文明的困惑還是很多，因爲他們多是從帶有鄉土味的鄉村或小城鎮走出城市的人家，結果還是站在現代大都市的邊緣來窺探都市人的觀念行爲模式。⑯

根據楊義的分析，三十年代上海現代派的都市文學作品對現代人的認識，也就是現代人的病症，可分爲三大類。第一種是『陌生人』。由於受了大都會物質文明和商業文明的極大誘惑，從城鄉湧進大都會的中國人，脫離了地緣、血緣，與倫理道德的維繫，他們一步一步掉進無底的深淵。所以從『陌生人』又變成了『片面人』，最後變成『變態人』。⑰不屬於任何文學派別的老舍的城市小說，被稱爲『城市庶民文學的高峰』，而且是少數出身都市（北京）貧民階層的作家，但是老舍的代表作《駱駝祥子》，是關於一個出生農村的年輕人祥子，城市文明使他從鄉間帶來的強壯的身體腐爛，成爲現代都市社會胎裡的產兒。他的墮落也是一步步的，從仁和車廠到大雜院與白房子（妓院），代表他逐漸掉進黑暗腐敗的都市文明的最底層。他也是從『陌生人』、『片面人』而最後被扭曲人性成爲『變態人』。⑱

沈從文描寫鄉下人與都市人在鄉鎮和大都市相遇的小說，在今天看來，它實際上構成以後歷久不衰的都市文學的視野與出發點。這種都市文學的詩學，恐怕要在今天台灣八十年以來的作品中，才開始起了變化。⑲

七、揉詩、遊記、散文與抒情幻想成一體的小說

吳福輝曾指出，沈從文最教人迷醉的作品，是以湘西沅水流域爲背景，描繪富有傳奇神秘色彩的苗族人民生活的小說。在這些小說作品裡，他試驗把抒情詩、散文、遊記筆調揉進小說裡，結果創造了突破性的新小說。⑳在上面討論魯迅、廢名、施蟄存等人反映現代物質文明侵

襲與毀滅鄉村小說時，我們已注意到沈從文對他們的寫實小說中的抒情、幻想、憂鬱的氣氛非常重視。他在其他論中國現代作家的文章裡，特別注意以抒情詩、散文、遊記筆調寫的作品。

沈從文自己認爲他曾努力在散文與小說中揉遊記、散文和小說爲一體，這是〈新廢郵存底〉（一九四七）中的一段話：

用屠格涅夫寫《獵人日記》方法，揉遊記散文和小說故事爲一，使人事凸浮於西南特有明朗天時地理背景中。一切還帶點『原料』意味，値得特別注意。十三年前我寫《湘行散記》時，即有這種企圖……這麼寫無疑將成爲現代中國小說一格，且在這格式中還可望有些珠玉發現。（《文集》，一二：六八）

他主張打破小說、詩歌、散文之觀念，因此也勸別人去嘗試開拓這種新文體：

原因之一是將文學限於一種定型格式中，使一般人以爲必如此這般，才叫作小說，叫作散文，叫作詩歌。習慣觀念縛住了自己一支筆，無從使用，這工作無疑於蘆焚、艾蕪、沙汀等作家，揉小說故事散文遊記而爲一的試驗以外，自成一個新的型式。如能好好發展下去，將充滿傳奇性而又富有現實性……這種新的創作，不僅在『小說』上宜有新的珠寶產生，在女作家方面，也可望作到現有成績記錄的突破（《文集》，一二：

六四）

除了揉詩、遊記、散文成一體，沈從文也嘗試把抒情幻想放進寫實的、充滿泥土氣息的小說中。他在〈《沈從文小說選集》·題記〉中說：

一九二八年到一九四七年約二十年間，我寫了一大堆東西，至於文字中一部分充滿泥土氣息，一部分又文白雜揉，故事在寫實中依舊浸透一種抒情幻想成分，內容見出雜而不純，實由於試驗習題所形成……（《文集》，一一：七〇）

在〈短篇小說〉一文中，他一再強調『詩的抒情』在任何藝術中都應該放在第一位，因爲它能帶來特殊的敏感性能：

短篇小說的寫作，從過去傳統有所學習，從文字學文字，個人以爲應當把詩放在第一位，小說放在末一位。一切藝術都容許作者注入一種詩的抒情，短篇小說也不例外。由於對詩的認識，將使一個小說作者對於文字性能具有特殊敏感。（《文集》，一二：一二六）

因此他特別推崇施蟄存『多幻想成分』，『具抒情詩美的交織』的小說。（《文集》，

一一：一〇〇）

沈從文在〈《沈從文散文選》．題記〉中，自我肯定他的小說異於同時代之作家：

> 我的作品稍稍異於同時代作家處，在一開始寫作時，取材的側重在寫我的家鄉……想試試作綜合處理，看是不是能產生點散文詩的效果。（《文集》，一一：八〇）

〈夫婦〉根據其〈后記〉（《文集》，八：三九三），那是沈從文自認是用『抒情詩的筆調』寫的小說。我也曾分析過〈漁〉，這是大量注入抒情幻想，成功發揮揉詩、散文、小說成一體的代表作。在這篇小說中，一個複雜的主題結構，野蠻族人的好殺習俗，復仇、愛情、人類美麗黑暗的心靈，靜靜的在朦朧的月下的河流、古廟、木魚念經聲中，揮舞寶刀聲中、枯萎的花裡展現出來。㉑

八、沈從文小說理論的前衛性與現代性

在西方文學理論中，原始主義（primitive）與前衛主義（avant-garde）是現代主義（modernism）的試金石。㉒沈從文嚮往原始的生命形式，喜愛采取超現實的新觀點來理解生命，

同時又喜歡嘗試用全新的語言文字來進行創作，理解生命的各種形式，譬如在他當代作家中，沒有人敢提倡〈情緒的體操〉那樣的觀念，把創作看成『情緒的體操』。沈從文是少數敢於極端的試驗新的文字性能，把它扭曲地加以使用：

> 不少文章並無何等哲學，不過是一堆習作，一種『情緒的體操』罷了。是的，這可說是一種『體操』，屬於精神或情感那方面的。一種使情感『凝聚成爲淵潭，平鋪成爲湖泊』的體操。一種『扭曲文字試驗它的韌性，重揉文字試驗它的硬性』的體操。
> （《文集》，一一：三二七）

所以他即使不算是前衛作家，也該屬於敢於創新的現代派作家了。[23]一九四一年，他自己完全知道他所寫的小說很創新，與一般作品不同，與流行的見解不一樣，很多人覺得莫名其妙：

> 我寫的小說，正因爲與一般作品不大相同，人讀它時覺得還新鮮，也似乎還能領會所要表現的思想內容。至於聽到我說起小說寫作，卻又因爲解釋的與一般說法不同，與流行見解不合，弄得大家莫名其妙了。（《文集》，一二：一一二）

沈從文在一九八八年五月十日逝世前不久，他對文學的看法還是很前衛，雖然那時他已在狹窄的中共文藝政策下『軟禁』了幾十年。當凌宇問他小說中的一些主題意義時，他回答：

你應該從欣賞出發，看能得到是什麼。不宜從此外去找原因。特別不宜把這些去問作者，作者在作品中已回答了一切。㉔

其實沈從文早在一九三五年在〈給一個讀者〉裡，已肯定文學作品的有機組織與獨立生命：

應從別人作品上了解那作品整個的分配方法，注意它如何處置文字如何處理故事，也可以說看得應深一層。（《文集》，一一：三三二）

他很害怕讀者爲了尋找作品以外的東西，而『毀壞了作品的藝術價值』（《文集》，一一：三一〇）。這種文學觀，使人想起近年來西方流行的後現代主義提出的『作者的死亡』的觀念：藝術作品一旦產生，就意味著藝術家的死亡，藝術只是其自身—文本，而讀者觀衆可以再創造新的藝術空間。㉕所以遲至一九八〇年，沈從文說他寫小說是『企圖從試探中完成一個作品』：

只有一個目的，就是企圖從試探中完成一個作品，我最擔心的是批評家從我習作中尋『人生觀』或『世界觀』。㉖

註釋：

❶ 王潤華〈從艾略特「詩人批評家」看沈從文學批評〉新加坡國立大學中文系學術論文第九〇種（一九九三），頁一—二六。

❷ 《沈從文文集》（廣州：花城出版社，香港三聯，一九八二—一九八五）共十二冊。本文內文簡稱《文集》，如注明一一：九六—二三五，表示第一一卷，頁九六—二三五。根據報導，目前大陸北岳出版社，正編印《沈從文全集》，將搜集齊全沈的作品，並只採用未經政治刪改的作品。定一九九五年完成出版。

❸ 同❶，頁六—一〇。

❹ 關於沈從文這幾年的寫作生活，見吳立昌《人性的治療者：沈從文傳》（台北：業強出版社，一九九二），頁八二—一六四。

❺ 這段引文引自凌宇《從邊城走向世界》（北京：三朕書店，一九八五），頁一五六—一五七。原出現在〈燭虛·小說作者與讀者〉。

❻ 這些小說世界，在這些書中，都有討論：凌宇《從邊城走向世界》、王繼志《沈從文論》（北京：江蘇教育出版社，一九九二）；吳立昌《沈從文：建築人性神廟》（上海：復旦大學出版社，一九九一）；賀興安《楚天鳳凰不死鳥：沈從文評論》（成都：成都出版社，一九九二）；趙園編《沈從文名作欣賞》（北京：中國和平出版社，一九九三）；Jeffrey Kinkley，The Odyssey of Shen Congwen（Stanford：Stanford University Press，一九八七）。

❼ 參考Jeffrey Kinkley，Shen Congwen，pp.一一二—一一四；吳立昌《沈從文》，頁一八四—二二九。

❽ 我有專文論析這篇小說，見〈一條河流上擴大的抒情幻想：探索人類靈魂意識深處的小說〈漁〉解讀〉。

❾ 在凌宇、王繼志、吳立昌等人的書中（見❻），都有對這些作品提供基本的分析。

❿ 有關野花的象徵意義，我有專文討論，詳見〈每種花都包含著回憶與聯想：沈從文小說中的野花解讀〉，新

加坡國立大學中文系學術論文第種，一九九五年出版。有關〈丈夫〉中夫權之醒悟，詳見張盛泰〈傳統夫權失而復得的悲喜劇〉《中國現代文學研究叢刊》第九十二期（一九九二年第二號），頁九九—一一三。

⑪〈抽象的抒情〉與淩宇的對題辭的見解見〈風雨十載忘年遊〉，收集於《長河不盡流：懷念沈從文先生》（長沙：湖南文藝出版社，一九八九），頁一—九；三三六—三五九。

⑫我有專文探討沈從文對魯迅小說之批評，見王潤華〈沈從文論魯迅：中國現代小說之新傳統〉《魯迅仙台留學九〇周年紀念國際學術文化研討會論文集》（仙台：東北大學語言文化部，一九九四），頁二〇四—二一八。

⑬關於這個問題，我曾指導過一篇學位論文研究其城鄉主題，見梁其功《沈從文作品中城鄉主題的比較研究》（新加坡國立大學中文系碩士論文，一九九四）。

⑭吳福輝〈鄉村中國的文化形態：論京派小說〉見《帶著枷鎖的笑》（杭州：浙江文藝出版社，一九九一），頁一一三—一三五。

⑮各篇小說依次見《文集》，四：八八—一一八；四：一四九—一七五；六：一六六—一九四。

⑯楊義〈三十年代上海現代派的都市文化意識〉《二十世紀中國小說與文化》（台北：業強出版社，一九九三），頁二一七—二三〇。

⑰同上。

⑱我對這問題在《老舍小說新論》（台北：東大圖書公司，一九九五）有關篇章中有所討論。

⑲王潤華〈沈從文的「都市文明」到林燿德的「終端機文化」〉，《當代台灣都市文學研討會》論文，一九九四年十二月二六—二七日台北舉行。

⑳同前⑯。

㉑見前❽。

㉒參考Jeffrey Kinkley，Shen Congwen，同❼，頁一一二—一一三。

㉓ 在《文集》中，許多哲理性散文如〈綠魔〉、〈黑魔〉、〈白魔〉、〈水雲〉（第十卷）與文藝心理學理論《燭虛》集中各篇（第十一卷）在今天讀來，仍然是很前衛，很現代派的文章。

㉔ 淩宇〈沈從文談自己的創作〉《中國現代文學研究叢刊》一九八〇年第四期，頁二一七。

㉕ 高名潞〈走向後現代主義的思考〉《二十一世紀》第一八期（一九九三年八月），頁六一。

㉖ 同㉔。

《楚望樓詩》的忠愛之指

陳慶煌

一、

《楚望樓詩》係故考試委員成惕軒教授所撰，其書收錄有民國三十年辛巳（西元一九四一年）迄七十六年丁卯（西元一九八七年），共四十七年內所寫的詩篇，計一千四百五十六首，於民國七十八年二月，由臺灣商務印書館初版發行。

該詩集計分四卷，其第一卷原爲《藏山閣詩》，❶併入時，特錄存其原序及當時賢達名流的題字。係民國三十年辛巳歲首成氏三十生朝，至四十年辛卯（西元一九五一年）歲首成氏四十生日，共十年內的作品，凡六百有二首。卷二收民國三十九年庚寅（西元一九五〇年）至四十七年戊戌（西元一九五八年），共九年內的作品，凡三百有七首；❷原先曾由臺灣正中書局梓版刊行，書名即稱爲《楚望樓詩》。卷三收民國四十八年己亥（西元一九五九年）至五十八年己酉（西元一九六九年），共十一年內的作品，凡二百七十五首。卷四則收入民國五十九年庚戌（西元一九七〇年）至七十六年丁卯，共十八年內的作品，凡二百七十二首。

即此四卷，大致可依次將成先生的詩風分爲四期。其第一卷即屬青年期的作品，由於此際國家遭逢內憂外患，因而寫作的素材特豐，所成就的詩篇也最夥。尤其難得的是，成先生在此青年時期，所晉接的人士，皆屬文壇耆宿、政界名流；而且本身對文字錘鍊的工夫，已達爐火純青之境。衆所皆知：安史之亂，造就杜甫成爲詩史；那麼換句話說：八年抗戰造就了成先生的文名與詩名，亦不爲過。其第二、第三卷屬於少壯及壯年期的作品，至於第四卷則爲晚年期的作品。成先生自入中年後，詩篇逐年遞減，除感時、紀事、遊眺者外，漸多題贈、酬應之作。其原因大概是先生在此三期內，主要係以駢體文字來從事寫作；另外則是先生一向下筆矜愼，刪汰極嚴，其〈自敘〉即明言：「百篇之中，十去其七。」至於垂暮之年作品的漸少，當與其公務繁冗，退休後又體力日衰，不無關聯。

今觀其全集，蓋以敦倫紀、厚風俗、贊頌國家、宏揚民族氣節爲主要內涵。當中有關歷史性的詩篇頗多，尤具時代意義。茲不揣譾陋，謹述其詩中有關「忠愛」之恉者，以就教於鴻雅博達；在探論之前，容先紹介其生平概略如次：

二、

成先生名惕軒，❸字康廬，號楚望。湖北省陽新縣龍港鎭黃橋里人。生於民國前一年夏曆辛亥正月初四日，亦即國曆二月二日；歿於七十八年國曆六月二十三日，以其出生在辛亥立春前二日，依例可以增加一歲，故享壽八十春秋。

成先生之所以能蔚爲一代文宗，除了天生異秉外；童年時，其府君炳南公，爲了他的啓蒙教育而特別構築碧柳山房，厚幣延師，嚴加督課，於是奠定良好的國學根基，也是重要原因。在他十六歲那年，考入武昌文化初級中學攻讀；由於唐祖培季申校長對其文章深爲器重，因而轉介於國立武漢大學哲學教授唐大圓先生，後來由大圓教授再介於太虛上人。其間，又每常赴黃土坡，向羅田大儒王葆心季薌先生請益，執弟子禮甚殷，是故其學益進，眞有一日千里之概。

民國二十年，長江氾濫成災，這時成先生正滿二十足歲，他目睹滾滾洪濤，惻然傷之，於是撰〈災黎賦〉以寄慨；軍需學校張校長孝仲將軍誦而稱美不已，邀赴南京，聘其主持雜誌編務，而且還兼課諸生。在南京陷倭前，隨學校疏散到四川巴縣；二十八歲那年，於重慶高考及第。以詩文獲慈谿陳布雷先生所賞異，薦任國防最高委員會同簡任祕書。三十六歲時，改任考試院簡任祕書，旋調參事。八年後，轉總統府參事。四十九歲，特任考試院第三屆考試委員，並蟬聯至第六屆，主持衡文拔士工作，前後凡二十四年。公餘曾兼任國史館纂修、中華學術院詩學研究所副所長、正陽法學院、中國文化大學、國立政治大學、臺灣師範大學、中央大學等校教授，歷時近四十年。其辭世前一年所遺〈自題〉絕句云：「歲在戊辰龍去否？日斜庚子鵬來初，賈生才調康成學，慚愧平生兩不如！」以謙語而寓最高的自負，的確是他一生最眞實的寫照。

按先生少時即志在中興，是以特重經術；即使是摛文敷藻，亦皆有關於國計民生。試觀其三十生日所作的〈弧矢吟〉：「阿世恥華言，飾治貴經術」；「報國且摛文，君看濡大筆」；〈送君簡赴平〉：「文章關世運，歌哭為蒼生」，自可了然其胸襟偉抱。當先生于役白門時，曾謁蘄春黃侃季剛先生於大石橋寓邸，袖詩請贄，中有句云：「萬劫河山歸蟻戰，一樓風雨付龍吟」；季剛先生亟稱之，旋賜手書，致引「仲宣樓頭春色深，青眼高歌望吾子」等語。季剛生平不輕易許人，能獎掖如斯，殊屬難得。而在成先生三十歲，居重慶時，李參政仙根曾為其相手紋，即推之為燕許大國手。四年後，當勝利復員時，他受托為陪都百萬市民撰洋洋灑灑數千言的〈還都頌〉，由參議會恭呈委座。自是，每值國有盛典，必出大製作以鼓吹休明。從來事以文傳，文因事重；然而先生華國高文，信足抗節前賢，絲毫無愧色了。

三、

成先生無論作詩或論詩，素標「忠愛」。「忠愛」一辭，在《楚望樓詩》中屢見不鮮。如〈授詩示同學諸子〉所云：「抗跡前賢吾豈敢？但將『忠愛』鑄詞華」，即是最好的例證。又如〈高闈〉：「豈為科名爭鴈塔，要憑『忠愛』結鵷行」；〈鶚里曾氏十一世詩題辭〉：「『忠愛』鑄騷魂，定復我邦族」；〈過韜園先生墓園作〉：「喬木存『忠愛』，惓惓十六州」；以及〈題吳女史游美近作〉：「多君一卷存『忠愛』，左海爭傳記事詩」，也是可作為旁證。

今考《楚望樓詩》中最具忠愛之旨，與國家民族關係最爲密切的，應屬於收入該集卷一前半部之《入蜀集》。成先生在〈乙酉七夕倭降別紀〉詩前有序云：「近歲盧（前）、易（君左）諸君，頗致力於新民族詩之創作。僕則以爲吾國五言古詩，領域最廣；用之紀事亦無不可。因刺取時事，陶鑄新辭，成〈建國〉以次十篇。篇各五、六百言，朋輩見之，多戲呼爲『建國體』。」由於日本謀侵占我領土，發動戰爭；我政府於南京淪陷前，遷都重慶，全國上下同體時艱，合力抗倭，以捍衛社稷。是時，成先生任職國防最高委員會，本書生報國之熱誠，因而奮然寫成〈雙十篇〉、〈建國篇〉、〈建人篇〉、〈建軍篇〉、〈七七篇〉、〈飛虎篇〉及〈受降篇〉等一系列的偉大製作。[4]試觀其〈題入蜀集〉詩中所云：「堂堂健筆鯨能掣，落落清標鶴不如；濁世雅音那易得？風簷展誦意爲舒。」當不難想見其風發的志意和氣概。然而成先生之所以有此仁者的胸懷，首見於其〈憫亂〉詩云：

我欲爲鳳凰，振翮翔九霄；以「德」王羽族，直徙東方梟。又欲爲祥麟，馳騁遍八荒；以「仁」化百獸，率舞來虎狼。更欲爲蛟龍，揚鬐滄海湄；以「威」懾鱗介，翦盡鯨與鯢。傷哉世昏亂，人道亦已息；寰宇發殺機，群狙恃其力。有德豈有鄰？無仁乃無敵。麟兮遊非時，鳳兮至何寂？潛龍嗟勿用，當路驕虺蜴；側身天地間，百憂涕橫集。大同企孔丘，兼愛懷墨翟；滔滔誰與歸？斯人不可即。

先生於抗戰初期，即有此宏願：思藉「德」、「仁」等人道精神感化世人，然而人道本身的力量畢竟有限，因此成先生又提出了以「威」來制暴的呼籲。可惜我國防武力又不振，舉世昏亂，要想實現孔丘、墨翟的大同、兼愛理想世界，談何容易？

民國三十二年（西元一九四三年）雙十國慶，實爲蔣中正先生就任國民政府主席之期。是時，抗日戰爭已進入第七年，由於先前日軍野心勃勃，分頭襲擊美國珍珠港、進攻香港，因而引發英、美的對其宣戰，並主動放棄在華特權。我國此際已與美、英、蘇同列爲世界四強之一，政通人和；欣逢佳節，衢歌巷舞，歡聲洋溢，成先生乃撰〈雙十篇〉以紀盛典云：

日月煥光華，萬方歌有慶；時逢大有秋，國啓中興運。建邦數雙十，猗歟今獨盛；吉日際昌期，明良發高詠。元首領元戎，巖廊布新政；所貴主在民，功軼堯與舜。教戰逾六年，堂堂峙堅陣；聲威被四表，桴鼓遠相應。義幟得同仇，哀兵知必勝；東虜漫西侵，中原行北定。島櫻紅可憐，鯨囚等獸困；哀彼民力殫，室已等懸磬。掎角恃群狙，狡焉日思逞；霜風摧柏林，大秦先不競。合圍勢已成，四面楚歌聽；艨艟蔽海昏，士馬入秋勁。會驅萬貔貅，直剪諸梟獍；吾華列四強，修睦重講信。勞哉領袖身，八方資坐鎮；吐握急求賢，十年勤教訓。感此告邦人，報國要隨分；文官不愛錢，武夫可蹈刃。金石結精誠，風雷一號令；先公而後私，前徽企廉藺。靖難賴同心，圖強爭一瞬；甲兵天府雄，城郭蜀山峻。沃野多寶藏，金臺集英俊；人傑炳地靈，眞成二難并。烏道闢康莊，乾坤看整頓；朱旗高絳天，勝節紀山郡。衣冠趨明堂，萬國盡來覲；列炬照千門，柏枝青掩映。鐃吹沸重霄，歡聲屋爲震；即茲驗輿情，鬱久志彌奮。毋忘在莒艱，已卜收京近；樓船待東歸，江波碧如鏡。妖氛蕩扶桑，楛矢貢肅愼；大酺賀太平，屈指明年更。

意謂：蔣委員長領導抗日已逾六年，今正式就任國府主席之位，適値雙十節，吉日昌期，萬方稱慶。日寇窮兵黷武，民力已盡；彼雖與西方的德、義互爲掎角，但墨索里尼被囚，義大利無條件投降後，立即反過來對德宣戰。合圍之勢已成，德、日等國形同困獸之鬥。我國今列四強之一，凡我同胞，應謹記岳武穆：「文官不愛錢，武將不怕死」遺訓，克盡本分，同心靖難。重慶天府，地靈人傑，値此國慶佳節，萬邦來覲，民心振奮，收京之日爲期不遠。其中「毋忘在莒」一語，雖係典出《春秋左氏傳》所載齊桓公早年爲公子時避難莒國的一段史事；但卻是後來——民國四十一年元月，蔣公題泐金門太武山巖靈感的根源所在。

由於日寇之所以敢侵略我疆域，屠毒我生靈，主要是因我國力不如人。故而成先生特爲巖廊獻計，主張一切以建國爲先。其〈建國篇〉云：

布衣昌衛祚，篳路啓楚疆；蕃輿鑑前史，端在人謀臧。建國今百端，至計資巖廊；元首宵旰勞，所冀臻富強。中山演法乳，民主森憲章；曰五大建設，遺教何煌煌。十年務生聚，多士儲序庠；經濟與軍事，凝合爲國防。日新勵盤銘，鴻業良未央；願以告儔類，報國罄所長。或爲青郊農，稻麥貯萬箱；或爲黌舍英，風教敦五常。或職司軍旅，固圉完金湯；或殫精伎藝，制天回陰陽。或孳貨於地，富擅鹽鐵場；或服賈於外，奇操東西洋。凡有利邦族，行矣毋怠荒；旁挹歐與美，上纘羲與黃。萬眾一心志，其力不可量；修塗騁長轡，誰能限王良。紀年以億萬，履端迎百祥；春雷起沉陸，劫運銷紅羊。光華旦復旦，麗旭懸東方。

意即：蔣委員長宵旰圖治，奉行 國父遺教，以求富強。故凡我同胞，不分農、教、軍、工，或是商賈，必須同一心志，恪守本職，開物成務，毋怠毋荒；如此不僅劫運能銷，連光華也可復旦了。

又因爲建人乃建國之本，於是成先生復寫成〈建人篇〉，以諗國人。其所以題作「建人」，亦即樹人的意思。原詩爲：

大漢方中興，百廢待修舉；建國先建人，往事可徵古。軒后致風牧，虞廷重元愷；郁郁乎成周，庠序遍都鄙。天府登才賢，三年一大比；下逮蕞爾鄭，鄉校戒摧毀。卓哉漢與唐，昌學達治體；圜橋莅車駕，瀛洲耀冠履。匡國萃群彥，於焉開盛軌；爲政在得人，千載有恒理。何況締新邦，鴻業運初啓；大廈急棟梁，良材搜杞梓。養士宜有方，樹人豈容己；眾志聚成城，萬流匯諸海。不惟念菁莪，直當採葑菲；我願陳數義，作歌寄微旨。三物先述德，六藝首崇禮；周官記考工，漢志列方技。所望今司徒，陶鑄羅眾美；講舍警荒嬉，上繼子韓子。文翁蜀郡守，子游武城宰；聲教獨斐然，絃歌眞莞爾。所望邦邑賢，勵志振衰靡；勿使餼羊廢，定看威鳳起。耆儒數正胡，淑世功堪紀；宋曰治事齋，漢云通德里。所望山澤臞，衛道無自詭；將相出其門，有爲亦若是。仲尼論燔肉，穆生爭酒醴；蒲輪迓申公，金臺招郭隗。所望樞府魁，握髮兼倒屣；英雄入彀中，興邦庶可幾。我更有餘辭，願言勗多士；篤學期致用，行己貴有恥。有志事竟成，端視力行耳；鷗鵠正張翼，魴魚復赬尾。奮發當自今，河清不我俟；莫嘆臣饑朔，莫羨舟逃蠡。勠力爲神州，我生國不死；萬物方向榮，和風燦紅紫。持以喻新邦，春臺在尺咫。

意指：歷朝爲政，首在得人；蓋中興以人才爲本，而人才有賴平時的培養，因此要效法文翁守蜀郡、子游宰武城時的廣設學校，聲教斐然。更要以對待申培公、郭隗的優禮來延聘如鄭康成、胡安定這樣德高望重又博學淹通的明師宿儒。當然課程科系，門類要多，纔能陶鑄衆美；不過一切仍以修身爲首要，因此必須崇禮尚德，行己有恥；並懸韓文公：「業精於勤荒於嬉」的格言，作爲鍼砭，期能學以致用。此外，又深深冀望中央能有禮賢下士之心，使所有雄才都能當路在勢，國家庶幾可以復興。最後又勸國人，當此內憂外患交迫之際，不要逃避、不要埋怨；大家同心協力，抱定「我生國不死」的信心，堅忍卓絕，奮鬥到底，光明必然在望。

成先生又以爲：古代視兵戎爲國家的大事，孔子所重的就是足食足兵；更何況對日抗戰尤須經武，於是本著「建國必先建軍」之義，撰成了〈建軍篇〉，原詩云：

人類生有欲，物競擇自天；勝敗見優劣，進化理固然。立國於天地，武備誰能捐？昔在軒轅世，義戰輝阪泉；蚩尤終授首，文物啓山川。堯舜以德王，氛祲猶蔓延；兩階舞干戈，有苗竄窮邊。下逮周秦漢，聲教敷八埏；楛矢來肅愼，梯航接朝鮮。率土示賓服，武功照簡編；戰則固吾圉，耕則歸其田。兵農制合一，厥善莫大焉；板屋頌秦襄，車攻美周宣。及今歌大風，如聞士控弦；惜哉晉南渡，胡禍中百年。禁亂失魁傑，寰宇淪腥羶；有唐大一統，隋實開其先。府兵萃精銳，臨陣百當千；群雄死鹿下，諸酋伏馬前。可汗上尊號，名並天日懸；擴騎寖弛廢，徵募互遞嬗。兵力既不競，趙氏斯播遷；北族尚驍勇，騎射宿所研。明祖乘其敝，揮戈定幽燕；流寇晚驛騷，清遂規幅員。綠營蕩無紀，王氣亦就湮；興亡視青史，兵甲貴利堅。強者甌不缺，弱者瓦難全；就中積苛蔽，號令君獨尊。國父起南服，革命張民權；將兵先將將，黃埔毓豪賢。用復我邦族，直扶危與顚；蔣公紹遺緒，志業恢戎旃。朔南靖多難，懋績昭坤乾；經武瘁心力，士馬何精妍。更有青年軍，後起方連翩；貔貅踰十萬，奮勇爭著鞭。平原習車騎，橫海待樓船；禦倭今八載，殘日薄虞淵。勝算操自我，行當奏凱旋；萬國締和平，六合無烽煙。營衛且勿毀，其豆休相煎；興亡視鴻烈，請誦建軍篇。

意謂：一個國家之所以能立足在世界上，必須仰賴國防。從前黃帝與炎帝戰於阪泉之野，完全是爲了正義，纔得以光耀天下。舜舞干戚，有苗乃服。到了周、秦、漢等朝，行兵農合一制，國力漸強，聲威遠播。可惜晉室南渡以後，蒙受胡禍將近百年。隋朝改採府兵制，士卒精銳。有唐承之，遂成大一統之局，諸酋同上「天可汗」的尊號。宋太祖趙匡胤以杯酒釋兵權，用徵、募兩種兵制互爲遞嬗，兵力不競，遂被蒙元所取代。蒙古族驍勇善騎射，明太祖乘其敝，揮戈而定鼎天下；後來，流寇四起，引來滿人入關。清末因綠營軍紀蕩然，王氣就湮。於是國父號召革命志士，驅逐韃虜，創立民國。特令蔣中正先生建軍黃埔，完成東征、北伐，使國家獲得統一。爲了抵禦外侮，更以「一寸河山一寸血，十萬青年十萬軍」的口號，鼓舞愛國志士加入青年軍；八年的艱苦抗戰，終於得到勝利。詩的結尾，成先生殷殷寄語：雖然天下太平，戰爭不再發生，但我國軍的營衛切不可輕易撤銷；而且國共間的歧見也應該化解。要之，歷代政治的興盛或衰亡，端視兵甲的利堅而定。

中日戰端，雖爆發於民國二十年（西元一九三一年）九月十八日夜日軍突擊我東北，侵占瀋陽的九一八事件；然而我全民抗戰，高揚義旗，其實應從民國二十六年（西元一九三七年）七月七日的蘆溝橋事變算起。成先生的〈七七篇〉有序云：「蘆溝月影，黯清曜於層雲；櫻島花魂，幻殘紅於落照。歲華七易，海水群飛。極目山河，幸秦關之無恙；寄懷篇什，祝禹域以重光。」原詩云：

七七號良辰，雙星會河涘；縱云曆日殊，總覺兒女喜。神州屬多艱，志士齊奮起；抑彼黃姑歡，雪我黎庶恥。燕私何足言，鴻烈正堪紀；曰歲在戊寅，驕陽肆秋始。群盜紛驛騷，中原遍瘡痏；島倭乘厥危，鐵騎犯東鄙。我軍與交綏，義戰局斯啓；易水劍光寒，燕山鼓聲死。鎖鑰隳北門，王城半如燬；咄哉海上鯨，鷙毒甚豺虺。恃其兵器精，奔突勢靡已；秣陵吾所都，萬方繫瞻視。恐被虜塵污，暫教神器徙；朱旗照漢皋，鐵鎖沉江底。計欲誘群狙，聚殲山谷裏；寇果中吾謀，深入陷泥滓。楚峰高矗天，斷無飛越理；建瓴汎上游，夔巫在尺咫。三峽固金湯，青天開玉壘；蠶叢煥舊邦，鵷序趨多士。條教肅樞庭，精誠動遐邇；地利兼人和，中興日可俟。回憶寇張時，驕妄殆無比；三月議亡華，出言抑何侈。我戰則愈強，忽忽七年矣；多助得瀛寰，勢成角相掎。關東馬不前，海南龜曳尾；鼠竊寧久長，驢技祇如此。三旬書格苗，六月歌采芑；會策熊與羆，盡驅蛇若豕。樓船下益州，江波碧千里；收京告太平，入望金山紫。田園歸去來，城郭依稀是；一笑向銀河，雙星慰延佇。

意乃：夏曆七月初七日，本係天上牛女雙星鵲橋相會的好夜晚；卻想不到國曆七月七日島倭竟假演習爲名，砲擊我宛平，爆發蘆溝橋事變。十日後，蔣委員長終於宣布：此係中國「和平未到絕望時期，決不放棄和平；犧牲未到最後關頭，決不輕言犧牲」的最後關頭。詎意八月十三日，日寇又進犯我松滬。在十二月十三日，南京淪陷前，我中央政府遷都重慶。憑著楚峰的高聳，三峽的天險，終於誘敵深入，而陷於泥淖之中。使其「三月亡華」的狂言，終成泡影。而我國軍則愈戰愈強，與入侵者已成掎角之勢。鼠輩竊行豈容久長？黔驢之技不過如此而已。不久，我大軍終當自四川順長江東下收復南京，向紫金山中山陵寢謁告天下太平。歸回田園，城郭依舊；那時，銀河上牛郎織女也將欣慰而延佇移時了。

按此詩收尾：「一笑向銀河，雙星慰延佇。」成先生另於〈乙酉七夕倭降別紀〉詩前有敘云：「蓋以蘆溝事變，肇自二十六年七月七日，爰於篇什之中，隱寄凱旋之意。今日本適於舊曆七夕（國曆八月十四日）來降，巧合若斯，不可謂非聖戰中之佳話也。」說明得非常清楚，可供參考。

民國三十年（西元一九四一年）夏，美軍陳納德中將，以服務中土，積有歲年，於是返美組織志願空軍，亦即世人所稱的「飛虎隊」，來華助戰，正義所向，頓挫蝦夷。翌年三月，旋受命改組爲第十四航空隊。殲除敵寇，迭奏膚功。成先生以爲：「其有裨於抗倭軍事前途，尤爲深鉅。比聞解職歸休之訊，殊切臨風惜別之情。金碧山頭，如聞軋軋；蔚藍天外，不盡依依。」於是撰成〈飛虎篇〉云：

兵器日以蕃，古今戰異術；固國豈谿山，層空露罅隙。制地不制天，其險渾若失；嗟我遘多難，經武功未畢。寇從東海來，鴟鴞毀我室；文物雜摧燒，田廬半灰滅。眞見海生桑，直疑天雨血；西方有美人，念此心惻惻。被髮而纓冠，願赴人之急；奇兵自天降，萬里遠從役。風雲護九霄，雷霆奮一擊；疾如鳶戾天，猛若虎生翼。泠然御長風，去天纔咫尺；鋒銳孰敢攖？士一以當十。遇者立披靡，窮寇氣爲慴；潛襲類狗偷，圍殲難兔逸。東還遺片羽，滅此誓朝食；重雲結爲羅，妖鳥豈容入。空際峙長城，鯨氛看漸戢；凡茲摧廓功，端賴飛虎力。當其搏鬥時，天日黯無色；眼中龍血黃，頭上陣雲黑。魔壘決雌雄，胡雛爭辟易；群飛不刺天，一敗乃奔北。驀地隕流星，紛紛榱棟折；多少穴居人，聞之皆震慄。移時毒霧斂，江清復月白；退鷁飛不前，荒鷩匿無跡。士庶得安恬，山川自寧謐；四海共一家，五年如一日。盛績志不忘，合並燕然勒。昔聞有天馬，其來自西極；葡萄入漢家，區宇定於一。而今有飛虎，義勇昭異域；車書兆大同，功成當可必。他年紀青史，請爲書特筆；聖戰肇抗倭，多助欣有獲。堂堂飛虎隊，遠道來鄰國；射日墮金烏，聲威殊炳赫。借問主者誰？將軍陳納德。

意謂：由於科學的日新月異，武器發展越來越精良；因而戰術也相對地改變了。過去可以憑谿山的險要鞏固國防，但今日卻得看是否擁有制空權了。可歎我邦家多難，全國方待統一之際，日寇即乘隙進犯，文物被奪，田廬成灰。幸有美利堅志士，心懷惻隱，急人之難，組成飛虎航空隊，萬里前來助我捍衛領空。當窮寇來襲時，陣雲密佈，天日無色，飛虎隊以一當十，所向披靡，於是鯨氛漸戢，使我山川寧謐，士庶重獲安恬。將來修纂國史時，自有專篇記載。

民國三十四年（西元一九四五年）七月二十六日，美國總統杜魯門、英國首相邱吉爾，於德國柏林西南波茨坦專區首府集議之頃，商得我國民政府蔣主席同意，提出三國領袖聯合公告，促倭國無條件投降。全文計列十有三款，義正詞嚴，眞乃人類歷史上最具劃時代性的偉大文獻。殘寇將平，凱歌不遠，因而成先生寫就〈受降篇〉云：

昔有張仁愿，塞外振威名；一爲朔方守，三築受降城。群虜盡慴伏，邊塵迥不驚；迄今想遺烈，青史何崢嶸。輓近值凌替，蠶食肆東瀛；倭奴怨報德，黷武恃戰爭。毒焰冉冉下，胡馬蕭蕭鳴；煙塵起東北，綠野農廢耕。千村付焦土，一路餘哭聲；城似嘉定屠，卒並長平坑。血淵與尸岳，殘酷非人情；我乃起禦侮，前驅揚旆旌。豈曰無裳衣，與子歌偕行；當軸秉英斷，圖治方勵精。八年遏頑寇，持之以艱貞；敵巧我則拙，敵僞我則誠。朝朝警薪膽，步步披棘荊；危舟濟滄海，要使波濤平。撥霧見蒼昊，日即於光明；得道有多助，義幟輝連營。煌煌聯合國，共訂葵邱盟；元惡除務盡，死灰防復萌。德義既授首，島櫻寧獨榮；神鷹空際翔，艨艟眼中橫。一擊便千里，巨力孰與京？欣聞波茨坦，議定中美英。迫倭速就範，條款一一陳；王師自遠來，合以壺漿迎。不然掃庭穴，巢覆卵同傾；因思古人語，謀國賴老成。蜂蠆尚有毒，怒獅那可攖？嗟彼首禍者，罪惡早貫盈。百死奚足恤？所苦蚩蚩氓；我爲倭民計，兩害當從輕。與其戰而死，曷若降而生？時乎不可再，倒戈刺長鯨。庶免陸沉厄，重睹國命更；陰霾豁九州，薰風被八紘。層樓遲佳訊，寰宇銷甲兵；舉頭紅日落，一笑黃河清。

意爲：在唐代武后時，張仁愿奉命爲朔方太守，曾築東、西、中三座受降城，用來防禦突厥，於是邊境安堵，功著竹帛。豈知今日倭奴好戰，殘酷成性，侵犯我國土，屠毒我生靈，血流成淵，屍積如山。我同胞忍無可忍，乃同仇敵愾，起而禦侮。本著拙誠以對抗巧僞的頑寇，歷經八年臥薪嘗膽，披荊斬棘的艱苦歲月，終於撥雲見日，得道多助，與美、英、蘇舉行頓巴敦橡園會議，確定戰後世界永久和平安全機構草案；並公布聯合國組織草案。德國既已步義大利後塵向盟國無條件投降，倭奴豈能倖免？中、美、英三國領袖從波茨坦發表聯合公告，提出十三條款，強迫日本速速就範，否則直搗庭穴，覆巢之下恐無完卵。彼寇首惡貫滿盈，死無足恤；所苦者乃其百姓，宜早覺醒，庶免亡國滅種的厄運。

按波茨坦聯合公告發表十天後，美軍第一枚原子彈投於廣島；八月九日，第二枚原子彈投於長崎。由於日人死傷慘重，軍閥無奈，次日祇好接受條款的約束，履行無條件投降。成先生當時因佐委座戎幕，洞曉整個中國戰區以及世界局勢的脈動。故能如其所預言，不超過二星期，即九州陰霾盡掃，甲兵可銷，「舉頭紅日落，一笑黃河清」。到了八月十日那天傍晚，當勝利的消息傳來，舉國歡騰，重慶市民尤其興奮。據成先生〈渝都凱唱〉詩前敘云：是時「鐃歌競作，爆竹爭喧；壯馬朱輪，飆馳道左。垂髫白髮，雀躍街頭；萬象紛陳，動人心目。」於是就在秋窗燈下，寫成了七言絕句數章，諸如：「手指長江話歸計，明朝買棹過巴東」等句，即爲當年避難異鄉遊子心聲的最眞實寫照。究其中心思想，也離不開「忠愛」二字。

在成先生晚年時期，凡有關感懷國事之作，較多採用七言律詩的體制來抒寫；而所表現的手法也由早年「建國體」五言古風——賦的鋪陳直敘，改換成了比興。因此，詩境也更趨於委婉溫厚。如〈瀛邊〉云：

獵獵商飆戒早秋，荒荒白日黯神州；極知惡草仍滋蔓，不謂明珠竟暗投。牛耳幾人矜霸業，鴆媒一例誤靈脩；瀛邊小立波初定，終信還都仗習流。

按此詩題下有附註云：「民國六十年七月十六日，美總統尼克森訪問北平。」首聯先從時令、地點敘起，藉一個容易觸發人們悲感的初秋天氣，與暗淡悽慘的中國大陸景況，襯托出其沉鬱的心緒。頷聯批判尼克森的訪問僞政權，乃是不智之舉。頸聯則除了微諷尼氏媚共，無異自失其在自由民主世界的領導地位外；更對他派遣國務卿季辛吉赴北平密談，損人誤國，予以譴責。末聯則化悲憤爲力量，結出我復興基地全國軍民同胞「莊敬自強，處變不驚」的眞義；並且堅定了「反攻必勝，復國必成」的信心。

民國六十年（西元一九七一年）十月二十日，美國國務卿季辛吉再度赴北平，謀與我斷交，於是成先生將其滿腔忠憤，寫成了〈青史〉云：

五禁葵丘道已微，霸才翻覺到今稀；分庭鷹鴿喧浮議，起陸龍蛇競殺機。篝火不聞誅大盜，陣雲未信解重圍；帝秦策誤辛垣衍，青史他年罪有歸。

起聯較前詩「牛耳幾人矜霸業」一句，更進一層地慨歎今日以超級強國見稱的美國政府中，富才略、有遠見的謀士爲甚麼如此缺乏？對於蓄意赤化世界的侵略者，竟也絲毫無約束或嚇阻力量。頷聯指美國議壇鷹、鴿兩派，或主戰、或主和，喧聒不休，始終拿不出一套對付共黨有效的辦法；以致讓囂張好戰的共黨，趁機坐大，擴張滲透顚覆的陰謀，而危害自由世界。頸聯進一步指出美國對於慣用妖術惑衆的共黨，不能訴諸武力，予以痛擊，甚至殲滅；卻想藉談判的方式來解決問題，終必養虎貽患，無法求得世界永久的和平。尾聯把姑息養奸的過失，歸之於季辛吉，將來歷史不會饒恕他決策的錯誤。

民國六十一年（西元一九七二年）秋，日本政府不顧二次大戰後，蔣公對其民族再造之恩，竟然與我斷交，於是成先生又濡其大筆，撰成〈櫻花〉云：

千株紅亂路三叉，隔霧驚看日又斜；枉自芳華矜絕代，未知飄蕩屬誰家？叢開慣倚參霄樹，易謝終成墮溷花；祇恐枝頭春意盡，隨風化作赤城霞！

此詩乍看句句在詠櫻花，其暗地裡卻是規諷日本。蓋櫻花原爲日本的國花，它象徵著日本的國格。起聯對日本政府的首鼠兩端，給予一種身迷歧路，日暮途窮的鄙夷。頷聯更以惋惜的口吻，指出日本當局趨炎附勢，隨大國轉移，了無定見。頸聯承接上聯詩意，警告日本諂事強鄰，傍人門戶，將來一定不會有好下場。收尾深慮日本政府薰蕕莫辨，自陷歧途，終將好景無常，爲共黨所赤化。成先生藉花喻國，託形寫意，深得詩經比興的優良傳統。

自美國總統尼克森因水門案件，在民國六十三年（西元一九七四年）八月九日宣布下臺；翌日，副總統福特即繼任第三十八任總統。隔年十一月二十九日，福特亦重蹈覆轍，往訪北平。六十五年（西元一九七六年）十一月三日，美國大選揭曉，卡特擊敗福特，於次年元月三日入主白宮，國務卿也由季辛吉換成了范錫。但美國執政當局仍對中共心存幻想，繼續從事所謂「關係正常化」策略；於是六十六年（西元一九七七年）七月八日，又派遣范錫訪問北平。成先生有感於世局的險惡，因此寫成〈西槎〉云：

星辰昨夜晦秋旻，報道西槎叩析津；火燼黃圖仍幻劫，風迴碧海漫揚塵。殘民闖獻終無幸，立國軒農自有眞；八億含靈誰敢侮？堂堂天畀自由身。

按首聯「析津」，即藉遼時所置轄有今北平及其附近諸縣的析津府，暗指范錫在秋夜飛往北平訪問。頷聯轉寫中國大陸久歷兵燹之災，現仍未已，希望美國當局能幡然改圖，使之歸於平息。頸聯係謂殘民以逞的暴政，在我正統思想下，必遭國人唾棄，絕無倖免。末聯詩筆一振，

繳回前意，指我八億同胞，天賦自由民權，誰敢出賣我具有五千年悠久歷史文化的中華民族！❺

以上數首，句句有來歷，篇篇無空文，都具有深切的現實意義和歷史價值。除了囊括盛唐杜工部的沉鬱頓挫之外，又頗受晚唐李義山深微密緻詩風的影響。尤其難得的是：這些諷喻詩，成先生仍然一本其「忠愛」的至忱而寫出的啊！

四、

《楚望樓詩》的忠愛志趣，完全係自然地流露在字裏行間，俯拾即是；由於篇幅所限，未容多所闡釋，茲謹依「忠黨國」、「忠職守」、「愛同胞」、「愛家庭」四者，臚列如下：❻

(一)忠黨國

澄清會有日，敢向大江誓。（秋感．乙酉三十四歲作於重慶）

青郊正賴玄靈護，默爇心香禱太平。（謁中山墓．丁亥三十六歲作於南京）

用夷變夏寧天意？濟濟群賢憂國事；……勝負昭然事可知，河山還我復奚疑？（涵初先生出峽圖歌．戊子三十七歲作）

願挽陸沉堅眾志，止戈重返九州春。（十年）

平居懷故國，今夕問何年？（南行至金華度歲）

中興一念堂堂在，嶽降河清會有期。（神皋）

儻憑願力回天地，合起英髦護國家。（民國四十二年高考典試作於臺北）

誓摧鐵幕補金甌，四萬萬人齊奮起。（義士・乙未四十四歲作）

報國家可毀。（默君先生以所藏古玉捐獻政府作詩紀之・丙申四十五歲作）

觸我九州沉陸痛，排淮瀹濟更何年？（葛樂禮颱風肆虐・癸卯五十二歲作）

驅彼群醜虜，還我佳山河。（青年節勉青年從軍・庚戌五十九歲作）

(二) 忠職守

生恐一時遺白屋，從知萬選屬青錢；眼中人定伊誰是？天下憂宜我輩先。（民國三十七年高等考試被命典試賦呈同闈諸公・戊子三十七歲在南京作）

歌舞西湖又一時，興亡轉轂耐人思；吾曹要勵澄清志，放鶴騎驢兩未宜。（過杭州）

經國幾曾參政事，立身差未負儒冠。（調試院參事・己丑三十八歲在廣西作）

廉介勵官守，吏治斯蒸蒸。（民國五十年司法節作・時五十歲在臺北）

漸教世重科名價，敢負天分化育權。（高闈典試二十年紀以長句時民國五十六年八月也）

安得化身千萬億，手扶赤子上春臺。（贈雲石・庚戌五十九歲作）

掄才報國平生志，要看華林月再圓。（承諸友惠和高闈紀事詩仍用前韻賦謝・戊午六十七歲作。按作者有註云：昔「南京考試院，舊有衡鑑樓在華林圖書館旁，爲高等考試閱卷之所。」）

(三) 愛同胞

荒郊似聽窮黎泣，劇郡寧容黠虜窺。（憶衡陽・甲申三十三歲作於重慶）

歌哭爲蒼生，史筆期無負。（送君簡赴平・乙酉三十四歲作於重慶）

長懷飢溺心，看天淚難制。（秋感）

默倚層樓人待旦，萬方飢溺總關情。（長空）

箇中似有飢民淚，化作遙空雨萬絲。（江上）

收京要溥同胞愛，莫負來蘇渴望人。（入都口占・丙戌三十五歲作於南京。）

願持飢溺意，一例視寃親。（此身）

何時廈萬間？一齊寒士色。（雪中雜述）

筆花一夜占春先，……要與斯民解倒懸。（獻歲）

何限生黎烽燧裏？焚香我爲禱太平。（十年・丁亥三十六歲作）

近事嗟河決，彌天付血腥；流亡誰更繪，鄭筆已無靈。（夜坐念水災・戊子三十七歲作）

萬千間廈吾曹事，未信他年願竟違。（九秋）

極目今神州，蒼生苦塗炭。（早起・庚寅三十九歲作於臺北）

願挈多士起衰敝，乘時共濟生民艱。（默君先生示闈中長歌即次其韻・壬辰四十一歲作）

期將胞與意，拯此溺飢身。（己亥初秋臺員中南部大水・時年四十八歲）

平生胞與意，無計遏橫流。（民國七十年七月十八日典試闈中夜間溝子口大水）

(四) 愛家庭

靈椿痛凋謝，廬墓阻烽煙；……表阡愧未能，萬感集中夜。（弧矢吟・三十歲生日作於重慶）

群盜滿故山，慈闈隔兵火；……板輿奉清娛，潘生眞勝我；……春寒身上衣，思之淚潸墮。（同上）

江南兵火阻歸船，苦累慈親望眼穿；……坐聽諸雛喧笑語，幾時攜拜北堂前。（生日・時癸未年三十二歲）

夢回赤燕村前路，腸斷黃牛峽裏人。（清明・有序云：「巴渝旅食，六度清明，計自喪亂以來，未獲展謁先君墓田者，蓋逾八稔矣。杜鵑如泣，村燕未歸，感賦俚辭，用申哀慕。」）

老母嗟行役，遙天隔戰場；今宵如有夢，萬一過龍塘。（忽忽・甲申三十三歲作）

萬里訊傳鯨斬未？幾封書寄鴈歸遲。（憶衡陽・有序云：「烽火三湘，親朋萬里。寄書不達，念尺鯉於江潭；小立沉吟，望蜚鴻於天外。」）

破虜倘償橫海願，辭親猶累倚閭勞。（峽外）

關河十載隔慈顏，夢繞江南處處山；準擬樓船東下日，親扶鳩杖告生還。（元日・乙酉三十四歲）

十載夔門游子淚，江頭日日盼歸舟。（重瀛・丙戌三十五歲作）

十年歸阻龍溪棹，苦累慈親日倚門。（南飛曲有序云：「三十五年四月二十一日，由渝之京，於飛行中得絕句八章，寫示海內親友。」）

青鳥虛緘札，黃牛足險灘；吾生有天相，知汝定平安。（遲素瓊消息不至・按此係成先生隨政府勝利還都南京後，佇候夫人徐文淑素瓊女士，攜子女來京相聚所作。）

蜀水吳山路幾千？移家此日累君偏；提攜苦念諸雛小，信息翻輸旅鴈先。（聞素瓊舟過宜昌喜賦）

慈烏戀子號長夜，客燕移巢少定居；遺鮓戲雛無一可，年年此日總愁予。（楚雲・按此係丁亥三十六歲生日之辰，成先生以人在南京，未克晨昏定省，盡孝萱堂，愴然而作。）

倚閭今白髮，日日念征衣；似此兒安用？依然客未歸。晨昏虛漢臘，風雨負春暉；夢裏慈烏翼，何時一奮飛。（龍川書來憮然有作）

十年兵火供離亂，一角溪停挂夢魂；行馬任輸東閣貴，慈烏已負北堂恩。（家山）

密密手中慈母線，迢迢天上老人星；懸知鶴髮千莖白，苦憶龍山一角青。（歲盡）

誰遣獨勞輸燕息，我緣多難負烏私；……楚尾吳頭風雪裏，未成迎養況歸遲。（壽母辭·按民國三十六年丁亥十二月，逢成母紀太夫人七十大壽，詩前成先生有序云：「板輿東閣，嗟迎養之未能；萱草北堂，欲告歸而屢誤。風雨如晦，關河阻修；載瞻白雲，百感交集。因念十五年來，校書中祕，簪筆詞林，曾應邦人燕喜之求，不乏天保岡陵之詠；乃獨於慈親稱慶之日，篝燈永夕，竟未獲一罄其辭。良以吾母相先君，振門業，鞠子女，恤孤寒，其稟賦之慈仁，經歷之艱苦，有非楮墨所能盡，而不肖德薄能鮮，志業靡成，壽言之作，蓋猶有待。今謹書俚句，遠奉高堂。歲暮天寒，徒寄春暉於眷戀；風恬樹靜，願聞竹報之平安。」）

加餐但祝慈親健，説餅還憐稚子嬌。（中秋日作·戊子三十七歲在南京）

因君念慈母，白髮遠江鄉。（撰可風堂記寄惠威同年）

夢裏雞聲南閣子，燈前鶴髮北堂人。（爐邊）

平生倔強無多淚，不爲悲愁向客彈；誰分思親憂國外，今朝償汝萬汍瀾。（芬兒哀辭·己丑三十八歲。居廣西梧州百日，成先生八歲孿生長女中芬，忽得高熱症，殤於七月十七日，瘞負郭北山松林下。）

貽我連理枝，報君古井水；我行雖云遐，我心則孔邇。世事倘可爲？奮飛自今始；經國資雄文，燕許慕前軌。終當還故山，功成歌燕喜；四海共昇平，百年相爾汝！（東行寄素瓊·按此係民國三十八年歲杪，成先生攜長子中英，隨政府由成都遷臺途中所作。）

老母避兵違燕喜，將軍破虜望龍驤。（人日·庚寅三十九歲在臺北作）

養親莫待椎牛悔，説與風簷士子知。（壬辰高闈典試巡視臺北試場因念兒時趨庭故事感賦此篇兼貽多士・按是年成先生四十一歲）

早持貞白恢門祚，直借丹青厲孝忠；隕我披圖無限淚，慈雲今亦隔西東。（題周慶光教授故山別母圖・己亥四十八歲作）

江南月與海東雲，歷歷巢痕驗世棼；百事綢繆都勝我，四時將護總勞君。朱顏不駐新銅鏡，白首長甘舊布裙；投老幸餘鴻廡在，晚窗相對話晴曛。（壽內子素瓊・甲子七十三歲作）

從上舉諸詩句，語語眞實，在在可以展現成先生的忠愛志趣，而且這一切皆發自他的肺腑；如果我們進而再觀其「此心未許纖塵玷，坐對盈盈一水清」；「心源不滓在無邪」；「平生清自許，肯負在山泉？」「鄙吝都從一念生，蟠胸涇渭要分明；君看濁水溪頭過，何礙心源自在清」；以及「此心不許塵污染」等詩句，❼不難想像成先生人格的高潔。因而其詩篇中所流露的忠愛思想，當係自然而然的事了。

五、

《東坡詩話》曾說過：「古今詩人衆矣，而子美獨爲首者，豈非以其流落飢寒，終身不用，而一飯未嘗忘君也歟？」❽愚以爲：詩聖杜甫之所以每飯不忘家國，其實就是一種「忠愛」情操的沛然從胸中流出，所謂待境而生，不煩繩削即自然相符；而成先生《楚望樓詩》所以獨具忠愛之悃，正與此不謀而合，如出一轍。

又：唐人白居易在〈與元九書〉中所提及的「上……以詩補察時政，下……以歌洩導人情」；「文章合爲時而著，歌詩合爲事而作。」即堅持文學的第一義在反映時事，表現人生。而《楚望樓詩》即特重此一以「興寄」和「諷喻」爲主的載道、經世的優良傳統。尤其今日文壇所最欠缺的正是成先生這種具有時代意義，足以激發民族意識，陶冶愛國情操，端正社會視聽與重視家庭倫理的詩篇。

此外，我們應知成先生的大忠大愛可以說是由孝擴充而來的。由於他生逢國家多事之秋，十六歲即離開家鄉，到武昌苦讀，二十一歲更遠赴南京就業。四年後，又遇上了八年的艱苦抗戰，隨軍校疏散到四川；與慈親睽違，竟達十年之久。三十五歲時，隨政府勝利還都南京；三十七歲那年，又因局勢逆轉，不遑寧處，由南京經杭州、過金華、蒞衡陽、抵廣州、留梧州、赴成都；隔年歲杪，又由成都隨政府播遷臺灣，於是遂與老母永隔，而長抱終天之痛。從成先生一生的行跡來看，可說是「移孝作忠」，再由「大忠」擴充爲「大愛」。上爲忠黨國，下乃忠職守，外即愛同胞，內則愛家庭。這樣就構成了《楚望樓詩》的思想主體。所以說：《楚望樓詩》的主要志趣，應該不外「忠愛」二字了。

註釋：

❶ 按此卷前半部曾出單行本，取名《入蜀集》。

❷ 按成先生庚寅年的作品，大致爲〈京雒〉、〈滄溟〉、〈早起〉、〈涉江〉、〈答和木下彪教授四首〉、〈神皋〉等。又此卷前半部亦曾出單行本，命書名爲《南冥集》。

❸ 按成先生幼名良貴，學名笛仙，初仕時又名滌軒，後正名爲惕軒。

❹ 按成先生在民國三十六年六月八日郵寄國防部預備幹部局江應龍參謀函中，曾附書《華國新聲》一本，其內容當包涵此「建國體」等詩篇。又：本論文中所引成先生的詩篇或佳句，凡有關忠愛思想者，皆以黑點標明其右，讀者稍加尋繹，當可了然，無勞辭費。

❺ 參陳弘治教授〈論成惕軒委員詩中的時代意義〉，文收《成惕軒先生紀念集》（臺北·文史哲出版社，一九九〇），頁四〇四～四一三。

❻ 以下所引諸詩句，皆依成先生寫作年代的先後次序而列。在每一年中作品的第一首，皆註有干支、作者年歲及居住地點。關於作者年歲部分，係以足歲計算。

❼ 按以上諸詩句，依次錄自〈溪頭次楊亮老韻〉、〈抑鳳〉、〈華岡詩學研究所作〉、〈龍澗〉及〈東鯤紀游〉之五、之六等作品。

❽ 語見《草堂詩話》卷一所引。文收《百種詩話類編》（臺北·藝文印書館，一九七四），上冊，頁三三八下欄。

重看紅衛兵小說

梁麗芳

三十年前五月二十九日晚上，在圓明園祕密集合的一群清華附中的高中生，經過一番熱血沸騰的討論之後，決定用『紅衛兵』這個名義，發起他們自認爲保衛毛澤東革命路線的行動❶，當時他們萬萬沒有預料到，這個決定將揭開文革的黑暗序幕。他們更沒有預料到，這個帶給他們短暫光榮的名字，最後變成瘋狂暴力的符號，以爲閃耀著革命理想的聖戰，竟然是通向幻滅的前奏。

不錯，毛澤東發動文革，要負最大的責任。對紅衛兵本身來說，不管主觀的意願如何，不管他們原先的天眞、純潔、理想，他們在中國歷史舞台上，的確演出了一場鬧劇和悲劇。紅衛兵運動期間，社會秩序的全面失控，人性的醜惡進行了史無前例的大展示；文物的損壞，不可彌補；人權的踐踏，達到令人髮指的地步。在信息封閉的土地上，覆天蓋地的政治術語取代了個體的獨立思考，人變成執行和重複口號的機器。正如作家鄧剛在一篇訪問中描述，『那是一個不可置信的年代：中國沒有戰爭，大機關和大炮安放在學校和百貨大摟的露台上，坦克開進城裡街道上；沒有敵人來打中國，但成千上萬的人大喊，「血戰到底！」，造反派可以在任何時候抄任何人的家，一個無意的笑話，可以置人於死地，幾千個高聲喇叭整夜地播送革命歌曲與口號……』❷。紅衛兵作為這個黑暗年代的暴力執行者，責任是不可逃避的。

本文不是要討論紅衛兵運動，也不是要為這一段歷史尋求判斷式的答案。本文的目的，是想從文學的角度，看中國大陸作家，從新時期以來，在小說中如何處理這一段他們親身參與和見證的荒誕歷史。

文學是一個民族文化心理的投影。從文化心理角度來看，有幾個問題要考慮：紅衛兵一代人怎樣看待自己在文革中扮演的角色？他們是把自己當成現代迷信的犧牲品，文革的受害者，因而理直氣壯把自己的罪過推卸？他們的反思，是否局限於尋找更多的辯白？是否徘徊於認錯與不認錯以及認多少錯的兩難境地？還是，在良知的面前，懺悔與自審？

從文學創作來看，我們要問：紅衛兵運動與上山下鄉運動對他們的命運都產生巨大的影響，為什麼知青小說長久不衰，而紅衛兵小說則剛引起注意就隱退了？在新時期崛起的大量文學作品中，紅衛兵小說究竟怎樣定位？它們的作者是誰？它們創造了什麼樣的小說世界？它們藝術成就如何？

篇幅所限，不能詳細討論上述的問題。本文只分為兩個部份簡略探討。第一部分，勾畫紅衛兵小說在新時期發展的輪廓；第二部分，通過一九七八年以來一些代表性的紅衛兵小說，找出它們共同的文學特點。

一、紅衛兵小說：未充分開發的題材

新時期的文學史，一般認定以一九七七年十一月劉心武在《人民文學》發表的《班主任》❸為起點，又以盧新華在一九七八年八月在上海《文匯報》發表的《傷痕》❹為一種新文學思潮的眞正開始。雖然焦點在於揭露文革給家庭與個人帶來的災難，《傷痕》其實首先側面寫了紅衛兵運動中的非理性運作，女主角因為出身不好，被驅逐出紅衛兵組織，這是新時期文學第一次批判紅衛兵成份論。

傷痕文學並不是突發的。在上山下鄉運動期間，作為批判性的紅衛兵作品，已經在地下流傳。七零年代初期，由吳芒主編，在香港出版的《敢有歌吟動地哀》❺，就收集了一些流傳到香港的紅衛兵與知青寫的作品。可惜，沒有再進一步的發展。一九九三年大陸出版的《文化大革命中的地下文學》❻正好填補了這方面的空白。作者楊健收集了大量資料，祕密的沙龍、知青之間的書信與手抄本的流傳，證明大陸平民百姓在極權統治之下，跟前蘇聯與東歐的人民一樣，並沒有完全喪失自己的聲音。這股沉潛的低聲暗流，正等待時機浮出水面。一九七六年天安門詩鈔❼，是地下文學第一次在大陸浮現。無情的鎮壓掃蕩，只不過是暫時的隱藏而已。四人幫的倒臺，新統治者為了鞏固政權所施行的比較寬鬆的文藝政策，為潛伏地下的文學種子，提供了發芽與成長的空間。可以說，傷痕文學是在地下文學的基礎上發展起來的，並不是在眞空狀態中突然萌發的。

這點，我想以鄭義的創作來說明。文革時期在東北流浪的時候，他就寫了《凝結的微笑》這篇小說。內容是說，一個寒冬，一對在北大荒的兄妹，從農場逃跑，上了一輛貨車，豈料這輛貨車沿途不停，到北京的時候，司機發現這對兄妹已經凍死了，臉上凝結了微笑。爲了安全起見，鄭義把這篇小說的地點從北京改在莫斯科，又說是從一份叫《伏爾加》的蘇聯報紙上翻譯過來的。一九七九年，這篇小說改回原狀，在廣州的《花城》發表❽。

鄭義正面寫紅衛兵武鬥的小說《楓》❾，能在一九七九年二月在上海的《文匯報》發表，可見他是有所準備的。《楓》標誌了新時期紅衛兵小說的眞正出現。雖然他在一篇訪問中說，早知道這篇小說反響那麼大，他就會用心寫好點❿。但毫無疑問，這篇小說在新時期文學史上將佔一席位。從《楓》發表以後到一九八一年底，紅衛兵小說陸續出現，作者大多是過去的紅衛兵。正如很多傷痕文學一樣，這些作品藝術技巧粗糙，但因爲突破題材禁區，揭露黑暗面的勇氣，足以引起哄動。除了《楓》以外，《日全蝕》，《醉入花叢》⓫就引起注意和爭論，中篇小說《晚霞消失的時候》⓬更成爲北京大學生最喜愛的小說。

令人失望的是，自從《晚霞消失的時候》在一九八二年和八四年初『反精神污染』被全國性批判之後⓭，紅衛兵題材作品迅速消失於大陸文壇。本來，有經歷豐富的作者，有熱烈期望的讀者，這是個很有動力的創作勢頭，可是，紅衛兵小說跟知青小說、改革小說，以及後來的尋根小說、新潮小說和新寫實小說相比，在質與量方面，都遠遠不及。那麼，原因在哪兒？

可以從兩個角度來解釋，首先，是紅衛兵題材本身的政治敏感性。報告文學作者胡平曾指出：『粉碎四人幫之後，社會很多方面落實政策，唯獨沒有對紅衛兵的政策。』⓮極左勢力的存在，批毛的不徹底，在位者本身的利益考慮，使正面描寫文革仍是禁區。一九九二年出版後來被禁的《防「左」備忘錄》中，就有人指出這個事實。⓯

第二，是前紅衛兵本身不願意揭露自己過去的醜惡與荒唐。展示自己所受的苦難，當然比展示自己的瘋狂與暴力，在心理上更容易承受。寫知青的磨難與損失無論如何比寫紅衛兵的狂熱與暴力容易得多。紅衛兵運動的那兩年，是暴力橫行的高峰。是文革最亂，最恐怖的時刻。而紅衛兵正是造成這些荒誕與恐怖的執行者。寫紅衛兵小說，就意味著一次靈魂的自審，自審深刻不深刻需要道德與藝術的勇氣。這就造成紅衛兵小說的難產原因之一。

到現在為止，我認為《晚霞消失的時候》仍然是紅衛兵小說的難得佳作。比較同時期的創作，《晚霞消失的時候》較為洗練的文字與形式結構，人道主義和宗教文化的探討，懺悔意識的提出，都是當時青年作家小說中所望塵莫及的。當時極左躁暴的全國性批判，不但使天才橫溢的禮平受到不公平的待遇，更大的損失，是腰斬了這一代人對紅衛兵運動的探索。

以紅衛兵為題材的文學作品，一直到了一九八七年初，報告文學作者張勝友與胡平才在《中國作家》發表了《歷史沉思錄：井崗山紅衛兵大串聯二十週年祭》⓰。張勝友與胡平才是富有責任感與宏觀眼光的報告文學家，他們上井岡山收集大量材料，用富有激情與批判筆調，重構了當時紅衛兵瘋狂悳上井崗山，並在瘟疫之下大量死亡的事件，揭露現代迷信的一幕慘劇。

同年，北京回族作家張承志發表長篇小說《金牧場》[17]，這篇小說用不同字體交替編排，分別寫主人翁當紅衛兵、知青與日本訪問學者時的經歷與心態。藝術表現不算成功。張承志在一篇訪問中表示，紅衛兵這個名稱，是他起的。後來我從別的材料與其他知青作家那裡，得到證實。正如張承志的其他有自戀傾向的作品一樣，這部長篇以『他』，其實是自己爲主角。小說中的『他』雖然在日本作訪問學者，却有不少篇幅緬懷自己的紅衛兵歲月，充滿了浪漫英雄主義。因爲張承志在紅衛兵運動中的地位，不難理解他對這個運動有某些理想化的懷念。不過，抽空紅衛兵行爲實質的傾向，卻令人難以苟同。

跟張承志這種一廂情願的論調相反的，是梁曉聲於同年完成發表的《一個紅衛兵的自白》[18]。這是大陸新時期的第一本紅衛兵自傳，值得注意：〔雖然在海外，已經有幾本自傳體的英文著作〕？[19]。梁曉聲在反省自己的盲從與狂熱行爲的同時，對文革中集體的非理性行爲，作了文化心理層面的探討。他在序言中說，『懺悔是必要的。沒有懺悔意識的民族是麻木的民族。僅僅懺悔是不夠的。滯留於懺悔中的民族是軟性的民族，文化大革命非是一個人的罪孽，是一個民族的恥辱。[20]這本自傳是難得的坦誠之作，不妨作爲這一代人成長心理的記錄來讀。

到目前爲止，能夠擺脫具體經驗的限制，營造紅衛兵小說的想像世界的，是劉恆的長篇小說《逍遙頌》和劉索拉的中篇《混沌加哩架楞》[21]。劉恆跟劉索拉比知青一代年輕，他們屬於紅衛兵運動的外圍。因此，精神包袱比較輕，能夠拉開距離來審視這個運動。

劉恆的《逍遙頌》寫成於一九八九年春天，到一九九三年才以單行本出版。劉恆以冷峻的口吻和零度的感情，把幾個紅衛兵放置在一個卡夫卡式的荒誕、恐怖、與封閉氛圍中，展露這個運動的種種荒謬和殘酷。劉索拉的《混沌加哩架楞》也巧合地在英國同時完成。她沒有把紅衛兵當成主要焦點。跟張承志的《金牧場》一樣，外國的生活與文革的回憶交叉出現，當年參加紅衛兵運動的情景佔了相當篇幅。但跟張承志的沉重與自戀完全相反，劉索拉用的是自嘲與黑色幽默。她用輕鬆調侃的筆調，完成一次深刻的歷史反諷。

現在我們看看這些年來，紅衛兵小說的創作實踐。

二、紅衛兵小說的特徵

(一) 暴力與小說的轉折點

集中出現於解凍初期的紅衛兵小說，具有傷痕文學的一些共同點：小說的情節富於戲劇性，人物的命運起落無常，他們常面臨生與死、忠誠與反叛的嚴峻考驗，而結局往往是悲劇性的。值得注意的，是充滿控訴情緒的行文中的暴力描寫。

紅衛兵的形象是一個雜合體：天眞中帶有偏執，熱情中帶有殘暴；他滿懷理想，卻封建教條；他放眼世界，卻夜郎自大；他自虐地讓禁慾主義遮蓋了青春慾望，讓政治口號指導自己的行動，他用暴力解決世間的矛盾。

紅衛兵小說的主人翁，開始時大都充滿了自以爲革命的狂熱理想。在把狂熱理想訴諸行動的過程中——通常是抄家與武鬥——朦朧美好的初戀或主觀願望與革命實際行動發生衝突，使紅衛兵人物突然面臨『危機』與抉擇，但當暴力佔了上風，摧毀了愛情與主觀願望之後，人物之間（通常是男與女）的關係隨著破碎，主人翁的思想和感情受到一次大震蕩。這個事件，通常是小說的高潮，也是紅衛兵人物發展過程中的轉折點。這以後，他後悔莫及，走向懺悔與覺醒，進入人生另一個階段。從失去人性到恢復人性，從政治口號的機械執行者到個人意識的重建，從現代迷信到個體的自信，是紅衛兵人物典型的心路和思路歷程。

紅衛兵小說結構中的一個特點，是扭轉人物命運的事件，都是在暴力施行時發生的。沒有暴力事件，就沒有主要人物之間的衝突，也就沒有人物後來的懺悔與覺醒。因此，在小說發展中佔關鍵的位置。

爲了營造這個中心衝突，作者們借用巧合，把男女主人翁放在一個失去控制的暴力場面。在這個嚴峻場面中，主人翁必須在人道與暴力之間作出抉擇。這些作者大多沒有進入紅衛兵人物的內心，爲我們透視抉擇時的內心活動。我們只能通過小說情節和動作，以及它所提供的歷史背景，找出他們行爲的動機。在一個封閉的、鼓吹以暴力爲革命手段的環境成長的紅衛兵，暴力是他唯一的選擇。既然紅衛兵人物都是青少年，作爲扭轉人物命運暴力事件，很自然地跟初戀連在一起。初戀的破滅，對人物日後的轉變起決定性的作用。

以下的幾個紅衛兵小說，正展示上述的敍述模式。

《楓》呈現的是文革年代社會秩序顛倒的縮影。紅衛兵派系鬥爭的惡性擴張，把校園變成戰場，把教師變成學生的俘虜，把本來相愛的青年人分屬兩個敵對派別。學校是知識傳播之地，現在變成打鬥場，學生應該學習，卻配上機槍如戰場上的士兵。暴力獸性，取代了文明理性。敘述者王老師失去原有的位置，成爲派系鬥爭的傳遞員。因爲他認識兩個主要人物盧丹楓與李紅鋼，從他的視角說來述說，增添了可信性。

在政治術語統攝之下，人已經失去獨立思維與情感空間。兩個相愛的人通信，都引用政治口號。李紅鋼說的話，是空洞的革命豪言壯語。盧丹楓能夠把毛語錄倒背如流，引以爲榮。作爲學生，他們已經放棄了接納知識文明的角色，成爲重複政治術語的機器。

小說的高潮發生在一個教學大樓，李紅鋼一派已經打敗了盧丹楓一派，當李紅鋼以爲自己已經勝利的時候，盧丹楓在死人堆中突然站起來。這是個關鍵性的巧合，把李紅鋼馬上陷入一個進退兩難的情景中。兩人面對革命與愛情的抉擇，一時不知所措。盧丹楓在歇斯底理中失去控制，喊著口號，跳樓自殺表示自己對革命的忠誠。象徵一代人青春與愛情的楓葉，染著盧丹楓的血，在清晨的陽光中枯萎。

《瘋人之戀》[22]中，石濤與蘭奚本是青梅竹馬，一同參加了兩派紅衛兵的談判。跟《楓》一樣，教學樓已經被紅衛兵佔領，成爲打鬥的場所。這個場所，成人都是缺席的，歷史的舞台似乎被自以爲革命接班人的青少年來佔有。恰巧就在兩派紅衛兵針鋒相對的關鍵時刻，石濤的扣針鬆了，毛章摔碎了。對方立即揚言要抽出反革命，石濤正在猶豫要不要承認，蘭奚爲了幫石濤脫險，挺身而出，承認毛章是她的。本來，石濤可以在這個時候老實招認，但他自私膽小、推卸責任。諷刺的是，在此之前，他一直以保護者的姿態在蘭溪面前出現，但在這緊要關頭，蘭溪卻成爲他的保護者。

這個事件，成爲石濤與蘭溪命運的轉折點。對石濤來說，這個暴力場面，暴露了他的眞正面目。蘭溪卻成爲雙重的受害者。爲了逃避武鬥，她裝瘋，被送進瘋人院。後來，蘭溪眞的瘋了。她的精神失常，隱喻了一代人的思想狀態。她瘋了之後，整天喊口號，暗示她的整個靈魂已經變成一部重複政治術語的機器。而石濤，則踏著蘭溪的犧牲，爬上官梯。他唯一的懺悔表示，是十年之後，來瘋人院看望蘭溪，而蘭溪的認不出他，表示了她已經無可救治之外，也暗示她對石濤負心的責備。

《勿忘我》[23]寫的也是一對初戀情人被政治暴力拆散的故事。雁鳴與韓昭是大學一年級的學生。跟《楓》一樣，校園成爲暴力場所。知識分子成爲階下囚。不同的是，這篇小說中，女性不但未被暴力腐蝕，反而抵抗這種腐蝕。在一次武鬥校長的大會中，雁鳴爲校長求情的信意外地落在一個紅衛兵手中，並被惡意地公開。韓昭立時陷入兩難的情景，他想保護雁鳴，但在憤怒的同伴面前，他不敢。爲了保住自己紅衛兵頭頭的位置，如《瘋人之戀》中的石濤一樣，在衆目睽睽之下，讓雁鳴受辱，犧牲了對他一往情深的初戀女友。他在歇斯底理的情況下，爲了表示自己革命，打瞎了校長的一隻眼睛。知識人的理性視野，遂被一個失去理性的人所破毀。

韓昭的懺悔比石濤誠懇。他三番四次，要求雁鳴的原諒。他在一個賓館所當鍋爐工，用勞動的方式來贖罪。勿忘我象徵了他對雁鳴的愛情，也象徵了他的懺悔——那就是，不要忘記有他這樣的紅衛兵，曾經犯了無可饒恕的罪。

《火的精靈》㉔用三次倒敘寫了一個破碎的初戀。岳米達在一次抄家行動中，無意中抄了自己喜愛多年的同學嚴冰的家，在其他紅衛兵壓力下，岳米達不顧嚴冰的懇求眼光，打了嚴冰的父親，燒了他的書稿。他燒書稿的時候，同時也燒了他的純潔童年與愛情。這個事件，造成了雙方的決裂，也造成了岳米達長期的內疚。後來在北大荒，嚴冰不念舊惡，三次把他從火中救出來。她的名字中的『冰』字象徵水，而水能滅火。她滅的火，也是狂熱的非理性的火。

比同時期作品有結構意識，在探討上具有哲學性的紅衛兵小說《晚霞消失的時候》，把這個『危機事件』描寫得更引人入勝。小說分成春，夏，冬，秋四個部分。每個階段有不同的象徵。春是青春初戀的象徵，夏代表了紅衛兵運動的瘋狂，冬指上山下鄉，秋是經過長期思索後收獲的季節。南珊與李淮平相遇於一個春天的早晨，互相產生愛慕。夏天，紅衛兵運動開始，李淮平在無意中抄了南珊的家。當他發現南珊的時候，作者寫道，『我的心突然凝固了，隨後便開始猛烈地劇跳起來。一股痛苦的浪潮從我心頭涌起，那沉重的壓力立即就把一切都蓋住了。』㉕但是在紅衛兵同伴的憤怒的目光之下，他命令南珊與家庭劃清界線。一段本來美好的戀情從此埋葬。李淮平亦從此失去銳氣，一直受悔恨折磨。那個抄家的夜晚，已經成為他永遠的內疚。他自責說，『是的，在那個無情的夜晚，我傷害了她的尊嚴，那對於她來說是一種無比高貴的尊嚴。但後果卻是雙方的，她的心被刺傷了，我也因此而永遠失去了對自己的尊重。』㉖從歷史的高度，他進行懺悔，『那次抄家，早已使紅衛兵丟盡了臉。而我們投身的這場文化革命，也必將因充滿了這種事情而在歷史面前無法交代。』㉗跟南珊的重逢，提供了一次坦誠的懺悔表白。南珊對他的拒絕，暗示李淮平永遠無法塡補過去的罪過。

這些小說中的紅衛兵人物，並不像成長小說中人物的純眞。他們一開始腦子裡就充滿了一套黑白分明的價值模式。在沒有遇上『危機事件』之前，他們自以爲天下最革命，抄家與武鬥是他們發泄精力與自我表現的機會。但當抄的家與鬥的人，跟自己有感情有牽涉，這個場面馬上成爲一個『危機』。他被推向一個革命與人道相抵觸的處境。無一例外地，作者們都描寫了這些紅衛兵人物在『危機』之際的猶豫不決。這一剎那對人物日後發展提供了基礎。一剎那間的猶豫，正閃現了人性中不可磨滅的光輝。但是，表現慾與權力慾遮蓋了良知，把心愛的人推向對立面，而犧牲的往往都是女性。

作者無意中流露，無論表面上紅衛兵聲稱自己多麼革命，多麼先進，骨子裡流著的卻是陳舊封建的糟粕。這些人物無視血統論的反動，更無視性別的不平等。在男權統治的範疇裡，男紅衛兵保持了權威姿態，女紅衛兵卻不自覺地爲男的扮演了犧牲的角色。

有意思的是，這些被犧牲的女性，在經過了這場風暴之後，除了已經死亡（《楓》）之外，都依然屹立不倒，她們變得更寬容更平靜更堅強更智慧。雁鳴後來成爲記者，而韓昭則生活在沉重的懺悔中，頹唐不振。嚴冰的寬容，使三次被她從火中救出的岳米達，羞愧無比。李淮平最後在泰山遇見南珊，南珊表現的平靜與悟性，跟仍然找不到出路的、困惑的李淮平成強烈的對比。

（二）暴力遊戲：

紅衛兵人物在暴力場面的表現，除了跟表現慾與權力慾有關，還有暴力遊戲心理在一起作用。梁曉聲在《一個紅衛兵的自白》中有這樣的反思，『兒童們得到的最新玩具，總是玩起來愛不釋手。我們捕捉到最新的革命對象，革起他的命來也有一種新鮮感。』㉘

遊戲是不需要成人在場的，因此，紅衛兵小說的一個特點是：在扭轉人物命運的暴力場面，成人作爲有威信的父母形象，是缺席的。這個位置，已經讓給作爲凌駕一切的最高權威的黨與領袖，而紅衛兵已變成這個至高無上的權威的執行者。成人們在這些小說中，已經被貶爲醜惡的動物，爲『牛鬼蛇神』，是被打倒的對象，被玩耍的工具。

因此，紅衛兵人物的暴力行動，是一種虐待式的遊戲，他們從權威的意識形態中吸收階級仇恨與崇尚暴力的觀念，以革命的名義，變本加厲地還給社會，而且從中獲得滿足。禮平在一篇訪問中說，有一次，他跟紅衛兵去抄段其瑞的中將閶長的家，他說，『當時，我們血氣方剛，認爲他有血債，把他綁起來，矇上他的眼睛。其實，我們都只是小孩子，模倣電影裡的某些動作，抱著遊戲的心情，希望老人也同我們一起玩。』㉙這個抄家情景，後來被寫進《晚霞消失的時候》中。

老鬼的《血色黃昏》㉚不算是紅衛兵小說，是知青小說。雖然文字粗糙，但必需承認他這篇自傳體長篇小說最可貴的一點，就是坦承地面對自己。他沒有企圖修飾自己、拔高自己。因此，這篇小說無意中流露了他的眞性情。値得注意的一段是，老鬼被打成爲反革命，被隔離，孤獨地生活在山上打石頭。在沒有人與他鬥的情況下，他竟然用非常殘酷的手段，來殺害一隻老鼠，以娛樂自己。他說，『爲了抓一隻老鼠，我可以亢哧亢哧搬開一方石頭，用手逮住，潑上柴油燒得它亂轉；或是用小刀戳爛眼睛，任它瞎跑……要不割掉一條細細的後腿……看那血跡斑斑的小生命折著跟頭往前爬，我感到一種愉快和滿足』[31]從虐待性的遊戲行爲中獲得愉快與滿足，這跟紅衛兵從抄家與武鬥中獲得的心理滿足何其相似！

在此，我想指出兩篇超越早期紅衛兵小說的作品。一是劉索拉的《混沌加哩格楞》，一是劉恆的《逍遙頌》。《混沌加哩格楞》的主人翁爲留學英國的中國大陸學生。她雖然生活在倫敦，她的內心活動卻被過去所佔有。這篇以調侃語氣充滿黑色幽默的小說，把紅衛兵經驗視爲一幕苦笑不得的鬧劇。敘述者說，『當紅衛兵的基本條件是——要當著所有的人說出只有在公共廁所牆上才有的話。』[32]十一歲的她和好友，爲了加入紅衛兵組織，在家裡反覆練習說這些粗言穢語。自以爲崇高，自以爲神聖光輝圍繞的運動，在此，頓時化爲一幕鬧劇。可以聯想到，張承志那種把紅衛兵理想化的莊嚴態度在此也一一被消解。

《逍遙頌》跟劉索拉的黑色幽默有異曲同工之妙。劉恆用荒誕的手法，描繪了同一個組織的幾個少年紅衛兵躲藏在一個卡夫卡式密封黑暗的大樓內，互相猜疑、互相折磨、互相殘害的惡作劇。他們不但不逍遙，簡直是活在監獄裡。小說中的幾個人物，沒有名字，有的是軍事組織的非人化稱號：有總司令，副司令，外交部長，作戰部長，後勤部長，和宣傳部長。如現實中的政治鬥爭一樣，他們根據權力的分配，形成一個互相牽制互相折磨的網。他們制定儀式規則，用來牽制對方。總司令儼然是暴君，不服從要懲罰。入組織的人，必需經過一個既像遊戲但又殘酷醜惡的考驗：那是用繩子把身體從三樓的垃圾管放下，在上面撒尿倒墨水，能爬上來，才被接受。

在這個狹隘的被隔離的封閉空間，幾個部長之間，互相妒忌，打小報告，無理爭吵，暴力打鬥。這幾個『部長』的自虐與虐待性的行為，集中表現了文革。因為掉了開門的鑰匙，空間更小得不能忍受，加上生理的問題不能解決，整個氛圍陷於窒息。跟外界的唯一聯繫，是一個播放革命歌曲與口號的破爛收音機，和幾方寸寬可以看到外面的小方格。劉恆描寫這幾個少年，走動著的時候，像禽獸害蟲，只有睡著的時候，才有點『嬰兒』的善良，有時甚至連夢也充滿了血與暴力。他們已經非人化。他們自制的組織旗幟，革命名字旁邊排列的是象徵他們的蜈蚣、蒼蠅、螞蟻、蛀蟲等害蟲圖樣。他們跟成年世界人的唯一關係，是在大樓角落發現的堅決自殺的老校長，他的死意味著知識理性的死亡。

這篇小說是個寓言，把紅衛兵運動與文革作了批判性的解說。這個隔離的氛圍，令人聯想到威廉高丁的《蠅王》㉝。一群十一二歲以下的孩子流落在太平洋的一個荒島上，在等待獲救的日子裡，建立自己的統治規則與儀式。《逍遙頌》中的幾個紅衛兵，也在設立自己的規則與儀式。同樣是爭權奪利與暴力，不同的是，前者最後得到拯救，來自文明世界的成人來拯救他們。而後者，則缺乏這種可能性，理性文明的成人世界已經被摧毀。

結論

早期的紅衛兵小說，是解凍時期的作品，技術仍然粗糙。這時期的紅衛兵小說，除了禮平的《晚霞消失的時候》比較突出之外，人物的心理描寫欠深度，更缺乏距離感。我們看到人物戲劇性的巧合，戲劇性的打鬥場面，之後，人物戲劇性的再出現。這中間經過了什麼心理轉變呢？這個轉變有沒有階段性呢？比如，人物在進行暴力的時候的心理描述，之後他想過什麼？似乎欠缺交代，更缺乏的是深刻的懺悔意識和自審。這些作品大多人物跟著情節向前走，走得太快。如果他們停一停，想一想，自我拷問一下，則歷史的反諷就出來了。

一九八九年劉索拉的《混沌加哩格楞》是一次獨特的嘗試，說明寫嚴肅題材，可以用輕鬆的筆調來寫，一樣可以成功。劉恆同年完成的《逍遙頌》，從頭到尾那種卡夫卡式的令人窒息的氛圍，荒誕的紅衛兵行爲，審醜的文字和寓言啓示，使這篇小說具有強烈的震撼力。梁曉聲的《一個紅衛兵的自白》作爲一本非虛構文學的自傳體作品，代表了另一個寫好紅衛兵題材的可能性。

總之，這是個尚待開發的豐富寶藏。在衆聲喧嘩的『新狀態』，『新體驗』，『新市民』，『新都市』，『文化關懷』等新標簽之下，我認爲大陸作家不要只看到今天經濟潮流衝擊下的人生百態，也要把視野投向曾經是廢墟的昨天。

註釋：

❶ 梁麗芳，《從紅衛兵到作家：覺醒一代的聲音》（台北，萬象圖書股份有限公司，一九九四），頁一九一—一九二。見張承志的訪問。

❷ 同❶，頁三七九。

❸ 《人民文學》，一九七七年，第十一期，頁一九—二八。

❹ 《文匯報》，一九七八、八、一一。

❺ 《敢有歌吟動地哀》（香港，七十年代出版社，一九七四。）

❻ 《文化革命中的地下文學》（濟南，朝花出版社，一九九三。）

❼ 《天安門詩鈔》（香港，文化資料供應社，一九七八。）

❽ 《花城》，一九七九年，第三期，頁一—一一。

❾ 《楓》原載《文匯報》，一九七九、二、一一，收入《黑玫瑰》（長春，時代文藝出版社，一九八六），頁二六五—二八〇。

❿ 同❶，頁四〇一。

⓫ 分別收入《爭鳴作品選編》（第二輯）（北京，北京是文聯研究部，一九八一）。《日全蝕》，見頁二四—四七；《醉入花叢》，見頁四八—六八。

⓬ 《晚霞消失的時候》（北京，中國青年出版社，一九八一。）

⓭ 圍繞《晚霞消失的時候》的爭論持續數年。代表性爭論文章有：敏澤，《道德的追求和歷史的道德化——從《晚霞消失的時候》談起，《光明日報》，一九八二、二、八；劉燕光，《戰鬥唯物主義還是宗教信仰主義——評《晚霞消失的時候》，《光明日報》，一九八二、六、三；若水，《再評南珊》，《讀書》，一九八五年，第七期。

⓮ 同❶，頁二一七。

⓯ 《防「左」備忘錄》（太原，書海出版社，一九九二），頁一五七。

⓰ 《歷史沉思錄：井崗山紅衛兵大串聯二十週年祭》，《中國作家》，一九八七年，第一期，頁一二八—一六三。

⓱ 《金牧場》（北京，作家出版社，一九八七。）

⓲ 《一個紅衛兵的自白》（香港，藝苑出版社，一九八九。）

⓳ Ling Ken, The Revenge of Heaven. New York:Putnam, 1972; Liang Heng and Judith Shapiro, Son of the Revolution. New York:Alfred A. Knopf, 1983; Gao Yuan, Born Red: A Chronicle of the Cultural Revolution Stanford: Stanford University Press, 1987; Lo Fulang, Morning Breeze: A True Story of China's Cultural Revolution. San Francisco: China Books and Periodicals, 1989; Zhai Jianhua, Red Flower of China:An Autobiography. Toronto: Lester Publishing Limited, 1992。

⓴ 同⓲，序言。

㉑ 《逍遙頌》（長沙，湖南文藝出版社，一九九三）；《混沌加哩格楞》（北京：中國華僑出版杜，一九九四。）

㉒ 王亞平，《瘋人之戀》，《青春》，一九八零年，第七期，頁一三一—一三三。

㉓ 蘇葉，《勿忘我》，同註⓫，頁一一九—一三六。

㉔ 張抗杭，《火的精靈》，《當代》，一九八一年，第三期，頁三五—四七。

㉕ 同⓬，頁七四。

㉖ 同⓬，頁一一四。

㉗ 同⓬，頁一〇七。

㉘ 同⓲，頁八九。

㉙ 同❶，頁四三一。

㉚ 《血色黃昏》（北京，工人出版社，一九八七。）

㉛ 同上，頁四〇七。

㉜ 同㉑，劉索拉，頁一九。

㉝ Willim Golding, Lord of the Flies. London: Faber and Faber Ltd.，一九六二。

感覺世界

——三〇年代台灣另類小說

施　淑

(一)

一九三四年七月，「台灣文藝協會」的機關雜誌《先發部隊》刊登了該協會成員郭秋生的一篇評論，標題是〈解消發生期的觀念　行動的本格化建設〉，❶這是日據時期台灣文學批評中少見的長篇論文。文中，郭秋生檢討了三〇年代初以前台灣新文學的發展成績，分析當日小說創作的困境，並試圖以《先發部隊》的創刊為新起點，提出他對日後創作取向的一些意見。他的論述要點是：

1.台灣新文學的發生基礎，也即它的內在觀念，是反封建的意識形態與個人自由的精神，這些觀念在當日已面臨「碰壁」的困境，而這導致作品的表現形態呈現類型化、公式化的現象。他說：

台灣新文學的碰壁，是其內在觀念的碰壁同時也是表現形態的碰壁。這已是無須遲疑的定石，當前進而不能前進的內在觀念，只有當前進而不能前進的表現形態而已，新的形態只有新的內容可能與以約束，發現了新的內在觀念，便必然的同時要求到新的表現形態出現了。

畢竟基調於某一種主義或主張而發生的文學，是隨其內在意識的要求以規定其外的底形態，沒有變換主義主張，便不能變換行動的態度，已不能變換行動的態度，則形態的類型化公式化是不可避免的果實了。

2.當時的台灣客觀狀勢，已跨過了反封建的階段，作品如不能應付時代的動向，停留於暴露封建病態與罪惡，將會使台灣新文學退化，使它「迷失了躍進的出路，而遊離了目的意識，墮落於生活線外」，最終成了生活的娛樂品或避難所。據此，他呼籲：

台灣新文學的行動該要轉向了，這轉向的意味，同時是躍進，放棄發生期的底行動，而驀進於第二期的建設的本格的行動，方才是台灣新文學的全面的發展的行程，同時是現在台灣新文學的新的出發點，並就是不滿既成生活樣式而又不得不唯命是聽的台灣人全體的苦悶焦燥不安的呼吸了。

3.關於建設的本格的行動，首先必須解消發生期的暴露的、破壞的態度，而易以「直觀事物至於奧裏」的新態度、新眼光。由於前此的台灣新文學只在客觀的寫實而少有自我的主觀活動，「感覺的世界是從所不曾顧及的」。未來的創作方向，應充分探究感覺的分野及人們內部的心理世界，擁有「由人們的主觀的感覺，以期肉迫現實之眞的意識」。對此，郭秋生著重提出：

> 發生期的眼光，已是使用過的「種子紙」，有阻礙新現實的認識而不足以因此而正確認識新的觀念。
>
> 在這箇碰壁之後的當來的台灣新文學，爲添鮮麗而清新的空氣，尤覺有充分探究感覺的分野的必要和感覺的探究並行，而不可不一步前進而發現的新境地，還有內部的心理的世界的探究。感覺的世界，是當來台灣新文學的廣大的新素地，而內部的心理的底世界，更是當來台灣新文學的渺茫的新大陸。

4.在強調感覺和心理世界的新大陸的同時，再出發的台灣新文學對創作活動本身也應有建設性的態度，那便是對「創作的本格化與創作的本質」的認識。對此，郭秋生指出，文學藝術產生自「作家的情感燃燒」，作品不是機械的寫眞或紀錄，它來自作家的創造：

但創造並不是意味虛構，一經活動於作品裏的形態世界，自不即是某一起事件，或某一事物的事實，然卻不外是某一人生生活世界的現實。遊離了現實生活而和人生應有的種、現實不相關照的文學行動，該不能見尊於現代文學的殿堂了。現代文學是某一個時代某一面社會的人生生活相的一箇斷面或一箇碎片的映象啦。

5.根據上述的認識，郭秋生提出：「文學是現實之眞的創造，表現，描寫。不只是現實的模倣或記述」，並對當時的文學現象提出批評。他認爲當時的作品最顯著的是「創作努力的低調」，作家完全根據自己的體驗、心境或身邊發生的事件爲寫作材料，他把這稱爲「私作品」，它只能表現個人生活的特殊相，不能突破個人天地，而且不具備生活意識或「目的意識」，因此無法達到「從作者的構想裏創造出素材以表現」的「本格作品」的境地。此外，郭秋生更指出當代作家與作品的存在條件：

作品的主要條件，是要著會有普遍性與社會性的，近代社會的組織，已極端薄弱了個人生活的存在，而經調著集團生活的存在了，集團有集團的生命，活著集團的意志以指導個人的意志，不管你諾與不諾，都非你集團生活不行——是故，爲期肉迫人生現實之眞，及視社會集團的個體的介在更不可得，個人生活要不能同時是社會生活的一分野，作品中的個人要不能同時是集團中的普遍的底一個人，則其爲作品的存在力當然是不足以怎麼期待的了。

以上郭秋生對台灣新文學發展的論斷和意見，不難看出社會主義文藝思想的色調，因爲作爲「台灣文藝協會」的主要成員，這個組織的思想立場，本來就是台灣文化協會分裂後，左翼知識分子從一九三〇年起陸續創立的「伍人」、「赤道」、「台灣戰線」、「台灣文藝作家協會」等社團的文藝路線的延續。此外，就文章本身來看，郭秋生使用的發生期、目的意識、轉向、正確認識、集團生活等關鍵性概念，也無一不帶有當代左翼文藝論述的影子，它們都可以在一九三〇年前後支配中、日兩國普羅文藝運動的青野季吉、藏原惟人的著作中，找到觀念的來源。❷不過引人注意的是，在社會主義文藝思想的基調之外，郭秋生這篇具有階段性的思想總結意味，並試圖爲陷入內在觀念和表現形式的雙重困境的台灣文學尋找出路的論文，它那夾雜白話中文、台灣話文和日語辭彙的含混晦澀的語言形式和觀念本身，可能包含著的三〇年代台灣文學史的殖民地式的矛盾和困境。

從二十世紀台灣社會文化發展的過程來看，出生於世紀之交的郭秋生的一代，可以說是文協啓蒙運動後，與傳統台灣斷裂了的「新的現實觀念（the new concept of reality）」的第一批實驗者和驗證者。這被郭秋生論文中描述爲「基調於反逆封建的意識沃羅基（按：即ideology）與伸張個人自由爲精神」的新的現實觀念，雖然以資本主義社會的思想形式出現，而且開啓了台灣文化發展的新頁，但在它走上歷史舞台的同時，是掙脫不了它之依附於日本殖民統治的這個特殊的、根本的事實的。關於日據時期殖民地台灣的社會性質，研究者曾指出，在社會經濟結構上它並不是一般性的資本主義發展，而是從一開始就帶有在世界史上被定位爲「最後帝國」的日本資本主義本身的「後進性」及「早熟性」的烙印。所謂後進性，指的是國家權力所起的作用的比重非常之大，這集中表現於以台灣總督府爲代表的「專制的拓殖制度」及其相應的法規。所謂早熟性，即是被一般的研究及論述片面強調和高度評價的，在殖民經營下，台灣的資本主義化或「現代化」的成果。這後進與早熟的政治經濟結構，使日據時期的台灣表現出一些與其他殖民地不同的特徵，例如：高度發達的商品經濟，本地資本勢力的大幅衰退，強大官僚統治的中央集權式國家權力機構，以及經濟結構的多元化等。❸

作爲台灣新文學的發生背景和描寫對象，上述早熟的經濟特徵，從一九二〇年起開始作用於台灣的社會生活和思想領域。根據研究，二〇年代是台灣社會史上的一個轉變期，除了土地及商業方面的重大措施，因爲醫療衛生的基礎建設，新的生產技術的引進，台灣人的死亡率穩固下降，人口自然增加率堅定上升，加上郵政系統、交通事業等基礎工程的建設，台灣人的平均乘車數與書信往來次數在一九二〇年以後顯著增加，這表示台灣逐漸由傳統封閉性、自足性的社會，轉變爲開放性、流動性的社會。相應於此，具現代性意義的社會運動，如文化協會、農民組合、工友聯盟就在此時發生，人民的態度，也即對事物的看法、想法、做法，或社會科學上所謂的「人格」（personality）也發生了變化。❹到了一九三〇年以後，特別是三〇年代後半期，因爲日本殖民政策的「工業化」的推動，台灣的小社區的比例漸減，大社區相對增加，都市人口占總人口數的比例銳增，都市行政區的擴大，加上貨幣流通的經濟體系，使台灣人的日常生活具有國民社會（national society）或公民社會（civil society)的性格。[5]

上述的一切，應該就是郭秋生一九三四年論文的現實基礎，他會在論文裏以前衛的姿態，聲稱當日台灣的「客觀狀勢」已過了「反逆封建的觀念形態的興憤期」，認爲發展中的台灣新文學「沒有需要其還在反複暴露舊式的罪狀與反逆」，甚至斷言：「多發現了一種封建的病菌，有足以增重台灣新文學的退化，而外還有得什麼嗎？」這類論斷，反映的正是早熟的經濟結構下，三〇年代台灣社會的新生市民，特別是以進化論爲思想根柢的文化啓蒙者，在新的物質基礎及因之而生的新的現實觀念面前的精神興奮。

比較起上述的「進步」圖像，能夠深刻地反映台灣殖民社會的後進與早熟的特殊性及其矛盾的，應該是與文學發展有密切關係的新知識分子的形成，而它的關鍵時刻仍是一九二〇年代。根據研究，日據初期，台灣人的領導階層仍延續清代的基礎，由取得科舉功名的紳士、大地主及豪商構成。但到了一九一五年，這個經台灣總督府「授紳章」的所謂具「學術資望」的領導階層，已大致成爲富商、地主、新興實業家的天下。此外，由殖民政策的「精英教育」系統養成的新知識分子，也就是由日據初期號稱台灣的牛津和劍橋的台北醫學校和國語學校，逐步擴充的針對台灣人的教育制度，以及作爲它的特定培養對象的台灣中上階層子弟，也在這階段漸次崛起。[6]到了一九二〇年以後，隨著以留日爲主的留學生的激增，返台的留學精英逐漸取代只接受台灣本地殖民教育的知識分子，在日據後期成爲台灣人領導階層的主體。❼作爲擁有先進知識的殖民社會精英，這些在二〇年代以後成熟起來的新知識分子，本來就是新思想的接受者和傳播者，也是新的社會現實的先覺者，在這樣的條件下，郭秋生會在論文中批判新文學內在觀念和表現形式的碰壁，會急躁地要求「務必進一步創造出具體解決的新形態與新世界來方可」，他的批判和急躁的情緒是不難理解的。

關於上述的台灣社會精英，值得注意的是，在性質上他們雖類同於葛蘭西（Antonio Gramsci）所說的資本主義時代的機能性知識分子（the organic intellectual），擁有專業技術和知識，負有台灣資本主義建設的功能。但一方面，那養成他們的精英教育原本是按統治者「想要收獲的是什麼」的意圖而設計；❽另一方面，在日本殖民官僚體系始終如一的封閉和獨占的條件下，他們實際僅能擔任基層行政官吏，職能上只不過是遂行殖民行政任務的輔助工具，完全喪失了清代台灣領導階層原有的對地方事務的決策和影響力。❾他們這一被預定了的、先天性的社會人格，從根本上決定了日據時期台灣新知識分子的內在的知性風貌或知性體質（intellectual physiognomy），而他們正是作家和作品中的人物的主要來源之一。有關這問題，郭秋生的論文透露了一些訊息，那便是當他以左翼知識分子的口吻，指責「迷失了躍進的出路，而遊離了目的意識，墮落於生活線外」的當代作品之餘，除了抽象地強調集團的意志，「肉迫（逼近）人生現實之眞」的重要性，他所找出的具體的「轉向」策略，卻是與目的意識大相逕庭的轉向感覺世界、心理世界這個如他所說的廣大然而「渺茫的新大陸」。不過日據時代，那違反了郭秋生所代表的「先發部隊」的文藝戰線，違反了普羅文藝運動的集團意志和目的意識的另類小說，卻正是在他指定的這塊感覺的、心理的「新素地」上找到了它的起點。

(二)

一九三〇年以後，台灣小說出現了一些大致符合郭秋生所謂的「本格的」（眞正的）作品。不同於二〇年代萌芽期小說對封建傳統及殖民罪惡的正面反抗和暴露，這些作品的主題都集中在市鎮生活的諸面相，人物大都屬於帶著市民氣味的小知識層。在藝術處理上，這些作品雖未必達到郭秋生要求的「直觀事物至於奧理（深處）」的標準，但在表現上多少符合了他所謂的以新眼光、新態度「肉迫人生現實之眞」的路向。只不過在敘述意識上，它們都乖離或對立於他標舉的「能夠有熱烈的生活力，克服了冷遇的惡環境，以奏人生的凱歌」的樂觀旋律，而是以慘淡低調的理想和生活的鎩羽告終。

這嶄露於三〇年代台灣文壇的另類小說，它的發生，一九三〇年代前後的歷史大事，如台灣最後一次武裝抗日的霧社事件的慘烈悲劇，農民組合和工人運動的遭受打擊，日本殖民統治者以檢肅共產黨的名義，對台灣左右翼的民主進步文化人士的清洗鎮壓，還有世界性的經濟大蕭條，當然都是直接的、主要的原因。但決定它在藝術形式上要以懷疑矛盾的語言朝向內心生活的發掘，則應該是上面討論的台灣殖民政治制度的落後性和經濟結構的早熟所產生的都市生活及台灣知識分子的特殊的知性體質使然，因爲這類小說在出現於島內作家的創作之前，它的徵兆已在二〇年代的留學生小說中浮現。這些開風氣之先，而且多少帶有自傳性的留學精英心態的作品，都是在都市生活的前景上，表現啓蒙的、個人主義思想者的感情的失落，理想的動搖與幻滅，以及都會的誘惑、苦悶和寂莫。如楊雲萍的〈到異鄉〉、〈一九二六〉、〈加里飯〉（一九二七）、〈青年〉（一九三〇），張我軍的〈誘惑〉（一九二九）。這系列的作品發展下來，最具代表性的應屬王白淵的〈唐璜與加彭尼〉（一九三三），翁鬧的〈殘雪〉（一九三五）、〈天亮前的戀愛故事〉（一九三七）。

王白淵的〈唐璜與加彭尼〉是以寓言的形式，藉歐洲歷史上的情聖唐璜與三〇年代美國芝加哥區黑手黨領袖加彭尼的一席對話，表現對資本主義社會及其道德信條的批判。故事的場景是加彭尼被囚的監獄，從天國來訪的唐璜首先表示他們彼此的「類似」，而後透過長段的自白說出他的心路歷程。根據他的自白，這個一生混跡衆香國的情聖，到死爲止居然「找不到眞正爲愛而生的女人」，因爲：

> 我愈是愛她們，她們愈是要離開我，有的是爲社會的舊制所束縛；有的爲金錢所壓迫；有的是向權勢屈服；有的是淪爲一文不值的道德的犧牲品，哭著離我而去。

爲了讓女性知道，「戀愛對於人生是多麼地崇高」，他成了從一個女人流浪到另一個女人的旅人，而這招來了道德家們的詬罵，就在承認自己失敗之際，他來到了美國，發現自己竟無用武之地，因爲已然解放的美國女人，並不需要他的拯救，終於唐璜覺得自己贏了，勝利了。

在加彭尼的一邊，他的暴力行爲的動機是：因爲看到貪婪無厭、吸人膏血的受法律保護，高據上流社會，被巧取豪奪的民衆，生活無依，甚至下獄。而這形成了他的道德哲學：

大盜賊是道德的，而小盜賊卻是罪惡的。這到底是哪門子的法律？因此我決定以身說法，親自表演出他們那種有組織的強盜是如何地犯法，讓世人瞧瞧。

對此，唐璜安慰加彭尼不必自覺不幸，因爲「強盜們在經濟恐慌之下，將會原形畢露，爲衆人所放逐，現在已是他們的末日，不必你再現身說法了。」接著，他們都相信如果到蘇聯，他們一定找不到伙伴。在小說結束前，加彭尼說了這麼一句意味深長的話：「你我在世上都是多餘的哩！那眞是痛快！」

根據王白淵留日時參加「台灣文化同好會」、「台灣藝術研究會」等社會主義思想組織的經歷來看，這篇社會寓言小說最後以「痛快」的蘇聯模式解決，自屬意料中事。不過從這篇富於辯證思維的人類解放寓言，一方面毫無保留地否定傳統道德和資本主義本身的結構性罪惡，另一方面卻在愛情解放的問題上，把美國和蘇聯放在同一位置的這點來看，卻透露著台灣殖民精英的精神悲劇和心理困境。因爲這小說情節折射出來的反封建然而附條件的反資本主義精神的意識形態，正突顯了與文協啓蒙運動一道成長起來的新知識分子，在初識資本主義時代的人道自由思想並經歷那作爲資本主義的最高發展形式的殖民帝國主義統治的同時，不可避免地要在等同、甚且勝過封建壓迫的日本殖民政權的落後黑暗之前，堅持對於愛情，這象徵著人的獨立自由的最後防線的幻想和追求，因爲這是他們僅有的解救。由於如此，這篇小說會以唐璜和加彭尼這兩個封建時代和資本主義社會的體制叛逆者爲角色，就不是偶然的了。只不過當王白淵幻想著在蘇聯體制下，這兩個體制叛逆者將成爲「多餘」的存在之前，台灣的殖民精英在日據後期的小說中，仍得扮演「多餘的人」的角色，而這開始於他們對自己的殘廢的身世的認識。這方面，郭秋生的〈都鄉〉（一九三五）可以作爲代表。

〈王都鄉〉也是一篇寓言小說，主角王都鄉是一個幼時害了病，廢了兩足的殘廢者。小說共分四節，第一節寫的是自覺「廢人」的王都鄉在家庭保護下，渾渾噩噩地成長並結了婚，直到父母去世，發現已不是生活在「逝去的社會」，已經是「現代的自己」的王都鄉，開始思索起生命的意義和社會責任。首先，爲了妻子的幸福，他自願離婚，但因襲的觀念，使他不能如願。基於自己的「人性的威嚴」，更爲了妻子的未來，王都鄉決定自殺，「好讓她解消奴隸的根性，好讓她復活人的眞面目」。自殺獲救後，知道自己終究仍是「社會的贅瘤」的王都鄉，向醫生，向社會提出了他的道德批判：

你們毒殺了一個好好的人，你們製造了一個不勞而食的幫助罪犯與一個不勞而食的重大罪人，你們是戴著慈善假面的詐欺漢，你們至少也是做著我們的買賣的生理人，你們要爲遂行你們的詐欺，或圖你們生理的永固，當然要極力妨止我們這樣罪人的消滅。

因爲這言論而被判定「精神異狀」的王都鄉，直截了當地駁斥：「你們不是人，所以你們不能理解人的心聲」。

小說的第二節接著寫渴望成爲眞正的「人」的王都鄉到了台北，看到繁華的市景，看到「流著尊貴的熱汗，像走馬燈活動著，在從事他們光榮的工作」的人群，他眞心讚嘆，對於因殘廢而成爲被同情被施捨對象的自己，覺得恥辱，覺得「我不是人，我是一條最可恥最可憐的寄生蟲。」甚至對古老的台北北門，也因其「一身的不遂，暴露在這十字路中示衆」而成了他的議論對象：

效用盡了，生機失了，存在著的僅是一件的廢物，就應該及早從社會沉滅下去，乾乾淨淨結果了一條無意義的半命。

雖然這樣，自覺半命的王都鄉仍舊在被別人「雕古董」的屈辱感下，與生意不好而怨聲連連的小販，大談「生產過多」、「自然調節」的經濟學理論，企圖糾正小販的錯誤觀念。因爲他相信：「我有啓他之蒙的責任，這種誤解的頹廢是大有遺毒社會的健康的」。

小說的第三節寫王都鄉走入夢境，夢中，「他竟然走了起來了」，而且「揚揚地踏入島都的心臟」的台北，但狂喜之後，他很快就發現他原本視爲尊重的、「健康活動著的」社會的弱肉強食，發現存在於失業飢餓人群中的「一幅地獄的縮圖，可怕的縮圖」。小說的最後一節寫的是，夢醒之後，重新回到地上爬行的王都鄉告訴自己：

是了，我不能想好我的病了，沒有勤勞不得食的思想要訂正了，現在是有勞動也不得食的時代了，爲什麼我還做沒有勞動不得食的迷夢呢？是了，個人沒有要求社會給他勤勞的權利，社會也沒有保障個人最低生活的責任，那麼還有什麼是人的社會呢？什麼是人的社會呢？現代的社會不是人的社會了……

經過反覆思辯，精神苦悶的王都鄉，終於達到了思想上的結論，那便是脫卻因襲的羅網，謀求同志，重新找回被掠奪的「生存資料」和被侵害的生存權，「革掉過去的所有惡根性以復活眞的人間來」。小說也就結束於「像發現一座新星座，發現了自己的存在」的王都鄉，一沉一浮地移動殘廢的身軀，從一個街頭到另一個街頭，熱切發表他的思想結論的畫面。

根據郭秋生本人的〈解消發生期的觀念　行動的本格化建設〉的論文，王都鄉的表現確實是走過了解消心理困境的路程，小說的觀念發展也符合論文要求的具有目的意識的階級革命的認識。只不過走出了這個寓言世界，三〇年代的台灣，在經過思想的大整肅後，雖然有楊守愚、王詩琅、楊逵、呂赫若等人的作品，程度不等地走著王都鄉式的道路，但在更多的時候，表現於這則寓言裏的殖民地台灣早熟的、然而殘廢的物質基礎，都在前述台灣殖民精英遊離於現實的社會人格，及其不徹底的反資本主義思想的知性體質的交互作用下，爲三〇年代的小說界帶來了早熟萎弱的人道和個人主義的花朵。這方面，較突出的有吳天賞的〈龍〉、〈蕾〉（一九三三）、〈野雲雁〉（一九三五）；郭水潭的〈某個男人的手記〉（一九三五）；巫永福的〈黑龍〉（一九三四）、〈山茶花〉（一九三五）。在這行列中，最引人注目的是翁鬧的作品，特別是那坦然以社會的另類姿勢出現的〈天亮前的戀愛故事〉。

〈天亮前的戀愛故事〉是一篇從頭到尾由主角的獨白構成的小說，這個以第一人稱「我」出現的人物，在三十歲生日前夕，面對一個自始至終未曾現身的「你」，絮絮叨叨地訴說他的青春期的愛慾，他的沒有結果的戀愛，他的亂七八糟的生命，以及對整個人類文明的厭惡和咀咒。在那語無倫次的獨白裏，這個自稱「廢料」、「不適於生存」的獨白者，斷斷續續爲他的自畫像描出一些線條：從小渴望瘋癲，沒有理想、希望，意志與行爲極端分裂，只要是沒道理的事樣樣都幹得出來，不清楚什麼時候會達到可怕的毀滅，等等。在這混亂的構圖的周邊，是使他瀕臨瘋狂的都市生活，還有他的三十年的生命：「它遵循那令人戰慄的概然律，那應當唾棄的慣性律，連最小限度的可能性都沒有」。面對這一切，他希望回到原始，希望這地上再一次充滿野獸，希望「現代的人類忘掉他們的生活方式與一切文化，再一次回到野獸的狀態」，並且向他的傾訴對象自剖：

多方聯想起來，我覺得自己似是一個完全不適於生存的人。這是眞的。我老早以前就一點一點地感覺到我是一個不適於生存的人。這種感覺要到什麼時候才會達到可怕的毀滅的頂端呢，那連我自己也不清楚。大概不會在那麼遙遠的將來吧？不過，我的毀滅是跟你毫無關係的事。連對我自己，也是無所謂的事……。正像那芳香的酒變成了教人皺眉的醋酸一樣，我精神內部對人世所抱的至高的愛，如今就要完成發酵作用，正在逐漸變成激烈的恨。縱然我的人生和青春在悠久的歲月中幾乎等於零，我確信這無窮小的恨，也必能跟無窮小的恨對宇宙發生破壞作用。

從一九二〇年代以後，「私小說」在日本文壇的發展情形來看，翁鬧這篇發表於一九三七年的作品，自有可能受到影響，因爲存在於這篇小說的內省、頹廢和誇張正是私小說的基調。⑩不過從這位被當時的批評家劉捷稱之爲「幻影之人」的文學慧星的寫作生涯來看，這篇小說表現的虛無和毀滅的欲望，似有其發展上的必然性。零碎有關翁鬧的傳記資料都指向這樣的事實：盲目崇拜日本女性、夢想躋身日本文壇，曾混跡東京浪人聚集的高圓寺區，⑪這無一不顯示他的社會邊際人的性格。有關他的創作理念，比較清楚的是，在鄉土文學和殖民地文學的問題上，他主張：「形式上與日本文學相通，內容上屬於台灣」，文字表現則應「尋求日語和台灣話的折衷」。⑫根據他的作品都完成於東京的情況上來看，他的寫作應可歸類於「少數文學（minor literature）」的行列。根據德勒茲（G.Deleuze）和瓜塔里（F.Guattari）的看法，少數文學並不是以社會中的少數人的語言所寫的，而是指運用那不屬於自己的多數人的語言文字來創作的文學，這樣的作品，除了根本上帶有政治意義和集體價值的性質之外，它的最重要的特徵在於文字表現上和意識上的失去歸屬（deterritorialization），因爲對於少數文學作家來說，他們藉以表現一切的語言文字，不過是紙上的、人工的存在。⓭由這個意義上來看，日據時代，在同輩作家中以流利的日文著稱，而且在創作上有意借用日本的形式來表現的翁鬧，他的創作活動，他的作品，突顯出來的或許就是少數文學與生俱來的表現上的、意識上的無所歸屬。也是就這個意義上說，作爲他的創作生涯的休止符的〈天亮前的戀愛故事〉，它的始終如一的獨白的形式，它的無法抑止的毀滅破壞的欲望，逆說著的也許正是作爲邊際人的翁鬧本人及他同時代的台灣殖民精英作家，即便是逃向感覺的世界也無法解決的現實的、存在的困境。

註釋：

❶《先發部隊》，（一九三四、七）頁一八—二九。《台灣新文學雜誌叢刊》第二卷，東方文化書局復刻本。

❷施淑：〈書齋·城市與鄉村—日據時代的左翼文學運動及小說中的左翼知識分子〉，《文學台灣》第十五期（一九九五、七），頁七四—八七，文學台灣雜誌社，高雄。

❸涂照彥：《日本帝國主義下的台灣》（李明俊譯），頁五三五—五三九，人間出版社，台北。

❹陳紹馨：《台灣的人口變遷與社會變遷》，頁一二二—一二七，三八四—三八八，聯經出版社，台北，一九八五。

❺同上，頁一七一—一七二，四九六—四九七。

❻吳文星：《台灣社會領導階層之研究》，第三章〈殖民教育與新社會領導階層之塑造〉，頁七〇—七一，九七—九八，一三一—一三三，正中書局，台北，一九九二。關於台灣的教育措施，日本統治階層內部曾發生台灣的初級教育是否應採行與日本國內一致的義務教育的爭議。一九〇四年，擔任台灣總督府學務課長的持地六三郎反對在台灣推行義務教育，他的理由是：台灣「普通教育之目標在於教育中、上階層子弟，因此，台灣的普通教育雖然稱爲『普通教育』，事實上，應該稱之爲『精英教育』（elite education），……關於教育設施我們必須考慮我們想要收獲的是什麼。」一八〇八年之際，曾是總督府首任學務部長的伊澤修二，檢討台灣教育的成效，亦強調：「雖然內地（指日本）實施義務教育制度，惟台灣則無此必要，盡可能教育上流或中流以上家庭之子弟，乃殖民政策之良策。」這些主張成了殖民精英教育政策的範本。見吳文星書頁九七—九八引。

❼同上，頁一二五。

❽同❻引持地六三郎語。

❾ 同❻，頁三七二、三七四。

❿ 參見伊藤虎丸：〈《沉淪》論——從《沉淪》和日本文學的關係看郁達夫的思想和方法〉，這篇論文收於伊藤著《魯迅、創造社與日本文學》，頁一八一—二二七，北京大學出版社，一九九五。

⓫ 劉捷：〈幻影之人——翁鬧〉，《台灣文藝》第九十五期（一九八五、七）；楊逸舟：〈憶夭逝的俊才翁鬧〉，張良澤：〈關於翁鬧〉，這兩篇文章收於張恆豪編：《翁鬧·巫永福·王昶雄合集》，前衛出版社，台北，一九九一。

⓬ 這是翁鬧在一九三六年台灣文藝聯盟東京支部舉辦的「台灣文學當前諸問題」座談會上的發言，見《台灣文藝》第三卷第七、八號合刊（一九三六、八）座談會紀錄〈台灣文學當面の諸問題〉，翁鬧在「鄉土文學、報告文學、殖民地文學」，「關於小說的趣味」等部分的發言。

⓭ Gilles Deleuze and Felix Guattari : "Kafka : Toward a Minor Literature" ,Translation by Dana Polan, pp.16-18, University of Minnesota Press , Minneapolis , 1986。

皇民化與現代化的糾葛

——王昶雄〈奔流〉的另一種讀法

呂正惠

王昶雄的〈奔流〉是日據時代皇民化時期的重要小說，由於它和陳火泉的〈道〉幾乎同時發表❶，但在處理「皇民化」問題上卻有不同的視角，因而引起廣泛的注意，並且很自然的常常被人拿來和〈道〉作比較❷。

在作這種比較時，一般較容易採取的觀點是：王昶雄和陳火泉對「皇民化」的態度。也就是說，王昶雄是否如陳火泉一樣，在小說中表現出對「皇民化」的完全認同，還是技巧性的暗示了某種批判。再說的更簡單，就是：〈奔流〉是否如〈道〉一般，是一篇「皇民文學」作品。就這個問題而言，其實答案應該不難找到：我們很難把〈奔流〉視爲「皇民小說」，因爲王昶雄很明顯的在小說中對「皇民化」的某些偏差提出了批判。

但是，如果比較這兩篇小說時不把焦點局限在這個問題上，我們對於〈奔流〉的理解也許可以更寬闊一點。在對讀這兩篇小說時，我個人即馬上感覺到，王昶雄對「皇民化」問題的處理和了解上，「視角」（不只是態度）和陳火泉也有所不同。如果從這個「視角」來看〈奔流〉，就可以發現，王昶雄所謂的「皇民化」，其實包含了更複雜的現象。我相信，和王昶雄同時的一些知識分子，可能也如王昶雄一般，沒有更細膩的分析，所謂「皇民化」的表象下，其實還暗含了「現代化」的問題。也許正因爲對「皇民化」和「現代化」的糾纏不清一時產生混淆，才讓王昶雄一類的知識分子表現出一種奇特的焦慮與不安，不知道要以何種「明智」的態度去面對「皇民化」問題。

一、

〈奔流〉對「皇民化」的態度和視角，是以三個人物的關係去加以呈現的。伊東春生（本名朱春生）以最「勇猛」的方式來進行「皇民化」：他不僅要娶日本太太、把名字改成日本姓名、絕對不用「本島話」交談，甚至還厭棄生身父母。而他的學生林柏年（按中國親屬關係來講，還是姨表兄弟）則是伊東的對立面，他無法忍受伊東對待父母的方式，他對伊東的評論是：「他是拋棄自己的父母，過著那樣的生活。只認爲自己過得快樂就好……。」（王昶雄集，三四〇頁）❸他認爲伊東的「皇民化」純粹是自私自利。

站在這兩人中間，一面觀察，一面尋找「皇民化」的「正確途徑」的是敘述者「我」（或許可以視爲王昶雄的代言人）。「我」是留學東京的醫生，爲了繼承父親的診所不得不回臺灣開業。

但他內心眷戀東京的生活，無法忍受臺灣小鎭的單調與無聊，精神感到非常空虛。認識了伊東春生以後，從他的純日本式生活中，「我」好像找到了在東京所熟悉的東西，因此很容易的就和伊東變成可以談話的朋友。但從林柏年對伊東的厭惡和揭露上，「我」又逐漸看到伊東的徹底厭棄臺灣事物也許有問題。不過，林柏年在畢業後，不顧家境的困窘，還是勇敢的決定到日本讀書。林柏年最後所以能成行，其實還是因爲伊東承諾柏年的父母他願意在經濟上加以資助。這是林柏年自己不知道，「我」從柏年母親口中得知的。所以最後「我」所得到的結論似乎是：伊東的「皇民化」並不出自利己之心（要不然他就不會資助林柏年到日本進修），他也眞心希望臺灣更好，只是他的方式過度極端，應該不宜效法。而林柏年從日本寫給「我」的信中的幾句話，也許就是「我」也願意接受的關於「皇民化」的看法。這話是這樣說的：

> 不錯，我今後非做個堂堂正正的臺灣人不可。不必爲了出生在南方，就鄙夷自己。沁入這裏的生活（指日本生活），並不一定要鄙夷故鄉的鄉間土臭。（三六〇頁）

看到林柏年的這些話，又無意中發現三十三、四歲的伊東已有三分之二以上的白髮，「我」是懷著「同情之心」這樣評論伊東的：

> 也許伊東是爲了拋棄俗臭沖天的父母而贖罪，才會在感覺上格外激烈，對不成熟的生

活方式感到戰慄的本島青年，懷著粉身碎骨的獻身精神從事教育去吧。（三六三頁）

從以上的評述可以看到，〈奔流〉所企圖呈現的「皇民化」的難題似乎可以化約爲：如何同時去尋求「進步」的日本式生活，而同時又「擁抱」「落後」的臺灣鄉土（鄉間的土臭、俗臭沖天的父母、本島人卑瑣、懦弱的性格等等）。

二、

王昶雄的〈奔流〉寫作於所謂的「決戰時期」，那個時候的臺灣知識分子，即使對「皇民化」運動有什麼不同意見，恐怕也不能暢所欲言。因此，我們無法判斷，王昶雄對「皇民化」的看法是否有所保留。不過，從小說的情節發展和人物關係來看，小說中這種對「皇民化」的認識，應該是一個基本性的問題，值得加以分析。

正如前面的小結所提到的，〈奔流〉所呈現的臺灣人面對「皇民化」的困境，在於：進步的日本和落後的臺灣的對立。如果眞是這樣，又如何可以「對抗」皇民化呢？而這也正是敘述者「我」苦思不得其解的矛盾所在。但是，「皇民化」的本質眞是這麼「簡單」嗎？

在小說一開始，「我」回憶起他離開了十年的東京，剛回到臺灣來時的沮喪心境。按「我」的本意，他想留在東京行醫，並繼續作研究，如果不是父親突然逝世，他根本不想回臺灣開業。

他已習慣了東京的生活。他說：

> 像長蛇一般開往下關的夜車，九點離開了東京站，經過有樂町、新橋、品川、大森，街燈逐漸從視野消失時，簡直無法抑制，熱熱的東西湧上心頭。不全是離情的淒苦，而是自己一旦回到鄉里，不知何時再能踏到這首善之區的心思，使我感到難以忍受的寂寞。（二三五頁）

從這裡可以清楚看到，眞正使「我」眷戀不捨的，是東京的鬧區，及其繁華、進步的現代都市生活。相對來講，他所回到的臺灣的鄉間，則是「難以逃脫的無聊」、「如此單調的生活」。這樣的心理矛盾，從另一個角度來看，正是農業的鄉村和現代大都市之間的生活差距所造成的。但是，在這篇小說中，這卻是「我」開始思考皇民化問題的起點。城、鄉生活的截然對比，被作者擴大爲一個臺灣人是否該「日本化」的問題。

對出身鄉鄙的臺灣知識分子來說，東京這個現代大都會之成爲現代進步文明的象徵，可以說是很自然的。另一個在台灣及日本受過完整日本教育的臺灣青年知識份子葉盛吉，在回憶十七歲時第一次遊覽日本的經歷時，這樣說：

> 第一次目睹日本的美麗與繁華，在我心中栽種了對於日本極爲強烈的嚮往之情…京都、

> 奈良的名勝古蹟，東京、大阪的繁華，還有那閃爍眩目的霓虹燈……，時時都在我腦海中燃燒，在歸途的航船上，每一回想，流連之情，油然而生。❹

葉盛吉也把這種強烈的嚮往之情，結合他所受的日本教育，形成堅強的「皇民思想」。後來長期在日本讀書的所見所聞，以及戰爭末期的閱歷，才讓葉盛吉開始反省「皇民化」的問題，從而加以克服、加以超越。

從回憶中「反省」首次日本經驗的葉盛吉還談到，這次經驗的強烈印象，可能來自於錦秀年華的青年所具有的好奇心，第一次獲得強烈的滿足的緣故。相對而言，他二十幾歲到亞洲另一個現代文明的大都會上海旅行時，印象就相對的淡薄得多。❺從這個角度來講，日本，特別是東京的現代文明，是日據時代臺灣知識分子對現代生活的「初戀」對象，其地位是無可取代的。這種心理，也就成爲日本統治者對臺灣進行「皇民化」的基礎之一。

從殖民統治的立場來看，日本，特別是東京，成爲臺灣知識分子最重要的「留學」場所，也是非常自然的事。在這種統治架構下，這些知識分子難得有人到更先進的英、美、德、法各國留學，而唯一可以作爲不同選擇的中國大陸，現代化的程度當然還不及日本。於是，日本就「壟斷」了台灣知識分子的「現代化」視野，使他們在無法比較的情形下，不知不覺地就把日本當成最現代化的國家，從而把「現代化」與「日本化」混爲一談了。

相對於王昶雄一類的知識分子之把「現代化」和「日本化」相混而論，呂赫若在〈清秋〉

中的處理方式就要清醒而細膩得多。〈清秋〉的主角耀勳也和〈奔流〉的「我」一樣，在日本學醫，但在家庭的要求下回臺灣開業。同樣的，耀勳也眷戀東京，對回臺灣有所抗拒。但是，在〈清秋〉裡，呂赫若卻讓耀勳對祖父的漢文學素養存著相當的敬意，也讓耀勳去思考戰爭時期台灣人的處境。由於這兩重因素，耀勳終於在長期遲疑之後，克服了「現代化東京」的誘惑，下定決心在臺灣小鎮開業。呂赫若的思考模式顯然較爲複雜，不像王昶雄的「進步日本」和「落後臺灣」那種單純化的對立。❻

呂赫若在〈清秋〉中刻意的讓耀勳尊敬祖父所具有的深厚的漢文學素養，如果拿來跟〈奔流〉裡「我」和伊東春生對日本事物的愛好相互比較，就更能顯出〈奔流〉對「皇民化」的認識中的問題。

「我」和伊東春生對日本的推崇，由於對日本現代文明的懾服而產生全盤的信仰，進而，擴及到所有日本事物。例如，伊東稱讚《古事記》「具備著絲毫沒有歪曲的眞率風格」，可以讓人「像幼兒依偎在祖父母的膝下，亮著好奇的眼睛，傾耳於那古老的故事那樣」（三三〇頁）。而「我」在一次拜訪伊東日本式的家中見到伊東的日本太太，也有一大段讚美日本女性以及與她們有關的日本花道的聯想。在小說的中段，爲了表示臺灣人也可以與勇猛精進的精神，王昶雄描寫了林柏年及其他台灣學生如何苦練劍道，並在比賽中打敗日本學生，獲得優勝。更有甚者，「我」在回臺灣之初，還會「憶起內地（指日本）的冬天，關東平原的冬晴之美」，而「想到灼人的季節很長的臺灣，眞令人沉悶」（三三二頁）；連在「氣候」上，臺灣都是落伍者！❼

對於臺灣的事物，他們的感覺又完全不同了。當「我」用傳統方式向伊東拜年時，伊東說：「那樣太舊了，我們用新體制吧！」（三三二頁）；在參加自己父親的葬事時，伊東對女人們的號哭，忍無可忍的怒斥說：「不要再學那種不能看的做法啦！」（三四三頁）；伊東所以拋棄父母，彷彿只是因爲父母「俗臭沖天」；即使極力反對伊東，而想擁抱臺灣鄉土的林柏年，也不得不痛苦說出「故鄉的鄉間土臭」、「母親是怎樣不體面的土著人民」（三六〇頁）那樣的評語。

這種毫無保留的崇拜日本、毫無限制的貶抑臺灣的態度，連一向注重日本對台灣現代化的貢獻的垂水千惠，也忍不住批評說：

> 落後國家的日本，曾經被永景荷風罵得狗血淋頭……如今以輝煌的「近代」之姿欲腐蝕臺灣人的認同意識，這是否也是一種歷史的諷刺呢？或者臺灣人學習日本人的思考方式，連貶抑鄉土、壓制母語，把自己奉獻給「近代」的姿態都照單全收了呢？還是應該說：「近代」的本質就是忘本呢？[8]

不過，現代化的本質，特別是在日本殖民統治下進行現代化的臺灣的問題，恐怕也不能只按垂水千惠的方式來回答、或者表示疑惑。

落後國家在現代化的「勇猛」時期，不免都會有全盤否定傳統，全力進行西化的傾向，如永井荷風的批評舊日本，如五四初期中國知識分子的反傳統。但是，任何有深厚文化傳統的國家，即使有意如此，也不可能「清洗」掉具有千年以上歷史的文化特質。更何況會有一批知識分子隨後產生反省，進行調整。以日本爲例，誰也不能否認已經完全現代化的日本，還是鮮明的保留日本文化的特質。歷史更爲悠久的中國文明或阿拉伯文明，雖然他們還正掙扎於「現代」與「傳統」的長期拔河中，但可以肯定的說，現代化成功以後，他們仍然會保留自己文化的特質。

那麼，臺灣現代化的過程卻產生了自願「皇民化」這樣特殊的例子，問題到底出在那裡呢？首先，在漢文化的區域內，由於臺灣發展較晚，早期移民來臺灣的漢人又以犯人及「羅漢腳」爲主，無可否認的，文化的體質較爲薄弱。在日本進行殖民後，除了有深厚家學淵源的家族外，一般的臺灣人其實對漢文化或中國文化的認識逐漸趨於淡漠。而由於見聞的限制，他們又很容易把進步、強大的日本當作國家的楷模來崇拜，從而對日本的現代化及整個日本文明產生獨特的仰慕情緒。再加上統治者在宣傳上推波助瀾，當然就會有伊東春生及「我」一類型的人出現了。

即使像林柏年，以及逐漸覺醒以後的「我」，想要抗拒全盤「皇民化」，保留一點臺灣「自我」，他們也只能悲苦的說出：

> 不論母親是怎樣不體面的土著人民，對我仍然無限的依戀。

或者：

> 沁入這裡的生活（指日本），並一定要鄙夷故鄉的鄉間土臭。

這純然是一種感情式的解決，無法抗拒理性認識的誘惑。所以林柏年仍然要奔赴日本，繼續學習，「非做個堂堂正正的臺灣人不可」。問題是，臺灣作為漢文化的一個區域，雖然發展較晚，文化根基較為薄弱，難道眞的只有「鄉間土臭」，難道只是「不體面的土著人民」，一無憑藉嗎？這恐怕就呈現了〈奔流〉作者及其同一類的臺灣知識分子在歷史認識上的不足。

註釋：

❶陳火泉的〈道〉發表於一九四三年七月一日發行的《文藝臺灣》六卷三號，隨後，七月三十一日發行的《臺灣文學》三卷三號刊出王昶雄〈奔流〉。

❷最近發表的〈道〉與〈奔流〉的比較之論文有林瑞明〈騷動的靈魂——決戰時期的臺灣作家與皇民文學〉，見《日據時期臺灣史國際學術研討會論文集》，一九九三年六月。又，近日發表的分析〈奔流〉的論文有陳萬益〈夢境與現實——重探「奔流」一文〉，日據時期臺灣文學國際學術會議（清華大學中文系主辦）論文，一九九四年十一月。

❸本文所引述的〈奔流〉譯文爲林鍾隆所譯，經王昶雄本人校訂，見《翁鬧集、巫永福集、王昶雄集》（前衛出版社，一九九一）。以下所引均按此書頁數。

❹見楊威理著、陳映眞譯《雙鄉記》（人間出版社，一九九五）三十五、三十六頁。

❺同上，三十五頁。

❻日本學者垂水千惠站在日本人的立場，無法體會呂赫若微婉「拒日」的複雜情緒，認爲呂赫若是「經常表示厭惡近代的作家」，這種詮釋很難令人接受。參見垂水千惠《論清秋之遲延結構》，日據時期臺灣文學會議論文，二一三頁。

❼「我」在接到林柏年從日本寄回來的信，深受感動，有一次在港口眺望，「不可思議地在我的心靈中，聯繫上某種悠久的東西，以及人智不可及的偉大事物」，對於臺灣的山川草木，也「清清楚楚地感覺到有生命的東西存在的力量」（三六二頁）。顯然，「我」的心境前後是有所調整的。

❽垂水千惠，〈戰前「日本語」作家〉，見《臺灣文學研究在日本》（黃英哲編，涂翠花譯，前衛出版社，一九九四），九十八頁。

黃遵憲詩的時代意義

王甦

一、前言

文學是現實的反映，是社會的投影，而詩歌是最精粹的文學，白居易說：

感人心者，莫先乎情，莫始乎言，莫切乎聲，莫深乎義。詩者，根情、苗言、華聲、實義。上至聖賢，下至愚騃，微及豚魚，幽及鬼神，群分而氣同，形異而情一，未有聲入而不應，情交而不感者。[1]

詩能感化人心，這是儒家傳統的觀念，孔門詩教，也是著眼於此。白氏認爲，詩之所以能「感人心」，是因爲它具備了「根情、苗言、華聲、實義」四項要素。白氏又說：

文章合爲時而著，歌詩合爲事而作。同[1]

這句話當然也可以說成「文章合爲事而著，歌詩合爲時而作。從這個實用觀點來看，詩不是消極的反映現實，反映社會，而且還有積極的匡時救失的政治作用，和感化人心、洩導人情的社會功能。當然，也有人認爲：「詩是一渾然天成、自給自足的想像世界」，❷它是最私人的表現形式，「一首詩的核心是一個個人的、內在的、獨一無二的聲音」❸。這是站在「無所爲而爲」爲藝術而藝術的觀點言詩，應當另作別論。至少，本文所要討論的近代詩人黃遵憲先生不是持這樣的觀點。

黃遵憲的詩一空依傍，獨闢境界。他在《人境廬詩草》自序中說：

> 古人之詩號專門名家者，無慮百數十家，欲棄去古人之糟粕，而不爲古人所束縛，誠戛戛乎其難。雖然，僕嘗以爲詩之外有事，詩之中有人；今之世異於古，今之人亦何必與古人同。❹

黃氏所謂「詩之外有事」，就是要以詩來反映現實，反映社會，反映政治，反映時代；這種主張和白居易「文章合爲時而著，歌詩合爲事而作」的見解若合符節。黃氏所謂「詩之中有人」，就是要揚棄前人的糟粕，不拘一格，不專一體，敢於「我手寫我口」，❺以建立自己獨特的風格，「要不失乎爲我之詩」。同❹

黃氏與梁任公書中說：

晉宋以後，詞人淺薄狹隘，失比興之義，無興觀群怨之旨，均不足學。意欲掃去詞章家一切陳陳相因之語，用今人所見之理，所用之器，所遭之時勢，一寓之於詩。務使詩中有人，詩外有事，不能施之於他日，移之於他人，而其用以感人爲主。❻

這段話可與自序相發，其「用以感人爲主」的話，亦與白居易的「感人心」說相同。當然，詩的「感人心」說，也不始於白居易，《毛詩·大序》早就說過了。

二、生平

黃遵憲（一八四八—一九〇五）字公度，別署人境廬主人、東海公、觀日道人、布袋和尚、老少年國之老少年、嶺東故將軍、法時尚齋主人、水蒼雁紅館主人、公之它、拜鵑人等，廣東嘉應州（今梅縣）人，先世業商，父鴻藻，咸豐六年舉人，官至廣西思恩知府，母吳氏。遵憲自言：

十齡學爲詩，塾師以梅州神童「一路春鳩啼落花」句命題，余有「春從何處去，鳩亦盡情啼」語，師大驚，次日令賦「一覽眾山小」，余破題云：「天下猶爲小，何論眼底山」。因是鄉里甚推異之。❼

公度以早慧名，於此可見一般。到了十七歲，才眞正從事於學，他認爲「宋人之義理，漢人之考據，均非孔子之學。」❽就在這年六月，清軍攻陷太平天國首都天京，他興奮之餘，寫下了五古〈感懷〉詩，長達五百一十字。批評政治上官吏惰窳，「法弊無萬全，正當補弊偏」；學術上漢宋歧別，「均此筐篋物，操此何施設？」❾這是《人境廬詩草》第一首存詩，一個十七歲的青年，已有如此敏銳的批判精神。二十歲考中秀才，二十五歲，取拔貢生，定遠周朗山於院中得先生文，誇爲過嶺以來得士惟一人。❿二十七歲，北上應廷試，由海道至天津，赴京師，不中。光緒二年（一八七六）八月，中式順天鄉試舉人，時年二十九。同年十二月，清政府派何如璋使日本，何邀他爲參贊，於次年十一月抵東京，隨公使覲見日皇明治。

公度在日本，結識了不少漢學家，彼此經常筆談，介紹中華文化，並利用時間研究日本國情，發凡起例，撰寫《日本國志》，意在借鑒鄰國，作匡時之策。並網羅舊聞，參考新政，作《日本雜事詩》二卷，以國勢、天文、地理、政治、文學、風俗、技藝、物產爲次，自爲小注，此詩深受日本友人的讚揚，日人源輝聲徵得公度同意，將其原稿埋在東京隅田川畔家園中，由公度親題「日本雜事詩最初稿冢」九字，刻石立碑紀念。

光緒八年（一八八二），公度三十五歲，奉命調任駐美國舊金山總領事，作詩留別日本友人，有「草完明治維新史，吟到中華以外天」⓫之句。次年母吳太夫人歿於廣西，以使命在身，不獲奔喪，時值美人排斥華工運動加劇，公度多方交涉奔走，以維護僑胞的權益。作〈逐客篇〉五古長詩⓬以寄慨。光緒十一年（一八八五）八月乞假回國，返鄉葬母，重編《日本國志》，十三年五月成書，都五十餘萬言。以兩部分送李鴻章、張之洞，書中預言日本明治維新成功，將稱霸亞東，威脅中華。

光緒十六年（一八九〇），公度四十三歲，是年薛福成出使英、法、意、比四國，公度被任爲駐英使館參贊，正月成行，由水路經香港、西貢、錫蘭、馬賽、巴黎，三月抵倫敦，覲見女皇維多利亞，留下不少詩篇。自本年起始自輯詩稿，自謂：四十以前所作詩，多隨手散佚，庚、辛之交，隨使歐洲，憤時勢之不可爲，感身世之不遇，乃始薈萃成編，藉以自娛。⓭次年六月，撰《人境廬詩草》自序，揭示作詩的指要。是年七月，調任新加坡首任總領事，在新三年，致力輯和地方，團結華僑，防止劫盜，卓有成效。

光緒二十年（一八九五）甲午中日戰起，清軍大敗。是年十一月，公度由新加坡解任歸國，結束了長達十四年的外交官生涯。次年春，至南京謁張之洞，張委以江寧洋務局總辦，處理五省教案，公度不樂閒散之官，回憶詩有：

夢裡似曾遷海外，醉中不覺到江南。
茫茫人海浮沉處，添得閒鷗又二三。⓮

可見其寂寞無聊的心情。次年馬關條約成，割台灣、澎湖予日本，公度感時撫事，其後有哭威海、馬關紀事、降將軍歌、台灣行等詩。是年秋，康有爲在上海辦強學會，公度前往與會，縱論天下事，由此而贊成維新運動，並於九月北上，以維新變法說光緒，二十三年六月，受任爲湖南長寶法道，署按察使，協助湖南巡撫陳寶箴推行新政，興南學會，設保衛局，聘梁任公主講時務學堂。光緒二十四年戊戌（一八九八）變法失敗，公度解職還鄉，作仰天詩以寄慨：

仰天擊缶唱烏烏，拍遍闌干碎唾壺。
病久忍摩新髀肉，劫餘驚撫好頭顱。
篋藏名士株連籍，壁掛群雄豆剖圖。
敢託鴆媒從鳳駕，自排閶闔撥雲呼。⑮

二十五年家居，設家塾以教子姪，閉戶讀書，不預時事。是年成〈己亥雜詩〉八十九首，〈續懷人詩〉二十四首。梁任公說〈己亥雜詩〉是「主人一生歷史之小影」。⑯次年庚子，李鴻章任兩廣總督，曾應召赴廣州，欲以事相委，固辭不就。其年秋，八國聯軍入京，有詩多首紀事。冬，丘逢甲訪人境廬，傷時感事，迭相唱和，丘氏跋其詩，譽爲「詩世界之哥倫布」⑰。

光緒二十八年（一九〇二）與亡命日本的梁任公取得聯繫，以所作〈軍歌〉二十四章寄任公，自謂「此新體，擇韻難，選聲難，著色難，而願任公等之拓充之、光大之也。」⑱二十九年邀地方人士設立嘉應興學會議所，自任所長。三十一年二月卒於家。

三、時代背景

詩歌是社會的心聲，是時代的脈膊。而詩人便是社會的喉舌，是時代的化身。我國從鴉片戰爭到辛亥革命，是處於一個偉大的變革時代，這個時代最大的危機，就是滿清政府的腐敗；最大的禍患，就是帝國主義的侵略。而歷次不平等條約的簽訂，留下了一件又一件的國恥紀錄。列強在中國土地上可以設立租界，享有治外法權，甚至在租界門口，掛上「狗與中國人禁止入內」的告示牌，這對滿清政府來說，是多麼大的諷刺；對於中國人民來說，是多麼大的侮辱。從鴉片戰爭到滿清末年，國家的處境，隨著不平等條約的簽訂，危機日益加深，民生日益艱苦。這可分爲三期來說明：

自鴉片戰爭到甲午戰爭前一年爲第一期（一八四〇—一八九三），這一期清廷對外訂立了一系列的不平等條約⑲，而南京條約是喪權辱國的開始，在南京條約訂立後九年（一八五〇），洪秀全在廣西的金田起義，由廣西發展到長江流域，幾至顚覆滿清。而其後英法聯軍，由廣州北上，攻陷大沽，逼迫清廷訂立天津條約，這個時期，清廷在內憂外患的雙重威脅下，由藐視外國而轉趨媚外，喪失了民族的自尊與自信。

自甲午戰爭到八國聯軍前一年爲第二期（一八九四—一八九九），這一時期最大的國恥是中日馬關條約（一八八五），日本佔領台灣、澎湖，並於光緒二十四年（一八九八），取得清廷「不割讓福建省及其沿海一帶與他國」的保證。這個時期的特點，是滿清與列強之間訂立租借地的租約⑳，和列強各自發表有關於「勢力範圍」的宣言。以及列強之間訂立有關「勢力範圍」的條約㉑。

在這個時期，有識之士，蒿目時艱，奮起救亡圖強，康有爲創強學會於北京和上海，孫中山創興中會於檀香山和香港㉒。康有爲與梁任公主張君主立憲，光緒嘉納其議，銳意變法，內阻於太后，外阻於權臣，而有戊戌百日維新之失敗。

自八國聯軍到辛亥革命前一年爲第三期（一九〇〇—一九一〇），這個時期的不平等條約，以辛丑條約的影響最大，此時清廷威信掃地，列強得寸進尺，又與滿清訂立不少條約㉓，享有關稅、租界、駐軍等特權。

綜觀以上三個時期，第一個時期，列強在中國作平行的競爭；第二個時期，由平行轉爲對峙；第三個時期，則盤旋於門戶開放和共同瓜分之間。首倡門戶開放者爲美國，而英國和之。光緒三十年（一九〇四），日俄兩國竟在中國領土東三省大戰，以爭奪在華的勢力範圍，最後日本獲勝，種下了侵略亞洲和世界的禍源㉔。

國家的不幸，是詩人的大幸。公度生在這樣一個動亂的時代，「上感國變，中傷種族，下哀生民，博以寰球之游歷，浩渺肆恣，感激豪宕」㉕。發而爲詩，自能直抒胸臆，驅使煙雲，描繪出一幅幅宏偉壯麗的歷史畫卷。左舜生說：

他的詩篇，確實能對這一時代的陰影，給以充分的反映。尤其對甲午中日戰爭、戊戌維新失敗以及庚子拳變的經過，他所留下的鴻篇鉅製，和許多慨當以慷的短什，合計起來，何止兩百首以上。這裡面披露了當時許多政治的內幕，對他同時的人物或師友，也給了一種很生動的素描。㉖

四、時代意義

(一) 孝親為先的倫理精神

倫理是國民道德的基石，而孝順又是倫理的基石。詩人有赤子之心，有悲憫之懷，其入孝出悌，是本於天性，不待勉強。公度自幼至孝，他有一首〈拜曾祖母李太夫人墓〉的五言古詩中說：

鬱鬱山上松，呀呀林中烏。松有蔭孫枝，烏非反哺雛。
我生墮地時，太婆七十五。明年阿弟生，弟兄日爭乳。
太婆向母懷，伸手抱兒去。從此不離開，一日百摩撫。
親手裁綾羅，爲兒製衣裳。糖霜和面雪，爲兒作餦餭。

髮亂爲梳頭，脚膩爲暖湯。東市買脂粉，饋面日生香。
頭上盤雲髻，耳後明月鐺。紅裙絳羅襦，事事兒女妝。
牙牙初學語，教誦月光光。一讀一背誦，清如新炙簧。㉗
三歲甫學步，送兒上學堂。知兒故畏怯，戒師莫嚴莊。
將出牽衣送，未歸踦閭望。問訊日百回，赤足足奔忙。
春秋多佳日，親戚盡團聚。雙手擎掌珠，百口百稱譽。

詩中追憶李太夫人對他的特別寵愛，照顧得無微不至，把他打扮成小女孩，教他讀書，送他上學，愛如掌上明珠。寫來活潑生動，字裡行間，流露對祖母的孝思之情。但在後段描述拜墓的情景，就格外的傷感，令人不忍卒讀：

今日來拜墓，兒既鬍滿嘴。兒今年四十，大父七十九。
所喜頗聰強，容顏類如舊。大父在前跪，諸孫跪在後。
新婦外曾孫，是婆定昏媾。阿端年始冠，昨年已娶婦。
隨兄擎腰扇，阿和亦十五。長樛次當孫，此皆我兒女。
一家盡偕來，只恨不見母。母在婆最憐，刻不離左右。
今日母魂靈，得依太婆否？樹靜風不停，草長春不留。

世人盡癡心，乞年拜北斗。百年那可求，所願得中壽。
謂兒報母恩，此事難開口。求母如婆年，兒亦奉養久。
兒今便有孫，不得母愛憐。愛憐尚不得，那論賢不賢。
上羨大父福，下傷吾母年。吁嗟無母人，悠悠者蒼天。[28]

案李太夫人卒年八十五，母吳夫人年僅五十六，公度拜祖母墓，所以深悼失母之痛，此詩長達一千四十字，爲公度五古中的傑作。陳作霖評論此詩說：「一篇仁孝之言，愈眞愈碎，木蘭辭、廬江吏有此瑣屑，無此纏綿也。[29]」此外，公度有〈將至梧州誌痛〉五律：

灑盡燈前淚，偏沾身上衣。呼天惟負負，戀母尚依依。
吹樹風何急，尋巢鳥獨飛。殷勤看行篋，在日寄當歸。[30]

錢仲聯箋注：「光緒乙酉，公度自美返國，父鴻藻方督辦梧州釐務，故公度即往梧州省親，日誌痛者，母吳太夫人歿於梧州也。」此詩首聯對仗，燈前哭母，淚盡沾衣，頷聯承首聯，戀母依依，徒呼負負，連用疊字，加強傷感的氣氛，流露出多少悲情，多少無奈。頸聯迸出風木無盡的哀思，孤獨無依的寂寞，尾聯「看行篋」，空有如新的手澤；「寄當歸」，在求永遠的安息。尼采說：「一切文學，余愛以血書者。」[31]公度這兩首詩，也可作如是觀。

我國傳統的倫理思想，是入孝出悌、敦親睦鄰，守望相助，疾病相扶。但從鴉片戰爭以來，列強對我國軍事、經濟的侵略，以及鴉片、白麵等毒品的泛濫，已到了相當嚴重的程度，加以各大都市租界風氣敗壞，影響所及，國民道德式微，倫理觀念淡薄，孝親的美德不彰，物質的利益掛帥。「義之所在則推諉，利之所在則交征。上下相蒙，左右相欺。老弱無所顧恤，貧病無所賙濟。視骨肉如路人，視同胞如敵寇。舉中華崇尙禮義之邦，使化爲寡廉鮮恥之域。」[32]倫理建設是以修身爲本，以事親爲大，事親的方法雖有不同，但孝道的精神是不變的。公度的孝親之心，從以上的詩中，充分的流露出來。再以今天的社會來看，逆倫反常之事，傳播媒體時有所聞，國民道德的衰敗，比起公度那個時代，實有過之而無不及。尤其是動見觀瞻的赫赫師尹，袞袞諸公，對於父母的喪事，總是淡化處理，既無哀戚之心，亦無守喪之禮。親人屍骨未寒，公務活動照舊。有的蒞臨群衆廣場，微笑致詞；有參加喜慶宴會，引吭高歌；藉口以國事爲重，其實是毫無孝心。經國先生的「守靈一月記」，早已成爲絕響。今日風氣敗壞，廉恥道喪，居高位者要負很大責任。言念及此，吾人再研讀公度拜祭先人的詩篇，更覺得意義深長，彌足珍貴。

(二) 傷時感事的憂患意識

憂患意識對個人而言，是一種防微修慝的自覺；對國家而言，是一種居安思危的深慮。一個人責任感愈強，其憂患意識也愈強。曾子所說的「仁爲己任」，孟子所說的「舍我其誰」，都是憂患意識強烈的表現。而公度也就是屬於這一類型的人。㉝公度有〈香港感懷〉十首，中有一首說：

豈欲珠崖棄，其如城下盟。帆檣通萬國，壁壘逼三城。
虎穴人雄據，鴻溝界未明。傳聞哀痛詔，猶灑淚縱橫。㉞

據年譜：公度於同治九年，赴廣州參加鄉試，落第還鄉，途經香港，而作此詩。首句以珠崖比喻香港，次句言割讓香港的原因，三四言香港海運發達，軍力可以威脅廣州。五六自注：「割地以後，每以海界爲爭。」有爭就有憂患，這是鼾榻之旁的心腹之患。結句自注：「宣廟遺詔，深以棄香港爲恥。」當然詩人亦以爲恥，而其傷時的憤激，忠君的情懷，憂國的遠慮，交織成動人的淚影悲歌，當時作者只是二十三歲的青年。還有〈馬關紀事〉及〈書憤〉各五首，辭氣顯得悲憤，亦可見其憂患意識的強烈，茲各錄一首：

馬關紀事㉟

竟賣盧龍塞，非徒棄一州。趙方謀六縣，楚已會諸侯。
地引相犬牙，鄰還已奪牛。瓜分倘乘敝，更益後來憂。

書憤㊱

一自珠崖棄，紛紛各效尤。瓜分惟客聽，薪盡向予求。
秦楚縱横日，幽燕十六州。未聞南北海，處處扼咽喉。

前一首起句泛指割地，次句言割地之多，馬關條約割讓台灣、澎湖列島，及遼東半島予日本，非止一州。三句借趙謀割六城事，以喻清政府謀對付日本的爭論㊲。四句喻列強會商阻止日本割據遼東㊳。五句言列強侵地如犬牙差互，互相牽制。六句以奪牛故事㊴，喻日本歸還遼東，另索三千萬兩贖款。七八句言列強倘乘弊，後患更可憂慮㊵。

後一聯首句珠崖指膠州，光緒二十四年，德占膠州灣。列強紛紛效尤，自注：旅順、大連灣、威海衛、廣州灣。三四言清政府聽任列強瓜分，予取予求。薪喻土地，土地不盡，求索不止，以喻列強之貪得無厭。五六以秦楚喻古之侵略者，意謂在契丹強盛時，只割幽燕十六州的土地。七八言沒有像今天這樣，連南北港口的咽喉，處處都被列強控扼住。極言政府的無能，國難的嚴重。

以上所舉爲五律，茲再舉一首七律，以見梗概：

夜起㊶

千聲簷鐵百淋鈴，雨横風狂暫一停。正望雞鳴天下白，又驚鵝擊海東青。沈陰噎噎何多日！殘月暉暉尚幾星。斗室蒼茫吾獨立，萬家酣夢幾人醒？

光緒二十六年（一九〇〇），八國聯軍攻陷北京，清政府派李鴻章議和，被迫接受「和議大綱」十二條，時公度已放歸鄉里，感歎朝政失綱，國勢危險，憂憤難寐，夜起賦此。簷鐵，指懸於簷下的風鈴，首句以風鈴聲雨聲，比喻慈禧及光緒帝出走。次句「雨横風狂」喻八國聯軍肆虐，蹂躪北平。暫一停，指議和之後，戰事暫息。三句用李賀詩意，渴望雞鳴天亮，隱寓政局好轉的期待。四句以鵝喻俄，二字同音，指俄軍入侵東北㊷。五六句喻時局晦暗漫長，光明希望渺茫。結句大有「衆人皆睡我獨醒，四顧無援奈若何」的慨歎與悲慟。

公度有兩首七言絕句，也帶有強烈的憂患意識，茲誌如下：

香港訪潘蘭史題其獨立圖㊸

四億萬人黃種貴，二千餘歲黑甜濃。
君看獨立山人側，多少他人臥榻容。

俗謂睡爲黑甜，此詩前兩句言二千年來，國人酣睡未醒，毫無憂患意識。三句獨立山人指潘蘭史，時潘在英殖民地之香港，末句他人臥榻容，借用宋太祖「臥榻之側，豈容他人鼾睡」的故事㊹，隱寓列強的覬覦，國家的危機。

贈梁任父同年[45]

寸寸河山寸寸金，狐離分裂力誰任？
杜鵑再拜憂天淚，精衛無窮填海心。

公度此詩作於馬關條約簽訂之次年，時台灣、澎湖割與日本，此詩首句言河山的可貴，不容敵人侵略。次句言誰有能力挽救國土分裂的重任？隱然有「舍我其誰」的抱負。三句借杜鵑再拜的傳說[46]，以喻詩人感時憂患的情懷。末句願以精衛填海的精神，為民族的獨立，國家的富強而奮鬥，表現出強烈的憂患意識，和無我的犧牲精神。他這首詩雖是勉勵任公，同時也是用來自勉的話。

三 變法圖強的維新精神

公度自光緒三年（一八七七）隨何如璋出使日本，目睹明治維新的成功，後來調任美國舊金山總領事，又隨薛福成出使英法等國，十四年的外交官生涯，對於西方的民主制度，科學方法，有了相當的研究和認識，這是他主張變法維新的思想基礎。自光緒二十一年（一八九五）參加康有為在上海成立的強學會，始正式從事變法維新運動，直到戊戌政變失敗為止。在他這一類的詩中，一方面批判封建文化的落伍，一方面歌頌變法維新的進步。

日本國誌書成誌感[47]

湖海歸來氣未除，憂天熱血幾時攄。
千秋鑑借吾妻鏡，四壁圖懸人境廬。
改制事方尊白統，罪言我輒比黃書。
頻年風雨雞鳴夕，灑淚挑燈自捲舒。

據年譜，《日本國誌》係公度由檀香山歸國家居日完成，此詩首句言湖海歸來，豪氣未除。次句言己憂天義憤的一腔熱血，何時才能舒暢？三句《千秋鑑》指中國，《吾妻鏡》指日本[48]，意謂中國當以日本之維新爲借鏡。四句言人境廬四壁皆懸地圖，以見其關心國事，胸懷天下，非僅爲個人游觀。五句白統，董仲舒言三代王者改制，殷以建丑色尚白，號稱白統[49]。此處指崇尚西法而言。六句言自己的建言，可比王夫之論政的《黃書》。七八句言在風雨雞鳴的亂世，夜晚挑燈灑淚，寫成此書。

公度有〈罷美國留學生感賦〉五古長篇[50]，其中說到當時教育的不合時代，必須改絃更張，師夷之長：

自從木蘭狩，國勢弱不支。環球六七雄，鷹立側眼窺。
應制臺閣體，和聲帖括詩，二三老臣謀，知難濟傾危。

欲爲樹人計，所當師四夷。奏遣留學生，有詔命所司。
第一選雋秀，其次擇門楣。高門掇科第，若擇頷下髭。

當時的大臣已知臺閣體、帖括詩的舊學，不能匡濟時艱。而教育大計，必須派遣學生出國，學習西方科學。但當時風氣未開，貴族子弟不願遠行，於是「惟有小家子，重利輕別離。」據說新來的吳嘉善監督，其人好作威福，曾召集諸生到華盛頓使署中教訓，諸生謁見時，皆不行跪拜禮，監督僚友金某大怒，謂各生適異忘本，目無師長，固無論其學難期成材，即成亦不能爲中國用51。公度對此有露骨的揭發，和嚴正的批判：

新來吳監督，其僚喜官威。謂此泛駕馬，銜勒乃能騎。
徵集諸生來，不拜即鞭笞。弱者呼謈痛，強者反唇稽。
汝輩狼野心，不如鼠有皮。誰甘畜牲罵，公然老拳揮。
監督憤上書，溢以加罪辭。諸生盡佻達，所業徒荒嬉。
學成供蠻奴，否則仍漢癡。國家糜金錢，養此將何爲？
監督拂衣起，喘如竹筒吹。一語不能合，遂令天地暌。
郎當一百人，一一悉遣歸。竟如瓜蔓抄，牽累何纍纍。

清政府派來的監督及其僚屬，竟然要學生行跪拜禮，而且以「不拜即鞭笞」的暴行，和「不如鼠有皮」的漫罵，加諸學生，實在是荒唐透頂，無法無天。其中即令有少數「泛駕之馬」，也應按其情節輕重，採取適當的措施，使損害降至最低限度，怎麼可以不分青紅皀白，一律遣歸，使師夷的留學制度，中途夭折。公度最後沉痛的指出：

惜哉國學舍，未及設狄鞮。矧今學興廢，尤關國盛衰。
十年教訓力，百年富強基。奈何聽兒戲，所遣皆卑微。
部婁難爲高，混沌強書眉。坐令遠大圖，壞以意氣私。
牽牛罰太重，亡羊補恐遲。目送海舟返，萬感心傷悲。

教育爲建國之本，教育的興廢，關乎國家的盛衰。而學習西方科學，更是維新的首要，富強的根基。可惜清廷派到海外的監督官員，多是官氣十足、思想落伍，成事不足、敗事有餘的無能之輩。公度此詩，揭櫫「欲爲樹人計，所當師四夷」的正確方針，對於撤回留學生「竟如瓜蔓抄」的愚昧政策，大加撻伐，詩中有嚴厲的批判，有悲憤的激情，有正義的吶喊，有改制的謳歌，交織成口誅筆伐的詩史，表現出變法維新的願望。

公度的〈己亥雜詩〉中[52]，有一首強調變法的必然性：

滔滔海水日趨東，萬法從新要大同。

後三十年言定讞，手書心史井函中。

首二句言實行新法，是時代的潮流，如滔滔海水，東流不停，不可抗拒。惟有實行新法，才能達到世界大同的境地。後二句言將此詩藏於石函，置之井中，如宋臣鄭思肖藏《心史》一樣，三十年後便會應驗。自注：「在日本時，與子峨星使言：中國必變從西法，其變法也，或如日本之自強，或如埃及之被逼，或如印度之受轄，或如波蘭之瓜分，則吾不敢知，要之必變。將此藏之石函，三十年後，其言必驗。」古直箋：「案：由先生光緒三年，隨何如璋使日本，至辛亥革命，恰三十年後也，知幾其神矣乎！」

(四)反對侵略的民族精神

我國自鴉片戰爭以後，列強虎視鷹瞵，垂涎中華領土，恃其船堅炮利，不斷蠶食鯨吞，國脈民命，不絕如縷。公度生在這個內憂外患交迫的時代，本有匡時之志，惜無可爲之時。生平不屑爲詩，而又不得不自逃於詩，以發抒心靈深處的鬱憤，譜出民族生命的詩篇。他的詩，漭瀁萬有，獨運匠心，雄襟偉抱，一空依傍。而又關乎世變，繫乎生民。尤其是描繪戰爭的畫面，反映民族的呻吟，揭露敵人的兇暴，抒發國恥的悲歌，處處流露出愛國的情懷，表現出民族的精神。從圓明園的夕照，到黃鶴樓的煙波；從黑龍江的旌旗，到威海衛的炮管；他如香港述懷、羊城興感、美洲逐客、馬關紀事，以及平壤之悲、台灣之痛、東溝之恨、旅順之哀、威海之哭，其字裡行間，無處不流露出憂國的深慮，愛國的赤忱，同仇的敵愾，民族的精神。

錢萼孫以為「論公度詩，當53.眼於其人民性現實性之深度如何，其反帝愛國精神，能反映出近百年來中國史上之主要矛盾，公度詩之眞價即在此，不當於小節處作吹毛之求[53]。」這話說得非常中肯，公度民族的精神，是發自民族的情感，基於救國的志節。反帝與愛國只是一件事，維護民族的尊嚴，堅持國家的獨立，就必須反對帝國主義任何方式的侵略。而公度反對侵略的民族精神，在其敷陳抗敵英雄的禮讚，描寫戰爭失利的悲情中，往往能表現出可歌可泣，發揮得淋漓盡致，令人感動不已。茲舉〈馮將軍歌〉及〈台灣行〉二首為例，以概其餘：

馮將軍歌

馮將軍，英名天下聞。將軍少小能殺賊，一出旌旗雲變色。江南十載戰功高，黃褂色映花翎飄。中原蕩清更無事，每日摩挲腰下刀。何物島夷橫割地，更索黃金要歲幣。北門管鑰賴將軍，虎節重臣親拜疏。將軍劍光方出匣，將軍謗書忽盈篋。將軍鹵莽不好謀，小敵雖勇大敵怯。將軍氣湧高于山，看我長驅出玉關。平生蓄養敢死士，不斬樓蘭今不還。手執蛇矛長丈八，談笑欲吸匈奴血。左右橫排斷後刀，有進無退退則殺。奮挺大呼從如雲，同拚一死隨將軍。將軍報國期死君，我輩忍孤將軍恩。將軍威嚴若天神，將軍有令敢不遵，負將軍者誅及身。將軍一叱人馬驚，從而往者五千人。五千人馬排牆進，綿綿延延相擊應。轟雷巨砲欲發聲，既戟交胸刀在頸，敵軍披靡鼓聲死，萬頭竄竄紛如蟻。十蕩十決無當前，一日橫馳三百里。吁嗟乎！馬江一敗軍心懾[54]，龍州拓地賊氛壓[55]。閃閃龍旗天上翻，道咸以來無此捷。得如將軍十數人，制梃能撻虎狼秦。能與滅國柔強鄰。嗚呼安得如將軍！[56]

光緒十一年（一八八五）二月，法軍佔領中越邊境的重鎮鎮南關，清軍節節敗退，形勢萬分危急，在張之洞的保荐下，老將馮子材自募「萃軍」十八營，趕赴前綫禦敵。子材大力整頓潰軍，團結所屬部隊，以必死的決心，號召全軍，有進無退，子材手執長矛，率領二子，奮不顧身，衝鋒陷陣，全軍感奮，士氣大振，戮力殺賊，重創敵軍，威振中外。此詩共三百四十字，疊用十六個「將軍」字，因公度非常欽佩馮將軍，所以不厭其繁的疊用「將軍」，以表達其低徊嚮往之情。用這種筆法的始祖是《史記．魏公子傳》，湯諧說：「文二千五百餘字，而「公子」字凡一百四十餘，見極盡慨慕之意。其神理處處酣暢，精采處處煥發，體勢處處密栗，態味處處穠郁，機致處處飛舞，節奏處處鏗鏘。[57]」如果將湯氏「神理」句以下的話，移用於〈馮將軍歌〉，似乎更爲適當。錢仲聯說：「公度馮將軍歌云：奮梃大呼從如雲，同拚一死隨將軍，……從而往者五千人。此奪胎於黃仲則余忠宣祠詩，連用將軍字，此史、漢文法，用之於詩，壁壘一新。[58]」從整首詩來看，連用「將軍」的寫法，不僅在凸顯主題，而且更以此強化了感情的節奏點，加深了文章的氣勢，讀來蕩氣迴腸，感人肺腑。而其結尾的「得如將軍十數人，制梃能撻虎狼秦」的詩句，有英雄難得的歎息，有英雄安得的期盼。其實，不是英雄難得，而是明主難遇。古人所謂「千里馬常有，而伯樂不常有」。只可惜清政府顢頇無能，竟然下令前綫撤軍。派李鴻章乞和，拱手將越南讓於法國[59]。而馮將軍抗敵勝利的戰果，轉眼之間付之東流。

台灣行

城頭逢逢擂大鼓，蒼天蒼天淚如雨。倭人竟割台灣去，當初版圖入天府，天威遠及日出處。我高我曾我祖父，艾殺蓬蒿來此土。糖霜茗雪千億樹，歲課金錢無萬數。天胡棄我天何怒，取我脂膏供仇虜。眈眈無厭彼碩鼠，民則何辜罹此苦？亡秦者誰三戶楚，何況閩越百萬戶。成敗利鈍非所(39)，人人效死誓死拒。萬眾一心誰敢侮？一聲拔劍起擊柱，今日之事無他語，有不從者手刃汝。堂堂藍旗立黃虎[60]，傾城擁觀空巷舞。黃金斗大印繫組，直將總統呼巡撫。今日之政民爲主，臺南臺北固吾圉，不許雷池越一步。海城五月風怒號，飛來金翅三百艘，追逐巨艦來如潮。前者上岸雄虎彪，後者奪關飛猿猱。村田之銃備前刀[61]，當輒披靡血杵漂。

神焦鬼爛城門燒，誰與戰守誰能逃？一輪紅日當空高，千家白旗隨風飄。搢紳者老相招邀，夾跪道旁俯折腰，紅纓竹冠盤錦條，青絲辮髮垂雲霄，跪捧銀盤茶與糕，綠沉之瓜紫蒲桃，將軍遠來無乃勞？降民願爲將軍犒。將軍曰來呼汝曹，汝我黃種原同胞，延平郡王人中豪，實闢此土來分茅，今日還我天所教。國家仁聖如唐堯，撫汝育汝殊黎苗，安汝家室毋譊譊。將軍徐行塵不囂，萬馬入城風蕭蕭。嗚呼將軍非天驕，王師威德無不包。我輩生死將軍操，敢不歸依明聖朝。噫戲吁！悲乎哉！汝全臺，昨何忠勇今何怯？萬事反覆隨轉睫，平時戰守無豫備，曰忠曰義何所恃62？

甲午敗戰後，臺灣割與日本，激起了臺灣人民極大的義憤，在愛國志士丘逢甲的倡議下，組織抗日政府，宣佈臺灣獨立，推舉巡撫唐景崧爲總統，丘逢甲爲副總統，以藍底黃虎爲國旗，臺灣人民紛組義軍，奮起抗日，但因倉卒成軍，戰備不足，兵餉不繼，且又孤立無援，終難敵武器精良、訓練有素的日軍。此詩是用歌行體的形式，以極爲沉痛的語調，敘述甲午戰敗臺灣人民奮起抗日的經過，以及戰敗臣服的窘狀。最後一段沉痛地指出：如果平時沒有戰守的準備，空言忠義是不可靠的。公度所謂「可憐百萬提封地，不敵彈丸一炮聲」63。今日臺灣承平日久，社會風氣敗壞，民心渙散，士氣低迷。一旦發生戰爭，後果不堪設想。尤其近來軍中頻頻出事，顯示管教發生問題，值得層峰檢討改進。另一方面，家庭的教育，社會的環境，道德的標準，價值的觀念，政治的措施，在在都會影響民心士氣，不可等閒視之。

(五) 明恥教戰的尚武精神

公度生當外侮頻陵、國家多難的時代，深知非變法無以圖強，非尚武無以自立。而我國人一向愛好和平，缺乏尚武精神，以致國家積弱不振，成爲列強蠶食鯨呑的目標。梁啓超說：

吾中國向無軍歌，其有一二，若杜工部之前、後出塞，蓋不多見。然於發揚蹈厲之氣尤缺；此非徒祖國文學之缺點，抑亦國運升沉之所關也。往見黃公度〈出軍歌〉四章，讀之狂喜，大有「含笑看吳鈎」之樂，嘗以錄入《小說報》第一號。頃復見其全文，乃知共二十四首，凡〈出軍〉、〈軍中〉、〈還軍〉各八章，其章末一字，義取相屬，以「鼓勇同行，敢戰必勝，死戰向前，縱橫莫抗，旋師定約，張我國權」二十四字殿焉。其精神之雄壯活潑、沉渾深遠不必論，即文藻亦二千年所未見也。詩界革命之能事，至斯而極矣。吾爲一言以蔽之曰：讀此詩而不起舞者，必非男子[64]。

公度這二十四首詩，每首句末一字，連成「鼓勇同行，敢戰必勝，死戰向前，縱橫莫抗，旋師定約，張我國權」二十四字，這是全詩的主旨所在。其主旨可簡化成「明恥教戰，張我國權」八字，前四字是手段，後四字是目的。茲錄〈出軍歌〉的「敢戰必勝」四首如下：

出軍歌

怒攪海翻喜山撼，萬鬼同一膽。弱肉磨牙爭欲啗，四鄰虎眈眈。今日死生求出險，敢敢敢！

剖我心肝挖我眼，勒我供貢獻。計口緡錢四萬萬，民實何愁怨。國勢衰微人種賤，戰戰戰！

國軌海王權盡失，無地畫禹跡。病夫睡漢不成國，卻要供奴役。雪恥報仇在今日，必必必！

一戰再戰曳兵遁，三戰無餘燼。八國旗飈笳鼓競，張拳空冒刃。打破天荒決人勝，勝勝勝！

公度的二十四首詩，都是同一形式，第一三五句各七字，二四句各五字，句末一字三疊，把感情的節奏，戰鬥的豪氣，提升到最高點。如果把歌詞譜成軍樂，口唱心惟，發揚蹈厲，慷慨激昂，勇氣倍增。可以收到振奮民心、鼓舞士氣的功效。此外，公度還有〈小學校學生相和歌〉十九章，句首用「來來汝小生」者五首，用「聽聽汝小生」者九首，用「勉勉汝小生」者五首，茲各舉一首如下：

來來汝小生，汝看汝面何種族？芒碭五洲幾大陸？紅苗蜷伏黑蠻辱。虬髯碧眼獨橫行，虎視眈眈欲逐逐。於戲我小生，全球半黃人，以何保面目？
聽聽汝小生，欲求國強先自強，食案以外即戰場，劍影之下即天堂。偕行偕行若赴敵，
朝歌夕舞黑裲襠。於戲我小生，生當作鐵漢，死當化金剛。
勉勉汝小生，同生吾國胥吾民，南音北音同華言，左行右行同漢文。索頭椎髻古異族，
久合鑪冶歸陶甄。於戲我小生，願合同化力，摶我諸色人[65]。

上述〈小學校學生相和歌〉十九章，據梁啓超說：「其歌以一人唱，章末三句，諸生合唱」[66]。而合唱的末三句，都是五言，節奏較短，辭氣迫促，宜於表現鋼鐵一般的意志，戰鬥雪恥的決心。然而，就教育的層面看，小學生當以求學爲要務，執干戈以衛社稷，是未來成年的事。所以在內容上注重民族精神的強調，愛國志節的培養，這二者正是尚武精神的源頭活水。這點與前述軍歌偏重教戰者雖有不同，但其最終的目的則無二致，都是爲了國家的富強，民族的復興。

五、結　論

公度心繫家國，志切維新，因見時事之不可爲，感身世之不遇，不得已而作詩以抒發其不平之氣，歌詠其憂國之情，以先知先覺爲己任，藉詩篇以喚醒國人之迷夢，以激發愛國的熱情，

而收到風行草偃的教育效果。他曾有書與梁啓超論詩說：

吾論詩以言志爲體，以感人爲用。孔子所謂興於詩，伯牙所謂移情，即吸力之說也[67]。

公度之志，即是變法維新、反對侵略之志，是明恥教戰、張我國權之志。其所言「以感人爲用」，這正是詩教的偉大功效。詩能感化人心，這是儒家傳統的觀念。關於此點，本文前言中已有論及。綜觀上述公度的詩篇，在內容上因爲題材的不同，處境的不同，感受的不同，所詠對象的不同，所要表達的意念不同，當然其所產生的時代意義，也有其不同的層面，不同的價值。但有一點是相同的，那就是要引起共鳴，感化人心，喚醒國魂，張我國權。一言以蔽之：以詩教救民，以詩教救國。所以丘逢甲跋公度詩說：「地球不壞，黃種不滅，詩教永存，有倡廟祀詩聖者，太牢之享，必有一席。[68]」丘氏以「詩聖」推崇公度，公度未必敢當。但其所言「詩教永存」的話，確是對公度詩教的價值，給予最高的肯定。

今日海峽兩岸處於分裂分治的局面，臺灣由於經濟起飛，國民所得顯著提高，人民生活富裕，但是品質低俗，人情淡薄，人慾橫流，惟利是圖。物質富有，心靈貧窮；生活奢侈，精神空虛；正義不彰，是非不明；公權力無能，士大夫無恥；玩法者得逞，守法者吃虧。貧富差距日益擴大，社會治安亮起紅燈。上無道揆，下無法守。尤其嚴重的是政風敗壞，官商勾結，領導人無誠信，政務官無擔當。面對今日社會的亂象，政治的危機，正本清源之道，就是要實行

「心靈環保」，而「感化人心」的詩教，正是「心靈環保」的固本丸和調味散。就詩教而言，在公度的詩中，的確有不少作品，關乎民心世教，值得研究整理，精選詳注，而賦予時代的意義，以期不僅能「感化人心」，而且能移風易俗、振奮民心士氣。

註　釋

❶《白氏長慶集》卷四五〈與元九書〉

❷柯勒斯基語（S.T.Coleridge一七七二—一八三四）引見中華民國八十四年八月二十六日聯合報聯合副刊奚密〈今天爲什麼要讀詩？〉

❸奚密〈今天爲什麼要讀詩？〉參見❷

❹據錢仲聯《黃公度先生年譜》：先生四十四歲，自撰《人境廬詩草》序，原刊集中不載，見《學衡》雜誌第六十期。

❺黃遵憲〈雜感〉詩：「我手寫我口，古豈能拘牽？即今流俗語，我若登簡編，五千年後人，驚爲古斕斑。」見《人境廬詩草箋注》卷一、頁四二。

❻引見《黃公度先生年譜》四十四歲六月，見《人境廬詩草箋注》附錄二、年譜、頁一二零三。

❼《人境廬詩草箋注》卷九、頁八二三、〈己亥雜詩〉「一路春鳩啼落花，十齡學步語牙牙」自注。

❽語見〈與梁任公書〉引見《人境廬詩草箋注》附錄二、年譜、頁一一七一。

❾見《人境廬詩草箋注》卷一、頁三、九〈感懷〉詩。

❿《人境廬詩草箋注》卷一、〈寄和周朗山〉頁九四、自跋云：壬申十一月，拔萃榜已發，於院中謄試，得一副本。日西斜，有短衣古服，鬚眉清疏者出，曰：「孰黃生者？」余曰：「憲是也。」則相視而笑，默默不得語。次日謁師後，邀余見，昌言於衆曰：「過嶺以來所見士，君一人耳。」

⓫遵憲留別日本諸君子詩共五首七律，此爲第三首，見《人境廬詩草箋注》卷四、頁三四零，〈奉命爲美國三富蘭西士果總領事留別日本諸君子〉全詩如下：海外偏留文字緣，新詩脫口每爭傳。草完明治維新史，吟到中華以外天。王母環來誇盛典，吾妻鏡在訪遺編。若圖歲歲西湖集，四壁花容百散仙。案明治維新史指所撰《日本國志》。

⑫ 詩見《人境廬詩草箋注》卷四、頁三五零至三六二，長達七百字，用仄聲韻，詩中哀華人的處境，責清廷的無能，流露出愛國的悲憤，和力圖振興的精神。

⑬ 語見梁啓超《飲冰室詩話》，載於《人境廬詩草箋注》附錄三、頁一二六零。

⑭ 自注：「香濤制府署兩江總督，于受事日，即電奏調余回華，同時奏調者二三人，然有賦閒者。」見《人境廬詩草箋注》卷九、〈己亥雜詩〉頁八三五。又陳衍《石遺室詩話》卷八云：「廣雅置之閒散，公度甚不樂。」引見《人境廬詩草箋注》卷八、頁一二二零。

⑮ 《人境廬詩草箋注》卷九、頁七九七。按：此詩流露出詩人蒿目時艱、報國無門的悲憤。詩中「名士株連籍」指戊戌政變中受株連者的名冊。

「群雄豆剖圖」指列強欲瓜分中國之圖，據《近代史資料》載：一八九八年興中會會員謝纘泰曾繪製〈時局全圖〉，圖中以熊代沙俄，狗代英國，蛙代法國，鷹代美國，日代日本，狼代德國。黃遵憲人境廬所掛即此圖。

⑯ 見《飲冰室詩話》，載於《人境廬詩草箋注》附錄三、頁一二六八。

⑰ 丘跋見《人境廬詩草箋注》下冊、頁一零八八。

⑱ 見《人境廬詩草箋注》下冊、年譜、頁一二四九。〈軍歌〉見前書附錄三、一二六二至一二六四。

⑲ 中英南京條約（一八四二）　中英虎門條約（一八四三）　中法黃埔條約（一八四四）
中俄通商條約（一八五一）　中英天津條約（一八五八）　中法天津條約（一八五八）
中美天津條約（一八五八）　中俄天津條約（一八五八）　中俄愛琿條約（一八五八）
中俄北京條約（一八六〇）　中英北京條約（一八六〇）　中法北京條約（一八六〇）
中德天津條約（一八六一）　中英煙台條約（一八七六）　中日天津條約（一八八五）
中法越南條約（一八八五）

⑳ 天津德國租界（一八九五）　漢口德國租界（一八九五）　漢口俄國租界（一八九六）
漢口法國租界（一八九六）　杭州日本租界（一八九六）　蘇州日本租界（一八九七）

天津日本租界（一八九八）　沙市日本租界（一八九八）　漢口日本租界（一八九八）
廈門日本租界（一八九九）　福州日本租界（一八九九）

㉑ 文長不錄，參見蔣中正《中國之命運》第二章、頁三七至四十。

㉒ 檀香山興中會成立於一八九四、一一、廿四香港興中會成立於一八九五、一、廿四。

㉓ 中英馬凱條約（一九〇二）　中美商約（一九〇三）　中日行船條約（一九〇三）　中日東三省正約（一九〇五）　中英西藏條約（一九〇六）　中國瑞典條約（一九〇八）

㉔ 參見蔣中正《中國之命運》第二章、頁四一、四二。

㉕ 語見康有爲《人境廬詩草》序。

㉖ 左舜生〈黃遵憲其人及其詩〉，引見錢仲聯編《清詩紀事》十八冊、〈光宣朝卷〉頁一二三九二、一二三九三。

㉗ 教誦月光光，鈔本作「親口授詩章」，古直箋：月光光，嘉應州兒歌也。崔顥詩：調笙更炙簧。

㉘ 見《人境廬詩草箋注》卷五、頁四二七至四三八。

㉙ 陳作霖《可園詩話》，引見錢仲聯編《清詩紀事》十八冊、〈光宣朝卷〉頁一二四四九。

㉚ 《人境廬詩草箋注》卷五、頁四零三。

㉛ 引見王國維《人間詞話》卷上、頁九。

㉜ 蔣中正《中國之命運》第二章、頁八五。

㉝ 公度在〈致梁啓超書〉中說：「及戊戌新政，新機大動，吾又膺非常之知，遂欲捐其軀以報國矣。蓋蒿目時艱，橫攬人材，有無佛稱尊之想，益有舍我其誰之歎。」見錢仲聯編《清詩紀事》十八冊、〈光宣朝卷〉頁一二四一一。

㉞ 《人境廬詩草箋注》卷一、頁六五、六六。案三城，指廣州。廣州舊有三城，明洪武十三年，連三城爲一，故名。詳見《廣州通志》。

㉟ 《人境廬詩草箋注》卷八、頁六八零。

㊱《人境廬詩草箋注》卷八、頁七六七。案：光緒二十四年二月，俄強租旅順口及大連灣；同年三月，法強租廣州灣；五月，英強租威海衛。

㊲時文廷式等主張「聯英伐倭」，張之洞則主張「速向英俄德諸國懇切籌商，優與利益，訂立密約，懇其實力相助。」事詳《六十年來中國與日本》

㊳中日之戰失敗，清政府蓄憤已甚，益嫉歐人以力脅日本，英人以前北洋辭退海軍教練之隙，不肯出任調停。政府重賂俄人，俄乃聯合法德，向日本抗議，並以三國軍艦分泊長崎、遼海，日本遂允歸還遼東。詳見黃鴻壽《清史紀事本末》卷六四、頁四七一。

㊴《左傳》宣公十一年：「牽牛以蹊人之田，而奪之牛，牽牛以蹊者，信有罪矣。而奪之牛，罰已重矣。」

㊵羅惇曧《中日兵事本末》：「俄、法、德以仗義歸遼，責報殊奢，而中國復乖於應付。於是俄據旅順、大連灣，英據威海衛，德據膠州，法據廣州灣，以互爲鈐制，中國乃不國矣。」引見《人境廬詩草箋注》頁六八零。

㊶《人境廬詩草箋注》卷十一、頁一零四六。

㊷公度自注：「元楊允孚灤京雜詠：新腔翻得涼州曲，彈出天鵝避海青。自注曰：海青擊天鵝，新聲也。海東青者，出于女眞，遼極重之。」《本草綱目。鵰》李時珍曰：「青鵰出遼東，最俊者謂之海東青。」此以海東青指東北地區。范文瀾《中國近代史》：「與聯軍侵略同時，帝俄侵略東三省。庚子八月，黑龍江、吉林失陷。中東閏八月，俄軍入瀋陽。」

㊸此詩《人境廬詩草》不收，見潘飛聲《在山泉詩話》，載於《人境廬詩草箋注》附錄三、頁一二七七。亦見梁任公《飲冰室詩話》，惟「君看」作「可堪」。

㊹徐鉉請緩兵，其言甚切至。帝按劍謂鉉曰：「江南亦有何罪？但天下一家，臥榻之側豈容他人鼾睡乎！」見畢沅《續資治通鑑》卷八、頁三十九、太祖紀開寶八年、十一月。

㊺《人境廬詩草箋注》卷八、頁七一七。光緒丙申（一八九六）三月，公度招任公至上海辦時務報，此詩爲四月中作，共六首，此爲第五首。公度與任公並非舉人同年，題稱同年，錢注「疑是從其季弟遵楷之

稱，遵楷與任公爲舉人同年。」

46 相傳古蜀帝杜宇，其魂化爲杜鵑，又稱子規。見《華陽國志·蜀志》，《太平御覽州郡志益州》。杜甫詩：「杜鵑暮春至，哀哀叫其間。我見常再拜，重是古帝魂。」

47 《人境廬詩草箋注》卷五、頁四四三、四四四。又年譜載：光緒二十一年四月，袁昶來江寧，見張之洞，行篋中攜先生《日本國誌》，謂先生曰：「此書早布，省歲幣二萬萬。」案曰二萬萬，乃馬關條約賠款之數。

48 《新唐書》卷一二六、〈張九齡傳〉：「千秋節，公、王並獻寶鑑，九齡上事鑑十章，號《千秋金鑑錄》。」《吾妻鏡》五十二卷，撰者不詳，亦名《吾妻鑑》、《東鑑》，吾妻，日本地名。

49 說詳見董仲舒《春秋繁露》卷七、〈三代改制質文〉第二十三。

50 見《人境廬詩草箋注》卷三、頁三零四至三一四。郭則澐《十朝詩乘》：「派遣諸生游學美洲，則自曾文正創之，吳川陳蘭彬率以往，南豐吳嘉善充監督。嘉善繩諸生，諸生挾憤與抗，遂言于政府，罷留美諸生，悉遣歸國，此光緒辛巳事也。黃公度提刑時在美洲，爲詩諷之。」

51 見《人境廬詩草箋注》卷三、頁三零五。《留美中國學生會小史》

52 《人境廬詩草箋注》卷九、頁八二六。案公度〈己亥雜詩〉八十九首，乃其一生歷史之小影。

53 見錢萼孫《夢苕盦詩話》，載於《人境廬詩草箋注》附錄三、頁一二八九、一二九零。

54 《福建通志》：「光緒十年，法提督孤拔率兵船來福州馬尾，有佔據地方爲質索賠兵費之說。七月三日，馬江艦隊大敗於法，兵輪燼焉。」又《中國歷史大事年表》：光緒十年七月「法艦啓釁於馬江，毀我艦艇甚多。」

55 龍州，即今廣西龍州。此指馮子材進軍龍州，出關破敵，大敗法軍，克復鎮南關、諒山。王遽常《國恥詩話》：「馮子材諒山之役，法人潰不成軍，西人自入中國以來，未有如此次之受鉅創者，亦可以稍雪國恥矣。」詳見《清史列傳》卷六二、〈馮子材傳〉。

56 見《人境廬詩草箋注》卷四、頁三七九。

57 湯諧《史記半解·信陵君列傳》，引見《歷代名家評史記》頁五九八。

58 錢萼孫《夢苕盦詩話》，載於錢仲聯編《清詩紀事》十八冊、〈光宣朝卷〉頁一二四四五、一二四四六。

59 馮子材不滿清政府求和的主張，曾上電張之洞，請其上摺「誅議和之人」詳見《張文襄公全集》卷一二四、頁二九。當時有人把清廷命令馮子材退兵，比之於南宋命令岳飛從朱仙鎮退兵。有的作詩諷刺：「電飛宰相和戎慣，雷厲班師撤戰回。不使黃龍成痛飲，古今一轍使人哀。」引見阿英編《中法戰爭文學集》頁六八。

60 臺灣宣佈獨立，製藍地黃虎國旗。

61 村田銃，日本火炮名；備前刀，日本軍刀名。黃遵憲《日本國志·兵志》：「有炮兵大佐村田某，以新法製銃，經炮兵會議所議用，名爲村田銃。又《日本國志·工藝志》：「一條帝時，曾召備前友成造刀，友成之刀，多銘君萬歲三字。」

62 見《人境廬詩草箋注》卷六、頁六八七至六九三。

63 黃遵憲〈過安南西貢有感〉詩，古直箋：「案光緒辛巳，雲貴總督劉長佑以法人志圖越南，上疏有云：同志甲戌年，法軍僅鳴炮示威，西三省已入於法。」見《人境廬詩草箋注》卷六、頁四四八、四四九。

64 公度此二十四首詩，本詩草未收，載於梁啓超《飲冰室詩話》下，引見《人境廬詩草箋注》附錄三、頁一二六二至一二六四。

65 同前書、附錄三、頁一二六五至一二六七。

66 同前書、附錄三、頁一二六五。

67 同前書、附錄二、頁一二五三。由甫藏先生〈與任公書〉稿。

68 同前書、頁一零八九、〈丘跋〉。

《老殘遊記》的水意象

李瑞騰

壹、前　言

地球表面瀦水之區域，最大者爲洋，次於洋而近於陸者爲海。海洋合稱，相對於陸地；而陸地之上，水源爲泉；瀦水之區域，大者湖泊，小者池塘，其間更有大小河流縱橫連接，山與海之間，孕育萬物，輸送生命的機能。

《老殘遊記》最特別的地方是從河及海洋開始寫起，其次寫湖、寫泉、寫山間谿水，然後放大特寫黃河水患及治河之道。衆水分流，或汪洋恣肆；或靜如明鏡；或亂冰奔竄，凍河成路；或潺潺湲湲，細語低唱。景絕美，而因水所引發的人事乖離現象，則是小說情節中的衝突所在。劉鶚關心天下蒼生，探索世亂之因，「潤萬物」之水，「緣理而行，不遺小」的水❶，無疑是他省思的起點。

貳、夢中海洋

在可以稱之爲「楔子」的第一回中，劉鶚安排老殘在夢中到登州蓬萊山蓬萊閣「玩賞玩賞海市的虛情，蜃樓的幻相」，出現了海中危船的景象，老殘因救危而身陷險境，甚至沈屍海底。登州在山東半島，府治即今蓬萊縣，北臨渤海海峽，《老殘遊記》開篇一下筆便把這個可以看「海中出日」的地方介紹給讀者：

> 話說山東登州府東門外有一座大山，名叫蓬萊山。山上有個閣子，名叫蓬萊閣。這閣造得畫棟飛雲，珠簾捲雨，十分壯麗。西面看城中人戶，煙雨萬家；東面看海上波濤，崢嶸千里。所以城中人士往往於下午攜尊挈酒在閣中住宿，準備次日天未明時看海中出日，習以爲常。

但老殘此刻人其實不在此地。小說接著介紹他出場，將他的出身、經歷、特性有所敘述，說他在山東古千乘（歷城至益都之間，近濟南）治癒大戶黃瑞和渾身潰爛之奇病，頗受歡迎，某日午飯多喝了兩杯酒，午寐有夢，夢到與文章伯、德慧生同遊蓬萊，這才回頭接上首段的山與海之描述。

「海上波濤」是「崢嶸千里」，城中人看「海中出日」是「習以爲常」，此二者皆海景，是「看」來的，劉鶚特別說老殘等人所欲玩賞者是「海市的虛情，蜃樓的幻相」，看來已預伏者「實情」、「眞相」，而眞實景況的發現，則必須經由追尋與探索，甚至必須付出代價，此乃本回夢境之設的意義所在。

老殘在「離日出尚遠」之際，先看到「東方已漸漸放出光明」的「蒙氣傳光」現象，其次是經由「望遠鏡」看海：

只見海中白浪如山，一望無際，東北青煙數點，最近的是長山島，再遠便是大竹、大黑等島了。

日出因雲層疊起而看不著，然後在望遠鏡的凝視下，一艘帆船，「在洪波巨浪之中，好不危險」，地點是在長山島這邊，距離海岸僅二、三十里。等船靠得更近，船形、船狀以及船上諸多亂象畢現。這裡的敘述與描寫，使得這船被喻指當時的中國，劉鶚哲嗣劉大紳說：

蓬萊閣所見之帆船，喻中國；二十三四丈，喻行省數；管舵四人，喻軍機大臣人數；八桅喻行省總督人數；新舊則喻當時督臣性質；東邊有一塊，約有三丈長短，喻東三省；船上擾亂情形，喻戊戌政變；高談闊論人，喻當時志士；漢奸喻自己；因當時一

般人固目先君爲漢奸也。……❷

這樣一艘危船，處在「洪波巨浪」之中，「眼睜睜就要沈覆」，則這「洪波巨浪」所喻指的惡劣環境，不正是列強環伺、壓迫剝削的客觀現實嗎？老殘觀察船破及船上人都有「民不聊生」的氣象，他認爲原因有二：其一是他們是走「太平洋」的，過慣了太平的日子，所以一旦遇上風浪就毛了手腳，不知所措；其二是他們未曾預備方鍼（指南針），平常晴天沒問題，一旦天陰就出狀況了。老殘因此而提出的對策是駕隻漁船追將上去，送他們一個羅盤，告訴他們有風浪、無風浪的駕駛方法不同。結果卻被認定是「洋鬼子派來的漢奸」，雖垂淚趕回小船，卻被船上的人用被浪打碎了的斷樁破板打下船下，沈下海中。

這是一場夢，一則「政治寓言」，做爲一個「洋務派」❸，劉鶚反省了中國的存在與發展之困境，他認爲解決之道要「望遠鏡」、「羅盤」、「紀限儀」等科學器具；關於各種政治勢力的較勁，社會各種不同階層的立場與觀念之差異，他雖然已經看出端倪，但顯然尙無法掌握，以致於犯衆怒而身陷險境。更值得探討的是，劉鶚藉此表達了「海洋」的觀念：一方面「山風海水，能移我情」的觀物審美作用當然是有，但劉鶚的重點並不在於此，小說中說：「東邊有一絲黑影隨波出沒，定是一隻輪船由此經過」，喻指西方列強的「輪船」可以「隨波出沒」，而代表中國的「帆船」卻在殘酷的波浪中即將沈滅，問題出在硬體設備不足，出在技術不好，出在人們同船共渡卻不知團結，劉鶚已經深刻體認中國的強敵來自海上，也有航行海上的初步認識，但他顯然尚有其侷限，譬如說拿「太平洋」來喻示「過太平日子」；譬如說，二編五回中，已得道了的逸雲還會說：「那地邊上有一條明的跟一條金絲一樣的，相傳那就是海水。」這是在泰山日觀峰看日出，距海極遠，根本就不可能看到海水，老殘等人也沒一個提出質疑，像是肯定了一樣。從這裡可以看出劉鶚對於「海」的認識還有嚴重的不足。

《老殘遊記》中還出現過兩次「北冰洋」（二編三回、七回），皆譬喻性質，和冰冷有關；另有「人不可貌相，海水不可斗量」（十三回）的話，沒什麼好討論的。

參、泉城明珠

《老殘遊記》既以濟南爲中心，則這座「泉城」之泉及被譽爲「泉城明珠」的大明湖，自然成爲書中的描寫重點。

小說從第二回下筆的一段結束夢境，二段起老殘表示要「往濟南府去看看大明湖的風景」，第三段到了濟南府，「進得城來，家家泉水，戶戶垂楊」，從此到第三回遊泉之後，「遊興已足，就拿了串鈴，到街上去混混」，此其間老殘完全是一個賞玩風景的遊客，他先湖（大明湖）後泉（四大名泉），寫盡濟南之美。

老殘雇小船遊湖，從鵲華橋邊朝北到歷下亭前，向西到鐵公祠、水仙祠，而後到歷下亭後面，再到鵲華橋畔，從這裡再回到小布政司街住的客店。這一段記遊「散文」，膾炙人口，大體來說，劉鶚是歷史古蹟（歷下亭、鐵公祠）與自然美景（千佛山倒影、歷下亭後面的「畫舫穿荷花」），最後也紀錄了鵲華橋邊小孩被抬轎者無意踢倒的人事現象。❹

劉鶚眞正寫起湖水是在著名的千佛山倒影一段，「那明湖業已澄淨得同鏡子一般。那千佛山倒影映在湖裡，顯得明明白白」。大明湖原就匯泉水而成，「宛若嵌在城中的一面明鏡」❺，以鏡之「明」、「淨」喻湖，倒影就不是幻設。

問題是劉鶚在書寫夢中海洋、危船險境之後鋪陳了這麼一個人文與自然雙美的澄明之境，乃至於其後寫白妞說書唱鼓的千古妙境，這到底是爲什麼？一方面可能是實況實景的敘述描寫，另一方面或許是爲了「對照」：大明湖之明亮澄淨相對於人間世的晦暗、污濁，此其一；王小玉（白妞）說書的出神入化及其聲色之美，和桃花山的嶼姑、泰山的逸雲，雖然表現方式不同，但都同樣「完美」，此其二。

前面說過，大明湖的水源來自濟南衆泉，然後由北門泄出，注入小清河。❻劉鶚在書中第四回說到老殘婉拒莊宮保之厚愛，不告而別，出濟南府西門，北行十八里到雒口，他說：「當初黃河未併大清河的時候，凡城裡的七十二泉泉水皆從此地入河。」這就將泉、湖及河（黃河）緊密繫聯起來。這裡接著觀「泉」。

泉爲水之源，濟南得天獨厚，全城密佈著大大小小一百三十餘處天然甘泉，故有「泉城」之稱。而在衆泉之中特別突出了趵突泉、金線泉、黑虎泉、珍珠泉四大名泉。劉鶚在遊湖以及聽王小玉說書之後，觀賞了四大名泉中的三泉：趵突、金線、黑虎，第三回目上半是「金線東來尋黑虎」。我們看劉鶚是怎麼寫的：

趵突泉：在大池之中，有四五畝地寬闊，兩頭均通谿河。池中流水，汩汩有聲。池子正中間有三股大泉，從池底冒出，翻上水面有二三尺高。據土人云：當年冒起有五六尺高，後來修池，不知怎樣就矮下去了。這三股水均比弔桶還粗。

金線泉：「你看，那水面上有一條線，彷彿遊絲一樣，發出似赤金的光亮，在水面上搖動，看見了沒有？」「看見了！看見了！這是什麼緣故呢？……莫非底下是兩股泉水，力量相敵，所以中間擠出這一線來？」「這泉見於著錄好幾百年，難道這兩股泉的力量經歷這久，就沒有個強弱嗎？」「你看，這線常常左右擺動，這就是兩邊泉力不匀的道理了。」（老殘與一士子的對話）

黑虎泉：有一個石頭雕的老虎頭，約有二尺餘長，倒有尺五六的寬徑。從那老虎口中噴出一股泉來，力量很大，從池子這邊直沖到池子那面，然後轉到兩邊，流入城河去了。（原文）

珍珠泉在「撫台衙門裡」，老殘雖也應邀訪莊宮保，進了衙門，但沒去看珍珠泉，不過當客店掌櫃因此而向他道喜，老殘卻辭說是去見識見識珍珠泉，可見他還是有心想見，去而未見，判斷是因他是便衣相見，不想節外生枝，說不定還有意避談「珍珠」其名。

寫泉而及池，皆能形象畢現，尤其著墨於「泉力」，彷彿泉亦生命體，如非觀察入微，體會深刻，如何能敘此景？而既是「家家泉水」，濟南府城在政聲「有口皆碑」的莊宮保照拂之下，當然「戶戶垂楊」，生機盎然了，可是其他地方呢？曹州府、齊河縣、齊東縣，甚至於泰安縣，不是天災就是人禍，尤其是表面清廉的「酷吏」（指玉賢、剛弼），縱容子弟倚勢凌民的「外官」（指宋瓊），「殺民如殺賊」（老殘題壁詩，第六回），百姓之苦也就可想而知了。山上看來只有如世外桃源般的桃花山，東山頂上的泉，「泉水的味，愈高愈美」（第九回）；山上的凍雪可以被泉水漱空（第十回）。比較一下劉鶚寫濟南南門城外黑虎泉，「這南門城外好大一條河！河裡泉水湛清，看得河底明明白白；河裡的水草都有一丈多長，被那河水流得搖搖擺擺，煞是好看！」水清河好，這樣的自然景觀相應的應是較佳的生活環境，劉鶚對其筆下的省城濟南，自始至終維持良好的印象，實不僅湖泉之美而已。

肆、黃河之水

「黃河之水天上來」的雄渾氣象，必須加上「奔流到海不復回」的奔放灑脫，才得以完成一種象徵：從河到海，其中所流動的「水」，其實就是文化傳統。就實際的地理來說，黃河的最後一段在山東，係由此邊的黃河口以入渤海，按理來說，面向蔚藍海洋，應該充滿希望，以一種開放之姿，迎向各種可能。但是，穿過黃土高原，夾泥沙以及一切污質而下的滔滔黃水，將帶給人們什麼樣的影響呢？

劉鶚筆下老殘之夢中海洋喻西力東侵，危船險境即當時中國之象徵：過慣太平歲月，缺乏新科技與應變能力，有變則驚，又不能同舟共濟，其危極矣。這是新的危機，來自海洋。然而，中國的危險豈僅如此，自古以來即存在的河患，原本就有的封建官僚體系都是。前者是天災，後者則常形成慘烈的人禍。劉鶚記醫者老殘之遊，聞見之間，所感所思，要皆國家社會之病。老殘既醫人體，更醫政體，即連黃河氾濫之病，他想治而且亦能治。

小說第一回介紹老殘治癒黃瑞和渾身潰爛的奇病。劉鶚之子劉大紳說：「黃瑞和指黃河，因先君曾在河南山東辦理黃河工程，故以黃瑞和治病影射之。」❼這當然不是望文生義，劉鶚把黃河當生命體，其發病症狀是：「每年總要潰幾個窟窿，今年治好這個，明年別處又潰幾個窟窿」，發病的時間，「都在夏天，一過秋分就不要緊了」。老殘以「古人方法」（大禹傳下來的方法，漢朝的王景得了傳授）。醫治的結果是：這年雖然小有潰爛，卻是一個窟窿也沒有。

這一段情節是在帆船夢境之前，所費筆墨並不多，然而卻是他「替人治病」的第一個具體實例，擺在楔子中敘述，別具深意。如果我們連結第三回老殘與莊宮保有關「河工」的對話，以及十三、十四回老殘與翠花、環翠、黃人瑞談論有關莊宮保「廢了民埝，退守大隄」所造成的災難，就可以確信：對劉鶚來說，黃河水患，實不只是小說的背景而已，而是生靈塗炭的惡源。劉鶚將這水患上溯遠古，歷史上治河的良法惡策任其褒貶，更從目前的大汎殺人檢討莊宮保用史鈞甫觀察的治河之策（其實正是老殘不斷抨擊的賈讓「治河三策」），從傳統加以反省，正表示他不願接受這河患的宿命，在具體作爲上當然就是所謂「河工」了，「黃瑞和」命名的眞正用意正在於黃河之「瑞」的理想，關於治河工程的三致其意，亦無非如此。

賈讓治河，「主不與河爭地」（三回），用其法，則必須放寬河面，獻策者指戰國時兩隄相距是五十里地，「所以沒有河患」，而今兩民埝相距不過三四里，即兩大隄亦相距不足二十里，「比之古人，未能及半，若不廢民埝，河患斷無已時」，而廢民埝守大隄的結果是「破壞了幾萬家的生產」（以上第十四回），翠花、環翠等之所以淪落爲娼妓，厥因在此。劉鶚藉老殘之口嚴加批評，「賈讓只是文章做得好，他也沒有辦過河工」，對於創此意者，老殘譏其「但會讀書，不諳世故，舉手動足便錯」；對於廢民捻一事，他說「這事眞正荒唐」。他是力主王景之法的，那就是「疏決壅積」。❽

在第十三、十四兩回的「自評」中，劉鶚說得更具體：

莊勤果慈祥愷悌，齊人至今思之。惟治河一端，不免乖謬，而廢濟以下民埝，退守大隄之舉，尤屬荒謬之至。慘不忍聞，況目見乎，此作者所以寄淚也。

廢濟陽以下民埝，是光緒己丑年事。其時作者正奉檄測量東省黃河，目睹尸骸逐流而下，自朝至暮，不知凡幾。山東村居屋皆平頂，水來民皆升屋而處。一日，作者船泊小街子，見屋頂上人約八九十口，購饅頭五十斤散之。值夜大風雨，耳中時聞坍屋聲，天微明，風息雨未止，急開船窗視之，僅十餘人矣！不禁痛哭。作者告予云：生平有三大傷心事，山東廢民埝，是其傷心之一也。

劉鶚顯然是將其自身的治河以及目睹河患的諸多經驗轉化成爲小說的素材，這使得他的小說充滿現實性，至於明言其「寄淚」、「痛哭」，更指出其行文寫作之間自有一種慈悲之心，這當然也是他自己在「自敍」中所說的「有力之哭泣」。

耳聞目見山東河患之悲慘是劉鶚生平的傷心事，在小說中，他藉翠花談水淹村莊、環翠說大水入城，重現當年大河氾濫成災的過程、人民的慘狀以及痛苦的哭聲，「只聽得稀里嘩啦，那黃河之水就像山一樣的倒下去了」、「那些村莊上的人，大半都還睡在屋裡，呼的一聲，水就進去，警醒過來，連忙就跑，水已經過了屋簷，天又黑，風又大，雨又急，水又猛……」翠花又說：「沒有一個不是號咷痛哭」，「一條哭聲，五百多里路長！」這是廢民埝的結果；至於城裡，由於城下的水有一丈四五了，多年的老城恐怕守不住，尤其是「城門縫裡過水」，於是衣服被褥、糧食口袋、棉花等都被搬去塞城門縫子，從城牆上所見的景觀是：

> 那河裡漂的東西，不知多少呢！也有箱子，也有桌椅板櫈，也有窗戶門扇。那死人，更不待說，漂得滿河都是，不遠一個，不遠一個，也沒人顧得去撈。有錢的，打算搬家，就是雇不出船來。

環翠因此而家破人亡，一無所有，淪落風塵；也因此和老殘結一段因緣，其過程是小說中的重要情節，同時進行的還有黃人瑞和翠花的一段情。特別值得注意的是，這個姻緣是「寒風凍塞黃河水」（第十二回回目）中的溫情，劉鶚安排「凍河」，一方面是天寒地凍的實景，更有對比滔滔黃水之意，而這也是一種「河患」，「把幾隻渡船都凍的死死的」，「過不去河」，人們在河裡初淌凌之時還「打凍」、「打水」（第十二回），正圖對抗自然，劉鶚於此特別描寫亂冰擠竄的景象，也提到當冰結牢壯時，可從冰上過的事實；更提到「黃河兩岸俱已凍得實實的」，無法取水以滅突然出現的烈焰，不過，「冰的力量比水還大」，於是「取黃河淺處薄冰抛入火裡，以壓火勢，那火也就漸漸的熄了」（第十五回）。

在小說中，滔滔黃水宛如千軍萬馬，其爲禍也，充滿了毀滅性，一方面是自然現象，但多少也有人爲之失；而黃河結冰，從開始淌凌，亂冰奔竄，到全部冰凍，由動而靜，充滿死寂之感，這純是自然現象，與人事無關，不過在小說中，它相應於時代環境之氣氛──那種冰冷、凍結、令人心寒。

面對著山東黃河之異象，劉鶚關心的是民生之多艱，一條孕育古中國文明之大河，卻同時也是災難的根源。對於劉鶚來說，中國文化傳統中並非沒有發展出解決自然之變的智慧。但是，「天下大事壞於奸臣者十之三四，壞於不通世故之君子者倒有十分之六七」（第十四回），這和他在第十六回的「自評」中所說的：「贓官可恨，人人知之；清官尤可恨，人多不知。蓋贓官自知有病，不敢公然爲非；清官則自以爲我不要錢，何所不可，剛愎自用，小則殺人，大則誤國」，頗有異曲同工之妙。這說明劉鶚別具隻眼，對於人間世情有深刻的觀察與體會。

黃河結冰與大汛兩種異象，使劉鶚感受至深，因此面對人間世情，他曾以之爲譬：在二編

第三回中，得道了的逸雲追述當年和任三爺的一段情，講到任三爺在敘其母親的談話之前，「我一面說話，偷看三爺臉神，雖然帶著笑，卻氣象冰冷，跟凍了冰的黃河一樣」。在二編第八回中，夢遊地獄的老殘和閻羅王在對話，談及地獄之重刑，閻羅王解釋時講人性善惡兩根之增長，歸結出「害世容易救世難」之後連舉二例，他說：

> 一人放火，能燒幾百間屋，一人救火，連一間屋也不能救；又如黃河大汛的時候，一個人決隄，可以害幾十萬人，一人防隄，可不過保全這幾丈地不決隄，與全局關係甚小。

我們很容易就可以把這害世／救世的相對情境繫連起初編的情節，包括「河工」、酷吏之惡、齊河縣旅店的火災，乃至賈家命案主嫌吳二浪子之害人等，而黃河大汛的譬喻，可見出廢民埝而成巨災之可惡。

伍、從大明湖到勺湖

泉是水源，寫泉自然而及池、及河，所以黑虎泉之水流入城河（第三回），「當初黃河未併大清河的時候，凡城裡的七十二泉泉水皆從此地入河」（第四回，此地是雒口，出濟南府西門，北行十八里的一個鎮市）。這大清河另出現在翠花的談話中，「俺們這大清河邊上的地，多半是棉花地」，地在齊東縣平原二十里舖。大清河原自山東東平縣分汶河之水北出日鹽河，經歷城縣稱大清河，東北流至利津入海，清咸豐四年，黃河氾濫，大清河爲黃河所併。翠花所指大清河是黃河一段。

黃河結冰，亂冰奔竄的悲壯景象在小說中另有一縮型，那是申子平向桃花山進發，月下遇虎之前所見：

> 才出村莊，見前面有一條沙河，有一里多寬，卻都是沙，惟有中間一線河身…河裡結滿了冰，還有水聲從那冰下潺潺的流，聽著像似環珮搖曳的意思，知道是水流帶著小冰，與那大冰相撞擊的聲音了。……

大冰、小冰相撞擊，聲如環珮搖曳，可說是極音色之美了，整個感覺和面對黃河結冰有很大的不同，原因無它，只因這裡是桃花山——一個「迥非凡俗」的「仙境」。❾

而當老殘離開了濟南那「一城山色半城湖」，離開了五嶽之首的泰山，南下江蘇到了淮安，這裡又有一個勺湖等待著他，「這勺湖不過城內西北角一個湖，風景倒十分可愛」，老殘的姊夫高維就住在湖邊，「湖中有個大悲閣，四面皆水；南面一道板橋有數十丈長，紅欄維護；湖西便是城牆。城外帆檣林立，往來不斷，到了薄暮時候，女牆上露出一角風帆，掛著通紅的夕陽，煞是入畫」（二編第七回），高維把湖水引入他在湖東的小輞川園，老殘寄居在姊夫家東面的花園裡，就在這樣一個美麗的環境中「安閑自在」，在這裡夢遊地府，有了人生更深層的感觸與體悟。

註釋：

❶《藝文類聚》卷八水部引《易・說卦》云：「坎爲水，潤萬物者，莫潤於水。」；引《韓詩外傳》云：「夫水者緣理而行，不遺小……。」

❷〈關於《老殘遊記》〉，《劉鶚及老殘遊記資料》頁三九四，四川人民出版社，一九八五年七月。

❸拙文〈涕洟談國事，飄泊訴遊蹤——試論劉鶚的《鐵雲詩存》〉曾有所討論，見國立彰化師大國文系編《中國詩學會議論文集》，民國八十一年九月。

❹這一段敘述是謝迪克（H.E.Shadick）教授所說「特別讓我感到滿意」的一節，「僅用幾句很簡潔的語句，而表達出許多的意義」。見柳存仁譯《〈西洋文人對於老殘遊記的印象〉，台灣幾個重要的《老殘遊記》版本都附錄了此文。

❺謝玉堂主編《歷史文化名城濟南》，頁三七。濟南，濟南出版社，一九九四年六月。

❻同上註，頁六八。濟南有七十二名泉之說，但其實不僅此數，詳張蕾、胡偕華著《濟南名泉》頁九〈泉湧何止七十二〉，山東人民出版社，《瀟灑濟南叢書》。而泉分四群，即趵突泉泉群、珍珠泉泉群、五龍潭泉群、黑虎泉泉群，同上註，頁十三〈泉分四群相媲美〉。

❼同❷。

❽三民書局版《老殘遊記》第三回註三十九，引《後漢書・王景傳》，頁二三。

❾關於「桃花山」的影射意旨詳拙文〈自然與人文雙美——《老殘遊記》的山意象〉，民國八十五年三月廿五、廿六日中央日報長河版。

「民族形式」和現代意識

——對八〇年代「民族形式」小說的初步探討

羅然(Olga Lomova)

在本文開始之前，我首先提出一個問題，即：所謂「民族形式文學」，思想以及表達方式本身很保守，而且作爲共產黨的宣傳工具幾十年，在未來還能否充當中國現代文學的表現手法？我的這個想法來源于捷克早期漢學家PRUSEK（普實克）的專門爲「民族形式」寫的一本書[1]。PRUSEK是從布拉格文學理論派出發，而提出關於傳統和現代辯證關係。他十分欣賞四十年代出現的所謂的民族形式文學，而且相信這種形式能幫助中國新文學達到世界最先進的水平，並且同時發展它的中國特色。PRUSEK一方面是贊成五四新文學，相信五四運動對傳統文化的攻擊是不可避免的，但是另一方面他以爲全部否定自己傳統，只依靠從西方輸入的文學模式，對文學正常發展和藝術水平不利。

然而中國大陸文學一九四九年以後的情況，並沒有證實PRUSEK的論斷。「民族形式」不僅沒有使中國新文學更成熟、更完備美好。正好相反，民族形式的廣泛利用幫助了中國大陸文學概念化、公式化，它否定了五四文學革命的重新探索現實、自我表達和文學試驗精神。只有在「文革」以後，共產黨對文學活動初步開放的時候，在有些文學作品裡才能看到「民族形式」和現代文學意識的成功結合。

在以下正文，我先簡單地介紹「民族形式」這個概念的來源和它的內容，以後分析兩篇寫於八〇年代的風格和意義各異的，能算是發展「民族形式」文學概念的小說。

通俗易懂的民族文學

所謂「民族形式」文學主要是中國北部共產黨區一九三八年中共擴大的六中全會後發展起來的❷。那時毛澤東在擴大會議上報告時（即〈論新階段〉）❸批評中國新文學爲「洋八股」，並要求文學作品應有「爲老百姓喜見樂聞的中國作風和中國氣派」。毛澤東沒有具體地描寫他心目中的文學形式，但從此之後延安作家、文學評論家開始廣泛地倡導各種民族、民間的舊有藝術形式。不久，重慶和延安都發生了「民族形式」問題的論爭，一直延續到了一九四〇年。論爭中一些左翼作家反對以舊俗文學爲基礎的「民族形式」文學，主張只有現實主義寫作方法，纔能眞實地表達出來現代社會上的矛盾和人的心理❹。一九四二年毛澤東「在延安文藝座談會上的講話」裡即然沒有特別談到「民族形式」問題，但當時提出文學爲工農兵服務的思想，事實上又一次否定了新的歐化文學，這就更加鼓舞了舊形式的寫作。

作爲歐化新文學的對立面，「民族形式」文學觀念指的是利用各種民間和傳統通俗文學形式的文藝，即適合於農民審美習慣的文藝。僅用一個概念來爲多種文學類型下定義不免太簡單了❺，但概略地俯視一下能發現，這些不同的文學種類具有一些共同特徵。它們的起源可以追逆到中世紀，後來保存在口耳相傳的說唱文學、民間戲劇和通俗章回小說等中。這種文學藝術創作主要目的是娛樂聽衆，所以它總是故事性較強，情節曲折豐富。除了生動能吸引人的情節外，也有幽默甚至滑稽的成份。傳統通俗文學題材適合於大衆興趣，最流行的是驚險、武打、公案、傳說迷信、色情故事等文學作品。作者會設計讓人預料不到的情節，但是講得很清楚，有頭有尾，結尾總是以大團圓結束。人物性格鮮明，主人公有超越一般人的能力，次要人物性格刻劃得很典型。環境描述簡略，服從於情節發展需要，但是也能通過具體瑣事很活潑地再現聽衆所熟悉的他們的日常生活環境。

這些民間文學和各種通俗文學，通過幾百年的精煉，形式相當巧妙，廣泛地利用了一套固定的藝術手段。文字語言通俗易懂，而富于形象。其中用一套寫作方法：夸張、比擬、雙關語、語言遊戲，還有成語諺語等形式。因爲跟口頭文學的血緣聯繫，語言哪怕是小說，讀起來也有鮮明的節奏，就像能「聽見」。

民間和傳統通俗文學也不缺乏超越刺激性故事的理想主義思想。它的理想一般直接表達在故事結尾道德說教上。傳統通俗文學所表現堅固的世界觀相當實際，它是建立在大衆遵守的道德上。四〇年代提出「民族形式」概念的時候，大衆遵守的道德觀念，還是傳統封建的道德觀念，包括儒家思想和所謂佛教迷信在內，實際上就是五四新文化運動想推翻的意識形態。這樣共產黨的「民族形式」文學所借鑒的民間文藝，世界觀相當統一而且保守。通俗文學作者不願意去探求新的對人和社會的知識，他的創作目的不是表達他個人的新思想。他爲了滿足聽衆的興趣會編織新奇的故事，可永遠不會叫聽衆重新思考生活價值。

舊瓶裝新酒

毛澤東和共產黨當然既沒有贊賞封建倫理道德、宗教迷信，也沒有贊成大衆文學的娛樂性。共產黨文學理論把文學作品看作革命的武器，要求文學爲共產主義革命服務。然而，從共產黨革命的要求角度來看，「民族形式」文學有一個優點是五四新文學缺乏，就是它的接受對象人數多。通俗文學的語言和表達方式是廣大群衆所習慣且喜歡的。因爲相當大的一部分通俗文學是口頭文學，連未受過教育的農民也能接受欣賞，同時他們的思想也能受到通俗文學的影響。因爲「民族形式」通俗易懂，在延安時期重視群衆工作的文學家，自然而然地挑選它，作爲宣傳抗日、宣傳革命的有效工具。至於封建思想，要拿革命思想來代替，用當時的話說，「舊瓶要裝新酒」。

不論自覺與否，共產黨宣傳工作者，在借用舊通俗文學形式來傳播新思想的同時，也采用了某些舊思想，其一特別廣泛地接受了通俗文學所表達的簡單是非世界觀，其二是沒有改變封建倫理道德壓制個性的觀念。事實上，舊的是非世界觀和對個性的壓制，跟新的極權主義思想有很多共同的地方。

戰爭以後

一九四九年以後在中國大陸，毛澤東的「在延安文藝座談會上的講話」成爲了新文學的綱領，而他的功利主義思想深深地滲透進了所有的文藝活動。在文學創作上繼續利用「民族形式」文學思想，雖然不再使用這個名稱。「民族形式」文學對新文學的影響很可能還來源於別的社會上的以及個人的原因：當時的普及文化運動，各種批評西方資產階級思想運動，要求提高民族意識和愛國精神活動，這都是跟「民族形式」分不開的。也不能忽視大部分領導幹部的審美習慣。

五〇年代初又大量輸入了斯大林時代的蘇聯文學和文學理論，跟舊形式配合在一起，名爲社會主義現實主義[6]。它卻跟西方文學史上的現實主義共同的地方不多。社會主義現實主義文學的目的不是儘量客觀地「寫實」，或探求現實的眞實面貌，更談不上事實地表達人的精神生活，而是要求作家從共產主義世界觀出發，去進行「文學工作」。當然，斯大林理論的共產主義世界觀，不是提供獨立思維範圍的哲學，而是應該無條件地服從的政治決議。按照社會主義現實主義理論去寫作「文學工作者」體現著新的教條，而不去主觀地探索不適合於這個教條的事實。這跟上面給舊通俗文學下定義時，強調通俗文藝創造者體現著傳統倫理道德，也毫無懷疑自己的觀點，是完全一樣的❼。

當然，共產黨「民族形式」文學，特別是在一九四九年以後的文學，跟舊通俗文學不完全相同。新文學利用舊形式的時候，減少原來的通俗文學娛樂性，但加深了文學作品的說教意義。在題材方面，新的民族形式文學清除了所謂的「不健康」的內容，這主要是指涉及到色情描寫和神奇的題材，而增加了新的「工農兵」題材。它的語言和敘述方法方面也有一定的變化。除了個別的從小愛好和熟悉傳統俗文學作家外，大部分新文學創造者沒有民間藝人的語感，也沒有掌握傳統通俗文學在長期發展過程中提煉出來的美感。加上大量借用蘇聯文學公式和政治陳詞濫調，這就很容易把原有的傳統通俗文學的和諧整體破壞了。結果，大部分繼承民族形式的新文學，從文學風格角度來看，是典型的低級趣味通俗文學即所謂（KITSCH，媚俗文學）。這種發展在「文化大革命」達到高潮，而江青執行的「樣板戲」也是中國社會主義媚俗文學的頂點。

看中國大陸從一九四九年至「文革」間文學變遷，我們容易能得到下面的結論，左翼作家胡風等在一九四〇年代對民族形式文學進行批評有道理，而PRUSEK教授關於民族形式對中國現代文學積極意義的觀點，好像是錯誤的。祇有「文革」以後，共產黨對文藝政策初步開放時，「民族形式」在中國文學又有了新的發展機會。

新時期文學

粉碎「四人幫」後，中國大陸文學發展活潑，造成了「人民中國」從未有過的多樣化氣氛。因爲結束了長期的對外封閉政策，文學界首先渴求重新認識外國文學，開始非常熱情地把西方現代文學不同流派和寫作技巧介紹到中國去。這樣在很短時間內，西方一百多年的各種文學，同時輸入到了中國。這就鼓舞了中國新時期作家的文學創作試驗，在一定程度上恢復了五四新文學運動精神。其次一九七九年後的文學界還批評過去極左政治路線和文化政策，也批評一直保留到現在的封建思想餘毒。這樣就免不了對長期爲共產黨宣傳極左路線服務的、來源自封建時代「民族形式」有些懷疑。

中國大陸一九七九年以後的文學，概括起來，有幾個不同的明顯的特徵。第一，重視探索現實，「干預生活」，強調文學在改造社會上的重要任務。第二，往人的精神世界開掘，注意個人主觀經驗，揭示人的複雜心理，追求表達「人性」，提倡人道主義概念。這兩種文學創作傾向，除了借用寫實手法，也越來越多借鑒西方現代派文學。第三種新時期文學特徵是對文學本身作試驗，探求新的表現手法。

在這種「向西方看」的文化氣氛裏，舊的「民族形式」文學好像早過時了而被忘掉了。連一九八五年起，一部分年青作家反對現代中國文學片面模仿西方文學，而宣布要去「尋找中國傳統文化的根」，但傳統的說唱文藝不是它們所重視的傳統文化的部份[8]。

在這樣的情況下，借鑒傳統通俗文學表現手法的作品，雖然繼續發表[9]，它們的地位却降低，不太引起各種文學運動的注意。但是八〇年代還是有些作家，特別是中、老年作家，努力試驗引用中國傳統通俗文學敘述方法、語言修辭等，他們意識到PRUSEK教授曾經講過的傳統和民間文藝潛在能力。舉幾個我個人最欣賞的作家名字爲例子，汪曾祺、林斤瀾、陸文夫等。看他們的作品時，我們能發現，一九七九年以後，「民族形式」小說本身也多樣化、個人化。下邊我將分析探討兩篇中年作家的小說，來說明兩種不同的利用傳統通俗文學寫作方法。在分析探討小說同時，我們也要注意傳統表現手法是否障礙表達人的矛盾心理和複雜多樣的現實。

劉紹棠：繼承娛樂性傳統

劉紹棠有類似於中國古代「神童」的來歷，也有中國式的文人兼任官的經驗。劉紹棠一九三六年生在北京附近鄉下，十二歲入北平市立中學。在北平中學學習的第二年，已經開始發表文學作品，以後入北京大學中文系並繼續文學創作。一九五六年回家鄉從事專業創作，並兼任農業社共產黨組織副書記，以後在《中國青年報》當編輯。一九五七年在「反對資產階級右派鬥爭」中被開除黨籍，當了工人。「文革」中，回到故鄉當農民。一九七九年重返文壇，也恢復了在作家協會的職位。

一九八〇年後，劉紹棠提出建立「鄉土文學」的主張，還動員別的作家，讓他們也參加「鄉土文學」活動。劉紹棠提倡的「鄉土文學」在藝術創作方法方面接近過去的「民族形式」。他自己說，他追求「中國氣派，民族風格，地方特色，鄉土題材，今昔交叉，城鄉結合，自然成趣，雅俗共賞」❿，他也強調是主要給農民觀衆進行創作的。我挑選一篇一九八四年發表的短篇小說〈福地〉⓫，作爲他的代表作。

小說故事簡單，大意是：「文革」剛結束，有一天到北京附近的魚菱村開過來一輛吉普車，一個幹部模樣的人下了車，到處打聽「作家老劉同志」住在哪裡。第一個跟這位陌生「戴鴨舌帽同志」說話的村裡人是賈招財，他害怕車是公安局派來抓作家的。他馬上去找自己老婆商量怎麼幫助「劉老兄弟」。在此期間，北京來的幹部給「五更嫂」說明，他是來接「老劉同志到北京去……恢復他的黨籍和工作」了。鄉親們都很高興說作家要「官復原職」了。作家跟大家告別後，徒然賈招財「身背老婆，滿頭大汗走來」。他們倆不知道實際情況，相信作家去城裡要關在監獄裡，而賈招財老婆，作家的「青梅竹馬」朋友，叫道，她自己去替老劉坐牢。大家轟然大笑，誤會被解釋了。

劉紹棠在他的小說裡結合中西兩種不同敘述方式。小說的開頭，抒情成分較多而且用倒敘敘述方法。事情發生幾個月以後，作家回故鄉過春節的路上，開始回想過去經歷過的事。在這一段，劉紹棠挑選了在俄羅斯十九世紀小說流行的以「我」爲敘述者兼主人公的敘述方式。主觀色彩很濃，小說裡的「我」是作者本身，而且他要講的故事眞的發生過。（從劉紹棠的一些散文和回憶錄我們知道，小說裡別的人物也不是作家空想出來的，而是眞正的在他的故鄉生活跟他在一起的人。）

等講到故事中心時，敘述變成傳統說書藝人的語調。雖然敘述者一直是主觀的「我」，講故事中心時，他還是借用傳統表現手法。故事情節的安排是按照事實發展的過程。每次先介紹新的人物，以後講故事的發展，脈絡清楚，事事有交待。介紹新人物是通過一段小情節，從情節的故事能看到人物的鮮明性格。人物性格、環境描寫，都和故事情節的發展有機地結合在一起。人物性格特徵高度概括，漫畫式的勾畫出幾個鮮明的典型。語言和修辭技巧有民間色彩，富於民間語言幽默感，夸張比擬，形象生動。

跟傳統通俗文學敘述方式不一樣的是，故事的敘述者不是無名的說書人，從客觀角度講故事，而是小說的主人公，也是作家本人。主觀的角度，主要是利用在小說的開頭和結尾，又插進在說明不同人物來歷的小情節。這些段的語言還包含著較多抒情成分。另外劉紹棠較普遍利用西方文學技巧，是人物引語和對話。像西方現實主義小說一樣，人物通過說話，不僅表達自己性格和自己對發生的事情的感情反映，而且也通過對話發展增加故事情節。

我想，劉紹棠借用了中西兩種敘述寫作手法，這使「民族形式」的小說增添了很多新的色彩，創造了自己的獨特寫作風格。但是，雖然形式上利用主觀角度，作者卻沒有表達自己對現實獨特的觀點和看法。他並沒有離開傳統通俗文學的簡單是非世界觀，也沒有向現實提任何問題，毫無懷疑地服從於社會制度。在強調主觀角度的作品，更是在反省「文革」時期個人遭遇的作品，這樣的思想有點出乎意外。原因可能在于，劉紹棠利用主觀現實主義一些手法，僅僅是爲了更生動地講笑話給大家聽。在他小說「西爲中用」中，西方文學某些手法爲中國式的說書目的利用。結果，劉紹棠寫的是通俗讀物，而不是揭露現實某些還沒有暴露的事實。

高曉聲：叫人深深思考的笑話

高曉聲出身於一九二八年於江蘇省農民家庭。一九五〇年從新聞專科學校畢業後，在江蘇省各部門從事群衆文化工作，並開始寫作。一九五七年和幾位作家建立起「探求者」文學社團時受到批評，遣返農村老家勞動，一直到一九七九年才重返文壇。雖然長期處於寂寞中，二十餘年不能寫作，但是他在一九七九年以後發表的作品，卻馬上成爲中國新時期文學最突出的一部分。

高曉聲很熟悉農民生活，主要是蘇南地區農村。他的小說大部分也是農村題材，並且喜歡借用農民所習慣的通俗文學、民間文藝形式寫作。80年代高曉聲談自己的創作時，也承認受到了傳統說唱文學的影響[12]。高曉聲同時也善於借鑒西方現實主義和心理分析手法來進行創作[13]。八〇年代初，高曉聲發表了關於名字叫陳奐生的農民系列小說。這是他的農村題材小說的代表作，農村民間文學色彩較濃厚。下邊要分析的題爲「陳奐生上城」的小說也是這個系列之一[14]。

短篇小說「陳奐生上城」發表於一九八〇年，寫農村政策開放後的事。陳奐生是一個最普通的農民、一個所謂的鄉巴佬兒，樸實敦厚，沒有見過世面，過著單調的鄉下人的生活。因為他沒有經歷過任何有趣的經驗，也不太會說話，還在別人面前有一點羞愧。可是他一輩子最大的渴望，就是有件自豪的事給大家講講。有一天他上城賣農副產品，掙錢給自己買帽子。出乎意料這次他的精神生活渴望將要實現了。

晚上他在城裡賣完貨之後，徒然生病，發高燒，在火車站候車室暈倒了。偶而被縣委書記吳楚同志發現。縣委書記想幫助他，叫自己的司機開車送陳奐生去看病，以後送他到招待所休息一夜。陳奐生因為發高燒半醒半暈，第二天在招待所房間裏醒來後，才意識到發生了什麼事。開頭，陳奐生非常感激縣委書記對他的幫助，心裡想他是「作了官不曾忘記老百姓」。可是他發現招待所過一夜要花五元錢，他十分吃驚，想「這樣高級的關心他陳奐生經不起」，因為五元錢等于他昨天所有的掙來的錢，也等于他一般的七天的工作。陳奐生在從城裡回家的路上他想到了自己老婆，不知怎麼給她交待在城裡花了那麼多錢。最後他還是想到了一個好主意：這筆錢畢竟沒有白白的花，是用來買到精神的滿足，終於有事講給大家聽。回家後果然如此，「陳奐生的身份顯著提高了，不但村上的人要聽他講，連大隊的幹部對他的態度友好得多，而且，上街的時候，背後也常有人指點著他告訴別人說：他坐過吳書記的汽車。」

這篇小說形式風格很像傳統說唱文學作品。作者，雖然挑選一般小人的故事，卻把它寫成一部有趣而且有一點奇怪、一直到末讓讀者懸而不決，結尾又驚奇幽默。小說集中在主人公的一件偶然發生的事，寫得有頭有尾，很像口頭文學講故事那樣概括突出主人公的遭遇，同時人物、事件筆筆都有交待。人物性格寫得夸張，只強調他某些故事所需要的方面。小說敘述者用說書藝人的語言格式來向假想的「聽衆」問答。他的語言夸張，開玩笑甚至有時奇異，而通過這些手法達到荒唐地步。語言方面，高曉聲使用大量的語言遊戲、雙關語、幽默比擬等，有時有明顯的幾乎能『聽到的』節奏。人物引語和對話一般地是通過敘述者說出來的，常常用間接語。另外，在陳奐生和招待所櫃台處『大姑娘』的對話裏，高曉聲用直接對白，敘述者很少插進去。結果，造成了舞台上廳戲的印象。直接和間接引語，促使故事情節更有尋味。這種高度藝術改造的語言和表達手法，也能插進一些非常寫實的片斷，提醒讀者故事發生現在的他熟悉的環境裏。

西方寫作方法，在小說裏很罕見，惟有某些部分分析主人公的心理狀態，是很明顯的受到西方現實主義的影響。高曉聲語言也不用舊俗文學的程式，既保存著農民語言的一些特點，又帶明顯個人的趣味。

盡管高曉聲的寫作方法如此接近於傳統大衆文學，然而他能使這篇小說風格充滿現代感。跟一般大衆文學相反，這篇小說所有的娛樂部分都包含著更深層的內容。這些內容都爲一個共同的主題服務，並間接提出一組問題：一個最普通的人是不是也有精神生活方面的需要？是不是這種需要很重要，可能比物質生活要求還重要？這些比較抽象的問題是跟下邊的，在現代中國很有實際意義的問題分不開的：老百姓和幹部之間的關係問題。

高曉聲的小說寫得含蓄，或者用西方說法，是多層的。每個情節有幾個不同的意義。比如上邊已經提過的主人公陳奐生和招待所櫃台小姐的對話，一方面寫得很生動，叫讀者發笑，另一方面又包含諷刺意義，讓讀者思考一些社會上的問題，其此又通過這個情節能看出陳奐生的質樸敦厚的性格，表現他的人性。這同時表達意義餘味無窮。高曉聲雖然在這篇小說借用傳統通俗文學表現手法來進行創作，但從來不陷入簡單的是非思想或死板的說教。

結　論

劉紹棠和高曉聲的作品都代表80年代「民族形式」文學。劉紹棠甚至提倡要寫「中國氣派」文學。高曉聲也承認他借鑒了民間說唱文藝。但兩個作家的作品存在著重要的區別。劉紹棠從四〇年代末還當學生時開始寫作，就使用「民俗形式」。我的印象是，他不是通過深刻的思考纔挑選這個創作方法，傳統通俗文學就是他的最自然的寫作媒介。雖然以後他把自己寫作技巧相當「現代化」了，卻從來沒有脫離傳統通俗文學特有的簡單是非思想。他的小說是寫得有滋有味的通俗讀物，但缺乏需求揭露社會問題的精神，內容也沒有更深刻的含義。

高曉聲的小說，看起來是更深地扎根於中國傳統。然而這種外貌下包含著出其不意的現代綜合性世界觀。高曉聲在其它他的作品中有時也借用西方現實主義和心理分析的寫作方式。從此我們可以推測出，他在創作過程中有意識地挑選了民間說唱手法，作爲一種寫作藝術試驗。同時他的含蓄的寫作手法，以及探索精神和不陷入枯燥的說教社會批評，都使他的作品富有現代意識。我相信，高曉聲的小說證明，PRUSEK教授在四十年以前的論斷並無無根據。現代性和傳統性互相豐富是能夠存在的，而且利于新文學的發展。祇應該補充一個PRUSEK當時沒有重視到的條件：這就是在舊瓶裝新酒的時候，作家應該突破政權的要求，在作品裝進自己的獨立思想和自己對世界獨特的觀察。

註釋：

❶ Jaroslav Prusek,Literatura osvobozene Ciny a jeji lidove tradice（Prague : Academia,1953）這本書也有德文版。

❷ 思考民族傳統文化和民間文藝對現代文學的意義問題更複雜，臨時不談。關於五四時期知識分子對民間文學興趣見Hung Chang-tai. Going to the People. Chinese Intellectuals and Folk Literature, 1918–1939.（Cambridge Mass: Harvard University Press,1985）。

❸ 見毛澤東，〈中國共產黨在民族戰爭中的地位〉《文學運動史料選》（上海教育出版社，一九七九）。

❹ 後來最出名的「民俗形式」反對者是胡風。當時他編了《民族形式討論集》，搜集參加論爭人的不同意見。

❺ 關於傳統民間和通俗文學種類見V.Hrdlickova:"some Observations on Chinese Art of Story-Telling "Acta Universitatis Carolinae.Philologica. Orientalia Pragensia Ⅲ.（Prague,1964），pp53-78.

❻ 社會主義現實主義概念創造於蘇聯一九二〇年代末作爲反對先鋒文藝，在歷史變遷過程中，這個概念的內容也改變過幾次。斯大林時期社會主義現實主義的理解最封閉，最保守，起爲政治、個人崇拜服務的作用。中國對社會主義現實主義理解也隨時代變化，而且一九五八年後爲了明顯表示跟蘇聯分開，用別的名稱代替它。

❼ 斯大林時期蘇聯文學理論也提倡借鑒民間文藝，這一定不是偶然的。

❽ 關於「尋根」意識見OlgaLomova, "Searching for Roots",in Notions et Perceptions du Changement en Chine.(Paris:College de France,1994)。

❾ 比如「文革」時期最突出的作家浩然一直繼續發表他的『寫農民給農民寫的』小說。他在文學組織佔有相當重要位置，一九九〇年又任「北京文學」主編。

❿ 劉紹棠《鄉土與創作》。引自潘旭瀾主編的《新中國文學詞典》（江蘇文藝出版社，一九九三）。

⓫ 劉紹棠，「福地」。《鄉土》（北京：人民文學出版社，一九八四），頁二四四—二五四。

⓬ 中國大陸評論家已經注意到高曉聲與江蘇說唱文學關係。見吳亮〈高曉聲一年來小說概論〉《作家》（一九八五年一期，七三—八〇頁）

⓭ 比如見他有名小說〈錢包〉。

⓮ 高曉聲小說選。人民文學出版社，北京一九八三。

從紀昀小說看法談談近代文人觀點

雷威安

一、序　言

目的是講一講明紀昀的小說看法而並不是討論他的《閱微草堂筆記》寫小說法。乾隆三十八年（一七七三）紀昀當了四庫全書的總纂，擔任了這個職務十幾年了以後才開始寫那一套包括一千二百多故事的小說集。小說集原來是五本書，紀昀從六十五歲到七十五歲寫成的。第一集是乾隆十四年（一七八九）寫好的，叫做《灤陽消夏錄》❶；最後的，《灤陽續錄》是嘉慶三年（一七九八）寫的。合刊發表帶著《閱微草堂筆記》的題目，是紀昀門人盛時彥辦好的。紀昀生在獻縣，盛時彥在北平❷，倆都是河北人。嘉慶庚申八月（嘉慶五年，一八〇〇）序❸以外，在乾隆五十八年（一七九三）的第四集後面，盛時彥寫了一種跋。第四集的題目，《姑妄聽之》是從《莊子》〈齊物論〉采出來的：『予嘗爲女妄言之，女以妄聽之矣（奚）』❹。

二、魯迅題解

盛時彥的《姑妄聽之》跋，魯迅出名的《中國小說史略》老早提到最重要的一部分。在第二十二篇〈清之擬晉唐小說及其支流〉講《聊齋志異》的時候，魯迅抄從盛跋一段相當長的紀昀講法。盛時彥記下的：

『《聊齋志異》盛行一時，然才子筆，非著書者之筆也。虞初以下天寶以上古書多佚矣；其可見完帙者，劉敬叔《異苑》陶潛《續搜神記》，小說類也；《飛燕外傳》《會眞記》，傳記類也。《太平廣記》事以類聚，故可並收；今一書而二體，所未解也。小說既述見聞，即屬敘事，不比戲場關目，隨意裝點；……今燕昵之詞，媟狎之態，細微曲折，摹繪如生，使出自言，似無此理，使出作者代言，則何從而聞見之，又所未解也。』

說明魯迅的結論最好還是用他自己的話；白話比較清楚；在一九二四年西安講學時記錄稿《中國小說的歷史的變遷》他怎麼說了❺：

『《聊齋志異》出來之後，風行約一百年，這其間模仿和贊頌它非常多。但到了乾隆末年，有直隸獻縣人紀昀出來和他反對了，紀昀說《聊齋志異》之缺點有二：㈠體例太雜。就是說一個人的一個作品中，不當有兩代的文章的體例，這是因爲《聊齋志異》中有長的文章是唐人傳奇的，而又有些短的文章卻像六朝的志怪。㈡描寫太詳。這是說他的作品是述他人的事跡的，而每每過於曲盡細微，非自己不能知道，其中有許多事，本人未必肯說，作者何從知之？紀昀爲避此兩缺點起見，所以他所做的《閱微草堂筆記》就完全模仿六朝，尙質黜華，敘述簡古，力避唐人的做法。』

魯迅所解釋的話不錯。可是以我們現在所普遍用的小說概念分析紀昀的說法是講不通。擔任了十幾年四庫全書總纂紀昀一定關於目錄學問題很熟。大家都知道他是不准通俗文學進去四庫裏。紀昀的觀點是可以算有那時代文人代表性的價值。這種傳統的看法是值得分析清楚點兒。

三、紀昀的小說看法

魯迅所提的兩缺點是不是所謂「才子之筆」的毛病？兩缺點以外「才子之筆」有沒有別的毛病？「才子之筆」不是「著書之筆」❻。那好，可是這兩種筆有什麼差別？還好看一看盛時彥自己給我們解釋。提出「先生」—紀昀—的話以前他怎麼寫：『讀者或未必盡知也，第曰：『先生出其餘技，以筆墨遊戲耳。』然則視先生之書去小說幾何哉？夫著書必取熔經義，而後宗旨正；必參酌史裁，而後條理明；必博涉諸子百家，而後變化盡。譬大匠之造宮室，千楹廣廈，與數椽小筑，其結構一也。姑不明著書之理者，雖詁經評史，不雜則陋；明著書之理者，雖稗官脞記，亦具有體例。』

那麼才子書是沒有條理的沒有體例的吧。爲什麼呢？算不了文學，不載道。盛時彥的《閱微草堂筆記》嘉慶庚申八月（嘉慶五年，一八〇〇）序說得很清楚：「文以載道。儒者無不能言之。夫道豈深隱莫測，秘密不傳，如佛家之心印，道家之口訣哉。萬事當然之理，是即道矣。」

可是『才子書』帶著什麼意義？大概是以李贄（號：卓吾，一五二七—一六〇二）開始的，以金仁瑞（號：聖嘆，一六一〇—一六六一）繼續的，以書林結束的那一套所謂『十才子書』。當然並不一定是最後那一單字[7]：

第一才子書：三國志演義
第二才子書：好逑傳
第三才子書：玉嬌麗
第四才子書：平山冷燕
第五才子書：水滸傳
第六才子書：西廂記
第七才子書：琵琶記
第八才子書：花牋集
第九才子書：平鬼傳
第十才子書：白圭志

小說，戲曲，彈詞，木魚，放一塊兒的這樣的俗文學的單字可能那時候還沒有。可是同類的一定會有的。用在最成功的戲曲小說都是『才子之筆』，不會是『著書之筆』。爲什麼？語言的問題？俗話根本不會有文學性的價值。可是以純粹文言寫的《聊齋志異》也是『才子之筆』。什麼理由？不載儒家之道。這個道不是狹義的是廣義傳統道德。新的文體也是反道德的。這種廣義的道德看不起俗話也不承認想像力的自由權。筆記小說不應該上戲曲小說的路，要用文言文，不准超過見聞的資料。這種看法的保守性是不可否認的。影響相當大。不少文人那時候是偷偷看小說，聽戲的。這些是小孩兒，婦人的文學，他們看不起，不敢公開說喜歡。這樣的態度在紅樓夢二十三回是很明顯的。寶玉攜一套《西廂記》熱心的看：

黛玉道：『什麼書？』寶玉見問，慌的藏之不迭，便說道：『不過是中庸大學』黛玉笑道：『你又在我跟前弄鬼。趁早兒給我瞧，好多著呢。』寶玉道：『好妹妹，若論你，我是不怕的。你看了，好歹別告訴別人去。你要看了，連飯也不想吃呢。』

不必多說：幾百年以前文人中間的態度有一些不同。

四、明末小說討論家

對新興通俗文學元明時代沒有多少反感。相反的：明初的《永樂大典》包括大量的戲曲小說。明中對民間文學學者的興趣相當大。用簡單概括的話可以說明末才有文人心明眼亮討論這樣正道以外的資料。最早大概是那位顧炎武（一六一三—一六八二）所恨的李卓吾（一五二七—一六〇二）❽。他可能改寫了《水滸傳》高高的贊揚了《忠義水滸傳》，可是他的態度還算是從一種顚倒的道德觀點❾。胡應麟（一五五一——一六〇二）的《少室山房筆叢》有一些難得的藝術性評論。廣義的小說概念，他是不大用。比方提《水滸傳》的時候胡應麟怎麼樣寫：『今世傳街談巷語，有所謂演義者。蓋尤在傳奇雜劇下。（……）其門人羅本，亦效之爲三國志演義；絕淺鄙可嗤也。』❿

他承認是一種文人常常喜歡的書：『今世人耽嗜水滸傳至縉紳文士。（…）余每惜斯人以如是心，用於至下之技。』⓫

『要了解小說魔力理由的時候，胡應麟就用廣義的小說概念。爲什麼一般的人那麼喜歡文末或文外的小說？胡應麟有這樣回答：『子之爲類，略有十家。昔人所取凡九而其一小說弗與焉。然古今著述，小說家特盛而古今書籍，小說家獨傳。何以故哉？（…）至于大雅君子，心知其妄，而口競傳之；旦斥其非，而暮引用之。猶之淫聲麗色：惡之而弗能弗好也。夫好者彌多，傳者彌衆。傳者日衆，則作者日繁。夫何怪焉？』⓬

另一方面分類小說的時候，胡應麟根本不提通俗資料。分法和紀昀的完全不同。有六類小說：(1)志怪；(2)傳奇；(3)雜錄；(4)叢談；(5)辨訂；(6)箴規。可是分類並不一定是分開：『叢談、雜錄二類，最易相紊。又往往兼又四家，而四家類多獨行，不可攙入二類者。至於志怪、傳奇，尤易出入。或一書之中，二事並載。一事之內，兩端具存。姑舉其重而已。』⓭

小說的好壞和實虛沒有關係：『唐人以前，紀述多虛而藻繪可觀。宋人以後倫次多實而彩艷殊乏。蓋唐以前出文人才士之手，而宋以後率俚儒野老之談故也。』⓮可是：『凡變異之談，

盛於六朝，然多是傳錄舛訛，未必盡幻設語。至唐人乃作意好奇，假小說以寄筆端。』⓯

紀昀所指出的《聊齋志異》缺點，恐怕胡應麟不會贊成。從實虛問題上看起來謝肇淛（一五六七——一六二四）意識到了文學的欲情淨化功能。當然沒有亞里士多德那麼清楚的講法。雖然，也是從戲曲幻象對觀衆談起來。他先提胡的說法⓰：『胡元瑞（胡應麟的字）曰：「凡傳奇以戲文爲稱也，無往而非戲也，故其事欲謬悠而無根也，其名欲顚倒而亡實。反是而求其當焉非戲也。故曲欲熟而命以生也；婦宜夜而命以旦也；開場始事而命以末也；塗污不潔而命以淨也。凡以顚倒其名也。⓱」此語可謂先得我心矣。』

謝肇淛就繼續怎麼寫：『宦官、婦人看演雜戲，至投水遭難，無不慟哭失聲，人多笑之。余謂此不足異也。〔…〕今仕宦於得喪，有不動心者乎？罷官削職，有不慟哭失聲者乎？彼之慟哭憂愁不過一時而止，而此之牽纏系累，有終其身不能忘者，其見尙不及宦官婦人矣。』⓲

好像戲劇的欲情淨化功能對做官的男人沒有效用。謝肇淛也怎麼講：『士人之好名利，與婦人女子之好鬼神，皆其天性使然，不能自剋。故婦人而知好名者，女丈夫也；士人而信鬼神者，無丈夫氣者也。』⓳

這種乖想法大概是受一些佛教影響而生的。也是一種特別道德性的態度。

五、戲曲小說和筆記小說的差別

『戲與夢同，離合悲歡，非眞情也；富貴貧賤，非眞境。人世轉眼，亦猶是也，而愚人得吉夢則喜，得凶夢則憂，遇苦楚之戲則愀然變容，遇榮盛之戲則歡然嬉笑；總之，不脫處世見解耳。近來文人好以史傳合之雜劇而辨其謬訛，此正是痴人前說夢也。』⑳

這樣的觀點大概紀昀不會反對，因爲『小說既述見聞，即屬敘事，不比戲場關目，隨意裝點…』。用現在普通的小說意義，這是一種很奇怪的說法。戲劇相似夢，爲什麼小說不會呢？謝肇淛自己也辨別兩種小說：『小說野俚諸書，稗官所不載者，雖極幻妄無當，然亦有至理存焉。』㉑

好，假話會有眞理，不必關用文言或俗話。那麼多並不一定紀昀會贊同。稗官小說也都是實話麼？這不是謝肇淛的意思。小說本來的意義和實虛、假眞沒有關係。西洋的叫做FICTION, NOVEL, ROMANCE等等，根本不同。可以說西洋小說是從神話或英雄史詩下來的而講一般人的事情。文人所放在眼裏的小說就不同。還是胡應麟說得好：『小說者流，或騷人墨客遊戲筆端，或奇士洽人搜羅宇外、紀述見聞、無所迴忌。〔…〕其善者足以備經解之之異同，存史官之討覈。總之有補於世，無害於時。』㉒

難道，文人眼裏理想的小說根本不是我們現在所叫『小說』呢？胡應麟也寫他所謂小說，『或近於經，又有類注疏者；或通於史，又有類志傳者。』㉓

這樣的矛盾生於儒家的傳統用處主義。誰也不堪擔任自己想像力。在傳統通俗小說也是『話說』，小說家講，不是作者寫的。

附錄　盛跋全文

河間㉔先生典校秘書餘年，學問文章，名滿天下。而天性孤峭，不堪戲交遊。退食之餘，焚香掃地，杜門著述而已。年近七十，不復以詞賦經心，惟時時追錄舊聞，以消閑送老。初作《灤陽消夏錄》，又作《如是我聞》，又作《槐西雜志》，皆已爲坊賈刊行。今歲夏秋之間，又筆記四卷，取莊子語題曰《姑妄聽之》。以前三書，甫經脫稿，即爲抄胥㉕私寫去。脫文誤字，往往而有。姑此書特付時彥校之。時彥嘗謂先生著書，雖託諸小說，而義存勸戒，無一非典型之言，此天下之所知也。至于辨析名理，妙極精微；引據古義，具有根底，則學問見焉。敘述剪裁，貫穿映帶，如雲容水態，迥出天機，則文章亦見焉。讀者或未必盡知也，第曰：『先生出其餘技，以筆墨遊戲耳。』

然則視先生之書去小說幾何哉？夫著書必取熔經義，而後宗旨正；必參酌史裁，而後條理明；必博涉諸子百家，而後變化盡。譬大匠之造宮室，千楹廣廈，與數椽小筑，其結構一也。姑不明著書之理者，雖詁經評史，不雜則陋；明著書之理者，雖稗官脞㉖記，亦具有體例。

先生嘗曰：『《聊齋志異》盛行一時，然才子筆，非著書者之筆也。虞初以下天寶以上古書多佚矣；其可見完帙者，劉敬叔《異苑》㉗、陶潛《續搜神記》㉘，小說類也；《飛燕外傳》㉙《會眞記》㉚，傳記類也。《太平廣記》事以類聚，故可並收；今一書而二體，所未解也。小說既述見聞，即屬敘事，不比戲場關目，隨意裝點；伶玄之傳，得諸樊嫕，姑猥瑣具詳；元稹之記，出於自述，姑約略梗概。楊升庵僞撰《秘辛》㉛，尚知此意，升庵多見古書姑也。今燕昵之詞，媟狎之態，細微曲折，摹繪如生，使出自言，似無此理，使出作者代言，則何從而聞見之，又所未解也。留仙㉜之才，余誠莫逮其萬一；惟此二事，則夏蟲不免疑冰。劉舍人云：「滔滔前世，既洗予聞；渺渺來修，諒塵彼觀。」心知其意，儻有人乎？』

因先生之言，以讀先生之書，如疊矩重規，毫厘不失，灼然與才子之筆，分路而揚鑣。自喜區區私議，尚得窺先生涯涘也。因附記於末，以告世之讀先生書者。

乾隆癸丑十一月㉝，門人盛時彥謹跋。

註釋：

❶ 灤陽就是灤河北邊的意思；也是河北承德的別名。

❷ 參：《魯迅全集，第九卷》人民文學一九八一北京，二一九頁，注解一九〈盛時彥：字松雲，清北平（今北京）。。。〉：恐怕說得不對：北平大概是保定府完縣或永平府盧龍縣舊名。

❸ 參：閱微草堂筆記，上海古籍一九八〇，放盛序在附錄，頁五六七。

❹ 參：關鋒，《莊子內篇譯解和批判》，中華書局：北京一九六一，一〇九頁，有這樣的翻譯：「我姑且給你妄談一談，你也姑且妄聽一聽，怎麼樣？」

❺ 參《魯迅全集九》，頁三三四。

❻ 參楊憲益和戴乃迭英文翻譯，A Brief History of Chinese Fiction, Peking 1959, p.277: "The Strange Tales of Liao-chai is exceedingly popular, but while this is the work of a talented man, it is not the way a serious scholar should write." Charles Bisotto的法文翻譯更差：參Breve histoire du roman chinois, Paris: Gallimard 1993, p.273:" ... cependant, bien qu'éant de la main d'un homme de talent, les Contes extraordinaires du Cabinet des loisirs ne représêntent pas pour autant une oeuvre remarquable."

❼ 參：R. Bazin, Chine Moderne, Paris:Firmin Didot 1853, p.474.

❽ 參《日知錄》，卷十八：『愚按自古以來小人之無忌憚而敢於叛聖人者莫甚於李贄。』

❾ 參R. G. Irwin, The Evolution of a Chinese Novel: Shui-hu-chuan, Cambridge, Mass., Harvard U.P. 1953, p.76-86；嚴敦易，《水滸傳的演變》，北京：作家出版社一九五七，等。

❿ 參《少室山房筆叢》，北京：中華書局一九五八，頁五七一。

⓫ 參頁五七二。

⑫ 參頁三七四。

⑬ 參頁三七四。

⑭ 參頁三七五。

⑮ 參頁四八六。

⑯ 參《五雜組》，北京：中華書局一九五九，頁四四八。

⑰ 參《少室山房筆叢》，卷十四，中華書局一九五八，頁五五六。

⑱ 參《五雜組》，頁四四八。

⑲ 參頁二〇七。

⑳ 參頁四四七。

㉑ 參頁四四六。

㉒ 參頁三七五。

㉓ 參頁三七四。

㉔ 紀昀（曉嵐，春帆，石雲，一七二四、八、三－一八〇五、三、一四）的別名。

㉕ 抄胥，元來專事謄寫的胥吏，譏笑抄襲陳言。

㉖ 脞：ㄑㄧㄝ雜、ㄘㄨㄛˇ細碎。

㉗ 存，十卷，劉宋：《四開》子部小說家類：神異之事，雜釋、道言。

㉘ 《搜神後記》十卷存：部會陶潛（三六五－四二七）著。有中華書局本，汪紹楹校注。

㉙ 《趙飛燕》一卷，舊題漢伶玄（元）撰。

㉚ 元稹（七七九－八三一）著《鶯鶯傳》別題目。

㉛ 升庵是楊愼（一四八八－一五五九）的號。撰了假《漢雜事秘辛》。

㉜ 蒲松齡（一六四〇－一七一五）的字。

㉝ 從一七九三、一二、三－一七九四、一、一。

從兩岸當代詩，比較中國傳統文化

許世旭

一、前言

詩，一向是『志之所之也，在心爲志，發爲詩』，但具有『美刺』、『諷諫』的作用，而其作用仍是『主文譎諫』或者『止乎禮義』的風格❶，如果通過詩歌，分析傳統意識，沒有散文那麼淺易明白，而是多由暗喻聯想，尤因現代主義的高超手法，難以捕捉準確的主題。

儘管如此，一九四九年以來的中國兩岸的政治緊張與民族分散，是空前的。兩岸之間，曾由政治之框架，裂出了文化斷層，但究竟沒丟忘母體，又沒脫離傳統文化之結構，事過四十年之後，又飽嘗幾次艱難的波折，原來的孝子，變爲浪子，浪子的子女，又變爲陌生的城市面孔，或者化爲熾烈的叛徒。這樣一來，兩岸已顯得互相交叉的現象，但因爲兩岸所標榜的政治經濟的模型與教育思維的內容現著差異，就其擁護傳統文化的方法與應附國家民族的態度，應該說按其詩人的年輩與詩人生活的地區、詩人的社會地位、詩人的省籍情結、詩人創作的風格來，決定為強穩、早晚、合分、深淺、明晦的分別。

二、兩岸當代詩的分期

兩岸當代詩史，分得可大可細，但均以政治經濟社會等條件做為主要原因。

大陸的當代詩，大分的話，劃為前後兩期❷，而前期則從一九四九年到七〇年代中期，是詩和政治密切的年代；後期則從一九七六年到九〇年代，是詩歌繁富多元的藝術年代。細分的話，可劃四期❸，如：第一期則從一九四九年到一九五六年為建國頌歌的年代；第二期則從一九五七年到一九六六年為社會主義思潮繁榮的年代；第三期則從一九六六年到一九七六年為文化大革命而詩歌空洞的年代；第四期則從一九七七年到八〇年代就以天安門詩歌為序幕而詩歌多元繁榮的年代。但其第四期，還可細分，大致呈現三個小段落❹，如：一九七六年到一九七八年底為詩創作的恢復階段，就是結束詩歌的禁錮，轉向開放，通過《今天》，引起三崛起的時期❺；再從一九七九年到一九八四年為新詩潮的階段；又從一九八五年到九〇年代初為由新生代詩人推動『新詩實驗運動』，就是追求個人美學的階段。

臺灣的當代詩，亦可大分兩期，而前期從一九四九年到七〇年代中期領袖逝世為止的詩受政治影響的年代；後期則從一九七六年到九〇年代逐漸開放，脫離政治、回歸傳統、深入都市的詩歌自由多元的年代。細分的話，可分四期，多半以十年一輪分期；就如：分為五十年代是三民主義的反共八股期；六十年代是現代派的繁榮期；七十年代是鄉土派的崛起期；八十年代是相對的多元化時期[6]；或者分爲臺灣新詩的省思恢復和融合期（一九四五—約一九五五）、臺灣新詩的西化期（一九五六—一九七〇）、臺灣新詩的回歸期（一九七一—一九八〇初）以及八十年代到九十年代的當今時期[7]，而筆者認爲五十年代是兵火與鄉愁期，六十年代是創新與孤絕期，七十年代是現實與自覺期，八十年代是融會與回歸期[8]。

三種說法，大同小異，只是筆者所云，包括詩歌之內容與風格，而且收容臺灣當地的看法而融會的。

三、兩岸當代詩的共相

中國文學藝術的發展，從來都受約于政治的干擾，儘管她社會內層的要求，強烈得不可堵塞，而只不過是局部的或者是邊緣的。如果不是社會的開放、政治的轉型，詩的禁錮談不上自由的。但這四十多年來，兩岸的詩在波折中能夠獲得發展，除了時運變移，收放交錯之外，是靠兩大脈流；一是連綿不絕的中華文化與割不斷的民族情懷，尤其是「文以載道」、「憂國憂時」的中國詩歌傳統，另一使詩人又抵抗又反叛的使命感。因爲這兒必有共相，甚至超過若干殊相。

第一個共相是均受政治的干擾與影響的。尤其是大陸，曾經經過五十年代的政治啓蒙、六十年代的政治動亂、七十年代的上山下鄉、八十年代的思想污染等不用贅述的。臺灣的五十年代，呼喊反攻的戰鬥詩是火剌剌的，當大陸的詩人何其芳寫〈我們最偉大的節日〉、艾青寫〈我想念我的祖國〉、臧克家寫〈祖國在前進〉、田間寫〈天安門〉、賀敬之寫〈放聲歌唱〉等詩歌頌新的中國與領袖的時候，臺灣方由「中華文藝獎金委員會」，使孫陵寫〈保衛大臺灣歌〉、葛賢寧寫〈常住峰的青春〉、紀弦寫〈飛揚的時代〉、李莎寫〈七月的信號〉、鍾雷寫〈不凋謝的老兵—歌麥帥〉、墨人寫〈哀祖國〉等詩歌頌戰士倡戰鬥志氣。但等到三大詩社（現代詩社、藍星詩社、創世紀詩社）的鼎立，那種歌頌與呼喊顯著減少，而大陸的歌頌，卻以政治抒情詩的姿態始終不減，等到八十年代中期隨著朦朧詩形成了新生代的後崛起之後，稍見萎退。

第二個共相是詩壇上現著正、反、合的歷史趨勢。兩岸詩作，沿著政策的收放，決定她的晦明，有了一次高壓，必來一次反叛。大陸詩有了幾次高潮，一在一九五七年前後，一在一九七九年前後，一在一九八五年前後，這三次均在開放期，相反地跟著反右的波動、文革的黑暗、思想的污染的收斂期，也可以說是反叛的崛起。臺灣詩也有了幾次高潮，一在六十年代初，一在七十年代中期，一在八十年代右期，這三次雖與大陸稍爲異時，但是均在開放期，就是報業、黨禁、探親的開放期，也可以說臺灣對大陸堅決防守的反叛，又是退出聯合國的處變措施。這是兩岸詩應附收放的現象，只是互換時空而已❾。

第三個共相是兩岸詩，仍然擺不脫中國傳統儒家的歷史使命感與社會責任感，或頌揚德性，或詛咒殘暴、愛國愛族、關懷社會、毋庸諱言，這種教化責務與美刺機能，蓋來自儒家的「詩言志」、「思無邪」、「美刺」、「文以載道」、「輔時及物」、「裨補時闕」等教條。後來，大陸詩人深沉的反思、現實的參與，在強調社會功利，同時追究認識的價值，例如：孫靜軒〈一個幽靈在中國大地上游蕩〉，葉文福〈將軍，不能這樣做〉，駱耕野〈不滿〉，梁小斌〈中國，我的鑰匙丟了〉，北島〈一切〉、〈回答〉，顧城〈結束〉、〈眨眼〉，舒婷〈致橡樹〉、〈在詩歌的十字架上〉，江河〈紀念碑〉、〈我和太陽〉，楊煉〈走向生活〉、〈關於太陽〉，熊召政〈請舉起森林一般的手，制止！〉，雷抒雁〈小草在歌唱〉，丙辰〈血的啓示〉，食指〈魚羣三部曲〉，芒克〈太陽落了〉，黃翔〈火神交響詩〉、〈長城的自白〉，李鋼〈經歷或過程〉，江健〈黃土地〉等七十年代末期起出現的政治抒情詩，大多屬於此類。

臺灣八十年代初期以來，也從現實中拓寬素材，其風格爲明朗，明朗的盛行，這是走入人群的大衆化現象，顯著增加，尤其一九八七年解嚴以來，無所禁忌，盡情歌唱，當然深入社會，描繪現實的了[10]，例如：余光中〈黃河〉，洛夫〈石室之死亡〉、〈邊陲人的獨白〉、〈邊界望鄉〉，商禽〈長脛鹿〉、〈鴿子〉、〈滅火機〉，瘂弦〈深淵〉，辛鬱〈豹〉，施善繼〈樣品〉、〈一戶一戶走了〉，向陽〈立場〉、〈霧社〉，鄭炯明〈隱藏的悲哀〉、〈乞丐〉，李敏勇〈焦土之死〉，蘇紹連〈自己〉，杜十三〈煤〉，白靈〈圓木〉、〈爸爸，整個中國容不下一張安靜的書桌〉，蕭蕭〈解嚴以後〉，陳義芝〈出川前紀〉，楊澤〈致獄中的魏京生〉，楊子澗〈笨港小唱〉等均是。這些詩，早從五十年代末期，但以晦澀的面貌出現，而意識型態

上政治取向的勃興，是八十年代顯得增加的。⓫

第四個兩岸詩的共相是民族情懷與本土情結。大陸詩人所強調的民族情懷，是一向不變的，包括承認少數民族固有的文學與各地本土化的內容，譬如：在大陸讓維吾爾、西藏、蒙古、朝鮮族等用她文字從事文學；又如：西北、西南、沙漠地區的詩人，寫她特殊的風土一樣。至於臺灣的放逐詩人，一向是羈旅思歸的游子文學，早從五十年代成立的三詩社，其中「創世紀」詩刊特以主張「新民族詩型」，來強調中國文字的特徵，以表現中國民族生活，他們如斯站在縱的坐標，經過三十多年之後，仍由該詩刊的創辦人洛夫來主唱「開創大中國詩觀的沉思」⓬。

當臺灣詩壇的一角有人主張「大中國詩觀」的時候，另一角詩壇，就是林宗源、向陽、宋澤來、黃勁連、林央敏、杜潘芳格、黃恒秋等早從八十年代起寫臺語詩來，發揮臺灣本土的個別性、自我目的性、民族性等⓭，而在臺灣，「關懷本土」、「臺灣意識」的出現，早在一九六四年吳濁流創辦《臺灣文藝》時，第一次將「臺灣」冠在文學雜誌上，再過幾月又創立「笠詩社」，以象徵臺灣的斗笠做爲刊名。方言詩的出現，應是新生事物，但她既是個人和民族的遺產，自有在一定地域內發展的必要，自然也把她視爲一種表達的工具，不該視爲文學的異化現象⓮。

第五個兩岸詩的共相，是同樣有新詩潮的新生代，出現於八十年代中期，是一九八四年到一九八六年之間。四十年來的隔膜，使兩岸的詩壇儘管裂出了斷層，停頓了步伐，但仍是短暫的，竟於八十年代中期才合一了步趨，分久則合的歷史規律，擺在眼前，如：大陸由韓東、丁當、小君、陸憶敏、王寅、呂德安、于堅、貝嶺、陳東東、孟浪、郁郁、劉漫流、唐亞平、伊蕾、西川、駱一禾、海子等新生代，或稱「後新詩潮」、「後崛起」的他們，推動詩的新探索，如：新傳統主義詩、現代史詩、整體主義詩、城市詩、實驗詩、海上詩、非非主義詩、新感覺詩、新口語詩等多元性作業，以全面確立個體主體⑮，這是他們繼著七十年代末期崛起的《今天》派的第三群新血。

臺灣的新生代詩人，也是出現於八十年代中期，他們「放逐者的後代」，也是出生在「狹小的海島」的詩人群⑯，持以反對現代派，並擁護傳統的立場，就是傳統與現代的溝通者，他們通過《四度空間》、《地平線》、《草根》等詩刊，寫出社會詩、生態詩、政治詩、台語詩、錄影詩、都市詩、新文言詩、科幻詩等，以關懷他人的現實生活，遠遠超過思鄉的詩，這一點與前一代的台灣詩人所不同的，前一代所關懷的是個人私有的生活，並非大家的。蘇紹連、馮責、杜十三、白靈、渡也、羅智成、向陽、林彧、夏宇、劉克襄、陳克華、林耀德、許悔之等代表新世代詩人，⑰開始關懷社會現實。

四、兩岸當代詩的殊相

四十多年的離亂與動蕩不定的時局，夠使匹夫造成詩人，不僅僅是由懷念與悲涼組成感傷的審美空間，且又悲憤慷慨的憂國憂時的情懷，做為詩人的質地，但因兩岸之客體與本體之不同，就是政治與意識形態之異，竟使詩與詩人之末枝，呈現不同的現象。

兩岸詩壇，均有成功的經驗與失敗的教訓，回顧四十多年的詩史，發現料外的線索，而中國傳統文化的母體——大陸，早被破壞之後，後由後崛起的新生代探索詩人，朝傳統努力恢復，而離開母體，卻隔海的臺灣，無疑是中國詩園中一塊肥沃的田畝，曾經一度極度西化，但不久回歸傳統，在邊緣弘揚民族文化，甚至新生代詩人，也不例外，可見四十多年的政治隔離，並不至於拋棄五千年的文化源頭。

兩岸詩的第一個殊相〞是不孝的嗣子與孝順的浪子。大陸的五、六、七十年代的詩歌在黑線專政中幾乎度過，專爲社會主義而服務的詩歌，一向是敘事化、散文化、一般化、光明化的技巧，中國傳統詩的神韻，少之又少，而傳統的延伸與深化，是才從七十年代末期却由地下刊物涌現的青年詩人群，便以自由體表現理性與干預意識入詩，尤其被稱爲「朦朧派」詩人群，諸如：北島、顧城、江河、楊煉、駱耕野、芒克、嚴力、食指、方含、黃翔、凌冰、張學夢、舒婷等的藝術風格，更是接近於傳統的。他們民刊詩的技巧，運營含蓄、隱喻、象徵、通感，也打破了時空的秩序與語次的先後，以換新了老調⑱。這種崛起的詩群，再過五六年之後，再度涌現於八十年代中期，而被稱爲「第三代探索詩人」的他們的詩，爭取了傳統的均衡，就是「春風的生機」與「流火的熾烈」⑲，他們總是繼北島、顧城詩之類。

臺灣詩之傳統風格，是又鞏固又普遍的。儘管臺灣的五十年代曾由反共八股硬塞了一段時間，並體驗過由六十年代的強烈西化期，回到七十年代回歸期的「極性擺動」⑳，但更多更久的嘗試，是繼承傳統。

首先臺灣新詩普遍的意象，是中國古典詩歌中常見的柳、蓮、荷、月、竹、梅、菊、松等意象，而她們所造出來的詩境，卻也是靜明、空靈的神韻，仍是中國古典詩歌的審美結構㉑。還有臺灣新詩普遍的主題與題材，是浪子的放逐。曾由大陸的一位詩評家評其臺灣背井離鄉的詩人的放逐詩爲第一個貢獻于中國當代詩學的㉒，而其放逐源于屈原、曹植、李白等傳統詩學，難怪鄭愁予的『不是歸人，是個過客』（〈錯誤〉）一句在臺灣，相當流行的。

至於臺灣新詩的內容與技巧，也顯著濃厚的傳統色彩。譬如：臺灣早期來自大陸的詩人，善於運用田園、山水、春恨、悲秋、懷古、相思、惜時、游仙、懷鄉、黍離、生死、仕隱、性理、譏諷等傳統素材之外，傳承古題，並更新古意，很似換骨奪胎了的唐宋詩詞，不止於此，他們很會運用矛盾語法，反使新詩富於張力，或者糅合文言白話，以結合傳統和現代，諸如：周夢蝶、余光中、洛夫、鄭愁予、葉維廉、楊牧等尤其能以熔鑄新舊。更可貴的，是這種可把薪火現代化的技巧，也由蘇紹連、馮青、白靈、陳義芝、溫瑞安、楊澤、許悔之等新世代詩人試得相當成功的。

兩岸詩的第二個殊相，是大陸的含蓄化與臺灣的散文化，而這兩種不同的變化，卻似朝著兩岸文化統一整合的路子。

大陸自一九八四年起，走完朦朧詩之考驗與論爭之後，詩的短型簡潔化與主觀個性之抒情化、批評化的現象，一路增加，正如：一九八四年詩選㉓所說「過去奉行的政治第一，藝術第二的標準，現在理應棄之不用」，並特以強調主觀體驗；又於一九八五年詩選說「詩寫生活」，但需「土」的基礎上吸收「洋」的手法；㉔又於一九八六年詩選說「詩應當是社會生活和人民情緒的反映」㉕，因而選詩時強調現實生活的變革，又於全國性的作品精選中，綜合十年（一九八五－一九九五）而下四條結論，甚值注意，尤其此爲深化改革開放十年的成績，其一，詩人的文化視角和心靈疆域是比較開闊的；其二，詩的體式、詩的表現，都在強化意象的豐富性；其三，以人格模式和人情魅力，表明了人的主題意識；其四，古典情韻與當代意識的交融。㉖從十年詩選的序文中，稔悉大陸的新詩，越來越豐富意象，並越來越交融古典情韻。

台灣從六十年代初成立「葡萄園詩社」，並標舉「明朗、健康、中國詩路線」以來，已示回歸的前奏，又經過七十年代初起由「龍族」、「主流」、「大地」、「詩人季刊」、「秋水」、「綠地」、「草根」、「詩潮」、「掌門」等詩刊，掀起回歸的浪潮，而此係鄉土的、民族的，但等到一九八四年的年度詩選，顯著增加散文化、敘述化、概念化的現象，頗有大陸政治抒情詩的趨向，後來的年度詩選中，偶有簡化字入詩，大陸詩人的作品也被選上，不僅如此，台灣開放探親以來，台灣詩人的記游、詠史、懷古的詩篇漸多，這種大陸情懷的增多現象，是「歷史與現實的交會」，也是「地理與人文的結合」。㉗

總之，大陸則從散漫走向凝縮，而台灣則從簡煉走向鬆開，似乎大陸則走出宋詩，倒回唐詩；台灣則走出唐詩，走入宋詩。

兩岸詩的第三個殊相，是大陸在國家主義的熱火中丟了傳統與自我，而台灣在商業主義的俗流中固執了傳統與自我。傳統的繼否，已如上述，而兩岸所求的「自我」概念却不同，大陸所求的，是人類共通的自我，而台灣所求的，是私人獨有的自我，一則先從他人著想，並忌諱奧秘的自我，高喊使命、責任之餘，擴大到國家主義，一則先從自己著想，並關懷到社會大衆，追求眞情、眞實之餘，把握個人自我主義。

自從八十年代中期以來，兩岸詩的關心，互相代變，大陸則由遠趨近，開始透照自我；台灣則由近趨遠，已是切近現實。兩岸儘管十年來走著後現代主義，詩在資訊時代，演出後現代主義，詩在商業社會，打入消費的社會；而「後現代詩」，卻犯著減弱詩之抒情性，忽視詩之感性與意象，舖陳空洞、虛張的文字等的毛病。㉘因而後現代詩，畢竟沒辦法減弱中國傳統詩的抒情性、意象法等深遠基礎。

五、結　言

兩岸詩作，並沒有優劣之分，只是兩岸各有政府以來，詩壇也隨著分歧，經過各自爲國家、政黨、領袖一連串的歌頌，同時爲各走坎坷不平的道路，一直寫下反叛抵抗的詩篇。這種風格，來自源源不絕的儒家以詩「教化」、「美刺」的傳統。就是也有歌頌，也有詛咒，此爲歷史使命感、社會責任感所評定的。

大陸的不少評家說，就小說的水平而言，台灣遜於大陸，而大陸詩歌則落後於台灣。㉙縱著有一個詩論家承認台灣詩壇無疑是中國詩園中一塊肥沃的高產田畝，而很樂意地收爲「祖國的一個組成部分」，並評定地位說「其詩的密度和整體創作成就是比較高的。」[30]，還有詩評家比較兩岸的藝術水平說台灣早大陸二十年的時差，就是說八十年代大陸詩的藝術現代化是六十年代台灣詩的現代主義的轉移。[31]

大陸評家，這種論據，只憑台灣詩的藝術技巧而言，也是詩歌的脈動在海峽的兩岸，彼此映照的景象，因爲台灣六十年代的現代主義，是大陸三十年代的延伸復興。

兩岸詩壇，已由新生代承其衣缽，大陸的探索詩人在技巧上擁抱傳統而強悍又雄渾，台灣的新生代詩人也在技巧上穩定重厚而收容本土化、民族化、都市化，又與大陸新生代的民族化、藝術化的結合努力融會的話，中國詩統一整合的路子，不久會展現。

註釋：

❶ 均自《毛詩序》引用

❷ 洪子誠、劉登翰《中國當代新詩史》（北京、人民文學出版社、一九三三、五）

❸ 二十二院校編寫組《中國當代文學史》（福州、福建人民出版社、一九八五、九）

❹ 洪子誠、劉登翰《中國當代新詩史》第七章第一節　八十年代新詩的歷史演進

❺ 謝冕《二十世紀中國新詩：一九七八—一九八九》（《詩探索》、北京、一九九五年第二期）

❻ 楊匡漢編《揚子江與阿里山的對話》（上海、文藝出版社、一九九五、一二）第十章　同源分派的理論批評

❼ 古繼堂《臺灣新詩發展史》（臺北、文史哲出版社、一九八七、七）緒論、五節、臺灣新詩的發展進程

❽ 許世旭《中國現代詩三十年》（臺北、聯合報副刊、一九八四、六、三—五）

❾ 許世旭《兩岸詩風的交互現象》（《第三篇　亞洲華文作家會議論文集》、臺北、亞洲華文作家協會、一九八八、四）

❿ 臺北、爾雅出版社印行之年度詩選，自一九八二年詩選，直到一九九一年詩選

⓫ 林耀德〈不安海域——台灣地區八十年代前葉現代詩潮試論〉（《文訊》，二五期），一九八六，八，台北。

⓬ 洛夫〈建立大中國詩觀的沉思〉（《創世紀》、臺北、第七十三、七十四期合刊、一九八八、八）

⓭ 林亨泰〈從八十年代回顧臺灣詩潮的演變〉（《世紀末偏航》—八十年代臺灣文學論、孟樊、林耀德編、臺北、時報文化出版社、一九九〇、一二）

⓮ 瘂弦〈年輪的形成—寫在《八十一年詩選》卷前〉（《八十一年詩選》、臺北、現代詩社、一九九三、六）

⑮ 洪子誠、劉登翰《中國當代新詩史》、卷二、第十一章 崛起的詩群（下）、第三節、新詩潮的新生代

⑯ 簡政珍〈由這一代的詩論詩的本體：序〉（簡政珍、林耀德主編《臺灣新世代詩人大系》臺北、書林出版、一九九〇、一〇）

⑰ 上揭書

⑱ 許世旭〈中共民辦刊物的抵抗詩風格（一九七八—一九八一）〉（《中國語文論叢》漢城、第一輯、高大中國語文研究會、一九八八、一二）

⑲ 溪萍編《第三代詩人探索詩選》（北京、中國文聯出版、一九八八、一二）〈編後〉

⑳ 李秀珊《臺灣新詩與東西方文化精神》（天津、百花文藝出版社、一九九四、一二）第一章 極性擺動

㉑ 上揭書 第三章、東方意象、第四章、東方神韻

㉒ 楊匡漢《詩學心裁》（西安、陝西人民教育出版社、一九九五、七）第九章 此岸與彼岸的匯通 二節、臺灣：薪火相傳之道

㉓ 詩刊社編《一九八四年詩選》（北京、人民文學出版社、一九八六、二）〈編者的話〉

㉔ 詩刊社編《一九八五年詩選》（北京、人民文學出版社、一九八六、一二）〈《一九八五年詩選》編後記〉

㉕ 詩刊社編《一九八六年詩選》（北京、人民文學出版社、一九八八、二）〈後記〉

㉖ 張同吾〈詩化進程的多彩具像—序《全國詩歌報刊十年作品精選》〉（《全國詩歌報刊十年作品精選》（一九八五—一九九五）（天津、百花文藝出版社、一九九五、八）

㉗ 李瑞騰〈八十年的詩之主題—《八十年詩選》導言之二〉（《八十年詩選》、臺北、爾雅出版社、一九九二、四）

㉘ 孟樊〈臺灣後現代詩的理論與實踐〉（《世紀末偏航》、臺北、時報出版公司、一九九〇、一二）四節、後現代詩的特徵

㉙ 莊向陽、彭迎春〈大陸新詩，峰迴路轉的一九九四〉（《臺灣詩學季刊》、臺北、第九期、一九九四、一二）

㉚ 古繼堂、上揭書、緒論、二、臺灣新詩在中國新詩中的地位

㉛ 楊匡漢編、上揭書、第六章　現代主義在兩岸　四節　純化現代傳說

啓蒙之旅

——從國民教育到國民文學

龔鵬程

提要

五四運動，往往被類比爲啓蒙運動（Enlightenment）。本文則認爲它在起源與內涵上均與晚清至民國初年的啓蒙教育頗有關係。

晚清的教育改革，廢科舉、置學堂、建立了國民教育新體制。在學堂中，授學生以淺易之知識，使成爲普通國民，不談深奧的經典、不學優雅雕琢之文學、重視外語與西學、統一語言、注意文法教學、禁作律詩、甚或主張廢棄經書，均影響及於五四運動。五四運動中，陳獨秀呼籲建設平易通俗的「國民文學」，胡適提倡「文學的國語，國語的文學」等等，均可視爲小學教育及觀念向高教大學的延伸發展。因此，所謂啓蒙，恰好可以有另外的意義，具有類似當時啓蒙教育的意涵。

文分五節，討論從晚清國民教育到五四以文學運動建設國民文學的歷程。

關鍵詞：國民教育、義務教育、啓蒙、國民文學

一、以淺俗反傳統

胡適先生《西遊記考證》結論部份曾說：「《西遊記》被這三四百年來的無數道士和尚秀才弄壞了。道士說，這部書是一部金丹妙訣。和尚說，這部書是禪門心法。秀才說，這部書是一部正心誠意的理學書。這些解說都是《西遊記》的大仇敵。……幾百年來讀《西遊記》的人都太聰明了，都不肯領略那極淺顯明白的滑稽意味和玩世精神，都要妄想透過紙背去尋那『微言大義』，遂把一部《西遊記》罩上了儒釋道三教的袍子；因此，我不能不用我的笨眼光，指出《西遊記》有了幾百年逐漸演化的歷史；指出這部書起於民間的傳說和神話，並無『微言大義』可說；指出現在的《西遊記》小說的作者是一位『放浪詩酒，復善諧謔』的大文豪作的。我們看他的詩，曉得他確有『斬鬼』的清興，而決無『金丹』的道心。指出這部《西遊記》至多不過是一部很有趣味的滑稽小說、神話小說。他並沒有什麼微妙的意思，他至多不過有一點愛罵人的玩世主義。這點玩世主義也是很明白的；他並不隱藏，我們也不用深求。」

五四，在文化上最顯著的成績是白話文運動。在提倡白話文學時，最主要的成就，除了小說散文之創作，即是對中國文學史的重新詮釋。以白話文學的觀點，表彰了民歌、小品文及白話小說等，尤為其特點所在。胡適、魯迅等人花大氣力進行的小說考證研究，其實正是五四所建立的新文學傳統之精髓所在，所使用之方法與觀點，亦足以代表那個時代，而和白話文學的創作，一同影響著他們的追隨者。

這個新的傳統，特色就在於它的「淺顯平易」。以胡適這篇考證來說吧，力翻古人成案，獨樹新解，正與其「文學革命」「反傳統」的精神相符。所以說，五四運動在文學及文化上，正是以淺顯來革命的。把《西遊記》解釋成只具一點點玩世態度及趣味的作品，亦可顯示此時胡適所關切的，是「世俗的解放」而非那深奧的「人生解脫」之問題，故痛斥傳統舊說講得太深曲穿鑿。

五四諸公在文體上追求淺白，意蘊上也同樣講究淺白，所以其反傳統其實就是把傳統淺白化。其所批判反對者，固然被指爲深曲穿鑿，它所肯定的、花大氣力來向我們介紹的東西，其實也都是淺白的。例如古代的民歌、易懂的詩文、白話小說、民間俗曲等等。若干傳統上認爲是很深刻很深奧的東西，則也要強迫大家承認那其實也只是些非常粗淺的東西。

可是，在中國小說中，稱爲遊記的，均與神仙有關，幾無例外。像明吳元泰《東遊記》二卷，講八仙故事。余象斗《南遊記》，又名《五顯靈官大帝華光天王傳》，四卷。《北遊記》，又名《玄帝出身傳》《北方眞武玄天上帝出身志傳》，四卷。與《西遊唐三藏出身傳》合稱四遊記。清無名氏《海遊記》六卷，仿《希夷夢》；明羅懋登《三寶太監西洋記通俗演義》二十卷，也具有神仙色彩。而最著名的《西遊記》更是如此。

此書講唐三藏與其徒孫悟空等三人共往西天取經，主題與經過，都與一六七八年英國作家約翰·班揚（John Bunyan）《天路歷程》相似。班揚書中曾說道：「小子啊！你們曾聽過福音眞理，知道你們若要進天國，必定要經歷許多苦難。也知道你們經過的城中，有鐵鍊與患難等著你們。你們既然行了這許多路。怎能不遇見這些難關呢？」《西遊記》要講的，就是唐僧一行如何度過這些難關。

故歷來均以此爲證道之書，例如明萬曆劉蓮台刊本稱爲《唐三藏西遊釋厄傳》；清汪象旭評本稱爲《西遊證道書》，並認爲書是長春道人邱處機寫的，講的是道家內丹長生之道；清陳士斌刊本稱爲《西遊眞詮》，陳氏號悟一子；清劉一明評本稱爲《西遊原旨》，劉氏乃蘭州金天觀道士，又號素霞散人，以上兩家也都以道教宗旨解釋《西遊記》。另有清張含章《通易西遊正旨》，則以《易經》解之。

直到五四運動後，世俗化的理性主義精神抬頭，胡適才把此書作者權歸給落拓文士吳承恩，且謂其中僅有些憤世嫉俗、玩世不恭的趣味在，並無什麼神聖性的追求，更不涉及宗教性解脫問題。

但由整個中國小說傳統來看，遊記均具天路歷程之含意，如《四遊記》就是分別說玄武大帝，華光天王等如何「轉化」成爲神仙。《西遊記》也是經歷遠遊以轉化成佛的。其他局部遊歷之描述，如《呂祖飛仙記》，第七回云呂洞賓遊大庾，十一回遊妓館，在人間遊歷一番之後，重回天庭，列位仙班。則是倒過來，說一位神仙，在遭貶墮凡之後，如何經過人間之遊歷，再度轉化成眞。同樣地，明鄧志謨《薩眞人咒棗記》，則記薩眞人在人間如何修煉，如何四處治病濟困，再如何往酆都國，遍遊地府，然後上升成仙。此皆《楚辭・遠遊》及周穆王西遊見西王母之類作品的裔孫，所謂「轉化以度世」者也。

可見五四諸公在指摘批評傳統時，對於整個傳統其實甚「隔」，完全進不到那個脈絡裡。所以他們自己造了一個「傳統」（指出《西遊記》有幾百年逐漸演化的歷史，指出這部書起於民間的傳說和神話），以爲用這種歷史主義的方法，說明了它的經過，也就同時說明了它的意蘊（並無微言大義可說）。殊不知這個脈絡不是原有的脈絡，講了半天，畢竟沒有說明此種遠遊求道之性質爲何。且僅考出《西遊記》元明清這幾百年間的演化過程，卻忘了我們從「遠遊」的脈絡上照樣可以指出它有幾千年的演化史。更有甚者，爲什麼故事起於神話和傳說、流行於民間，便無深義可說？此眞不知神話與傳說爲何物者之言也。

這也就是我們在前面所說的：五四諸公，所關心的，是世俗解放。從胡適提倡戴東原哲學、講易卜生主義、宣揚無鬼論打破迷信，到魯迅的改造國民性等等，做的都是打倒權威、鬆開桎梏，並在世俗社會意義上追求解放。周作人所提倡晚明小品，其「不拘格套，獨抒性靈」，也仍是這個意義。生命解脫、終極關懷之類問題，既不關心也不甚理解。凡遇古人論此，皆以爲談玄；若逢時人而亦論及於此類問題，則於「科學與人生觀」論戰中一體屏斥之。

只關心世俗層面的解放問題，則其思維與態度自然顯得平實淺近，不似喜談天人性命理氣死生等問題者高遠玄眇。而此平實淺近，亦正是文體解放之旨趣。推拓此種精神，故反對偏重形上學存有論的宋明理學，反對具宇宙論氣息的漢代天人感應儒學，反對講鬼神死生的佛道「舊宗教」「舊迷信」，反對「桐城謬種」「選學妖孽」，因爲這些文章講辭藻講義法，只是貴族的或山林的文學。革命者所希望提供的，乃是一套新的東西：簡單明瞭地以科學精神，檢驗眼前之證據。或「建設平易的、抒情的國民文學」「明瞭的、通俗的社會文學」（陳獨秀〈文學革命論〉）。

這就是五四文學及文化運動的基本性質。可稱爲淺俗革命，或以淺俗革命。

二、教育體制改革

五四文學運動，是發生在北京大學校園裡的，因此這種文化態度，我認爲即與清末民初之學校教育有關。

首先，我們應當注意陳獨秀所說，要建設國民文學的話。晚清的教育改革，第一個重點正是要建設國民教育。

同治五年（一八八六）我國第一位出訪歐洲的官員斌椿在《乘槎筆記》中即注意到外國廣設學校的現象。其後李善蘭（一八七三）〈花之安《泰西學校論略》序〉介紹德國「無地無學、無事非學、無人不學」的情況，即廣爲郭嵩燾、黃遵憲、王之春、薛福成、鄭觀應、張之洞、李端棻等人所徵引，在各種著述中推廣。光緒廿七年（一九〇一）張謇〈變法平議〉論禮部八事，第一條也就是：「普興學校」。次年，羅振玉〈學制私議〉第一條，言教育宗旨，第一目也是：「守教育普及之主義」，並希望定小學前四年爲義務教育。同年，負責籌辦京師大學堂而赴日本考察的吳汝綸，在給管學大臣張百熙的信中也談到：「小學不惟養成大中學基本，乃是普通人而盡教之，不入學者有罰。各國所以能強者，全賴有此。今日本車馬夫役旅舍傭婢，人人能讀書閱報，是其證也。」（《桐城吳先生尺牘》第四）。

傳統中國並不重視國家教育，除少數爲科舉而設之州學縣學外，基本上是私學系統，故老百姓多屬文盲。鄭觀應《盛世危言．學校》云：「古者家有塾、黨有庠、州有序、國有學。……比及後世，學校之制廢，人各延師以課其子弟。窮民之無力者，流嬉頽廢，目不識丁，竟罔知天地古今爲何物，而蔑倫悖禮之事，因之層出不窮，此皆學校之不講之故也」。

相對於此，西方列強之所以強盛，便被理解爲是教育普及之故。因此，如何廣設學校、普及教育，很快即成爲晚清士大夫之共識。

事實上，在吳汝綸寫信給張百熙的前兩個月，張百熙已經擬定了頒發給各省的高等學堂、中學堂、小學堂章程，教育體制改革業已全面進行。次年，張之洞、張百熙、袁世凱等又奏請遞減乃至全面廢除科舉制度，兩年後光緒三十一年（一九〇五）「停罷科舉，專重學堂」遂成事實，整個教育結構，徹底翻新。

科舉制度，是綿亙中國上千年，與整個知識階層、官僚體系、社會組織相互盤結，極爲複雜龐大的制度叢體，卻在如此短暫的時間內，被摧枯拉朽般地廢止了，可見彼時改革聲勢之大、力道之猛。從倡議到實現，不過一、二十年。

但改革的重點並不在於廢科舉。科舉被廢，是因爲若不廢科舉，則民間尙存觀望之心，推廣學堂便不積極。所以主軸仍在於廣設學堂、普及教育。而其所以要廣設學堂普及教育，目的又在於強國。因此，教育轉爲國家化，教育的目標亦重在培養國家所需要的國民。

當時教育改革的主要學習對象，乃是德國與日本。羅振玉即主張教育應仿效日本，「全國一切學校，悉本之學校令，即《法規大全》所載小學校令、中學校令、高等學校令、師範學校令、大學校令是也。凡設備、教科管理、教育等事，悉括其中，以便全國遵守。此中國亟當法效者」（〈日本教育大旨〉）。這個主張，後來得到具體實現。由國家制定學校法，規定學校之組織、設備、人員編制、科系設置、教學年限、課程內容……等，直到今天，仍由國家推動並負責一切教育事務。

教育國家化，教育之目標自然就是培養出它所需要的國民。因此，國民教育最爲重要。所謂國民教育，是說人民均須受教育，以培養其成爲國家之國民。所以國民教育也是義務教育。羅振玉曾批評日本在明治時期：「當日尙昧於義務教育之理，不知普通教育更切要於高等教育也」。又說：「中國今日尤當以普通教育爲主義，預定義務教育年限，先普通而後高等。考東西小學教育，所授爲道德教育、國民教育之基礎、及人生必須之知識技能，此最爲中國今日之急務」。

梁啓超也有完全相同的見解，他認爲不能只重視大學堂，而應倒過來：「中國不欲興學則已，苟欲興學，則必自以政府干涉之力，強行小學制度始」（《飲冰室文集・教育政策私議》）。

在光緒廿七年夏偕言〈學校芻言〉中，其實也談到這些。夏氏直言：「今日欲立學校，宜取法於日本」，並說日本「教育之敕語有曰：『爾臣民其孝于父母，友于兄弟，夫婦相和，朋友有信，恭儉以持久，博愛以及衆。修學習業，以啓發智能，成就德器，進而廣公，益開世務。常則重國憲，遵國法，變則以義勇奉公，以扶翼天壤無窮之皇運』」，足爲我邦楷模。後來我國義務教育一直極爲強調「公民與道德」，重視民族精神教育，希望培養受教者的愛國心，即濫觴於此。

義務教育的另一重點，則爲羅振玉所說「人生必須之知識技能」。光緒廿九年〈奏定初等小學堂章程〉謂：「設初等小學，令凡國民七歲以上者入焉，以啓其人生應有之知識，立其明倫理愛國家之根基，並調護兒童身體，全其發育爲宗旨，以識字日多之民日多爲成效」，言此宗旨甚爲明確。希望受教者能識字、作文，懂些歷史地理，會算術。

爲達到小學的知識教育功能，當時又在各地另設有蒙學堂、簡易識字學塾、半日學堂等，以爲輔助。成功地建設起了國民教育新體系。

三、學堂內的衝突

擔任北京大學文科學長的陳獨秀，在寫〈文學革命論〉時，腦海中一定曾浮現起這一場波瀾壯闊的教育改革運動，所以才會提出一個與國民教育極爲類似的稱謂：「國民文學」。

但五四運動的革命主張與性質，從清末這一場教育改革得到的滋養，尚不止這些。

因爲這場教育改革，本來就具有革命性的作用與意義。數千年傳統，徹底推翻改造。對於守舊人士來說，此新學制新學堂，本身就代表了蔑古鶩新，甚或棄中用西、捨夏從夷的意涵。光緒廿九年繆荃孫〈日游匯編序〉便批評此類學堂：

> 若京師同文館，若北洋，若廣東，互有得失。至南洋公學，而流弊不可勝言。此後辦學堂者，當注意實學爲宗旨，一切自由平權之邪說，不禁自絕。……彼詆之者曰：此奴隸學堂也，此野蠻學堂也。然而不奴隸於中國，轉奴隸於外人。野蠻其性情，並野蠻其裝束，狂噬同於國狗，善罵等夫山膏。

由其批評，即可見當時學堂不僅是西方的制度，也是西方思想傳播的陣地，不僅「自由平權之邪說」充塞其中，其教學內容實亦較偏於西學。

光緒廿八年〈欽定小學堂章程〉即曾明定高小課程「或加外國文而除去古文詞」。那被繆荃孫指摘的南洋公學，課程分爲四年級，三四年級要上英文，四年級時占九小時，與國文一樣。到了中學，西學分量就更重了，〈欽定中學堂章程〉規定：「外國語爲中學堂必須而最重之功課」。故四年中各年級讀經三小時、詞章三小時，外國文卻達九小時，另加博物、物理、化學、算學等。學生之中學訓練顯然甚淺。到了高等學堂，更是如此。政科、經學、諸子、辭章，三科合起來五小時，英文也五小時，但須加修德、法或俄文七小時，另有算學、物理、法學、名學、理財學等。次年，〈奏定高等學堂章程〉又把第一類科之英文加到第一年九小時，德文或法文也九小時，中國文學與經學大義合起來則才七小時，第二年再降爲六小時。在第二類科中，一年級中學亦僅五小時，英文卻爲八小時，德或法文再加八小時。毋怪乎宣統二年直隸提學司詳直督在變通文實分科時要說：「國文一科，雖非主課，然查現今中學生程度，文義太淺，舊章每星期三、四、五鐘，似未便再爲減少」。

整個學堂教育之趨向與內容既是如此，自然會引起繆荃孫式的批評。當時主要推動學制改革者，顯然亦並不想把整個教育導入這個地步，仍希望「愛國固本」與「知識技能」兩者都能兼顧且得平衡。例如光緒二九年十一月張百熙張之洞等所定〈學務綱要〉便反覆說明：「中小學堂宜注意讀經以存聖教」「經學課程簡要，並不妨礙西學」「無識之徒，喜新蔑古，樂放縱而惡閑檢，惟恐經書一日不廢，眞乃不知西學西法者也」「學堂不得廢棄中國文辭，以便讀古來經典」。

由此便可知：辦學堂既是爲著富強等功利性考慮，學者自亦以通時事世務爲目標，舊的經學文章與新的知識技能之間便發生了衝突，當時甚至已有廢讀經書及不修習中國文辭之現象了。此乃其發展中結構性的矛盾，無法避免的。吳汝綸曾有〈答賀松坡書〉，慨乎言之：

> 此邦有識者，或勸暫依西人公學，數年之後，再復古學。或謂若廢本國之學，必至國種兩絕。或謂宜以漸改，不可驟革，急則必敗。此數説者，下走竟不能折衷一是，思

之至困。……西學未興，吾學先亡，奈之何哉！奈之何哉！

此即可見學堂本身的反傳統性質。學堂教育的另一性質，則在於它的淺易。

學堂教育乃公衆教育，所以有些學堂又稱爲「公學」。公衆教育，是針對普通大衆的，故爲普通教育，「普通云者，不在造就少數之人才，而在造就多數之國民」（光緒三二年學部〈奏請宣示教育宗旨折〉）。因此其教材及教學內容俱從淺易。例如修身課講《四書》，「只講其淺近文義」。讀經，「亦宜少讀淺解」「勿令學生苦其繁難」「尤不可好新務奇，創爲異說，致啓駁雜支離之弊」。中國文辭課，「其要義在使通四民常用之文理，解四民常用之詞句，以備應世達意之用」，所以只讓學生「學作日用淺近文字」。而且反對背誦（光緒廿九年〈奏定高等小學堂章程〉）。即令如此，仍被輿論認爲太深，還可以再淺些，次年《時報》便主張：「小學者，授人以淺近之普通知識與淺近之普通文字者也」，故宜「毅然刪去講經讀經一科，將經籍要義並諸修身科目，復撰讀本，以授普通知識與普通文字」（五月廿二日）。

五四運動，放在這個時代環境中看，似乎就可以看成是普通、國民教育向大學高等教育的延伸。

因其制度之規劃，本是以中小學爲國民普通教育，到大學才實施較深入的教育，但亦只是通才教育而非專門名家之學，且仍以應世達意爲宗旨，並不講究窮經考古。

所以〈奏定大學堂章程〉云大學分兩級，大學堂畢業後可再入通儒院，而其宗趣，則「以謹遵諭旨，端正趨向，造就通才爲宗旨」。其中分科，即使是經學科（猶如經學系），也強調：「通經所以致用……尤不可專務考古」。主課經學，每周亦僅六小時，外國語倒也有六小時。中國文學科，外語也六小時，歷代文章流別、古人文論、周秦至今文章名家，加起來大約才三小時。

但制度雖然如此，大學畢竟不比中小學，社會期待較高，博學碩儒又群聚講貫於其中，乃竟成爲講國學、重博學深入者之根據重地。如賀松坡、繆荃孫其人，主張辦學堂仍應強調中學者，尤不乏人。吳汝綸雖明白告訴賀氏：「執事乃欲兼存古昔至深極奧之文學，則尤非學堂課程之淺書可比」。然吳氏自己桐城古文派的一批耆宿，如姚永概姚永樸馬其昶等，就在北大。他們所講，終究仍是古昔至深極奧之文學。校中林損、陳漢章、劉師培、黃侃等經學小學駢體文學名家，又豈肯於此屑屑然以淺俗文學相教授？陳獨秀等人，正是處在這種氣氛底下，才激發起了改革，擬「推倒陳腐的鋪張的古典文學，推倒迂晦的艱深的山林文學」，建設平易通俗的國民文學。

四、小學的文學觀

追求國民文學化的文學革命，在許多地方都體現著國民教育的氣味。

民國六年，胡適發表〈文學改良芻議〉，提出八事：「一曰須言之有物，二曰不摹倣古人，三曰須講求文法，四曰不作無病之呻吟，五曰務去爛調套語，六曰不用典，七曰不講對仗，八曰不避俗字俗語」。得到陳獨秀的支持後，接著胡適又發表了〈建設的文學革命論〉，強調要建設「國語的文學，文學的國語」，宣稱二千年來文言文早已死去，只有白話文學方可依循發展，又謂宜多翻譯西洋文學名著以為模範。錢玄同及劉半農繼起，認為「世界事物日繁，舊有之字與名詞既不敷用，則自造名詞及輸入外國名詞，誠屬勢不可免」（劉半農〈我之文學改良觀〉，新青年三卷三號），「廢漢字，以拼音文字代之」「廢漢書，悉讀西文原書」（錢玄同〈中國今後文字問題〉）。

這些言論，跟國民教育實在關係密切。胡適的主張，其實就是國民教育對於學生寫作文的要求。只求以四民常用之詞句，備應世達意之用，自然不可無病呻吟、堆垛典實、套用熟調、摹倣古人。而且也一定要言之有物，不避俗字俗語。特別是「須講求文法」一條，歷來論者大多不知胡先生為何特舉此為說，但若溯考小學堂之作文教學，即知胡先生正有所取義於斯。

〈奏定初等學堂章程〉規定中國文學課程「當使之以俗語敘事」，實際教學時，則是以口語教學生連綴成文。因此對於如何符合文法地構成文句，甚為重視，故「中國文字科下注云：講動靜虛實等字法，並句法章法綴法書法」。當時輿論，亦對此格外強調，《時報》即主張「文法則由各品詞，以至單文；由單文以至複文」。另因英文課甚重，據趙憲初回憶，南洋公學附小須讀《納氏英文法》四本，讀到第三卷（《我所知道的南洋模範中學》）。可見文法教育在整個小學堂教學中是極為吃重的。依學制規劃者的觀念，大學仍宜講求文法。故〈奏定大學堂章程〉明定中國文學研究法爲中國文學門之主課，其內容之中，便應講授「東文文法」「泰西各國文法」。胡適特別把這點提出來，正可以表現學堂教育的特性。

胡先生八不主義中又有「不講對仗」之說，胡適本人不喜歡律詩也頗著名，此亦小學堂教育之特色使然。考〈奏定初等學堂章程〉曾云：

> 初等小學堂讀古詩歌，須擇古歌謠及古人五言絕句之理正詞婉，能感發人者。唯只可讀三四五言，句法萬不可長。每首字數尤不可多。……但萬不可讀律詩。高等小學堂中學堂讀古詩歌五七言均可。……其有益於學生，與小學同，但萬不可讀律詩。學堂內萬不宜作詩。

〈奏定高等小學堂章程〉〈奏定中學堂章程〉也都抄這段話。我們不知爲什麼訂定學制者如此重視這一點，反覆強調，而且用了「萬不可」這樣的字眼。但學堂教育必因此形成了新的傳統、新的特色，不作律詩、不講對仗。

如此八不，目的是要建設國語的文學、文學的國語。這「國語」，自也是學堂教育的重點。光緒二八年吳汝綸就向張百熙推介了「言文一致」的日本教育，主張推行簡筆字、實施國語教育：

> 中國書文淵懿，幼童不能通曉。不似外國言文一致。若小學盡教國人，似宜爲求捷進途徑。近天津有省筆字書，自編修嚴范孫家傳出。其法用支微魚虞等爲字母，益以喉音字十五、字母四十九，皆損筆寫之，略如日本之假名字。婦孺學之兼旬，即能自拼字畫，彼此通書。此音盡是京城聲口，尤可使天下語音一律。今教育名家率謂一國之民不可使語言參差不通，此爲國民團結最要之義。日本學校必有國語讀本，吾若效之，則省筆字不可不仿辦矣。

此文所提言文一致之原則，後來成了五四文學運動中的主要觀念。省筆字也被發展出來。形成後來漢字拼音化、文字簡化的運動，影響至於今日。

光緒廿九年張百熙張之洞未採用他發展的簡筆字的建議，但採納了他發展國語之主張，於〈學務綱要〉中明定：「各學堂皆學官音」。謂：「中國民間各操土音，致一省之人彼此不能通語，辦事動多捍格。茲擬以官音統一天下之語言」。後來的國語運動，便是在這個基礎上展開的。胡適的主張，則是依言文一致之原則，要爲此統一之語言發展出文字與文學的。他所採取的文學語言，亦以北方官話及依此而形成的元明清白話文學爲基底。

但胡適的白話文學史，除採擷於元明清官話系統的白話戲曲小說外，另一大半則有取於先秦以迄唐宋之淺易詩詞歌謠。這一部分，顯然也可看出有中小學教育的痕跡。〈奏定初等小學堂章程〉云：

小學中學所讀之詩歌，可相學生之年齡，選取通行之《古詩源》《古謠諺》二書，並郭茂倩《樂府詩集》中之雅正鏗鏘者，及李白、孟郊、白居易、張籍、楊維楨、李東陽、尤侗諸人之樂府，暨其他名家集中之樂府有益風化者讀之。又如唐宋人之七言絕句詞義兼美者，皆協律可歌，亦可授讀。

這樣的書單與教學內容，和胡適所選取的作品頗有雷同。這未必是胡適沿用它，但我們可以合理推想：此種小學堂教育所培養出來的文學感性、品味及欣賞能力，對胡適實有深遠之影響，使他在面對中國文學傳統時，主張不用典、不對仗、不避俗字俗語，講求文法，且較為欣賞樂府歌謠諺語。五四運動發生不久，民國七年《北大日刊》便展開徵集歌謠的活動，後來出版了《歌謠匯編》《歌謠選粹》，則更可見此類影響並不只在胡適身上起著作用。

除了體制之外，討論小學堂與五四文學運動之關係，還得看風氣。前面說過，學堂基本上是有點洋氣的，因此光緒廿九年張百熙、張之洞等人奏請遞減科舉時，便提到反對者認為：「停罷科舉，專重學堂，則士人競談西學，中學將無人肯講」。對於此種批評，張之洞等人一方面要與之對抗，肯定辦學堂的必要性，一方面也不免回過頭來，要求「學堂不得廢棄中國文辭」「戒襲外國無謂名詞，以存國文、端士風」：

近日少年習氣，每喜於文字間襲用外國名詞諺語，如團體、國魂、膨脹、舞台、代表等字，固欠雅馴。即犧牲、社會、影響、機關、組織、衝突、運動等字，雖皆中國所習見，而取義與中國舊解迥然不同，迂曲難曉。又如報告、困難、配當、觀念等字，意雖可解，然並非必須此字。而捨熟求生，徒令閱者解說參差。……夫敘事述理，中國自有通用名詞，何必拾人牙慧？（〈學務綱要〉）

這裡顯示了兩種態度，一種即是那習氣濡染下的少年，不但外國名詞諺語，襲用於不自覺之中，甚且借用「外國文法，或虛實字義倒裝，或敘說繁複曲折」。後來如傅斯年主張「直用西洋文的款式、文法、詞法、句法、章法、詞枝、和一切修辭上的方法。……務必使我們做出來的文章，和西文近似，有西文的趣味」（〈怎樣做白話文〉），即爲此類風氣之波衍。

另一種態度，則是認同張之洞張百熙的。認爲中國既有通用名詞，何必襲用洋文。劉半農就是個例子。劉氏擔任國立北平女子文理學院院長時，曾禁止學生間互稱「蜜斯」，規定以「姑娘」代替，引起軒然大波。《北平晨報》甚至出過一期〈蜜斯和姑娘專號〉來討論此事，《世界日報》《大公報》也都有人撰文抒論，亦有人開玩笑謂當把「蜜斯特」改稱爲「姑爺」。劉半農乃提出辯解，云：「女子稱謂之名詞，國語中並不缺乏，爲保存中國語言之純潔計，無須乎用此外來譯音之稱呼。」（一九三一年四月一日北平世界日報）。他的說法，又多麼像張之洞張百熙呀！

五、所謂啓蒙運動

五四運動，曾被類比爲西方的啓蒙運動（Enlightenment）。我也同意這種類擬，但所謂啓蒙，或許可以另做解釋。其興起，或可視爲清末啓蒙教育向大學的發展；其內涵，也不脫啓蒙教育之色彩。

啓蒙教育，是使人認識世界的初級階段教育，所以要將複雜的世界簡化爲淺易的教科書，將之編組爲一套知識，授予接受啓蒙者。五四運動中所出現的《白話文學史》《中國哲學史》《中國小說史略》等都具有這種性質。把各種知識及傳統事物，重新簡化，構成一個簡單的系統，俾便掌握。

晚清之啓蒙教育，本身又是對傳統私塾義學蒙館的反動，具有改革舊制、講授新學，以使被啓蒙者認知世界新局勢，接受現代新觀念之作用。如此啓蒙，亦正爲五四運動之鵠的。

在這種教育改革運動中，不只蒙學堂、小學堂屬於啓蒙教育，整個新式學堂教育體系，其實就是著眼於啓蒙的。因爲改制的關鍵，就是感到國民普遍無知，以致國力衰微。唯有推動教育改革，充分啓蒙，方能使一般國民「知書」「達禮」，進而強化國力。因欲使民知書，故此啓蒙教育須提供基本知識，例如使民識文字懂算術，略曉史地理化等等；因欲使民達禮，擺脫椎魯粗俗的生活，故此啓蒙教育又須提供國民基本教養課程，以達到強國的目的。

五四運動具有完全相同的性質。因欲使一般國民均能享用文學、使用文字，故提倡白話文學、國語文學；因欲使一般國民都能具有文化教養，故五四運動頗致力於改造國民性，認爲當時男女仍多獸性、奴隸性，須漸漸轉移風氣。而其目的，則也是希望藉此以強國，故又爲一愛國運動、民族主義運動。

在它們的啓蒙工作中，都同樣蘊涵著結構上帶來的矛盾。例如啓蒙教育同時包含兩部分內容：⑴「授人以淺近之普通知識與淺近之文字」等知識技能課程；⑵「愛國固本」之修身道德教育。在前一部分，無論知識結構（淺近白話、文法、實用文書、算術、史地、英文、格致、畫圖、手工……）或教學方式均與傳統教育不同。傳統教育是不用簡明教科書的，直接閱讀經典；也不採用上下課鐘點制，（故宣統三年莊俞〈論學部之改良小學章程〉云：「社會舊習，不明幼稚教育，故昔日塾師終日不出戶庭，入晚猶加功課，則居停尊之爲良師。今之送子弟就學堂者，此見尚牢守不破。學堂散課稍早，家庭厭其子弟回家攪擾，或慮其子弟他出閑蕩，則貽怨學堂之不佳」）。何況整個知識啓蒙的部分，就是要打破舊時知識壟斷之現象，要讓民衆能適應這個新時代新的生存環境。因此這一部分無可避免會有革命性、反傳統、洋化之色彩。可謂以淺俗進行整體社會的教育改造。

但後面那修身道德教育的部分，依當時學部諸大臣之規劃，卻又欲以「讀經」和「修身」等課程，來教使民衆具有國民道德素養。這自然會與前者形成衝突。繆荃孫對新式學堂中盛行「自由平權之邪說」「野蠻其性情，並野蠻其裝束」的批評，或張之洞等人對學堂「喜新蔑古，惟恐經書一日不廢」的戒懼，都顯示了衝突早已存在。五四運動乃是將此衝突徹底爆發出來，並企圖徹底解決之。

可是，五四運動只是反對「宜注重讀經以存聖教」，不認爲傳統的經典與道德仍能做爲新時代國民之道德。卻和小學堂教育一樣，也還是要講修身道德的，所以周作人在〈思想革命〉一文中說：「我們反對古文，大半原爲它晦澀難解，養成國民籠統的心思，使得表現力與理解力都不發達。但別一方面，實又因爲它內中的思想荒謬，於人有害的緣故」。其提倡之新道德新思想，認爲有益於國民者，則係參酌甄採自西方而得。如此，它當然又要被篤舊如繆荃孫者指摘：「不奴隸於中國，轉奴隸於外人」了。

它們結構性的內在矛盾尚不止於是。——啓蒙運動的目的，是爲了強國，此無可置疑者也。啓蒙的教學，是爲了教育國民具有面對新時代的能力，所以學習外文很重要，「今日時勢，不通洋文者，於交涉、游歷、游學無不窒礙」，也是無疑問的。但既讀洋書，則對西方政治社會情狀自必有所了解。了解以後，又焉能不討論講習「一切自由平權之邪說」？學堂教育，又教學生「愛國固本」之道。學生既甚愛國，則又焉能不運用其所了解之西方政經社會知識思謀改善吾國？但如此一來，便違背了啓蒙教育的基本功能設計。固爲啓蒙教育的目的，乃是培養普通國民，而非參政議政干政的知識分子，它不能變成國政的指導者。所以張百熙等人在制定〈學務綱要〉時，特別立了兩條：「私學堂禁專習政治法律」「學生不准妄干國政」。

可是，學生畢竟是不能坐視國事日非的，干政不可避免，五四運動也才會發生。對於它之干政，它們自許爲愛國行動。但在反對者看來，或許要認爲這是少年僨事，造成了後來不可收拾的大災難。而且，愛國而棄滅文化傳統、奴隸於外人，根本就是民族主義的罪人。而「啓蒙」被「救亡」壓倒後，啓蒙事實上也就告終了。

這些錯綜複雜的問題，是晚清國民義務啓蒙教育和五四運動本身蘊涵的。發生在由京師大學堂改制成的北京大學中之五四運動，看來正像把小學堂之精神與教學內容拏來做爲革命武器的新青年。淺近簡易，但即以其淺俗爲美，拒絕深刻，強力要求大學小學化，也要求傳統淺俗化。亦以茲啓蒙，以茲建立新的國民文學。

論晚清、談五四者多矣，此一脈絡，倘罕抉發。論者紛紛，頗炒冷飯。本文略爲鉤勒線索，或有益於談助。

論劉文典的文選詮釋學

游志誠

提要

劉文典（一八八九—一九五八），安徽合肥人，字叔雅。在注釋學上結合校勘，訓詁與文論三者爲一爐，發揮實證與課虛之雙重功夫，靈活運用文學與哲學之跨學科知識，可謂近代皖派學術殿軍。所出版書最著名者有《莊子補正》上下冊，陳寅恪序言：「先生此書之刊布，蓋將一匡當世之學風，而示人以準則。」可謂推崇之極。

惟先生別有著作曰《三餘堂札記》，校讀《淮南子》《韓非子》《文選》諸書，是其學術方法之具體落實，先生歿後始由門人整理出版，今世未有論之者。致令先生於「文學詮釋學」之方法功夫，未能示範於學界。

本論文即據此札記之《文選》校讀，討論其意見，分析其方法，甄別其異同，試判其得失，以窺先生學術「準則」（陳寅恪）於一二。

論文首先綜述文選注疏學之始末，並以清末之選學爲主，對照劉文典校讀文選之優劣。分從校勘四法之「理校法」與訓詁三法之「義訓」，歸納《讀文選札記》於此二法之應用。

論文後半評論劉文典文選學之價值與地位，並提示今後「古爲今用」之途徑。

一、前言

劉文典（一八八九—一九五八），安徽合肥人，字叔雅。為近代與現代橫跨兩代之學者。其學多方，門法嚴謹。雖自謂從儀徵劉申叔先生學，但術業專攻，頗亦成就一家。特別在注釋校勘學上，能結合校勘、訓詁，與文論三者於一爐，運用實證與課虛兩途，出入經史，變化新意，允為近代皖派學術殿軍。❶

先生所著書有《莊子補正》，陳寅恪序言：「先生此書之刊布，蓋將一匡當世之學風，而示人以準則。」，可謂推崇備至。然此先生子學功夫也。至於集部之學，別有《三餘堂札記》，斠讀《淮南子》、《韓非子》、《文選》諸書。生前未刊布，今幸而有其門人整理出版，乃得以窺見先生文學門法。今以此書之《讀文選雜記》，較論其選學。蓋先生於選學鑽述既久，所得往往邁出前賢，惜今世罕有詳論之者。嘗自言：

> 余束髮受書，即好蕭《選》。每弄柔翰，規模其體，然奇文奧義苦未通解也。年十六從儀征劉先生游，少知涂術。二十六而濫竽上庠，日以《文選》授諸生，于今垂二十載矣。玩索既久，疑義滋多，偶有考訂，輒書簡端。《選》學之源流，既命弟子略書其梗概，《楚辭》、《選詩》及校勘記，亦別有專書。其條流踳駁，無類可歸者，會

而錄之，命曰《讀文選雜記》云爾。（《三餘札記》·頁一二九）

據此，知先生少好《文選》，且從名師指授，沉潛深造，積二十載之功，且以選學教授，教學相長，宜其為選學名家審矣。

但此序已言有選學源流之作，殆為通述之論。復有《選詩》校勘記，別為專書。今二者未見刊行，不免遺珠之憾。茲所能據，但惟管錫華校點之《讀文選札記》，請即據之以述先生文選之學。

二、參用近代西學

劉氏生當近代海運開通之後，聲氣所散，傳統舊學面臨新知考驗。時序既然，應之者，亦惟「拒守」與「參用」兩途。劉氏於文選之學，考辨音義，多擇參用之法，遂有見出於清代守古之儒者。其聲訓肯採西人拼音文字以共參即其例。

例如考〈上林賦〉有句「仁頻并閭」之仁頻何物，《漢書》顏師古注並姚寬《西溪叢語》皆已注云檳榔。信可從矣。此當今古名物之稱不同耳。然而，此又必有所據？蓋音訓不能通於拼音之文。劉氏乃據譯音以求，謂：

今馬來語謂檳榔爲Pinang，而爪哇語謂之Jambi，仁頻蓋爪哇語之譯音。「檳榔」、「檳榔」則馬來語也。詳見Crawfurd氏所著之Descriptive Dictionary of the Indian Islands，二七五。（同前·頁一三二）

如此一解，仁頻檳榔即非舊訓詁所謂「一音之轉」可說也，而當改曰「音譯之轉」所變出。再如同篇有句「欃檀木蘭」之欃字，郭璞有音，劉氏另以梵音助解云：

典案：《漢書·司馬相如傳·注》孟康曰：「欃檀，檀別名」。郭璞曰：「欃音讒」。后世謂之旃檀，實即梵文之Chandana也，又簡稱檀。（同前·頁一三二）

此例亦非古人音訓之法，實乃音譯之說。若然，古訓雖已明，再得音譯助解，不惟無害訓詁，甚且理愈益明。此即近代「舊學新出」，參用西學，所例示之新文選學法。此法若再廣伸之，復可引據西人之說，以地理學解之，以修辭學解之。下二例可見一斑。例〈西京賦〉有句「非都盧之輕趫」並「都盧尋橦」之都盧國，今當何屬？劉氏謂即今之緬甸，云：

典案：《漢書·地理志》有「夫甘都盧國」，古無輕唇音，故「夫」一作「巴」，

「甘」、「俞」亦聲之轉。此文之「都盧」，疑即「夫甘都盧」之簡稱。「夫甘都盧」，西文作Pugandhara。考緬甸有河曰Irrawddy，譯言黑水，其上游 Tagaung，左右有古都會遺跡，名Pugan，或是漢代之「夫甘都盧」。其舊音猶可尋繹也。歐洲學者，有謂其地當在今馬來半島北端之卡剌地頸Kra Isthmus。卡剌地頸，今屬暹羅。其說雖辯而無確證，未可徵信。（同前，頁一三〇）

此解與單用「音譯」之法不同。乃先以「古無輕唇音」，故夫讀巴，次引今西語有地名巴甘，遂定今「巴甘」即古之「夫甘都盧」。於是，今之緬甸有其地，復有遺跡可尋。遂合「一音之轉」與「音譯之變」兩途合施之。文選學之新考證法此又一例。

又有一例，用西人修辭學有擬聲辭之說，以類比〈海賦〉等賦體之作，每用同字連編之法。此可謂比較修辭學之運用。劉氏云：

典案：班固有《覯海賦》，王粲有《游海賦》，木玄虛《海賦》疑是仿依前人而作。《南史》稱張融《海賦》勝于木玄虛。此文惜今已佚，僅《北堂書鈔》引其片言只簡，梁簡文帝亦有《海賦》，《初學記》六所引亦非全文。木玄虛此賦，全用今之修辭家所謂擬聲辭Onomatopoein，以字音摹擬自然之音。文中所摹擬之波濤聲水石相擊聲，無不畢肖，使讀者如聞天風海濤之聲。所用之字體既甚茂密，又多從水讀之，自然感

> 覺大水汪洋、滉瀁、彌漫之狀。斯實吾國文學之特徵，它國文字所罕見者也。文中之雙聲疊韻字，大抵如此，不勝枚舉。（同前，頁一三五）

類如此解，則古人之賦實有通於近代之學，今古並參，後之證前，賦體爲吾國先創之學，信可說矣。然而古人文論未必不有見及此，乃苦無「比較」以張其說。今劉文典能不避近代海通以後可以聞見之西學，援引入古，益證成說，不惟無架屋之嫌，且更得明而再明之功。近代選學家能若此「新舊」兼顧，變創學術者，洵不多例。

以清人而言，胡克家之《考異》，多見功於理校。何義門則廣用古學，時參章句之法。李詳信守祖述與條例，允爲崇賢守護。孫（志祖）、胡（紹瑛）、梁（章鉅）、許（巽行），雖有補考訂正之作，要不出善注與五臣注之得失。由此較論，劉氏有守有進，精於舊復勇於新，實爲文選學由古歷今之一變也。劉氏嘗引王充《論衡・謝短》云：「夫知古不知今，謂之陸沉。」，以解〈七命〉有句「今公子違世陸沉」之「陸沉」。自謂：「然則儒生所謂陸沉者也，是陸沉二字之眞義。」（《三餘札記》，頁一四九）信然。儒生豈能知古不知今？劉氏之自解可以用之以名劉氏勇於援引西說之文選學。

此下即據劉氏「新」「舊」之學，各申其例，可見其「綜合」與「補述」之法。

三、結合文心雕龍學與選學

《文選》與《文心雕龍》二書時代相近，可謂南朝兩大著作，千古並輝。近代學者，研求六朝文術，喜合二書同觀，較論其中影響關涉及其異同。劉文典之文選學於此域亦多見其例示。例於曹丕《典論．論文》有句「傅毅之於班固，伯仲之間耳，而固小之。與弟超書曰：『武仲以能屬文爲蘭台令史，下筆不能自休』」銑注「休，息也。言其文美不能自息也」，劉文典駁銑注之誤，再引《文心雕龍》說以輔證，謂下筆不能自休爲貶意，非美之辭。劉氏云：

典案：《文心雕龍．知音篇》云：「至于班固、傅毅，文在伯仲，而固嗤毅云：『下筆不能自休。』」《文選》五臣注本多荒陋，而銑注尤甚。若此文者，義顯意明，原無待乎考釋也。（同前，頁一五四）

此條批語，引《文心雕龍》知音篇同載班固嗤傅毅語，以證「下筆不能自休」語意是「斥其文字汗漫無統耳」。以時代相近之書，又同載相同之故實，宜作相同之訓解，頗可取信於人。又例如於同篇「徐幹時有齊氣，然粲之匹也」句下注齊氣，先引《三國志．魏志．王粲傳》注引別作「逸氣」爲誤，再考之《文心雕龍．風骨篇》同作「齊氣」。劉文典云：

典案：《文心雕龍．風骨篇》作「時有齊氣」，與《文選》合。《藝文類聚》五十三引無「非」字，餘與《王粲傳．注》引文同。李注、翰注並以「齊俗文體舒緩」釋之，

> 亦是望文生義，曲爲之解耳。魏文帝《與吳質書》：「公幹有逸氣，但未遒耳。」雖言「逸氣」，然謂劉楨非謂徐幹也。（同前，頁一五四）

此條批語分辨「齊氣」與「逸氣」非同一氣，乃分指徐幹與劉楨，又指正「齊氣」非作（「文體舒緩」解。惜劉氏於駁正之餘，未進一步明言宜作何解？）

案：說徐幹爲有「齊氣」，語含貶意。故用「逸氣」以對之。黃季剛云：「文帝論文主於遒健，故以齊氣爲嫌。」（《文選黃氏學》，頁二四六）此論最是。詹瑛引王運熙云：「徐幹，北海劇縣人，故有齊氣。」（《文心雕龍義證》，頁一〇六一）更可證明作「齊」字是，此兼含有文學地理區域特色之意。若然，李注與翰注以「舒緩」釋齊氣當爲確解，劉文典駁難有失允洽。

雖然，劉氏於此解有失，但於考證「齊氣」作齊字時，據《文心雕龍》爲證，可見其結合運用龍學與選學之用心。

關於選學與龍學互相參證，近代以來，要以黃季剛之文選學提倡最力。據黃氏評點文選經由黃焯過錄之本，有云：

> 讀文選者，必須於文心雕龍所說能信受奉行。持觀此書，乃有眞解。若以後世時文家法律論之，無以異於算春秋曆用杜預長編，行鄉飲儀於晉朝學校，必不合矣。開宗明

義，吾黨省焉。❷

黃氏明示讀文選須結合《文心雕龍》，語至懇切。惟此話所及文心之學，特就文心之文論而言。是否校勘與版本亦兼施用，不得而知。

若推論黃氏何以特重《文選》與《文心雕龍》互相關涉之學？恐亦受何義門之例示。凡例嘗引余仲林說：「義門當士大夫尙韓愈文章，不尙文選學，而獨加賞好，博考衆本，以汲古爲善，晚年評定，多所折衷，士論其該洽。」云云，遂同此論，於評點中屢見斟酌義門批注之語。

然而，何義門批注已及文心之文論，如於枚叔〈七發〉乙文，何云：「劉彥和以宋玉對問，枚叔七發，揚雄連珠爲雜文之祖。」（《義門讀書記》下冊，頁九四七）據此以較《文選》立「七」體，與當時之論如《文心雕龍》不合。此可謂龍學與選學相比較之一例。黃氏或有見及此，加以引伸，力主文心與文選同時持觀，以得其眞解。

今檢《文選黃氏學》乙書屢引文心以參證，分辨文選體類，每據文心以比較。可見黃氏結合文選與文心，不是空論。

例如辨《文選》立「史述贊」一類，與史贊史評泥混，不免失之。而文心不分，遂據《文心雕龍·史傳》篇之意，批注云：

述高紀第一，五字依別本移在後，下二首同。文心云：遷固著書，託贊褒貶，又紀傳

後評，亦同其名。而仲洽流別，謬稱爲述。失之遠矣。然則昭明承仲洽之誤也。（《文選黃氏學》，頁二四一）

此批語指正昭明分「史述贊」一類乃承仲洽分之誤。仲洽者，摯虞也。（？—三一一）所著《文章流別集》分體細密，爲後來之文論家所本。惜全書不傳，今據王運熙依現存佚文，分文體有：頌、賦、詩、七、箴、銘、誄、哀辭、哀策、對問、碑、圖讖等。（《魏晉南北朝文學批評史》，頁一二一）今再據〈史傳〉篇，知「史述贊」亦爲分體之一。

昭明編《文選》隨仲洽之分而分，劉彥和不分，乃有「謬稱」之評。此二家分合不同，並出排比，較論得失，殆爲治文選學重要課題之一。

再以辨《文選》篇題爲例。若〈過秦論〉不當有「論」字，今《文選》有，黃季剛以爲：論字後人所題。引《文心雕龍．諸子篇》之說爲證，黃氏云：

文心諸子篇有賈誼新書，而論說篇但云陸機辨亡，效過秦而不及。蓋無專論過秦之詞，則彥和亦不題之爲論也。（《文選黃氏學》，頁二四二）

此條批語，據文心題賈誼〈過秦〉無專論之名，以攻《文選》篇題之誤。既不題「論」，則是否可入之「論」之一類，經此文心與文選之不同比較，頗予人反省《文選》體類學之得失。可知黃氏力主治文選宜參之文心，確有其必要性。

黃氏如此，劉文典之文選學亦同有此功夫。二家如當作近代文論之於中古文學的一條研究趨向，則此結合龍學與選學的研究方法，已帶動了現代與當代的學界研究路線。甚至影響到海外。

日本學者清水凱夫提倡「新文選學」，其治文選學之法，實亦頗重視文選與文心之比較。曾有文比較〈明詩〉與〈書記〉二篇所錄文章與《文選》同體類之異同，指出《文選》以文學發展史爲觀念（案：即文學進化觀念。）《文心》則以復古爲基本理念，故宗經。（《六朝文學論文集》，頁一〇四）乃更進一步，細分「散文」與「韻文」兩部份，將二書詳細比較。

而大陸學者穆克宏自謂受其師羅根澤講漢魏六朝文學而重視文心與文選的啓發，遂決意兼治二書。其近作論集，即有〈劉勰與蕭統〉乙文，分從出處、品性、交遊、與學術淵源，較論二人異同，更從文心與文選二書權衡其體類與選文之得失優劣，最後歸結到二家都同受儒家與佛教之思想影響，此蓋緣於「時代」之沾溉也。（《滴石軒文存》，頁五三）

大陸第一次由長春師範學院舉辦之文選學國際會議，當代學者亦多有從文心與文選結合之角度，研究撰述。如馬積高：《文心雕龍》與《昭明文選》對「文」的看法的比較。有謂劉勰比較保守，蕭統則偏重抒情性文章。（《昭明文選研究論文集》，頁六二）

又如李暉：《昭明文選》與《文心雕龍》。統計文心論散文有二十九類，《文選》收散文分三十三類，謂二家不僅類目相近，主要類別名稱亦每相同。（同前書，頁六七）該論文即以此總論，舉篇章具體論證之。

大陸學界運用文心與文選二書相互研究之論，其餘尚有多家，最近文心雕龍學會編輯而成的《文心雕龍綜覽》大書，即列有龍學研究領域之一項「文史論與比較研究」，選學與龍學的結合研究，即歸入此類。❸可知，由近代學者劉文典與黃季剛所示範之龍學選學並參法，已由精要短論之示例，漸漸發展成長篇多面，體系完整之綜論。文選學之研究，遂又開出一條新路。

四、結合選學與經學

《文選》一書精選七代之文，入選標準，設曰「沉思瀚藻，流連哀思」。故凡經史子之書，例不入選。今觀《文選》千篇，大抵符合標準。惟少數幾篇，以其別有因素，而採自史籍之作。像〈史論〉〈史述贊〉爲史部之文，而〈毛詩序〉〈尚書序〉〈春秋左氏傳序〉當冠三經之首。又束晳〈補亡詩〉所補者即詩三百之六首聲詩。

然則《文選》雖爲集部總集，實亦兼採經史之作。論文選學之範域，當述及經學。劉文典於此關涉，特有具體例示。於任昉〈王文憲集序〉有句「攻乎異端，歸之正義」之「攻」字解，獨贊任昉用古說之論，以爲此《文選》之文有裨解經者也。劉氏云：

典案：《論語》，「攻乎異端，斯害也已」，何晏《集解》云：「攻，治也。善道有統，故殊途而同歸。異端不同歸者也。」朱晦庵因何訓。惟孫奕《示兒編》謂「『攻』如『攻人之惡』之『攻』，『已』如『末之也已』之『已』。已，止也，謂攻其異端，使正道明，則異端之害人者自止。」錢辛楣先生謂此說勝于古注，且與「小子鳴鼓而攻之」之誼亦合。彥升此序「攻乎異端，歸之正義」，與孫說正合，殆亦本之古說。此《選》文之有裨解經者也。（《三餘札記》，頁一五二）

這條批注，認爲任昉用詞本之古說，異端者，與正道相對，異端之爲害，不可不止。故「攻」字當作如字解，不當作「治」訓。由是推知，《文選》篇章用詞可有助於經書之意解。

試比較經注與此之異，即可知劉氏確有獨見。首先，此句「攻乎異端」之異端者何指？據何晏集解，引《易·繫辭傳》天下同歸而殊塗，一致而百慮語以訓解，何晏援易以釋論語，殆儒學玄學化之進路。然何晏之異端當指道之別塗。以何晏及其以前之思想史而言，此道者儒之道也。今何晏之訓解引易入道，與鄭玄引易釋論語有同趣。則此異端之道經儒之道再轉爲易之道，已非儒家之徒攻治之者。❹

降至宋代刑昺疏，則具體注出異端云：「異端謂諸子百家之書也。」（《論語注疏》，頁一八）以此諸子百家之書爲相對於儒者之異端，持與易道分殊之異端，義稍有別。朱子之注，則更引伸至楊墨至佛老。朱子先據程子曰：「佛氏之言，比之楊墨，尤爲近理，所以其害尤爲甚。」（《四書纂疏》，頁一七九）然後進而闢佛曰：「佛氏所以差？曰從他劈初頭便錯了，如天命之謂性，他把這個便都做空虛說了，吾儒見得都是實。」（同前引書）審程朱此處之訓解，直以佛以楊墨爲「異端」，故而攻之。

今較之劉文典據〈王文憲集序〉有句「攻乎異端，歸之正義」謂攻字當作如字解，意指攻異端之惡，使吾道明，攻即攻人之惡。則劉文典解此句之「異端」，不必一定如程朱與何鄭之異端，凡有不合吾道之善者，悉並而攻其惡，令其自止。劉氏之主張如此。遂斷言此選文之有裨解經者也。❺

同此結合經學與選學之例者，又見於王粲〈登樓賦〉有句「懼匏瓜之徒懸兮」之「匏瓜」，當作星名，而非瓠瓜之不食。與經注家之見迥異。劉氏云：

> 典案：《論語》：「吾豈匏瓜也哉？焉能系而不食？」皇侃義疏云：「匏瓜，星名也。言人之才智，宜佐時理務，爲人所用，豈能如匏瓜系天而不可食？」宋《黃氏日鈔》亦主此說。《楚辭・王褒〈九懷〉》：「抽庫婁兮酌醴，援匏瓜兮接糧」。庫婁，星名。此文之「匏瓜」，亦當以《論語》皇疏誼爲是。羅願《爾雅翼》八：「匏瓜系而不食。獲言南箕不可簸揚，北斗不可挹酒漿也。按：《楚辭・王褒〈九懷〉》、曹植《洛神賦》、阮瑀《止欲賦》皆以『匏瓜』爲星名。」《洛神賦》：「嘆匏瓜之無匹兮，詠牽牛之獨處」，《止欲賦》：「傷匏瓜之無偶，悲織女之獨勤」，牽牛、織女莫非星名，則匏瓜之爲星名，實無疑義。（同前，頁一三二）

此條所校，復出《論語．陽貨》云：「吾豈匏瓜也哉？焉能系而不食？」意謂孔子不欲如匏瓜之久繫一處，遂不可食。孔子以之爲喻，必欲行仁於東西南北，見用於世，有益於民。諸經注家若何晏、刑昺、程朱大類如此訓解。若順此解，匏瓜即指有苦葉之瓜，非星名。

但劉文典獨宗皇侃疏，謂匏瓜爲星名，匏瓜不食謂如系天之星不可食。復引旁書多作匏瓜星名解，以資輔證。從而可知瓠瓜當訓星名。

較論二注，異中微同。作瓠瓜者，意在「行仁」，有「止」與「動」之對比。作星名者，意在「食用」，有可用與不可用之分。劉文典擇後說，除了有旁書爲證，其主要靈感，來自《文選》詞句之訓解。故而可說選文有裨經學者。

五、文意解讀法

《文選》之注，自李善注有「釋事忘意」之缺失以後，五臣即多訓釋文意。此爲文選學最基本之兩類型注疏法。其中文意訓釋一途，實包含有「譯解」成份。惟因原文某關鍵字詞之理解，各隨注家之心而別有異說。遂因此異說而做出文意相左之白譯，關係《文選》篇章之解讀。劉文典之文選學於此亦多有示例。

例如魏文帝〈與楊德祖書〉有句「敬禮謂仆：卿何所疑難？文之佳惡，吾自得之，后世誰相知定吾文者耶？」此句之「相」字爲關鍵，因不同解而有不同之譯意。劉文典先引何義門說，再加駁難，云：

何曰：「言吾自得潤飾之益，后世讀者孰知吾文乃賴改定耶？今人多因『相』字誤會，失本意矣。改定，猶言改正。按：《南史·任昉傳》：『王儉出自作文，令昉點正，昉因定數字。儉拊几嘆曰：「后世誰知子定吾文？」』語本似此。」典案：此乃深慨相知之難，非欲欺后世也。王儉、任昉事不得爲比，何說非。(同前，頁一五二)

此條批語，先駁何義門譯解之誤，涉「相」字不當做衍文，再示以相字當作「深慨相知」之難，謂互相瞭解作文之難，非謂後世不知德祖嘗改定魏文帝之文。如任昉改王儉之例。照劉文典之譯解，有「相」字才把「後世誰相知定吾文者耶」這一句講得通，否則，「相」字不得解矣。「相」字既非衍文，何義門且認爲「相」字易造成誤會。因此，何義門爲求文義順解，乾脆曲解成無「相」字的此句文意。這一勉強作法，幸經劉文典駁之。仍從有「相」字的譯解，但作「相知」解，如此既符版本上原文的眞實，又照顧文意通順，可謂文意解讀之佳例。❻

試比較三家譯解，可略知其中優劣。黃季剛云：「意言子定吾文，吾可以自得其佳惡，後世既與余不相知，亦焉貴定吾文耶？其旨如此，非欲假力子建，以欺後世也。」(《文選黃氏學》，頁一九九)審此譯解，相字作相知之難，意近劉文典。

若張啓成云：「後世的人們有誰知道我的文章經他人改定過。」（《文選全譯》，頁三〇〇二）如此譯解，以相知之相字作相與知道改定文章之事，非謂相與知道文章好壞之難。類似之譯法，如趙福海云：「後世誰知道修改我文章的是誰呢？」（《昭明文選譯注》，頁六四〇）審此白譯，同樣以相知爲相與知道改定文章之事，非指相與瞭解作文好壞之難。如上數家說之異解，皆因相知之相字有兩義，遂引生兩種不同譯法。劉文典有見於舊說如何義門注之不妥，引《南史·任昉傳》述任昉改定王儉文章之故實，以明「相知」乙詞出典，但王儉事不可比擬敬禮之言，因出案語駁難何義門注，經由以上較論，劉文典於《文選》章句之文義玩索，比它家之說有勝義。

六、補各家闕注

《文選》注經李善與五臣之注，釋事與釋意大抵兼備，其有不足，再經由清代選學家之補注、勘誤、增飾，可謂大備。近代選家所能添益，已甚難矣！因此，偶有創獲，彌值珍視。劉文典之補注《文選》即有此功夫。

例於魏文帝〈與鍾大理書〉有句「謹奉賦一篇，以讚揚麗質」之「賦」字何指？六臣無注，清代諸家亦無解。今人張啓成等人之《文選全譯》與趙福海等人之《昭明文選譯注》二書，亦無新注。可知魏文帝此書末之賦玉文，今本《文選》俱闕。善既無注，則唐人幾不可見此賦？

幸《藝文類聚》卷六十七引〈玉玦賦〉文，劉文典因據以補注云：

典案：《藝文類聚》六十七引魏文帝《玉玦賦》：「有昆山之妙璞，彥曾城之峻崖。嗽丹水之炎波，蔭瑤樹之玄枝。包黃中之純氣，抱虛靜而無爲。應九德之淑懿，體五材之表儀。」即疑贊揚此玦者也。（同前，頁一五一）

此條案語，引類書《藝文類聚》所收〈玉玦賦〉，疑即「奉賦一篇」之賦。雖未下肯定之辭，慎用「疑」字，玩索此賦所詠之物，頗與〈鍾大理書〉文意相合，故而可信。此亦「理校法」之類似判斷，以「文理」之恰當與否爲考慮。

否則，賦字不解，此句白譯「謹奉賦一篇，以贊揚麗質」，即可能譯成「鄭重敬奉賦一篇，以此贊揚寶玦的美質」（《文選全譯》，頁二九九七），或者譯作「謹呈賦作一篇，以贊揚美玉麗質」（《昭明文選譯注》，頁六三二）此二家譯文所謂「賦作」一篇云云，殆無著落。

由是可知，劉文典補注《文選》引類書之法，不僅有助文意疏解，兼具輯佚並參之功。❼

七、文體學辯證

劉氏文選學亦擅於辨體類。案《文選》繼摯虞《流別集》，陸機《文賦》之後，類分文體，得三十九類。賦之下又次分十五，詩二十三分類，可謂總結蕭梁以前古代文體之類別。❽顧文體之學，亦至蕭梁而大盛。所謂「選義按部」（《文賦》語），辨體之方，考究源流，殆爲南朝文論風氣。昭明選文，一則於前代文體類說有所承受，稍加損益。二則受時代風氣推波，兼採互用，彼此影響。今自《文心雕龍》乙書之分體比較之，同異互見，可以知之。又任昉《文章緣始》，分體尤煩詳於《文選》，但亦多有同分者，足以覘一時代之通見。是以文選學之封域，文體文類學之辯證，殆爲門徑之一。

劉文典自亦不例外，札記有及於「七」體，與「迴文詩」之考辨。質疑昭明原選，駁難李善注語。較之清代它家說法，頗見睿思。如辯七體云：

> 典案：七者，古賦之流也。崔駰既作《七依》，而假非有先生之言曰：「嗚呼，揚雄有言：『童子雕虫篆刻。俄而曰：「壯夫不爲也。」孔子疾小言破道斯文之族，豈不謂義不足而辯有餘者乎？賦者，將以諷，吾恐其不免于勸也。』」可知當時作者亦以七爲賦也。昭明太子于賦外別選枚叔、曹子建、張景陽文三首，區爲一類，命之曰「七」已爲巨謬。傅玄集《七林》尤爲不識文體。洪氏《容齋隨筆》譏之謂「使人讀未終篇，往往棄諸几格」，未爲苛論也。（同前，頁一四六）

此條校語主張七亦爲賦體，昭明類分，與賦騷不同，未妥。這一意見頗有「復古」傾向。考七體源流，宜分「題名」與「實質」兩層次談。何則？《楚辭》收東方朔〈七諫〉，《漢書》亦不別分。知漢代人視「七」為辭賦一類，至少不與「騷」「辭」相別。

然南朝文論，摯虞《文章流別集》書雖佚，據王運熙引嚴可均《全晉文》所輯，已有「七」體，與「賦」分開，王運熙以為此與文章實際用途頗有關係。（《魏晉南北朝文學批評史》，頁一二一）又任昉《文章緣起》也列有枚叔〈七發〉一體，明人陳楙仁採之而為之注。（《文章緣起注》，頁四九）可見，昭明之時或其前，「七」體已有分之例。

較之《文心雕龍》，彼將枚叔〈七發〉，與連珠、對問之體，同置一編，視為雜文之祖，不與〈辨騷〉〈詮賦〉同談，知劉勰亦不認為七是古賦之流也。

由此可見，至南朝為止，七體或分與否，即為《文選》體類學討論之一。降至清代，諸文選學家大抵不出此正反兩種意見，各隨所意而增釋。

首先，何義門以為：「數千言之賦，裁而為七，移形換步，處處足以回易耳目。此枚叔所以獨為文章宗。」（《義門讀書記》下冊，頁九四七）讀此意見，殊不易解。既言〈七發〉為千言之賦，則七體實同賦體。但觀其末語又謂枚叔獨為文章正宗。獨字用得好，有首創之意。但何以不言為賦體正章？要說文章正宗。此文章即同雜文乎？

況何氏解「七」體之名，頗與事實不合。黃季剛已駁之云：「此評謬，寧以悅觀者而裁為七哉？且何以知其必當作七段也。昭明題為八首，亦據傳本如此，非必枚叔之故。」❾照此批語，黃氏亦主「七」體為獨立一類，與劉文典視為古賦之見不同。

比較其它說法，清人朱蘭坡用五臣注之見，謂枚叔乃恐梁孝王反，故作〈七發〉以諫。（《選學膠言》，卷十五，頁二）此與李善注云：「猶《楚辭》七諫之流。」之說自是不同。李善蓋從《漢書》不分，而朱蘭坡以爲當分，遂考東方朔實在枚叔之後，如何可以顚倒影響？故朱氏以「七」以枚叔首創，即有「七」是一體之意。此與劉文典說不同。

近代選學家同考七體者，有李詳之說，仍主七亦賦體，並引東漢王充《論衡·書虛》云：「江有濤，文人賦之。」爲證，以爲此文人即枚叔，此賦即〈七發〉。（《李審言文集》，頁一一九）若然，李詳以七亦賦體之見，與劉文典所考相同。然則，近代以來，討論七體類別，或宗漢人之說，或述昭明原分，實各有主見。劉文典繼諸家之論復考之，主張七亦賦體，故曰有「復古」傾向。

下一例考迴文詩之始原及其本事，亦以《晉書·列女傳》所載爲可信，而唐代武后《璇璣圖序》云云，乃判爲不足信之小說家言。其「復古」傾向益濃。劉文典云：

典案：回文詩自蘇伯玉妻《盤中詩》爲肇端，而竇連波妻蘇蕙《旋圖詩》尤爲奇巧，惟諸家傳本不同，讀法亦各異。奕代名賢，如秦淮海、黃山谷、蘇東坡、孔毅甫之倫，咸有題詠。宋桑世昌廣收各家之作，纂成《回文類聚》四卷，明張之象增訂重刻爲一帙行世，清朱象賢又增達磨唐宗二圖匯刻之，其中所收雖非盡若蘭之作，然諸家考釋略備。近代泰西學者研究蘇氏《璇璣圖》者，頗不乏人。依吾國舊有之五色讀法，縱橫反復，得詩益多，不止前人所讀成之三千七百五十二首矣。然文皆牽強，多不成義。要之，此等詩皆傷于纖巧，大雅所不尚也。又此事當以《晉書》、《列女傳》爲正，唐武后如意元年《御制序》頗類小說家言，不足徵信。（同前，頁一四〇）

此條批注，可謂迴文詩一體之簡要考辨，不惟增補李善注之疏漏，亦且總結清代以來有關此體始末之論。何則？李善注〈別賦〉此句下引〈織錦迴文詩〉云云，知善注與《晉書》合，以竇滔妻作。五臣注良曰亦題〈織錦迴文詩〉，知兩注無異，而晉人與唐人皆知有迴文詩。⑩

但迴文詩有早於晉人之作，此即《玉臺新詠》卷九所收蘇伯玉妻〈盤中詩〉一首。今人穆克宏從舊注信爲漢人作，以爲伯玉被使在蜀，其妻居長安，思念之因作此詩。（《玉臺新詠箋注》下冊，頁四〇六）可知此體自漢時有之。但《文心雕龍・明詩》云：「回文所興，道原爲始。」道原者，劉宋時，賀道慶所作四言回文詩。故道原即道慶。然與竇滔妻不同者，即回迴字之異。

而所謂〈織錦迴文詩〉又有附圖，於是又名〈璇璣圖詩〉，自唐武后則天有序，詳序竇滔本事，有如小說家言，遂引起清代之討論，問到底迴文詩何者爲先？

梁章鉅首就《晉書》引與善注同，而考武后序文多增「滔鎭襄陽及趙陽臺讒間之事」，然梁氏亦無定論，只云莫知所從來也。（《文選旁證》，卷十七，頁十五）今劉文典考〈別賦〉此條注，歷述迴文詩本原後，即下快語，從《晉書》說，而不信武后序。

稍可議者，劉文典從嚴羽《滄浪詩話》說，以〈盤中詩〉爲蘇伯玉妻作，固然。但伯玉妻之迴文詩，字句全屬固定，與後世回文詩如劉文典所舉黃山谷、蘇東坡之遊戲筆墨不同，今人陳香有考辨。（《異體詩舉隅》，頁八四）蘇黃之作或五言或七言，然不得迴環往復而讀。由是而知，迴文詩有前後發展稍異之分。而伯玉妻所作，或爲題名迴文之首作。即便如此，明人陳楙仁別舉溫嶠作迴文者，與竇滔妻同爲晉人。但傅咸亦有迴文反覆詩，與嶠皆在竇妻之前。（《續文章緣起》，頁七六）

關於傅咸作迴文詩，即〈盤中詩〉，《玉臺新詠》有別本題傅咸作。前舉穆克宏校注不從之，又據今人何文匯考定，此實清人馮舒《詩紀匡謬》誤信吳兢《樂府解題》所致，又因《玉臺新詠》嘉定間陳玉父刻本偶佚題名，遂有此別本玉臺。（《雜體詩釋例》，頁六四）由此比較諸家說法，可知劉文典亦不從傅咸作，殆爲定說，但既有兩題之疑，則劉氏於此條注宜稍增注，再下案語，益可取證。

八、它校法及其缺失

劉文典之文選學，因其精詳子學，尤其先秦漢魏子書。每據以引校《文選》選文，並李善注引書之正誤。此可謂「它校法」之廣用。

例〈求通親表〉有句「崩城隕霜，臣初信之」，善注云：「《淮南子》曰：『鄒衍盡忠於燕惠王，惠王信讒而系之，鄒子仰天而哭，正夏而天爲之降霜也。』但是今本《淮南子》無此文，梁章鉅《文選旁證》已考之。（見該書卷三十頁十七）劉文典則再下案語云：

> 典案：《北堂書鈔》百五十二、《藝文類聚》三、《白帖》二、《御覽》十四、二十三所引亦略同。《論衡・感虛篇》：「鄒衍無罪見拘于燕，當夏五月，仰天而嘆，天爲隕霜。」《論衡》所舉儒者傳書之言，多與《淮南子》同，則此文亦必本之《淮南》也。（同前，頁一五〇）

此條案語，雖同意今本《淮南子》無善注引文，但別引它書，特別是王充《論衡・感虛》篇同載鄒衍事，以其相同時代之書，同載此事，遂斷案《淮南子》有此文。然則，經此一辨考，益信李善所見唐本《淮南子》當與今本不同。

又同此表有句「臣聞文子曰：不爲福始，不爲禍先」，劉文典引葉大慶考云：

> 葉大慶《考古質疑》云：「此所引乃《文子》第三卷〈守虛篇〉，而李善注云：『《范子》曰：「文子者，姓辛，葵丘濮上人。稱曰計然，范蠡師事之。」』」典案：今本注「范子曰」上又有「文子曰：與道爲際，與德爲鄰。不爲福始，不爲禍先」之文，疑出一書。又尤刻李注本注「師事」下脫「之」字，當據《考古質疑》補。（同前，頁

（一五〇—一五一）

考此條校語，一則補善注引《范子》文脫「之」字，二則疑《范子》與《文子》同出一書。所據子書異文，校勘善注，也是它校法。惟劉文典所謂《文選》今本，未詳何本？今案《文選》各本，如贛州本、廣都本、奎章閣本、叢刊本、明州本等各本，范子上均有文子曰十六字。可補證劉說。而尤刻本師事下脫「之」字，各本亦脫。則有無「之」字，當不能以《考古質疑》孤證爲是。

文子曰十六字，出自《文子・九守》之「守虛」乙節，今人校注無有異文。（《文字要詮》，頁七二）又今本馬總《意林》卷一，輯有《范子》十二卷，云：「計然者，葵丘濮上人，姓辛名文子，其先晉國公子也。」可知計然與文子同一人。又云：「范蠡請見越王，計然曰：『越王爲人鳥喙，不可同利也。』」（《意林》卷一，頁十七）知范子與文子爲二人。又云：「范子問何用九宮？計然曰：『陰陽之道，非獨於一物也。』」范子與計然一問一答，知亦爲二人。然則，劉文典因《文選》善注同引范子文子之說，遂疑同出一書，疑亦一時失考。

近代文選學，自何義門有讀書記之作，遍引它書以校《文選》白文及善注，以定其正訛。可謂把文選學它校之法廣泛施用。

其後，余、汪、孫、葉、梁、許等諸家繼作，引經史子集各書，以參校選文並選注，殆成習慣。尤其史書，及史書所採錄之文章，往往亦在蕭選之列。覽之對校，字斟句酌，每每有得。

此法至胡克家《文選考異》出，尤其見出功效。

此因胡克家所據《文選》善本不多，故而對校本校之論證結果，與事實多有出入。比較可信之法，只好用心於史書引據，別書旁參之它校法。今見考異有創見之校勘，大多在此一方面。

劉文典居近代之末期，延續清人之餘緒，其文選學方法之優劣，頗類似胡克家之例。若陳孔璋〈爲曹洪與魏文帝書〉題下善注引《文帝集·序》有注文「上平定漢中，族父都護還書與余，盛稱彼方土地形勢。觀其辭，如陳琳所叙爲也」，據何義門校「如」當改「知」，劉文典從之，但別有增考云：

何、陳（景雲）改是也。《御覽》五百九十五引《魏文帝集》：上平定漢中，族父都尉還書與余，盛稱彼土地形勢。觀其詞，知陳琳所爲。是其確證矣。又案：《魏志·曹洪傳》：累從征伐，拜都護將軍。則文選注作「都護」是也。（同前，頁一五一）

這條校，結論甚確，無可駁難。觀其法，一引類書《御覽》，一引史書《魏志》以資旁證。殆即胡克家它校法之善用。

但就「知」誤「如」而言，其實是何、陳所據本誤，劉文典亦無其它善本，遂承其誤。何、陳出校如當改知，是按理而校。劉文典更進其詳，引它書以補證，這是「理上加證」的充分論證。費了如此精力，倘有善本可據，何庸煩引？

今考何，陳所據本，爲贛州本、叢刊本、茶陵本一系而下之善注《文選》本。並尤本、胡刻本、汲古閣本均誤知作如。然而，奎章閣本、明州本、廣都本等宋本《文選》皆不誤。可是，這幾個善本《文選》，不惟何、陳未之見，胡克家亦隻字未提。劉文典之文選雜記更闕引據了。這是近代文選學普遍存在的困境之一。

再如張景陽〈七命〉有句「若其靈寶，則舒辟無方」，句中「辟」字，或疑「屈」字，劉文典引段校云：

> 段校云：「《荀子注》引作『舒辟不常』。李善曰：辟，卷也。言神柔則可卷而懷之，用則可舒。』今注『舒，申也』下有脫文。」
>
> 典案：沈括《夢溪筆談》云，「錢塘有聞人紹者，嘗寶一劍，用力屈之，如鉤，縱之鏗然有聲，復直如弦。關中種諤亦畜一劍，可以屈置盒中，縱之復直。張景陽《七命》論劍曰：『若其靈寶，則舒屈無方。』蓋自古有此一類。」細繹《筆談》文義，則「辟」字疑「屈」字之誤。然《荀子》楊倞注、《北堂書鈔》百二十二引字并作「辟」，是隋、唐人所見本與李本合。上文「萬辟千灌」注：「辟，謂疊之。」又「《典論》：『魏太子丕造百辟寶劍。』（「《典論》」疑「《典略》」之誤。）王仲宣《刀銘》曰：『灌辟以數，質象以呈。』」雖「辟」字指鑄造劍法而言，然亦皆有疊義。此當是傳本不同，未可據彼改此也。（同前，頁一四九）

這條批注，可謂精詳，能引沈括《夢溪筆談》同載靈寶一事之文，別作「舒屈」，與「舒辟」異，遂兩存異文。次據別書，以《荀子》楊倞注，及《北堂書鈔》百二十二引字，爲相近時代引文之同善注引爲證，予以定正誤，仍歸之「辟」字，而有「疊」意字訓。至此，劉文典所表現的它校法功夫與字義訓詁能力，可謂淋漓盡至。

可惜，劉氏所據之段校，與段校所據之善注《文選》，實爲誤書。因爲段玉裁注所謂善注「辟，卷也，言神柔則可卷而懷之，用則可舒」十六字。實非善注，乃五臣濟曰之注。各本善注僅「舒，申也」，闕「辟」字訓詁。段玉裁之失校，首引於梁章鉅《文選旁證》，復經胡紹瑛《文選箋證》加以辨難，已指正段注失誤。⑪惟胡氏雖知引注之誤，仍欠版本爲校。今劉文典再承梁胡二家之誤，終不免雪上加霜矣。此皆近代文選學乏善本以考校之例。

九、結語：理校之餘，如能輔以版本之善者，更可取證

近代文選學表現於清人校勘之成績者，大大超邁前人。但到胡克家之《文選考異》出，清人所能見之文選版本，最早之本亦僅及於南宋尤袤刻本。然而尤袤當年刻善注，嘗取四明贛上之本參校，即今可見之明州本與贛州本《文選》，此二本均爲南宋六臣合注本。尤袤必見之。⑫但胡克家仿尤本刻時，已不可見此二本，今自《文選考異》全書引校各本，獨無據此二本可證。

然則，胡克家做為代表清代文選考據最有成就者之大家，所見《文選》善本，除尤本宋刻之外，亦不過是茶陵本與袁本，此二家均為元明刻本。

劉文典所校之文選，正與胡克家同樣格於時代之限制；雖云校勘精審，若必欲吹毛求疵，責其完善；當然在它校與理校之餘，惜欠善本或更早之本以輔證，可謂為劉文典文選學稍不足之處。以下兩例可見一斑。

例一於陸機〈漢高祖功臣頌〉有句「韓王窘執，胡馬洞開」善注「此特萬世之事也」引胡克家《文選考異》云萬世當作一力士三字，《漢書》《史記》可旁證。劉文典下案語云：

> 典案：俞理初《癸巳存稿》卷十五《古筑兩孫君小傳》：「孫學道，字立人，好學能博覽，其識通敏。〈文選・漢高祖功臣頌・注〉：『此特萬世之事也。』友人質之，學道曰：『「萬世」乃「万士」之訛，「萬士」乃「一力士」之訛也。《陸機〈五等論〉・注》引《漢書》：「萬士瞋目扼腕」，「萬」乃「万」之訛，與此同。』檢《漢書》果然。」此可考「一力士」三字訛為「萬世」二字之由。（同前，頁一五三）

此條批校，用它校法，引它書以校。所引之書，除胡克家所引史漢可證，又舉近代俞理初《葵已存稿》卷十五之說為旁證，可謂作「一力士」三字可確信矣。

然而，《文選》注何以作「萬世」之誤？據胡克家《文選考異》云各本皆誤。若問各本為何本？則胡未說，劉文典亦未述及。

今考所謂各本，如奎章閣本、明州本、廣都本、贛州本、叢刊本等諸善本均同此誤。是可知善注引書時已可能誤作「萬世」，與史漢不合。然而，此一引書之誤，若得更早之《文選》版本以校，則取信度當更高。

例二，於干寶《晉紀總論》有句「舉二都如拾遺」白文遺下脫芥字。劉文典云：

> 六臣本「遺」下有「芥」字，《晉書》亦有「芥」字。許巽行云：「諸本無『芥』字，《晉書》有「芥」字，流俗所增。《王粲〈從軍詩〉》『忽若俯拾遺』、《陸機〈功臣頌〉》『拾代如遺』、《五等論》『易於拾遺』注并引梅福語而不引夏侯勝『俛拾地芥』語，知善本書無『芥』字也。」
>
> 典案：「擾天下如驅群羊」、「舉二都如拾遺芥」正相對爲文，無「芥」字則句法不一律，當以《晉書》、六臣本爲是。

此條批語，考《文選》六臣本有芥字，劉文典因據理校法，以上下文意句法一律權衡，當有「芥」字爲是。劉氏案語惜無版本以證，否則當更能服人。

今考清代文選考據家不只許巽行《文選筆記》有說，即梁章鉅亦云：「六臣本遺下有芥字，晉書亦有芥字。」（《文選旁證》卷四十一，頁三）知許、梁二家已先考之於前。

但是在考定「芥」字爲是之所據本僅以六臣本與胡刻本對校，更無別本並校。只好用它校法，取《晉書》有芥字爲證。這是清代考據家在無更早之《文選》版本可見之情況下，所能臻善之事。而劉文典亦同受無版本之局限，也只好用句法律則，以文意玩索是否通暢加以重考。可謂它校之外加以理校。

其實，若以版本實際狀況而言，許、梁所據六臣本，當爲叢刊本一系之六臣本，均有「芥字」。可是，在更早的贛州本同有「芥」字下，出著校語「善本無芥字」，今案之尤本，胡刻本即無芥字。再查奎章閣本，同贛州本，亦出校語。可見善注本無「芥」字，五臣本有。此必文選學向來存在的兩注本白文有異同的現象。果然，考之五臣單注陳八郎本即有「芥」字。

以上的版本事實，如能引述於劉文典此條案語，則作「芥」爲是可定論矣！

由本論文前述各節之評述，劉文典之文選學，守法極嚴，不離崇賢之道。但因身處近代西學中學交會之際，遂以時序潮流之助，於古法中盡思變創。所謂文選學「通變」之途，劉氏可謂具體例示。至於劉氏以經學、以龍學、以文體文意學旁通選學，亦屬變通之用心，證如上。

註釋：

❶ 所謂近代文學，以一八四〇至一九一九「五四」運動此期爲界。據熊向東等人合編《首屆中國近代文學國際學術研討會論文集》有周林的定義即如此。（見該書頁四），又施蟄存主編《中國近代文學大系》，時間亦限此期。它如《第二屆近代中國學術研討會》書前弁言，有林平和之定義亦同。據此，劉文典生當一八八九至一九五八，前段即屬近代，後段則入現代時期。蓋現代時期以一九一九至一九四九爲界，此下即入當代時期。案：凡此近代現代當代各期之分，多半爲大陸學者行文及出版物之所慣行。台灣學界未見有對此詳述嚴限之論，今暫從慣說。

❷ 這一則置於《文選平點》書前之「凡例」，乃出自黃焯過錄之黃季剛文選評點。另有黃念容過錄之本，則缺此凡例。可知二家所過錄之黃氏文選學多有不同，其餘同例亦散見各處。

❸ 在此一項目中所收比較論文，大多從思想、歷史、佛學、玄學、文論等方面論述。其中亦收有台灣學者齊益壽〈文心雕龍與文選在選文定篇及評文標準上的比較〉與舒衷正〈文心雕龍與蕭選分體之比較研究〉二文。（分見《文心雕龍學綜覽》，頁二八五、頁二八七）

❹ 鄭玄注《論語》，據唐寫本，並無「攻乎異端，歸之正義」注，然於「孝乎惟孝，友于兄弟。施於有政是亦爲政，奚其爲爲政」句下有鄭注，引《易・家人》卦彖傳：「家人有嚴君。」云云爲注，可知鄭玄引易釋論語。（《唐寫本論語鄭氏注》，頁一三）其餘引易注者，多散見。

❺ 詳劉氏如此斷言之口氣，當以攻即攻人之惡爲正確。與劉氏約略之近代學者，如康有爲於此句之解，則兩存訓義，並不專主攻如字解之義。（《論語注》，頁二四）此又劉氏與近代其它學者所見不同之處。

❻ 此條批語自「按《南史・任昉傳》以下引文三十二字，當非何義門原來批語。查四庫全書本《義門讀書記》、廣陵書局刻本《讀書記》、及崔高維點校本等三種刻本，均無此三十二字。故當併典案二十六字合爲劉文典校語。管錫華校點的《三餘札記》未細分，當是失校。

❼〈玉玦賦〉爲明張溥收入《魏文帝集》，未詳出處。嚴可均輯《全三國文》，亦收此賦，注出《藝文類聚》卷六十七。（《全上古三代秦漢三國六朝文》，頁一〇七四）案：詳今見二本所收文帝賦，詠「玉玦」者只此一篇，再據今人宋效永校點《魏文帝集》，雖於張集嚴輯之後，續有補遺，詳其所補篇目，亦無詠「玉玦」之賦。（《三曹集》，頁二一六—二一七）知今存可見魏文帝集詠玉之賦確實只此一篇。因之，劉文典據以爲即〈與鍾大理書〉所指之玉，應可信。

❽此處用「文體類別」乙詞，簡稱文類。但文類一詞首見於《文選》張平子〈四愁詩〉序「豪右并兼之家」句下善注引李竟《文類》一書（或篇），惜李書不見，無以知其性質。現代所謂文類，蓋西方譯名。與古代文論之「體」「體性」「品」「體裁」「位體」等概念相近，但西方所謂「文類學」領域遠遠大過以上諸詞。本論文用「文體類別」，蓋專就文學形式結構之分門別類意思而言。

❾黃季剛此條批語四十二字，據黃焯整理的黃氏評點《文選》，成一書曰《文選平點》，頁一九五。另外黃念容也整理一本，見《文選黃氏學》。於同卷處並無此四十二字，可知兩家過錄之黃氏批語，互有詳略。

❿劉文典此條校語末有云：「又此事當以晉書列女傳爲正」，楊家駱影刊上海涵芬樓石印本未加標點。而大陸學人管錫華則有點校本，誤讀成《晉書》《列女傳》兩書，（《三餘札記》（校點本），頁一四〇）其實是《晉書·列女傳》乙書所載竇滔妻之本事，易生混淆，當記於此。

⓫梁章鉅有考「舒辟」乙詞，全襲段注之語。未加考證。（《文選旁證》，卷二十九，頁十八）胡克家無說。胡紹瑛始指正段注之誤。但所引五臣注濟曰，仍與贛州本、奎章閣本、陳八郎本之濟曰不同，省略甚多。（見《文選箋證》卷二五，頁十八）可知胡氏所據《文選》五臣注本與今見各宋本不同。

⓬近代文選學家珍視之版本，除敦煌寫卷外，當屬日本古抄無注之松方伯爵家藏本，此本經劉師培、徐行可、黃季剛過目。而高步瀛之《文選義疏》遍引以校，多從此本作字。近代選家苦無版本以證，殆爲共病。即如劉文典校〈神女賦〉玉王互倒，亦主日本古抄說。（《三餘札記》，頁一四五）案：王玉不必倒文，此必日本古抄誤抄。蓋此本經日人清水凱夫考訂卷末有墨書元德二年，知爲元代抄本（一三三〇

年）。（《清水凱夫詩品文選論文集》，頁三〇一）。今據宋刊文選如奎章閣本、廣都本、贛州本、陳八郎本等王玉均不倒可知昭明原文如此。

引文書目

國立中央大學中國文學系所（編著），一九九六，《第二屆近代中國學術研討會論文集》。台北：萬卷樓圖書有限公司。

清水凱夫，一九九五，《清水凱夫詩品文選論文集》。北京：首都師範大學出版社。

楊明照，一九九五，《文心雕龍學綜覽》。上海：上海書店出版社。

穆克宏，一九九四，《滴石軒文存》。福州：海峽文藝出版社。

張啓成（等），一九九四，《文選全譯》。貴陽：貴州人民出版社。

陳宏天（等），一九九四，《昭明文選譯注》。長春：吉林文史出版社。

熊向東等（選編），一九九四，《首屆中國近代文學國際學術研討會論文集》。南昌：百花洲文藝出版社。

穆克宏，一九九二，《玉臺新詠箋注》。北京：中華書局。

宋効永（校點），一九九二，《三曹集》。長沙：岳麓書社。
何文匯，一九九一，《雜體詩釋例》。香港：中文大學出版社。
王　素（編），一九九一，《唐寫本論語鄭氏注及其研究》。北京：文物出版社。
嚴可均，一九九一，《全上古三代秦漢三國六朝文》。北京：中華書局。
施蟄存，一九九一，《中國近代文學大系》。上海：上海書店。
劉文典，一九九〇，《三餘札記》（管錫華點校本）。合肥：黃山書社。
詹　鍈，一九八九，《文心雕龍義證》。上海：上海古籍出版社。
王運熙，楊明，一九八九，《魏晉南北朝文學批評史》。上海：上海古籍出版社。
王運熙、顧易生，一九八九，《魏晉南北朝文學批評史》。上海：上海古籍出版社。
清水凱夫，韓基國（中譯），一九八九，《六朝文學論文集》。重慶：重慶出版社。
趙福海（等），一九八八，《昭明文選研究論文集》。長春：吉林文史出版社。
李定生、徐慧君，一九八八，《文子要詮》。上海：復旦大學出版社。
何　焯，一九八七，《義門讀書記》。北京：中華書局。
陳　香，一九八五，《異體詩舉隅》。台北：臺灣商務印書館。
黃　焯，一九八五，《文選平點》。上海：上海古籍出版社。
黃　侃，一九八五，《文選平點》。上海：上海古籍出版社。
康有為，一九八四，《論語注》。北京：中華書局。

馬　總（編），一九八一，《意林》（四部備要本）。台北：臺灣中華書局。

何　晏（注），刑昺（疏），一九八一，《論語注疏》（十三經注疏本）。台北：藝文印書館。

黃季剛，一九七七，《文選黃氏學》。台北：文史哲出版社。

趙順孫，一九七二，《四書纂疏》。台北：新興書局。

陳懋仁，一九七〇，《文章緣起注》。台北：廣文書局有限公司。

張雲璈，一九六六，《選學膠言》。台北：廣文書局。

梁章鉅，一九六六，《文選旁證》。台北：廣文書局。

胡紹瑛，一九六六，《文選箋證》。台北：廣文書局。

梁章鉅，一九六六，《文選旁證》。台北：廣文書局。

劉文典，一九六三，《三餘札記》（楊家駱讀書札記叢刊本）。台北：世界書局。

楊仁山的佛學思想及其影響

王樾

一、前言

梁啓超在《清代學術概論》中指出：

「晚清思想有一伏流曰佛學。龔自珍受佛學於紹升，晚受菩薩戒。魏源亦然。……龔魏爲今學家所推獎，故今文家多兼治佛學。石埭楊文會……夙棲心內典，學問博而道行高，晚年息影金陵，專以刻經弘法爲事，……深通法相、華嚴兩宗，而以淨土教學者，學者漸信之。譚嗣同從之游一年，本其所得以著《仁學》，……梁啓超亦好焉，其所著者往往推挹佛教。康有爲本好言宗教，往往以己意進退佛說。章炳麟亦好法相……故晚清所謂新學家者，殆無一不與佛學有關。凡有眞信仰者，率皈依文會。」❶

上述引文，除龔、魏曾受菩薩戒以及「龔自珍受佛學於紹升」一段有誤外（按：應是龔受佛學於江沅，而江受之於彭），就晚清整體學風及知識份子學佛風氣的時代精神而言，梁氏確實精簡扼要地點出晚清佛學發展及其與學術、政治社會互動的概貌；而梁氏認爲楊仁山「棲心內典，學問高而道行博，……」深通法相、華嚴兩宗，而以淨土教學者，……凡有眞信仰者率歸文會」，一方面簡要地指出楊氏思想的梗概，另一方面也肯定了他在晚清思想史上的重大影響。

楊氏的得意弟子之一，近代以研究法相唯識學著名的佛學家歐陽竟無則認爲楊仁山一生對佛教的重要貢獻可歸結出十大功德，分別爲一、學問弘廣。二、創刻全藏。三、收集佚經。四、刊刻佛像。五、創辦僧學。六、倡弘法印度。七、創居士道場。八、舍女爲尼。九、舍金陵刻經處於十方。十、舍科學技藝之能而全力於佛事。可謂對楊氏予以高度地推崇與贊譽。或謂彼二人有親密的師承關係，又同對佛教有虔誠的信仰，難免因主觀的感情作用而有溢美之辭？其實不然！我們即使將二人主觀的親密關係與情誼抽離，純粹將楊氏的一生志業與作爲擺在晚清思想史的發展脈絡中來作客觀評析，將不難發現楊氏對晚清的思想界確曾產生相當大的具體影響。舉其要者，楊氏對於晚清佛學與思想界至少產生了下列幾方面客觀的歷史作用，而對晚清思想史產生了重大影響：

其一、楊氏提倡透過「信、解、行、證」的進路來從事學佛的修養，不僅消極地糾正了當時社會上一般人或迷信或對學理空疏或知行相違等時弊，更積極地以「解」來帶動依據佛典辨析佛理，強化了近代佛學研究的思辨性，而此一對佛學研究思辨性的重視，不僅使近代佛學與高等教育（如大學、研究機構）得以結合，提昇了佛學的學術性，也間接帶動了晚清學風的批判精神，超越意識與道德理想，某種程度形塑了晚清學風特有的求新、求變、關切社會的時代精神。此外，復以「行」、「證」的具體實踐精神，啓發並激勵了晚清部份思想家的積極入世性格，而勇於追求政治社會的變革，而達於知行合一、思辨性與入世性、理性思維與具體實踐之均衡。正所謂依「解」而「信」，依「信」而「行」，因「行」而「證」。

其二、他捨盡家產創設金陵刻經處，收集佚經，刻刊全藏，刊刻佛像，流通經典，弘法利生四十餘年，計流通經典一百餘萬卷，印刷佛像十餘萬張，其中包含甚多在中國早已失傳的經典，充分展現出爲經典刊刻流通的努力，金陵刻經處於一八九七年成立，成爲我國最大佛經出版、流通之場所，藏經板計十一萬一千六百多片，且版本之精良亦被譽爲第一。由此可知楊氏的收集、刊刻、流通佛經之事業確爲近代佛學文化的復興提供了厚實的典藉基礎。

其三、他精心規劃創辦專業化的佛學教育（僧學），確立初（沙彌）、中（比丘）、高（菩薩）三級課程的僧學教育制度，並親手編寫佛學課本，同時亦深具世界觀與國際觀的胸襟與眼光，提倡以「英文貫通華梵」，開設英文、梵文、巴利文等課程，培育僧才，不僅要振興中國佛教，同時還要放眼世界，促進國際佛學交流，宏揚佛教於歐美地區。此舉對近代中國佛教教育的勃興、佛教文化事業的發展亦產生深遠之影響。

基於上述，可知楊氏之於晚清佛學乃至思想史當係一值得研究之對象，且與晚清佛學之振興有相當大之關係。爲析論之方便，筆者擬依楊氏生平事蹟、楊氏的佛學思想、楊氏的佛教文化事業、楊氏在近代思想史上之意義的先後秩序，逐一對相關問題作一討論。

二、楊仁山居士生平事略

楊仁山，名文會，清道光十七年（一八三七年）十一月十六日丑時生於安徽石埭（今太平縣）。據說其「母孫太夫人娠居士時，夢入一古剎，有巨甕覆以箬笠，啓則視之，則有蓮花高出甕口，旋驚悟，是年居士生」。❷其父樸庵先生同年舉於鄉，因此，先生益鍾愛之，明年成進士，授職西部，楊氏隨父舉家北上。

楊氏天資聰穎，幼兒時期游戲即條理秩然。九歲南歸，十歲受讀，十四歲能文，然性情清雅疏曠、淡泊名利，不喜舉子之業，沈浸於唐詩宋詞浪漫不羈的文學情調裡，與知交數人結社賦詩，馳逐聲色，吟詠爲樂，嘗有「客味鵝兒酒，鄉心燕子魚」等詩句，流露出灑脫飄逸的文采與不拘世俗的才情。「性任俠，稍長，益復練習馳射擊刺之術」。❸年十七，適逢洪楊起事，鄉里俶擾不安，在戰亂中扶老攜幼，一家數十口輾徙徽、贛、江、浙間，往還十年，屢瀕于危，然楊氏從容部署應變，卒能屢屢轉危爲安，又曾襄辦團練，「在徽甯則佐張小浦中丞、周百祿軍門理軍事，跣足荷槍，身先士卒，日夜攻守不倦，論功則固辭不受。」❹

楊氏在青年的時期「喜讀奇書，凡道家、兵家及諸子莫不購置」，即使流離顛沛之際，仍舁敝簏貯書以隨，「凡音韻、曆算、天文、輿地以及黃老莊列之術，靡不探賾，韞之於心」。❺大致說來，楊氏在二十七歲以前，並未眞正接觸佛典，於佛法亦無特別的興趣。此點從兩件小事可以證明。其一，曾有一不知名的老尼授楊氏《金剛經》一卷，「懷歸展讀，猝難獲解」，但「覺甚微妙，什襲藏棄」；其二曾於皖省首府書市，偶得《大乘起信論》一卷，但「擱置案頭，未暇寓目」。由上述可知，楊氏從出生至二十七歲的經歷係一出身於書香官宦之家，博覽群書，性情疏曠，淡泊名利，雅好文學、有俠氣、喜讀兵書又深受黃老思想之影響的知識份子，在太平天國十餘年動亂之中，雖飽嘗流離顚沛之苦，但對於佛學始終並無深刻的接觸與領會。

然而，楊氏傾心向佛的機緣卻逐漸成熟了。

一八六四年，楊文會二十七歲，是年其父樸庵先生逝世，「家無儋石儲」，經濟頓陷窘境，歸葬畢，楊又不幸身染重病。在歷經十年動亂劫後餘生的歷史變局之後，復遭「先君子棄世，家貧母老，無以爲生」的家道中落之窘困，再遭身體病痛之折磨，內外交逼的人生憂患，使得楊氏心頭人生無常、有漏皆苦之感油然而生，正如梁啓超對當時社會背景及時人心理所作之分析：「社會既屢經喪亂，厭世思想，不期而自發生，對於此惡濁世界，生種種煩懣悲哀，欲求一安身立命之道，稍有根器者則必遁逃於佛」。❻在此國亂、家衰、身病重重淒苦的生命處境下，開啓了楊氏潛心佛法追求超脫的契機。於是，在病中重新展讀《大乘起信論》，「乃不覺卷之，不能釋也，賡續五徧，窺得奧旨。由是偏求佛經，久之，于坊間得《楞嚴經》，就几諷誦，幾忘身在書肆，時日已斂昏，肆主催歸，始覺悟。此後，凡親朋往他省者，必央覓經典，見行腳僧，必詢其從何處來？有何剎竿？有無經卷？一心學佛，悉廢棄其向所學」。❼上述人生的轉折，就是他日後一心向佛的起點。

一八六五年初楊氏至金陵，得經書數種，明年移居甯（南京），主持江甯工程。同事王梅叔佛學造詣深邃，二人經常相互切磋，相得甚歡。復與魏剛己、趙惠甫、劉開生、張浦齋、曹鏡初等諸君子遊，「互相討論，深究宗教淵源，以爲末法世界，全賴流通經典，普濟衆生」。因有感於十年戰亂之後，江南佛教典籍文物毀滅殆盡，而北方龍藏，既成具文，至欲求無量壽經、十六觀經也不可得，于是發心刻書本藏經，俾廣流傳。於是，由楊氏起草章程，得同志十餘人，分任勸募。當時，發心最切、贊助最力者爲鄭學川。鄭君未幾即出家，名妙空子，曾創江北刻經處於楊州，刻經甚夥。在此激勵之下，楊氏乃在金陵積極安排，籌劃刻經事業，首刊魏源輯注之《淨土四經》。從此以後，至其去世，前後四十五年，朝夕本板丹鉛，鍥而不捨，傾全部心血於流通經典的事業之中。（自一八六五年籌劃刻經事業以來，數年之間，所刻之經漸增，乃擇定金陵北極閣，集資造房，以爲貯藏經板之地，並聘僧人主持。大約在此時，其籌建金陵刻經處之構想已成。）

一八六五至一八七三年（同治十二年）之間，楊氏過著相當辛勞的生活。「日則董理工程，夜則潛心佛學，校勘刻印而外，或誦經唸佛，或靜坐作觀，往往至漏盡就寢。所辦工程費省工堅，軼其儕輩，曾李諸公（曾國藩、李鴻章等）咸以國士目之」。但楊氏「夙著勤勞，身兼數事，頗以障礙佛學爲苦」，終於一八七三年屏絕世事，家居讀書，專究佛乘，雖有李鴻章函聘辦公，亦堅辭不就。家居期間，參考造像量度及淨土諸經，靜坐觀想，審定章法，延聘畫師繪成「極樂世界依正莊嚴圖」、「十一面大悲觀音像」，並搜得古時名人所繪菩薩像刊佈流通，以資供奉。次年，泛舟遊歷蘇浙，禮舍利、朝梵音，且隻身前往洞庭西山古刹搜求舊經，結果搜求殆遍，卻一無所獲，竟以資斧缺乏，幾不能歸，其時家計日趨窘困，仍復就江甯籌防局差。

一八七五年（光緒元年）楊氏受命經理漢口鹽局工程。明年應曹鏡初之約赴湘，商議長沙刻經事務。同時，兼受曾紀澤之聘，襄辦傳忠書籍。一八七八年，曾紀澤奉命出使英、法，楊氏得以隨赴歐洲，考察當代先進文明與列強興國之道。楊氏利用此行「考求法國政教生業甚詳，精究天文、顯微等學，製有天地球圖併輿圖尺，以備將來測繪之需。期滿假歸，辭不受獎，仍以刻經為事。」

一八八五年復應劉芝田之召，「隨往英倫，考察英國政治、製造諸學，深明列強立國之原」。❽三年後，假滿歸國。嘗語人曰：「斯世競爭，無非學問。歐洲各國政、教、工、商，莫不有學。吾國倣效西法，不從切實處入手，乃徒襲其皮毛。方今上下相蒙，人各自私自利，欲興國其可得乎？」❾正基於此一深刻之體認，「復以世事人心愈趨愈下，誓不復興政界往還」，❿乃更下定其挽救人心、弘法利生的決心。自此，楊氏便致全力於振興佛教、弘揚佛法，以佛法救世的志業。

一八七八年及一八八五年兩度出使英法考察的經歷，對楊氏弘法利生的事業有著相當大的影響。若加以精簡的分析，至少下列幾點頗值得我們注意：

第一、兩次歐遊的歷練，擴大了楊氏的視野，使他從一個中國傳統知識份子變成一位較具世界觀與國際觀的人仕，因而對於救國救民之道，產生了更深的覺悟。近代中國自中英鴉片戰爭之後，一般論者每誤以爲西洋的「船堅砲利」、進步的工藝製造，是西方列強富強的根本原因，認爲只在科技上迎頭趕上，「小屈」之後，必能「大伸」。清廷於平定洪楊之後，所推行的洋務運動（自強運動）也正是依「師夷長技以制夷」的綱領，追求科技與軍備的西化，其追求富強之志氣雖佳，但實未觸及現代化的核心。楊氏赴英法考察西歐文明昌盛、國家富強之道，除對天文、顯微、測繪等自然科技（器物層面）虛心精研外，更深知科技之外的政治、經濟、社會……等制度層面乃至於學問、教育、人心……等文化層面均與國家興衰息息相關，甚且更一針見血地指出學問（即指學術文化水準）之高下，才是國力強弱之關鍵，人心之正邪（即指國民素質、道德水準）才是社會榮枯之根本，而教育與教化正是培育學問、導正人心，進而促成國家富強康樂、長治久安的根本救國之道！而他之所以在歐遊歸國後，不復與政界往還，而致全力於振興佛教、宏揚佛教文化的社會教化事業，除原已具備的宗教熱忱之外，實與他歐遊後產生的「斯世競爭，無非學問。歐洲各國政、教、工、商莫不有學」、社會上人人應「上下不相蒙、人不各自私自利」的深刻覺悟有關。

第二、由於他曾兩度隨清廷使節赴歐考察，因而有機會與歐洲研究梵文佛典的學者接觸，更重要的是，他和日本佛教學者如南條文雄等取得聯繫，得以在彼等協助下，從海外找回許多在中國已失傳的佛經加以印行流布，爲佛教的振興提供了良好的典籍基礎。

第三、由於與這些國際佛學研究者的交流，啓發了他日後創辦專業化佛學教育及提倡國際佛學交流的觀念。此點可由他日後所規劃的祇洹精舍開設有英文、梵文、巴利文等外語課程及英譯《大乘起信論》窺知一二。

歐遊歸國後，楊氏于東瀛購得小字藏經全部，終日閉戶誦讀，深有所得。一八九〇年夏，赴京師禮旃檀佛像，蒐集藏外古德逸書。同年，恰逢其內弟蘇少坡隨使節東渡日本，趁此之便，楊氏乃致書南條文雄，廣求中國失傳之佛教經論，由是獲得古德佚書，上起梁隋，下迄唐宋等藏外經論及部份日本佛教著述多達三百種，一千餘冊，其中包括失傳千年的法相宗典籍，天台章疏尤多，且大都爲國內研究佛學者所崇尚，其資料價值之珍貴可以想見。於是楊氏審愼選擇其中最精善者優先雕版印刷，經濟困難時，不惜先後出售歐遊時所購置之各種儀器以補資金不足，充分展現了他爲宏揚佛教文化的奉獻精神。

一八九四年，歲在甲午，爲加強推動佛學國際化的工作，與英國浸信會教士李提摩太（Timothy Richard）合作，將《大乘起信論》譯爲英文，以爲佛法西漸之用。次年，錫蘭摩訶波羅居士蒞滬（上海）訪問，向楊氏表達了乞法西行，復興五印佛教的志願，楊氏深受感動，並深感摩氏心願實與己相契於心，於是爲培育所需人才積極提倡僧學（專業化的新式佛學教育）。他親手訂定課程，並依據明季吹萬老人《釋教三字經》編寫《佛教初學課本》，俾便普及佛法及奠定僧學教育初基。其間，日本眞宗設本願寺於金陵，幻人法師建講席於江南。楊氏因感於其議論偏失，曾與書辯論教宗，書牘往來，不憚萬言，期能補偏救敝、匡正學風，而成《闡教篇》、《等不等雜觀錄》之「與釋幻人書」等著作。一八九七年，楊氏築室於金陵城北延齡巷，創金陵刻經處，作爲存經板及流通經典之所，金陵刻經處歷經百年滄桑，至今猶存，對近代佛教文化事業貢獻殊偉。是年夏天，其母孫太夫人壽終，楊氏闋服詔其三子：

「我自二十八歲得聞佛法，時欲出家，徒以有老母在，未獲如願。今老母壽終，自身亦衰邁，不復能持出家律儀矣。汝等均已壯年，生齒日繁，應各自謀生計，分炊度日，所置房產，作十方公產，此後毋以世事累我也。」⓫

自此，楊氏安居樂道，會釋經典，維持法教，日無暇晷。嘗語人曰：「吾在世一分時，當於佛法盡一分時之力。」⓬一八九九年初，又與其三子立分家筆據，強調其「三十餘年經營所成，永遠作爲流通經典之所，三房均不得認爲己產。」其大公無私的胸襟與宗教家慈、悲、喜、捨的風範於此可見。

一九〇七年，楊氏復以金陵刻經處爲基礎，開辦佛教學堂——祇洹精舍，作育佛教人才，開設國文、英文、佛學等課程。他強調「以英文貫通華梵」，期能振興佛教、開拓佛學國際交流。他敦聘當時著名的詩僧蘇曼殊教授英文，保慶名士李曉暾授國文，而楊氏自任佛學教師。就學者緇素二十餘人，人數雖然不多，且因經費問題，辦學不到兩年即暫停，但其中英傑輩出，如日後創辦支那內學院的歐陽竟無、創辦武昌佛學院的太虛法師、著名的唯識名家梅光羲、倡議佛教改革的釋仁山以及弱冠出家，後參加同盟會獻身革命的李棲雲……等等，這些學生日後大都成爲著名的佛教學者和佛教社會活動家，除對近代中國佛學之振興有相當大的影響外，亦因開創了中國近化新式僧學教育之風，在中國教育史上有其不可磨滅的貢獻，影響所及，實非僅侷限於佛教而已，對於政界、思想學術界、社會各層面都注入了新生的活力（例如維新派的梁啓超、譚嗣同、革命派的章太炎……均藉此從楊氏處吸取了新的觀念，孕育出自己的救國思想與學術理論）。

一九一〇年，辛亥革命前夕，楊仁山復糾合同志共創佛學研究會，許多學者名流、社會賢達如夏穗卿、陳三立、張爾田、梅光羲、陳曾植、歐陽漸、桂伯華、黎端甫……等均有參與，公推楊爲會長，約定每月開會一次，每七日講經一次，聽者雲集，歡喜踴躍。同時，見日本重印續藏經，雖搜求甚富，多達一萬餘卷，但卻駁雜不純，爲避免讀者爲邪見所誤，乃欲加以選擇，詳訂書目，編輯提要，以示門徑，然而，志願未遂，慧燈輟照。一九一一年秋初示疾，知難再起，在病中曾與其子媳云：「我之願力，與彌陀願力吻合，去時便去，毫無繫累，爾等勿悲慘，一心念佛，送我西去，如願已足。」[13]其生命情調之雍容灑脫、平生修持定力之沈穩凝歛，眞令人欽佩！是年八月十七日，召研究會同仁詳商會務，裁定其所刻《大藏輯要》目錄，商議維持保護金陵刻經處之法，並議舉新會長人選，會議未散，而楊氏已於申刻去世。據說於會議當天午時，楊氏即先囑家人濯足剪甲，並說：「此時刻經處事當已議定矣，余心放下，可以去矣。」[14]於是端坐念佛，須臾小解，身作微寒，向西瞑目，而逝，面色不變，肌膚細滑不冰，正所謂「吉祥而逝」，也實證了他因堅定的淨土信仰而呈現的超越境界。

綜觀楊氏一生弘法利生四十餘年，流通佛典一百餘萬卷，印刷佛像十餘萬張，而願力之弘，所囑望於將來者，更無有窮盡也。著有《楊仁山居士遺著》十冊、佛教中學古文課本甲、乙、丙、丁四篇；手輯《大藏輯要》、《賢首法集》一百數十卷、華嚴著述集要廿九種、淨土古佚書數十種、淨土經論十四種、大乘起信論疏解彙編、釋氏四書、釋氏十三經注疏及其他編會經論……等。

三、楊仁山佛學思想分析

在瞭解楊氏重要的生平事跡之後，筆者擬進一步來探討他的佛學思想。概略來說，楊氏的佛學思想特色及其影響不外下列幾點：一、提倡「信、解、行、證」的學佛進路，使學佛者深刻體悟到理論與實踐並重之重要。二、提倡深入法相、華嚴而匯歸淨土，影響所及，造成晚清知識份子研究法相唯識宗之風特盛。三、以佛理爲最高原理，以其要旨，會通儒、釋、道三家思想於一體，對部份晚清學者致力於會通三教進而嘗試創造新的思想體系，頗有啓發作用。現將這幾點較詳論析於後。

梁啓超在《清代學術概論》中指出楊氏：「棲心內典，學問高而道行博……，深通法相、華嚴各宗，而以淨土教學者」。此語雖指出楊氏佛學思想的大概，卻未能及其思想之全貌。楊氏自己則謙稱他的思想既非「維新」，亦非「守舊」，而是「志在復古」，「本釋尊之遺教耳」。其實楊氏的佛學思想一方面「私淑蓮池、憨山」，「復紫柏之舊觀」，而另一方面則切合晚清的學風與當時社會人心之需要，顯然非「復古」二字所能侷限。實際上，他的佛學思想頗有調和佛教各宗及內外、中西學說的傾向，「復古」只是一面旗幟，透過「革新」而振興佛教才是他眞正的理想。

「楊對佛學，不只有學術上的興趣，而且奉爲宗教信仰。他強調學佛應以信、解、行、證爲進路，也就是說，學佛的人必先有信心，然後，繼之以正確的解悟，而正確的解悟必須伴以實踐，解悟與實踐交相配合，才能體證佛教的眞理」。有關信、解、行、證的修行進路他在「學佛淺說」一文中有較詳細的說明：

「……學佛者當若之何？曰：隨人根器各有不同耳。利根上智之士，直下斷知解，徹見本源性地，體用全彰，不涉修證，生死涅槃，平等一如；此種根器，唐宋時有之，近世罕見矣。其次者，從解路入，先讀大乘起信論，研究明了，再閱楞嚴、圓覺、楞伽維摩等經，漸及金剛、法華、華嚴、涅槃諸部以至於瑜伽、智度論。然後依解起行，行起解絕證入一眞法界，作須回向淨土，面覲彌陀，方能永斷生死，成無上道。此乃由約而博，由博而返約之法也。又其次者，用普度法門，專信阿彌陀佛接引神力，發願往生，隨己堪能，或讀淨土經論，或閱淺近書籍，否則單持彌陀名號，一心專念，亦得往生淨土，雖見佛證道有遲速不同，其超脫生死，永免輪迴一也。」[15]

由上述引言，當能了解楊氏爲何特別強調一般人學佛須採「信、解、行、證」進路之理由，以及初學者宜透過那些經論，循序漸進，做好解悟的功夫，然後「依解起行」、「證入一眞法界」最後迴向淨土、不妄輪迴的修行法門。另外，從他建議學佛者「從解路入」的閱讀書目來看，實廣泛融攝大乘佛教各宗派的佛典：例如：《大乘起信論》一書與天台宗有密切關係、《楞嚴經》《瑜伽師地論》是法相唯識宗重要的經論、《華嚴經》係賢首宗（即華嚴宗）的主要經典、《金剛經》、《大智度論》是般若空宗的主要經論，而淨土經論，自是然是淨土宗的各種重要典籍。這些書目一方說明了他自身研究佛學的作學問的知識歷程，另一方面則顯示出他對佛教各宗派採取兼容並蓄不分軒輊的態度。不過，他唯獨對於禪宗則持有所保留的態度。之所以如此，並不是他反對禪宗的教理，而是憂慮禪宗不立文字，不依經典、直指心性的教法，若非利根上智如六祖慧能者，很可能會造成學者空疏浮淺、濫附禪宗、妄談般若的弊病。他憂心地指出此一時弊：

「近時宗門學者，目不識丁，輒自比於六祖，試問千餘年來，如六祖者，能有幾人？」

「蓋自試經之例停，傳戒之禁弛，以致釋氏之徒，無論賢愚，概得度牒，於經、律論毫無所知，居然作方丈，開期傳戒，與之談論，庸俗不堪，士大夫從而鄙之；西來的旨，無處問津矣。」⑯

對此現象他十分感慨，並期盼能加以匡正。他說：「慨自江河日下，後後遜於前前。即有眞參實悟者，已不能如古德之精純，何況杜撰禪和，於光影門頭，稍得佳境，即以宗師自命，認賊爲子，自誤誤人。豈惟淺深不同，亦乃眞僞雜出。蓋他宗依經建立，規矩準繩，不容假借，惟禪宗絕跡空行，縱橫排盪，莫可捉摸，故慧黠者竊其言句，而轉換之，鸁魯者仿其規模而強效之，安得大權菩薩，乘願再來，一振頹風也哉！」⑰

也許正因爲想要補偏救敝，「一振頹風」，楊氏在評介佛教十大宗派時，對華嚴宗、法相宗的學說頗有比較偏重的傾向。他認爲「華嚴爲經中之王，……綱目備舉，於四法界、十玄門、六相、五教經緯於疏鈔之海，而華嚴奧義，如日麗中天，……學者欲入此不思議法界，於諸祖撰述，宜盡心焉」。⑱至於法相宗，固然因爲這派論疏，不少在中國失傳已久，流入日本，而今費心取回，自然希望特別加以研究，以補中國佛學在這方面的荒疏，另則這一宗派對經典研究和精神實踐同樣的注重，此一精研學理的精神對當時空疏浮淺、妄談般若的偏失，實爲「末法救弊之良藥」，因此，特別加以提倡。他說：「此宗以五位。百法，攝一切教門，立三支比量，摧邪顯正，遠離依他及偏計執，證入圓成實性，誠末法救敝之良藥也。參禪習教之士，苟研究此道而有得焉，自不至顢頇佛性，儱侗眞如，爲法門之大幸矣。」⑲

此外，當時知識份子對大乘法相宗產生研究的興趣，也多少受西學衝擊的引發，因爲法相宗對人的心理意識的分析和西方的科學分析精神有其相似之處，學者由科學分析的興趣轉而注意相宗的分析精神，也是相當自然的事。也正如梁啓超所形容的，在晚清時期的中國，在政治上正值內憂外患、存亡危急之秋，在文化背景上觀之正是西學強勁衝擊我國、傳統儒家內聖外王之道瀕臨崩潰的「學問飢荒」的年代，政治、社會、文化亟待整建，佛學（尤其是法相唯識學）在論證眞如、名相分析等思辨性方面，較能滿足知識份子的理性思維，而佛學思維對空的論證及對現象界的否定精神，以及追求超越、離苦得樂的理想精神，亦恰符合晚清社會人心期待革新，政治社會必須批判後重整的批判意識與變革心理。因此，在此時代背景下，再加上楊文會的大力提倡，晚清中國知識份子研究法相唯識學的風氣特別興盛，不少知識份子在學習佛法後，在佛法的感召下將普度衆生不惜肝腦塗地的菩薩行與投袂而起救亡圖存的使命感加以結合，將佛學的衆生平等與民權思想取得聯擊，帶動了晚清的政治變革。像康有爲、梁啓超、譚嗣同、章太炎……等清季的變法家、革命家，就是在上述中國文化危機中，那個「學問飢荒」的年代「冥思枯索，欲以構成一種『不中不西，即中即西』的新思想」，來作爲救國救民的行動綱領，這也是他們在吸取佛教思想的養分後，對社會實踐、政治改革、文化創造的一種回饋，從一個人由思而行的角度看，又何嘗不是對自身理想「信、解、行、證」的僇力過程？

不過，楊氏本人雖精通華嚴、法相，且有特別重視，加以提倡的傾向。但其佛學思想到底來說，還是主張性相融合，諸宗歸一、匯歸於彌陀淨土。

楊氏曾一再說明其佛學思想淵源爲「私淑蓮池、憨山；推而上之，宗賢首、清涼；再溯其源，則宗馬鳴、龍樹。此二菩薩，釋伽遺教中之大導師也，而天樂土，教律禪淨，莫不宗之。」⑳又說：「華嚴經末，普賢以十大願王導歸極樂，故淨土宗應以普賢爲初祖也，厥後馬鳴大士造起信論，亦以極樂爲歸，龍樹菩薩作十住智度等論，指歸淨土者，不一而足。」㉑而且，「各宗專修一門，皆能證道，但根有利鈍，學有淺深，其未出生死者，亟須念佛生西，以防退墮，即已登不退者，正好面覲彌陀，親承法印，故以淨土宗焉。」㉒因此，他認爲「淨土一門括盡一切法門，一切法門皆趨淨土之門。」不僅如此，他還認爲衆生「根有利鈍，學有淺深」，律宗、天台、慈恩……等其他九宗「分攝群機」，而淨土一宗則「普攝群機」，「以果地覺，爲因地心，……爲圓頓教中之捷徑也」㉓。他在《重刊淨土四經跋》中有云：

「見云棲諸書闡發奧旨，如知淨土一門普被群機，廣流末法，實爲苦海之舟航，入道之階梯也。」㉔

淨土宗不僅「普被群機，……爲入道之階梯，無礙於接引鈍根學淺之人，對於上智利根之士，亦能合宜地提供清涼自在、當下直證的無上菩提大道。他在《觀無量壽佛經略論》中特別指出淨土法門，亦具「是心作佛，是心是佛」、「佛心即自心」的要旨：

「諸佛如來是法界身，入一切衆生心想中。是故汝等心想佛時，是心即三十二相，八十隨形好，是心作佛，是心作佛。諸佛正徧知海，從心想生，是故應當一心繫念，諦觀彼佛多陀阿伽度阿羅訶三藐三佛陀。」[25]

「……至此將欲觀佛即開權顯實，一經宗旨，全在於斯（按：係指是心作佛、是心是佛八字）。悟此理者，方能稱法界性（亦即佛性、眞如）。……於此證得身自在，……亦見佛心。佛心乎？自心乎？於此證得心自在。身心自在，無礙融通，宜乎十方諸佛現前授記矣。」[26]

然而，不論學者資質利鈍深淺，他認爲學佛均宜以四弘願——「衆生無邊誓願度」、「煩惱無數誓願斷」、「法門無盡誓願學」、「佛道無上誓願成」爲本，「時時研究佛法深義，徹見六塵境界，當體空寂，一切煩惱雜務事，無非菩薩行門，念念回向淨土」[27]。而「菩薩行門，不出兩種：一者上求佛道，二者下化衆生。……見佛聞法……是上求功極，……觀想九品往生，是下化之行。前之觀法，全以自心投入彌陀願海；後之觀法，全攝彌陀願海歸入自心。如是重重涉入，周徧含容，誰得謂華嚴極樂有二致耶？[28]因此，「莊嚴佛土，總不離唯識變現」，而性相圓融，終究匯歸於莊嚴淨土。透過上述引文及說明，我們對於楊氏提倡學佛應採「信、解、行、證」的進路及其融匯各宗、歸於淨土，「深通華嚴、法相，而以淨土教學者」的佛學思想當不難理解了。

楊氏的思想不僅對佛教各宗派有融合會通的特性，對於佛學以外的儒、道思想，亦有此傾向。他每每以佛學的哲理，作爲最高原理，依其義理、精神來予中國傳統儒、道思想一新的詮釋，而展現出企圖會通儒、釋、道三教爲一體的文化傾向。

當然，企圖融會儒、釋、道三家思想，在中國歷史上楊氏並不是第一人。事實上，自漢末佛教傳入中國以來，長久與中國社會、文化發生深刻的接觸，在儒、釋、道三家思想不斷長期的相互辯難、相互排斥、相互衝突之中，相互融合的趨勢也藉著上述衝突過程而得到開展。如魏晉時期的清談、唐代的說三玄（三教講論），都曾使三教在相互的論辯之中，促進了相互瞭解及思想相互的滲透。自北齊顏之推著《顏氏家訓》即倡導三教合一，而隋唐佛學大興，華嚴、天台、禪宗等中國大乘宗派的興起，亦說明了中國文化對印度佛學轉化、再依中國文特性創造的文化融和的力量，而後宋代理學的興起，一方面固然可視爲中國本位文化——儒學的復興，從另一角度來看，亦可某種程度的視爲宋儒援佛入儒，消化後另闢新境、回溯傳統、豐富傳統文化再創新機的結果。而自明代以降，中國民間宗教與世俗文化三教會流、相輔相成的傾向，更是益加明顯。因此，在此佛學長期的與中國傳統儒、道思想相互濡染的歷史背景下，楊氏並非是儒、釋、道三教一體的首倡者，但他卻是一個三教一體積極的提倡者之一，他是以佛家思想爲主，企圖依佛學思想來貫通儒、道思想於一體。他認爲三教思想，就表面觀之，有世間法、出世法之分，但深究之下，其實是彼此融攝的。他說：

「先聖設教，有世間法，有出世法。黃帝堯舜周孔之道，世間法也，而亦隱含出世之

法；諸佛菩薩之道，出世法也，而亦該括世間之法。」㉙

因此，他著有《論語發隱》、《孟子發隱》、《陰符經發隱》、《道德經發隱》、《沖虛經發隱》、《南華經發隱》……等文，來闡明世間法「亦含念出世之法」，出世法「亦該括世間之法」，「凡情所不能測」的幽隱深意。這類的例子很多，因篇幅有限，無法一一列舉，筆者擬先舉數例說明楊氏「以佛解孔」會通孔佛的思想傾向；然後再舉數例說明「以佛解老、莊」會通佛道的思想傾向。現舉例說明如下：

例如《論語》中有一節：「子曰：『吾有知乎哉？無知也！有鄙夫問於我，空空如也。我叩其兩端而竭焉。』」孔子這段話的原意爲何，我們姑且不論，讓我們來看看楊氏如何詮釋這段文字。他是這麼詮釋的：

「楊子讀論語至此，合掌高聲唱曰：『南無大空王如來。』聞者驚曰：『讀孔子書，而稱佛名，何也？』楊子曰：『子以謂孔子與佛有二致乎？設有二致，則佛不得爲三界尊，孔子不得爲；萬世師矣。論語一書，能見孔子全體大用者，唯此章耳。夫無知者，般若眞空也，情與無情，莫不以此爲體，雖遇劣機，一以本分接之。蓋鄙夫所執，不出兩端，所謂有無、一異、俱不俱常無常……等法，孔子叩其兩端，而竭其妄知，則鄙夫當體空空，與孔子之無知，何以異哉？」㉚

「將欲顯示根本無分別智，先以有知縱之，次以無知奪之，雖下劣之機，來問於我，我亦以眞空接之。空空如也，四字形容得妙。世人之心，不出兩端，孔子以空義，叩而竭之，則鄙夫自失其妄執，而悟眞空妙諦矣。」㉛

又如《論語》中有一節：「祭如在，祭神如神在。子曰：『吾不與祭如不祭。』」楊氏對此則作如下評論：

「兩如字最妙。記者因聞孔子之言，而知孔子祭時，有此種觀境也。」㉜

又如《論語》中有一節：「子絕四：毋意、毋必、毋固、毋我。」楊氏對此則評曰：

「此四病，一切學者，均須除盡。但學有深淺，則除有先後，四者之中，以我爲根我病若除，則前三盡絕矣。」㉝

又如《論語》中有一節：「季路問事鬼神。子曰：『未能事人，焉能事鬼？』敢問死。曰：『未知生，焉知死？』」楊氏認爲，此一問答，「大似禪機」。他說：

「子路就遠處問，孔子就當處答，大似禪機。蓋子路忿世俗，以欺詐事人，問其事鬼神，亦容得欺詐否？故孔子答以既不能事人，亦不能事鬼。子路又問此等人死後如何？孔子答以生不成爲生，死亦不成爲死。復次子路問事鬼神，竟謂幽冥之道，即與事鬼神無別也，又問死，竟謂死後無跡可尋，一靈眞性，向何處去？孔子答意，當知生時靈性何在，便知死後不異生時也。」㉞

又如《論語》中有一節：「顏淵問仁。子曰：『克己復禮爲仁；一日克己復禮，天下歸仁焉。爲仁由己，而由人乎哉？』顏淵曰：『請問其目。』子曰：『非禮勿視，非禮勿聽，非禮勿言，非禮勿動。』顏淵曰：『回雖不敏，請事斯語矣。』」楊氏對此則論曰：

「己者，七識（末那識）我執也；禮者，平等性智也；仁者，性淨本覺也。轉七識爲平等性智，則天下無不平等，而歸於性淨本覺矣。蓋仁之體，一切衆生本自具足，祇因七識染污，意起，俱生分別我執，於無障闇中，妄見種種障闇。若破我執，自復平等之禮，便見天下人無不同仁。此所以由己而不由人也。」㉟

由上述引例看來，楊氏或以佛家的核心思想「般若眞空」來解釋孔子所謂的「無知」、「空空如也」，指出孔子「開跡顯本之旨」，而認爲「儒釋同源」，孔子與佛無有二致；或以祭神如神在的「如」，不與祭如不祭的「如」，認爲孔子在祭時亦「有此種觀境」；或以大乘佛法的「人無我」、「法無我」，破我法二執的觀點來解釋「毋我」，認爲若能毋我，我執一破，病根一除，其餘的毋意、毋必、毋固皆可盡絕；或將孔子就子路所問事鬼神、生死問題之對答比附爲「禪機」；或借法相唯識學「轉識成智」的觀點，將儒家的「禮」比爲「平等性智」、「仁」比爲「性淨本覺」，並認爲「若破我執，自復平等之禮，便見天下人無不同仁」，亦即若破我法二執，轉識成智，則圓成實性（眞如、佛性）即能呈現，而此一性淨本覺的眞如實性，是全天下人人本有，不待外求，因此求仁得仁之道由己而不由人，學佛成佛之道亦在乎自心，不假外求。也正是「仁之體，一切衆生本自具足」，而「眞如、佛性，亦一切衆生本自具足」，「天下無不平等」，當然，楊氏對孔子思想的詮釋，是否眞實地掌握孔子思想的眞義，確實令人質疑；質言之，實不免有附會，牽強甚至曲解之處；但是卻足以看出他對孔子的尊崇，以及他以佛解孔，認爲孔佛不二，融會孔佛於一體的思想傾向。

不過，需要說明的是，楊仁山雖有以佛解孔，企圖調適會通孔佛於一體的思想傾向，但對於儒學並不是完完全全的贊同，他認爲孔子才是儒家思想之正宗，而孟子則未具自性，宋儒則不足以論大道，頗有揚孔貶孟，蔑視理學的傾向。像他這種抑孟，反對理學的態度，在他的著作及與友人書信中曾屢屢提及。譬如在《孟子發隱》中他說：

「孟子全書宗旨，曰仁義，曰性善，立意甚佳，但見道未徹。其所言性，專認後天，而未達先天，以赤子之心爲至善，殊不知赤子正在無明窟宅之中，其長大時，一切妄念，皆從種子識內發出。所說仁義，亦以情量限之，謂與利爲反對之事，以致遊說諸王，皆不能入；若說仁義爲利國之大端，而說利國當以仁義爲首務，則諸王或有信而樂從者矣。」

「利者，害之反也。王（梁惠王）曰：『何以利吾國？』是公利，非私利。孟子曰：『上下交征利。』則專指聚斂矣，與梁王問意不合，故非眞能破。……孟子以去仁義懷利斥之，可見孟子以利與仁義絕非並行，亦不合孔子之道。覿子適衛一章，先言富，而後言教，又足食是兵民信之矣，亦以富強與信交相爲用；至必不得已之時，方去兵、去食而留信。未有專言信，而概廢兵與食也。」㊱

「孟子曰：『大人者，不失赤子之心者也。』從無明妄想受生而成赤子，孟子不知，直以爲純全之德，故所談性善，蓋不能透徹本源也。」

「良知良能之語，陸王之徒，翕然從風，然孟子此言，實未見自性之用。」㊲

此外，他在與友人的書信中亦常持如上議論。例如：他在〈與黎端甫書〉中直言到：

「孟子未入孔聖奧書中，歷歷可指。宋儒以四子書並行，俗士遂不能辨。鄧君坐在宋儒臼巢中，何足與論大道耶？」㊳

又如，在〈評方植之向果微言〉中明白地指出：

「方君自命通儒，每以堯舜孔孟周張程朱並稱爲道統之正，……不但不通佛，抑亦不識儒宗也。孟子嘗不能與孔子並稱，何況宋儒？宋儒……所謂窮理者，正是執取計名二相也。」㊴

從上述引文看來，楊氏確有明顯地抑孟、反理學的傾向。之所以有這種抑孟、反理學的態度，在學理上主要的原因，歸納言之：一、係認爲孟子性善、良知良能學說未見心之本源的不完備提出批評。二、認爲孟子將義與利截然對立（以利與仁義絕非並行）及宋儒「有天理、去人欲」，將天理、人欲分爲兩橛是偏頗的論點而加以批駁、反對。此外，就歷史文化的背景上觀察，楊氏蔑視理學多多少少可能與不滿宋明理學或囿於僵化的禮教，禁錮人心，或遊談無根，幾近狂禪，而希望能返求本仁，回歸孔聖之遺教有關。

至於以佛解老證莊，企圖融會佛道的思想，在楊氏的著作中，數量上則遠較以佛解儒爲多，而且評價也極高。這很可能與他「幼時喜讀奇書」，又頗有名士風格與道家超然物外、理絕名言的精神相契有關。茲舉數例說明。例如：他對《陰符經》一書評價極高，認爲「陰符無一語蹈襲佛經，而尋其意義，如出一轍，且字句險雋，脈絡超脫」㊵，唯有「悟華嚴宗旨者，始可談此道矣。」㊶而所謂「陰符經」，「隱微難見，故名爲陰，妙合大道，名之爲符，經者，萬古常法也。」㊷他說：

「夫論道之書，莫精於佛經；佛經多種，莫妙於華嚴。悟華嚴宗旨者，始可談此道矣。古人有言，證入一眞法界，眞俗圓融，重重無盡，及世間離世間，豈有心契大道，而心猶生隔礙者哉？所以善財童子參訪知識，時而人間，時而天上，時而在神道，時而入毗盧樓閣；其傳授正法者，或爲天神，或爲人王，或爲比丘，或爲居士，或爲外道，或爲婦女，和光混俗，人莫之知，惟深入法界，虛心尋覓，乃能見之，則謂作此經者，即華嚴法界善知識可也。」㊸

《陰符經》全經僅四百四十六言，分上、中、下三篇，微言奧義，字句險雋，向來被視爲道家丹訣或兵家之書，而楊氏則獨以爲此經乃「古聖垂教之深意，直與佛經相表裏」，惟「悟華嚴宗旨者，始可談此道」，這種理解其實正是他以佛學的觀點來「疏其大旨」的自然結果。他認爲〈陰符經〉的開章十字——「觀天之道，執天之行，盡矣。」爲全經綱領；中間出沒變化，不離宗旨；至下篇「自然之道靜，故天地萬物生，天地之道浸，故陰陽勝，陰陽相推，而變化順矣」等二十九個字，結成「觀天之道」；篇末一段「是故聖人知自然之道不可違，因而制之，至靜之道，律曆所不能契，爰有奇器，是生萬象，八卦甲子，神機鬼藏，陰陽相勝之術，昭昭乎進乎象矣」等五十五字結成「執天之行」一語；而首尾圓足矣。「執」字即「宇宙在乎也」，既能執天之行，則「萬化自然生乎身矣」。此即先天而天勿違者也。何謂先天？心超天地未生之先，禪宗所謂空劫以前一段光景。先天而天勿違者，即禪宗我爲法王，於法自在者也。他更以佛家的八識來解釋陰符的「心機」、「盜機」、「目機」。他說：

「全經以天字爲主，天即道之體也，內典所謂第一義天，亦云性天，非與地相對之天也。以機字爲用，機即道之樞紐也。上篇曰心機，蓋指心源妄動之機，未分能所，屬第八識，……上等根器，方能見之，此機一轉，立登聖位。中篇曰盜機，屬第七識，內執見分爲我，外執相分以爲我，將心取境，……此機稍露，中等根器，尚能見之，得此機者，大則入賢位，向小則取滅度。下篇曰目機，屬前五識，更顯露矣。所云心生於物死於物者，第六識也，專爲下等根器，就目前可見者點示。此等根器，縱能悟入，多在信位，亦有未入信位者，作將來勝因。……又上篇直指人心之機，與達摩西來同意；中篇則指盜機，因慈悲之故，有落草之談；下篇言機在目，所謂借境觀心也，自微而著，法施乃普。」[44]

此外，他在《道德經發隱》中亦不乏以佛理解老莊的議論。例如，《道德經》首章中有云：

「道可道，非常道；名可名，非常名。無名，天地之始；有名，萬物之母。故常無欲，

以觀其妙；常有欲，以觀其竅（徼）。此兩者，同出而異名。同謂之玄；玄之又玄，眾妙之門。」㊺

楊氏對此評論曰：

「開章十二字，直顯離言之妙。……洋洋五千言，無一而非活句。不知此義，何能讀道德經？……有即非有，……始亦無始，……依無名起，起即無起，……天地萬物，當體空寂也，……妙者緣起萬有也，……竅者空洞無物也，……有以觀於無，則常有而無矣，二者俱常，不壞理而成事，不離事而顯理，名雖異而體則同也，無亦玄，有亦玄度世經世，皆無二致。此乃此經之正宗，可謂理事無礙法界矣。更有向上一關，……直須玄之又玄者，方稱眾妙之門也。……世人罕能領會，故未詳言，後世闡華嚴宗旨者，以十玄六相等義發明事事無礙法界，方盡此經重玄之奧也。」㊻

「此章用有無二門，交互言之，以顯玄旨，爲道德經五千言之綱領，猶之心經用色空二門，兩相形奪，以顯實相，爲般若六百卷之肇端。」㊼

又如《道德經》中有云：

「谷神不死，是謂玄牝，玄牝之門，是謂天地根，綿綿若存，用之不勤。」[48]

楊氏則妙解爲：

「谷者眞空也，神者妙有也，佛家謂之如來藏……牝者出生義，佛家名阿賴耶。緜緜若存者，離斷常二見也。」[49]

諸如此類以佛理解釋老、莊之道的「妙解」相當多，且遠較以佛釋儒爲多，在此就不一一列舉了。

最後在楊氏的佛學思想中頗値得注意的一項特色就是，他雖然淡泊名利，亦不積極於宦途，也不尖銳地批評政治，但基於佛教大悲平等的觀念，認爲行天下之仁道，眞正究竟的政治原理似直達到平等的要求。他在《論語》顏淵問仁一章中有如下的看法：

「己者，七識我執也。禮者，平等性智也。仁者，性淨本覺也。轉七識爲平等性智，則天下無不平等而歸於性淨本覺矣。蓋仁之體一切衆生本自具足，只因七識染污，意起，俱生分別我執，於無障閡中，妄見種種障閡。若破我執，自復平等之禮，便見天下人無不同仁。」[50]

依他看來，人性本覺，衆生平等，只因第七識染污妄生我執，起分別心，而有差別對待，而造成種種不平等，如能破除我執、破一切差別對待，則天下歸仁，則無不平等矣。上述言論除涉及心性修養之外，實與理想的政治、社會應具之平等精神亦有相當關係。雖然楊氏這些較尖銳的言論並不很多，但卻對晚清的政治思想卻產生了一定程度的影響，例如日後的參與戊戌變法的重要變法家之譚嗣同，其自創一套思想體系作爲政治變革主要的理論依據——《仁學》，即受到此一思想的直接啓發（有關此點，在此不一細述，請參見拙著《譚嗣同變法思想研究——從仁學的思想理則析論譚嗣同的變法思想與實踐》乙書，其中第三章「仁學的思想理則與批判意識」有較完整的分析）[51]。

四、結論

透過以上我們對於楊仁山居士的生平事略、心路成長歷程、時代感受與個人存在感受以及佛學思想的種種分析後，楊氏對晚清佛學有何影響，應可得到一些持平的看法。大致可分社會服務層面與佛學思想層面兩方面來看。首先，在提倡佛教研究及振興佛教方面，楊氏創設金陵刻經處，收集國、內外佚經，刊刻全藏，流通經典四十餘年，計流通佛典一百餘萬卷，印刷佛像十萬餘張，實爲近代中國佛教的復興提供相當厚實的典籍基礎。至於他創辦的祇洹精舍，提倡專業化的佛學教育及國際佛學交流，對民國以後中國佛教教育的發展與專業的僧學教育制度均有相當的啓迪作用。以上是他對佛教相關的社會服務事業包括佛教的振興及近代佛教文化及佛教教育方面的影響。

其次，在近代佛教思想方面，楊氏亦有相當的影響力（並不侷限前述非思想層面的影響）。歸納其要者，不外乎下列幾點：

一、他強調學佛當依「信、解、行、證」的進路，以及他個人深通法相、華嚴各宗而匯歸淨土的教法，對於晚清知識份子的學佛風氣以及近代唯識宗的復興實有相當大的貢獻。

二、他以佛理「妙解」儒、道的言論，雖未必絕對令人信服，但是他這種企圖匯通傳統儒、釋、道思想的理想，對日後部分晚清學者企圖會通三教進而自創新的思想體系頗有引導的作用（例如譚嗣同的《仁學》、章太炎的《齊物論釋》似乎都延續發揮了此一精神）。

三、他雖是位佛學家，並未積極涉入政治批評或政治改革，但他對於平等觀的剖析，實間接影響了晚清政治思潮中的平等的追求與探討。如譚嗣同的《仁學》中，一再強調「仁以通爲第一義」、「通之象爲平等」、「平等者打破一切差別對待」、「平等者致一也」……；又如章太炎一再強調「經國莫如齊物」、「齊物者平等之大慈也」……，（詳見拙文「章太炎齊物論釋之分析」）[52]，均可從楊氏的佛學思想中找到一定程度的聯繫。

綜上所述，我們或許即可了解爲何梁啓超會指出「晚清思想有一伏流曰佛學，……晚清所謂新學家者，殆無一不與佛學有關」的晚清社會特殊的文化現象，也當可看出楊氏的佛學思想及其在晚清思想史中的意義了。

註釋：

❶ 見梁啓超著《清代學術概論》、頁八十四。里仁書局、一九九五年二月、台北。

❷ 見《楊仁山居士遺著》、「楊仁山事略」、頁九。新文豐出版公司、一九九三年五月、台北。以下凡《楊仁山居士遺著》簡稱《遺著》。

❸ 同❷。

❹ 同❷。

❺ 同❷。

❻ 同❶。

❼ 同❷。

❽ 同❷、頁十。

❾ 同❽。

❿ 同❽。

⓫ 同❷、頁十一。

⓬ 同⓫。

⓭ 同⓬。

⓮ 同⓬。

⓯ 見《遺著》、《等不等觀雜錄》卷一、「學佛淺說」、頁二一八。

⓰ 見《遺著》、「十宗略說」、頁一〇七。

⓱ 同⓰。

⓲ 見《遺著》、「十宗略說」、頁一〇六。

⑲ 同⑱。

⑳ 同⑯。「十宗略說」。

㉑ 見《遺著》、頁一〇八。

㉒ 同㉑。

㉓ 同⑯。

㉔ 《遺著》、《等不等雜觀》卷三、「重刊淨土四經跋」、頁二四九。

㉕ 《遺著》、「觀無量壽佛經略論」、頁一一六。

㉖ 同㉕。

㉗ 《遺著》、《等不等雜觀》卷六、「與桂柏華書」、頁二八五。

㉘ 《遺著》、「觀無量壽佛經略論」、頁一一九。

㉙ 同⑮。

㉚ 《遺著》、《論語發隱》、頁一三二。

㉛ 同㉚。

㉜ 《遺著》、《論語發隱》、頁一三一。

㉝ 同㉚。

㉞ 《遺著》、《論語發隱》、頁一三三。

㉟ 同㉞。

㊱ 《遺著》、《孟子發隱》、頁一三九。

㊲ 《遺著》、《孟子發隱》、頁一四〇。

㊳ 同㊲。

㊴ 《遺著》、《等不等雜觀》卷四、「評方植之向果微言」、頁二五六。

㊵ 《遺著》、《陰符經發隱》、頁一四八。

41 同40。

42 《遺著》、《陰符經發隱》、頁一四七。

43 同40。

44 《遺著》、《陰符經發隱》、頁一五四。

45 《遺著》、《道德經發隱》、頁一六一。

46 同45。

47 同45。

48 同45。

49 同45。

50 同30。

51 參見王樾、《譚嗣同變法思想研究》、學生書局出版、一九五〇年五月、台北。

52 參見王樾、「章太炎《齊物論釋》之分析——章氏以佛解莊詮釋進路之探討。淡江史學第六期、一九九五年七月、台北。

從「性別敘事」❶的觀點論台灣現代女詩人作品中「我」之敘事方式

李元貞

摘要

〈從「性別敘事」的觀點論台灣現代女詩人作品中「我」之敘事方式〉一文，是我的《女性詩學研究》的第三章。本文嚐試從「性別敘事」（Gender Narratives）的觀點，分析台灣現代女詩人的作品如何受到父權制鏡像的影響，又如何因爲兩性在父權制下的社會位置的不同而在書寫詩作時明顯呈現詩中「我」之敘事方式的不同。這種性別意識型態影響詩作書寫的研究，一方面可以爬梳台灣現代男女詩人對「我」之認同的社會觀察，另方面可以瞭解性別意識型態如何緊密地與詩作中敘事方式結合，產生顯在的兩性不同的敘事方式。由此亦檢討出女性內化父權制鏡像的深度，以助女性要解構父權文化的自我反省，同時也看出男性反父權的契機與脆弱，有助於男性自我的眞正解放。

關鍵詞：性別敘事，性別意識型態，父權制鏡像

一、引　言

研究文學作品的敘事方式多在小說這個文類，雖也應用在長篇的敘事詩中，卻很少對一般詩加以觀察。何況自西方亞理斯多德（Aristotle）以來，大家都將抒情詩視爲「詩人的自我表演」，因爲它不像小說中敘事者與作者（詩人）的觀點有混同或分歧的敘事出現，就很少形成詩的敘事方式的研究風氣。現代詩與古典詩一樣，即使韻律感由分行分段組合，詩的內容（意義）亦常藉詩的形式（韻律組合）中展現，但反過來說，詩的內容（意義）—特別是詩人的思想（意識型態）也能影響詩的敘事方式，達到抒情（某種情緒波動）的效果，就像小說中的敘事觀點影響小說情節的選擇一樣，詩人的敘事觀點（意識型態）也會影響詩人的敘事方式與意義的展現，再加上詩人的意識型態易與社會結構中的主流意識型態產生互動，更能彰顯文學「文本」❷與社會緊密關係。在此先舉一首早期中國現代女詩人冰心有名的詩作爲例：

牆角的花！
你孤芳自賞時
天地便小了。《春水—三三》❸

初看這首詩，很容易解釋爲女詩人冰心在作品中鼓勵身處社會邊緣的女人「牆角的花」，走出自憐「孤芳自賞」的心理，以避免心胸狹窄「天地便小了」的困境。但進一步分析，便能發現冰心在此詩中對「女人」的看法，一方面已帶有中國五四時代男女平等的觀點，鼓勵女人開展自己的心胸，走出自我的小天地，另方面仍保留傳統的「性別意識型態」，預設「牆角的花」容易「孤芳自賞」所以「天地便小了」。雖然女人不「孤芳自賞」，心胸開展而走出自我世界，易扭轉「牆角」（弱勢）的地位，卻也可能因喪失「孤芳自賞」（自我世界），所擴大的心胸只在包容對她不公平的天地罷了。中國自辛亥革命到五四時代及三〇年代，不少中國婦女接受了西方女權及婦女解放的觀念，走出家庭參與社會，但因爲傳統的性別觀念未能解放，女人「孤芳自賞」（自我世界）的問題未能仔細討論，造成「婦女能頂半邊天」卻仍受傳統性別觀念的壓迫的社會現象[4]。這也是爲什麼在廿世紀六〇年代末西方又興起「基進派」女性主義及「後結構」（解構）女性主義的緣故了，前者想建立女性的自我世界，使「孤芳自賞」逆轉爲抵抗父權體制的力量，後者拆解傳統層級式的性別意識型態，不再預設「牆角的花」容易「孤芳自賞」所以「天地便小了」。冰心的這首詩，因仍帶著傳統性別的意識型態，所以在她的詩的意象一旦設定「牆角的花」後，容易接著「你孤芳自賞時」／「天地便小了」的敘事方式。更值得注意的是此詩的敘事觀點及第二人稱「你」的聯合運用；此詩先以「全知」觀點敘事，「牆角的花」一句帶著觀照全局的語氣，然後又用「你孤芳自賞時」流露訓誨、鼓勵的口吻，再結以「天地便小了」的疼惜與警告的意含，說明冰心在敘寫此詩時並不站在認同女人的立場說話，而是以超越女人觀察女人的位置而言，因此在連結第二人稱「你」的運用時便流露出中國傳統「女誡」❺的「性別意識型態」了。在此亦可說明只分析作品中一般的敘事觀點如「全知」、第一人稱「我」、第二人稱「你」、第三人稱「他」或「她」而未進一步聯繫詩人隱藏在一般的敘事觀點後面的意識型態的話，亦難精確地掌握詩中多重的含意及文學作品做為「文本」如個人做爲「社會中人」所受到的主流意識型態的影響與操弄了。在人類社會及文化中諸種「種族」、「階級」、「性別」、「性慾傾向」等意識型態的鬥爭與操弄中，本文先引中國現代女詩人冰心這首詩爲例，說明「性別」的意識型態如何影響詩人敘事的觀點及詩人敘事的方式，並以這種方法來討論台灣現代女詩人老、中、青（從五〇～九〇年代）的「性別敘事方式」。又在全球經過近兩百年女權思想與運動的今日，在各種「女性主義」思潮❻的沖刷下，本文所使用的「性別」一詞，雖然包含傳統「男女有別」的文化意含卻剔出傳統文化將此意含「本質化」❼的用法，比較採用男女因爲在社會結構中的位置的不同而建構出男女有別的觀念，本文所使用的「性別意識型態」及「性別敘事方式」的用語，亦含此意。

二、正　文

針對台灣現代女詩人們的諸多作品❽，欲探索女詩人們在作品中「孤芳自賞」（自我世界）的呈現，本文探究的方法，便是考察女詩人作品中第一人稱「我」的敘事方式。基本上抒情詩的確是「詩人的自我表演」，尤其在詩作中用第一人稱「我」來敘事的話，更易流露詩人作品中的自我觀。台灣現代女詩人們在詩作中以「我」來敘事的作品並不少於台灣現代男詩人們的作品，但所呈現的敘事方式相當不同。本文先以「不安的鏡像」、「限制的鏡像」、「鏡像之外」三個類型來整理女詩人們作品中「我」的敘事方式，再與現代男詩人們作品中「我」的敘事方式互爲參証，企圖說明「性別位置」、「性別意識型態」如何影響到男女詩人們在作品中「我」的敘事方式。再者，爲說明「鏡像」[9]一詞在本文所使用的意涵，不妨引用一首台灣現代較年青的女詩人顏艾琳的短詩[10]〈攬鏡十五秒的心理學〉來鋪路：

我就說嘛！
那來這麼滑稽的角色？
初看時並不討厭，
看到後來，
卻尋出一些悲劇的面相了。

自從一九二九年英國偉大的女作家兼女性主義評論家維金妮亞・吳爾芙（Virginia Woolf）在《自己的屋子》[11]第二章中，說出女人是男人的鏡子，具有襯托男人偉大的功能後，到一九七四年法國女性主義評論家伊蕊格萊（Luce Irigaray）在《反射鏡中的女人》[12]更強調女人是父權制的鏡像。伊氏認爲，男人先建構自己的形像（定義）以樹立父權體制，並依自我的定義去觀看女人映照女人來建構女人成爲父權制的鏡像。也就是說，女人在其中只能依照男人的標準而存在，女人的主體喪失了，尤其在語言的意義系統中，女人的慾望難以發音。總之，女人爲了做好男人的鏡子，她必須貶抑自己以映照男人的偉大，久而久之，女人便「僞裝」（伊蕊格萊語）成爲男人所要的樣子，成爲父權制的鏡像。因此，顏艾琳在一九九二年發表的這首詩，很可以說明女詩人在詩作中對攬鏡自照的「我」有著自嘲（滑稽角色）及悲哀（悲劇面相）的感受，女詩人發現這「鏡像」（攬鏡自照的文化寓意）有些問題了，女人的自戀（鏡像／孤芳自賞／自我世界）到底出了什麼問題？什麼「滑稽角色」？什麼「悲劇面相」呢？

(一) 不安的鏡像

擁抱父權制鏡像而又呈現憂鬱不安的女詩人的作品，可以席慕蓉和方娥眞爲代表，她們的詩集都曾受到很多女讀者的歡迎，在席慕蓉的頗膾炙人口的一首〈樓蘭新娘〉[13]詩中，借「樓蘭新娘」——以一具在羅布泊挖出的千年的木乃尹女屍的口吻，虛構出女人僞裝（內化）的自我而敘述：「我的愛人　曾含淚／將我埋葬／用珠玉　用乳香／將我光滑的身軀包裹／再用顫抖的手　將鳥羽／插在我如緞的髮上」「他輕輕闔上我的雙眼／知道　他是我眼中／最後的形象／把鮮花灑滿在我胸前／同時灑落的／還有他的愛和憂傷」，詩中的「我」在敘事中相信完美的男女愛情。接著在第四段中的「我」又別出心裁地虛構出女屍抗議考古學挖掘古物不尊重古屍的作爲：「而我絕不能饒恕你們／這樣魯莽地把我驚醒／曝我於不再相識的／荒涼之上／敲碎我　敲碎我／曾那樣溫柔的心」，最後的結語更是：「只有斜陽仍是／當日的斜陽　可是／有誰　有誰　有誰／能把我重新埋葬／還我千年舊夢／我應仍是　樓蘭的新娘」爲千年古女屍提出重回古墓做新娘爲安的要求。表面上此詩的這種寫法極爲合理，「我」的敘事口吻也極爲溫柔哀傷，實際上它潛藏著女人的「我」（雖然以一位千年古女屍發音）甘願重回愛人（男人）埋葬好的古墓（地位）而表現出女人的「我」享受父權體制爲女人虛構出來的理想的愛與溫柔的鏡像，同時反對考古學者的挖掘（物質的現實）使女人的好夢驚醒。席慕蓉所虛構的自戀的女人的鏡像，之所以不肯走出古墓般的孤芳自賞的世界，可能是害怕古墓外（父權體制外）女人不再相識的「荒涼之上」。換句話說，女人除了相信擁抱被愛的自我還有其他可能性嗎？恐怕很艱困……，因此爲了逃避荒涼（女人主體早已喪失很久了），只好重新被埋葬。方娥眞的〈娥眉賦〉[14]是一首一五六行的長詩，直接地以第一人稱的「我」敘寫「日子正當少女」既歡樂又悲哀的情懷，可以此詩倒數的第三段及結段來代表其敘事的情緒，它們也寫出在父權制下常有的少女鏡像：「好奇是一種活潑的領悟／日子正當少女／我的六根要看一場紅樓夢／夢起執迷的樓／樓塌了澈悟的夢／但我還是不能看破／我只會在筆下看世事／在文章裏懂人情／在生活裏不能自立／一個輕微的打擊降臨／我立刻閉上眼睛／祈禱世界在做夢／次晨醒來，世界照常／打擊沒有爲我化爲夢／世界也沒有替我改造另一個」……「想死是一種生命的好奇／日子正當少女／蜜餞的心情／我笑著沾火／惹它紅豔飛上白衣／又及時迴避／短暫的驚／暢快的怕／我笑著沾雪／待看雪崩的奇麗／引它埋葬月亮／看它繁華的傾城／看它豪華的傾國／而我還在／日子正當少女」。詩中的「我」要看一場「紅樓夢」，要「笑著沾火」、「笑著沾雪」，要「白衣」飛上「紅豔」（紅樓夢寶黛式的愛情？）然後被如雪的豪華、繁華（愛情悲劇）埋葬。不論這位少女多麼活潑領悟、多麼好奇且又驚又怕，她擁抱的即是這種不安纏結的愛情悲劇的鏡像。女詩人也很敏銳地同時說出這種鏡像的虛僞：「我只會在筆下看世事／在文章裏懂人情／在生活裏不能自立」，且與席慕蓉一樣逃避現實：「一個輕微的打擊降臨／我立刻閉上眼睛／祈禱世界在做夢」，雖然現實無法改變，「我」仍保持「蜜餞的心情」（甜蜜的古女屍及甜蜜的舊夢），在驚怕中肯定「想死是一種生命的好奇」及「好奇是一種活潑的領悟」，何況「我還在／日子正當少女」，拚死也願擁抱此種父權制虛構出來的美夢的少女的鏡像。特別在讀完方娥眞整本的《娥眉賦》詩集後，這樣的鏡像深帶著古典的憂鬱與哀悽而循環不已，眞讓人爲重重疊疊密織的這種女人的「我」感到愀心不已。[15]

斯人在一九九五年出版的《薔薇花事》[16]詩集中，從二〇幾歲開始在詩中以「我」敘寫「愛情」與「智慧」的交織與憂慮起，經過許多求索完美愛情的詩以後，對愛情以一種磨頂放足的宗般的淬鍊和苦楚的信仰及堅持，至四〇歲寫出的幾首長詩[17]，竟能在此種激情的隙縫中看穿鏡像，在悲劇「我」的敘事中解放尋尋覓覓的女人的靈魂，再加上詩中「綿密不斷、令讀者喘不過氣來的句法」[18]，斯人之詩表現了無與倫比的激情中智慧，令人拍案激賞：「……我身睡臥我心卻醒這是我良人的聲音諦聽諦聽／我的頭滿了露水請看我的頭髮被夜露滴濕／這是何等的滋味愛情的試探痛苦而美妙／耶路撒冷的衆女子阿我囑咐你們我因愛成疾／約伯用瓦片刮除著毒瘡聖泰麗沙在瘋狂的悲傷／上帝把他所愛的聖者交付了撒旦爲什麼這是爲了什麼／偉大就在於這是個秘密我的創造物樣樣都好創世主說／事就這樣成了我忙忙劃了十字輕輕吻一下手指／雨下在早春裡黑暗的大地當格里高里讚歌幽幽揚起／我的心中也有一首歌阿歌中之歌我的雅歌」。詩中的「我」在受苦的激情中質疑「上帝爲何將他所愛的聖者交付撒旦」？是什麼樣的「偉大的秘密」？斯人在〈雅歌〉此詩中，已不像方娥眞的詩中那麼驚怕現實會打擊「鏡像」，反倒是質疑上帝的偉大是否即在保持此鏡像的秘密？聖者（女人）痴迷而甘爲上帝所試煉是否即意味臣服在鏡像下：「事就這樣成了我忙忙劃了十字輕輕吻一下手指」？斯人在〈寒夜吟〉一詩中繼續如此質疑，並且對隱藏在聖者背後的力量（上帝／父權制）加以苦澀的嘲諷：「藏在聖者胸中那可怕的沉默是何所思何所量／誘惑的手伸展臂膀指向的死之淵深深的下方／更沒有別的祈禱詞除卻低首合十願爾旨承行／結局是一樣的不管這世界將毀於火或毀於冰／神論隆隆終夜不停囑咐衆生諦聽諦聽／三呼黑暗哪黑暗黑暗」「設使有人打這條路來或者原本毫無目的／那一定還是這個樣子殘垣就在廢墟裡／從古色蒼然的大埕穿過崩塌了的護龍進去／走得令人心慌的長巷／突然有面壁的死胡同／似曾有人在院落裡撥弄著三絃輕輕又唱起／舊情再來思想起嗳唷喂」「再一度我的心旌感覺出青春般的搖震／環繞著夢境的靈風永夜搖震我的心旌／戰慄難勝只恐我的魂靈兒就要盪入高天像一陣煙／在濕雲化雪的地方以孤峰的絕頂爲座而渺無人見／有誰能夠瞭解這孤高的心靈呢除了最亮的恆星／燃燒著恰行過中天之頂」，尤其前引此詩的最後三段的結句：「三呼黑暗哪黑暗黑暗」、「舊情再來思想起曖唷喂」、「燃燒著恰行過中天之頂」，透露出上帝的黑暗與鏡像（舊情）的死胡同，最後詩中的「我」因舊情（擁抱女人鏡像）而再度心旌搖震，卻激情地如「最亮的恆星」，「燃燒著恰行過中天之頂」（照亮上帝？自我成聖？）並在燃燒毀滅中看穿鏡像（「崩塌了的護龍／令人心慌的長巷／面壁的死胡同」）？另外在斯人〈啊　馬丁〉的長詩中，斯人以「我」（中國女人口吻）向「你」（來自波蘭的美麗陌生人──男情人）在第五段中明顯地推翻傳統激情女子的鏡像：「你可別認了眞，親愛的，紅樓夢有句名言／原是詩從胡說來咿呀說句老實話我怕我扯謊扯慣了」。頗應驗了伊蕊格萊在一九九三年強調的「女性詩學」，必須重建女詩人在詩中「我」的敘事的觀點和方式[19]，女詩人在「我」的敘事中，一旦打破父權制鏡像的牢籠，就會閃爍出女人看穿虛構有關女人形像（本質）的胡說和謊言，開始像此詩在詩中「我」進入黃泉變成銘文古墓碑前說出：「啊馬丁我願意生活故而我生活著那怕違反了邏輯及理性／我不相信宇宙間的秩序然而哪我珍重紅嫩而黏質／到了春日舒展開來的樹葉我珍重青空診重人／這是出自肺腑從心靈深處的愛，愛自己最初的年輕力量像你」。不只是斯人，幾乎是絕大多數台灣現代女詩人，能在抒情詩中用「我」的敘事方式去穿越父權制女人鏡像的牢籠，以建立詩中「我」的主體敘事力量眞是少之又少。

(二)　限制的鏡像

前面所舉的三位代表性的女詩人，在詩中「我」之敘事觀點，基本上都擁抱父權制所給予女人的愛情悲劇的悽美形像，但在擁抱鏡像的同時也敏銳地流露出「我」之不安，而斯人更在「我」之不安中最後看穿了父權制鏡像的牢籠，雖然詩中的「我」已赴黃泉而告別了愛人及自己的過去。現在另舉一些代表性的女詩人的作品，進一步說明她們詩中的「我」，如何敏銳地敘事出女人鏡像的限制，不是通過愛情的悲劇而是通過生活上的各方面的體悟。五〇年代出道的女詩人林泠，有一首〈女牆〉[20]之詩頗堪玩味：「曾經如此對它希望／走在那陰影下／我祇是一個人。」、「這回，我第二次來，／第二次，便不再夢想遼闊了。／我揹著手，從這頭踱到那頭／我在想：／這麼細的繩索，能拴住一個城市麼？」。「女牆」在建築上指「小牆」，在此詩則寓對女性的限制：「陰影下」、「不再夢想遼闊」、「這麼細的繩索，能拴住一個城市麼？」。詩中的「我」第一次敏感女牆的陰影時還強調：「我祇是一個人」，第二次便放棄做人的遼闊的夢想了，承認女人（細的繩索）難以拴住一個城市。白雨在《一場雪》詩集中以〈主婦日記〉[21]一詩將女人每日的鏡像描寫如下：「每天把五個人的口糧搬上五樓／不知能否算一種薛西佛斯？／無底的冰箱和胃袋是難饜之饕／吸墨的衣襪則如野草日日沐春風／還有兆億塵粒以等比級數在繁殖／一雙螳臂該撐到那一層極限？不周山原來像矮於身高的屋頂／稍一閃神便折斷天柱缺了地維／瞧瞧電燈才復明水龍頭又滴漏不停／可不是老三剛退燒老二就鬧牙疼／那美麗的五色石只好晝夜趕煉／三分的人生早已註定了等於／一個永不止息的循環小數／零點三三三三三三三三三……／迨更深三小終告排成端正的品字／這才探首長吸一口室外的空氣／

恰巧瞥見無寐的姮娥也憑窗／她跟我說寧願作伐桂的吳剛」。此詩中的「我」至最後一句才畫龍點睛般出現，又幽默地與窗外深夜的月中姮娥「她」交流主婦們無寐的家務勞動，將個人的主婦日記變成「我們」，所以全詩前面所隱藏的個人式的「我」的敘事，早已化爲主婦群像的展示。此詩更幽默地勾連不少中西典故：「薛西佛斯」（主婦有如現代悲劇英雄每日推巨石上山）、「不周山」（借用中國因共工觸不周之山而形成中國地勢版圖之神話來比喻主婦每日所觸的家庭版圖）、「五色石」（更用女媧煉石補天有如主婦煉石補家），最後月宮（家庭）中深夜無寐的姮娥也與「我」（主婦代言人）表示「寧願做伐桂的無剛」（暗喻家務勞動更加無窮無盡），與父權制既美化（偉大慈愛的媽媽）又貶斥（毫無生產力的瑣屑家務）的主婦鏡像的內涵展開辯駁，雖有意與父權文化中的英雄典故勾連而抬高主婦鏡像的價值，卻也對此鏡像的限制（瑣事無窮無盡）流露辛苦操持中的不滿。宋后穎在《歲月的光環》中有一首詩〈泊〉㉒則相當安寧地接受女人限制的鏡像：「我安心做一隻水鳥／泊於這美好寧靜的湖畔／即使旭日展麗，鷹揚振威／我也樂於憩息在這方寸的小巢／以一種欣賞，萬分祝福／仰望這一切」、「這世界除了燦麗的旭日／也需要柔媚的月光／而我寧安泊於這小小的湖畔／不爲別的──／只因我胸中自有丘壑」，似乎詩中的「我」並非是被動式地接受有限制的鏡像，而是對此鏡像自有看法或把握（胸中自有丘壑），只是這種看法或把握在此詩的前面敘事中只流露出安靜美好的感覺，難以探測更多的主動性，也就難以想像女人在限制的鏡像中如何發揮，創造了。也有女詩人想逃離父權制女人的鏡像，可舉夏宇一首有名的詩〈腹語術〉㉓爲例：「我走錯房間／

錯過了自己的婚禮。／在牆壁唯一的隙縫中，我看見／一切行進之完好。 他穿白色的外衣／她捧著花，儀式、／許諾、親吻／背著它：命運，我苦苦練就的腹語術／（舌頭那匹溫暖的水獸 馴養地／在小小的水族箱中 蠕動）／那獸說：我願意。」詩中的「我」走錯房間，錯過了自己的婚禮（逃離父權控制），又在牆壁唯一的隙縫中看見婚禮一切進行完好（我的逃離至此明証是一種精神分裂式的遁走），既然如此，當然在現實中無法逃離，便只好「背著它：命運」以腹語術（大家都察覺不到的口技能力，也就不會影響婚禮進行）讓「她」（現實中的我）說：「我願意」。此詩且用兩行詩形容這句話的獸（舌頭）是「馴養地，在小小的水族箱中」（語言系統已遭父權馴服），這個精神游離的「我」只能「走錯房間」，還在出走後搖控「她」聽命父權，可見父權制的鏡像（包括控制潛意識）神威廣大矣。夏宇又在最新出版的詩集中以與詩集同名的詩〈·摩擦·無以名狀〉㉔中以「貓咪」意象和「我的」循環敘事中繼續精神分裂（詩句全部剪碎拼貼），欲同貓咪廝混又欲遺忘叛逃（貓咪在此亦可作父權制女人鏡像），旋轉了半天，只能做條「閃爍」、「撞擊」的「游離」貓咪最愛的魚，似乎仍難逃離父權制的操控。詩中「我的」敘事，辯証了半天：「我的 遺忘／我的 罪惡／我／的 失 眠／我的旋轉／我的柔軟／我 的／溫暖／我的 閃爍／我的 撞擊」都是「牠」（／貓咪）「最愛的 魚」，全都獻祭給這游離貓咪了。就女人探索自我世界而言，無論女詩人詩中的「我」如何玩精神分裂或後現代語言游離的遊戲，若是未能體悟父權制鏡像如何深入女人心，會是如孫悟空一樣，難逃佛祖五指山的幻象網羅的。另外一位較年青的女詩人曾淑美，在一首〈飛行〉

詩中，有更絕望的看法：「……變成一隻鳥，飛行……」「……往太陽途中／我目睹絕望與生命同源／同流。光河悲喜相續／不絕如縷」「在星星的版圖上／我年輕無懼的翅翼／因預知下一次平庸的降落／而顫抖」「而極目遠方滄桑後的平原／一座消失了的山／說：這是我廣袤的一生……」。詩中的「我」變成一隻鳥（／鳥的一般意義是自由）飛行（／帶給人希望），詩人卻在第二段第一行緊隨著敘寫出在光明（／往太陽途中）中目睹「絕望」與生命同源同流（／看到了宇宙光河的眞相？）使「我年輕無懼的翅翼」「因預知下一次平庸的降落而顫抖」詩中「我」因爲知道生命最初與最終皆爲絕望，所以在光河中的星星版圖上再怎麼飛行，降落都會是平庸（／女人即使變成一隻鳥而飛行都不能改變自己什麼之詮釋？），最後看見滄桑（／很多經歷爭扎）後的平原（／原是一座山但消失了），只見證出廣袤（／但沒什麼精采）的女人一生的寓意？又在曾淑美《墜入花叢的女子》㉕詩集中〈生之三帖〉一詩㉖中，仍以第二帖「當我思索何種姿勢最適生存／一隻白鳥／一隻白鳥來自遙遠的青天而停落我掌中／以陽光之翅展示／美麗」看出同樣是鳥的寓意「我」，卻是「美麗的白鳥」更勝於「飛行的鳥」，有如此詩的第三帖，認爲「愛」比「戰鬥的生活」更爲詩中的「我」所渴望，可見父權制女人的鏡像的確能挫折女詩人在詩中「我」的「飛行」敘事，女詩人發現人（／鳥）在「光河悲喜相續」後只見「平原」，是否意謂著女人歷經滄桑（／時光）後不過是一老婦人，那麼再多的飛行又有何益呢？所以女詩人在詩中自我的認同，總感到愛比飛行（／戰鬥）更有意義。零雨在〈箱子系列——我的記憶是四方形〉㉗一詩中越加描寫「我」的世界與「外面」的世界都一樣，都是有限制的「四方形」。雖然「把我丟在箱子裡／那人走了」，但最後「那人向我走來／打開箱子／我的世界跟他的世界／沒有兩樣／我還是留在箱子裡／我說／他的眼神惶惑如昔／不知該走向那隻箱子」。可以解釋女詩人借詩中的「我」，表達女人一旦被丟在箱子裡，且發現箱裡箱外一樣（／皆為「他」——四方形世界），女人的立足點何在？在此可以引申出「女人眞的可以走出『孤芳自賞』的世界或父權制鏡像外嗎？」這的確是個令人惶惑的問題。如果像顏艾琳在〈超級販賣機〉㉘一詩中所言：「我覺得飢渴。」「我投下所有的錢，／它什麼也沒有給我。」「我只好把手腳給它」「又將頭遞過去／但還不夠。」「我繼續讓它吞噬其他的肢體，／它仍舊不給我任何東西。」「最後我把靈魂也投給了它。／它吐出一副骸骨／並漠然顯示：／『恕不找零』」。充分顯現了詩中的「我」拚全部力量與「超級販賣機」（資本主義父權制）進行搏鬥，結果卻令人毛骨聳然：「它吐出一副骸骨／並漠然顯示：／『恕不找零』，不更教女人只得去接受無情而限制「我覺得飢渴」的主體被殘酷踐踏的父權制現實嗎？

(三) 鏡像之外

沈花末有一首名詩〈水仙的心情〉㉙雖然有著少女純白的自戀與不安，卻也隱藏著未說出的「我」的自戀的世界：「我懷著水仙的心情／垂下髮／白衣斜進水裏／一道銀亮的姿勢／瀉出互相閱讀的驚喜／年少時的想望」。在此詩中女人年少時的自我驚喜（／自己喜歡自己）的世界內容是什麼呢？雖可解釋為純潔美麗的青春之姿「白衣／一道銀亮的姿勢」（／父權制少女的鏡像），但似乎在這之外還藏著一些什麼？一些年少時未說明的想望。又在元老級女詩人潘芳格的一首〈紙人〉[30]詩中如此說：「地上到處是／紙人／秋風一吹，搖來幌去」「我不是紙人／因爲／我／我的身就是器皿／我／我的心就是神殿」「我／我的腦充滿了／天賜的力量」「紙人充塞的世界／我尋找著／像我一樣的眞人。」。由於詩中強調「我的身就是器皿」及「我的心就是神殿」和「我的腦充滿了／天賜的力量」，頗隱含女人身心與天（自然）結合的認同，再和「地上到處是紙人」對比，見出詩中「我」所說出的「眞人」，乃是與女人身心相繫的某種天賜（／自然的力量之人），而與女人身心相連繫的某種天賜的力量如生育，自然的大愛，都易被父權制鏡像扭曲壓抑（地上到處是紙人）。然而詩中所說的「我的身」「器皿」，「我的心」「神殿」，「我的腦」「天賜的力量」的具體內容是些什麼？（在此女人與自然相連仍然爲父權制下的含意。）這「眞人」是怎樣的「眞」？仍與沈花末的詩一樣，只能意會而難以言傳，是否意謂著女人要獨立自主，在父權制鏡像之外另起爐灶是尚未成形呢？同樣元老級的女詩人蓉子也有一首著名的詩〈爲什麼向我索取形像〉[31]如此說：「爲什麼向我索取形像？／爲在你的華冕上，／鑲嵌上一顆紅寶石？／爲在你生命的新頁上，／又寫上幾行？」「爲什麼向我索取形像？如果你有那份眞，／我已經刻鐫在你心上；／若沒有／我恥於裝飾你的衣裳。」「爲什麼向我索取形像？／歡笑是我的容貌，／寂寞是我的影子，／白雲是我的蹤跡，／更不必留下別的形像！」此詩以詩中「我」的敘事來抗拒「你」（／男人／父權制）所要的形像，不願意做你「華冕上的紅寶石」，不願意在你「生命的新頁上又寫上幾行」，要的是「你那份眞」而非「裝飾你的衣裳」，最後以「歡笑是我的容貌」、「寂寞是我的影子」、「白雲是我的蹤跡」，形成一個歡笑的、寂寞的（也許觸怒你使你離開），自由飄流如白雲的「我」的形像，刻劃出父權制鏡像之外女人可能的形像，已露出女人獨立自主的能力。

劉毓秀有一首〈倒著站〉詩[32]，以「倒著站」（／倒著看）來顚覆父權制的鏡像，去擴開女人主體「我」的世界：「雖然我明明看見／這個世界倒著站／有一點怨，一點嗔／我的心中沒有恨」「雖然我堅持要直立／並不想揮臂掄砍／何況手中也沒有劍／我眷戀——風吹著世界的環鍊／有若羊群的鈴子叮噹」「雖然世界倒著站／我只想唱歌，像一隻野雀／唯求我所愛戀的它／會讓我直立，或『倒著站』」。此詩是劉毓秀九○年代以前的詩，尚未像她在九○年代以後在婦運場域中完全推翻父權制的合法正當性那樣尖銳基進，卻已在此詩中以「我」看穿父權制：「這個世界倒著站」。然「我」雖堅持直立，但「不想揮臂掄砍」，加上「手中也沒有劍」且「眷戀風吹著世界的環鍊」（人與人關係的和諧面？），只想以唱歌，像一隻野雀，能夠得到所愛的世界「讓我直立」或『倒著站』」之要求。姿態確實很低：「有一點怨，一點嗔／我的心中沒有恨」，卻因結尾「倒著站」三字加框，與首段的：「雖然我明明看見／這個世界倒著站」一對比，即有四兩撥千斤的力量，敘事出將父權制（這個世界）倒回去（顚倒）的用意，否則「我直立」也難有空間。朵思在一九九三年出版的《心痕索驥》詩集中有一首〈幻聽者之歌〉[33]的詩，借詩中「我」之幻聽，唱出各種被釘死的萬物及器物都活潑而有生氣了：「我聽到刺鳥復活撲翅的聲音／聽到門把旋轉古董傾斜花香推開枝梗／泥土遠離根葉鳥翼停泊懸崖游魚歇於行雲／以及船隻被波浪抓住拖曳回航的聲音／我聽到鞋子被門階彈打／沒有拿起的話筒發出歡呼，以及／興奮的欄杆和盆栽和鋁門混音合唱／醫生說我預備出走的聽覺，正在蛻化」。更有意思的是結句：「醫生說我預備出走的聽覺，正在蛻化」，尤其是「蛻化」二字，連醫生都沒指斥「我」這聽覺的不當，反而以「蛻化」成新境界來診斷「我」，顯然「我」之舊世界實在太死氣沉沉而該改變了。詩中「幻聽者」並未指明性別，與前所引的詩一樣，是將詩中的「我」與作者（女詩人）連結詮釋，這是因爲任何作品或文本都具有社會性（不但與作者發生關係也與現今台灣社會仍是父權社會也發生關係，與評論者（閱讀者）的女性主義觀點亦相關），在此才將此詩中幻聽者蛻化的渴望詮釋爲女人欲穿越父權制鏡像的意涵。女人要改變自我的舊世界，不止是要鬆動父權制女人的鏡像，也得鬆動社會其他各種控制，但若女人不能鬆動父權制的鏡像，恐怕鬆動其他的控制也難徹底改變，如前引的夏宇之詩，因此女人要蛻化必須敏覺父權制的羅網處處在（在人權上、在語言系統上、在潛意識裏）。女詩人言言有一首詩〈那個人與我〉[34]就有此種敏覺：「那個人是達達作風的，／隨意，反人性／認眞討論學問／及規劃人生／誠摯注視每位他網膜過往的女性／這女性不包括我」。此首詩的「那個人」正是反舊父權的優越男性，然而他還是「誠摯注視每位他網膜過往的女性」（仍有網住女性的雄心），幸虧詩中的「我」明白地說：「這女性不包括我」。女人在父權制鏡像外找空間雖然很艱困，但首先不崇拜男人（英雄）是重要的。最後再以我在《女人詩眼中》的一首〈自語〉[35]詩作個說明：「從來沒有／崇拜過英雄／因爲我自己／即英雄，不／應該說英雌／且平凡無比」。詩中的「我」認爲自己是「英雄」，又發現不喜男性語詞套在自己身上，便又改成「英雌」（女人想找父權制外的語詞來自我認同很不容易），更重要的是詩中「我」發現無論英雄英雌都「平凡無比」，旨在抗拒英雄觀念的過程中亦不願女人的自我認同重蹈陽具中心（自我中心）[36]的陷阱裡。

三、對照的結論

台灣現代男詩人在詩中以「我」敘事的作品也很多，敘事方式的變化也不少，但整體來看，尤其與女詩人的作品相對照以後，完全得到本文「性別意識形態」會影響「性別敘事」的主張。兩性因爲在父權社會結構上的位置不同，確實會影響男女詩人對「我」之主體看法及感受上的不同。首先舉紀弦的一首〈七與六〉[37]詩來看：「拿著手杖7／咬著煙斗6」「數字7是具備了手杖的形態的。／數字6是具備了煙斗的形態的。／於是我來了。」「手杖7＋煙斗6＝13之我」「一個詩人。一個天才。」「一個天才中之天才。／一個最最不幸的數字！／唔，一個悲劇／悲劇悲劇我來了。／於是你們鼓掌，你們喝采。」幾乎沒有讀到女詩人詩中的「我」有這麼即興、隨意、自滿的／13之我的敘事方式，也沒有讀到女詩人在詩中有這首詩那樣大辣辣地把「不幸」、「悲劇」扛在肩上說「我來了」的氣勢，而且預測到別人（你們）會鼓掌，喝采。這樣強固的「我」之敘事，可以扛著悲劇卻無自我疑慮的感受，是否可說明男詩人對自己在社會（文化）上的位置非常肯定？做爲一個詩人，也許他會有落魄的現實生活，他卻十分相信他的天才會被父傳子的文化系統所肯定？紀弦來台以後，有另一首名詩〈狼之獨步〉[38]，詩中已丟掉早期的自滿：「不是先知，沒有半個字的嘆息」，在面對已失去意義的天地時，仍「恒以數聲悽厲已極之長嘷」來過癮地搖撼空無一物的天地，在荒謬感的自嘲中仍肯定「我」之動力。余光中早期有一首名詩〈五陵少年〉[39]一直有著他長期「中國」[40]認同的痛苦：「我的怒中有燧人氏，淚中有大禹／我的耳中有涿鹿的鼓聲／傳說祖父射落了九隻太陽／有一位叔叔的名字能嚇退單于／聽見沒有？來一瓶高粱！」，在面對中國不如意的現況後，此詩中的「我」最後非常堅強地說：「榻榻米上，失眠在等我／等我闖六條無燈的街／不要扶，我沒醉！」相當頑強地堅持自我。又在十多年後，余光中寫了〈守夜人〉[41]一詩：「五千年的這一頭還亮著一盞燈／四十歲後還挺著一枝筆／已經，這是最後的武器／即使圍我三重／困我在墨黑無光的核心／繳械，那絕不可能／歷史冷落的公墓裏／任一座石門都搥不答應／空得恫人，空空，恫恫，的回聲／從這一頭到時間的那一頭／一盞燈，推得開幾呎的渾沌？／壯年以後，揮筆的姿態／是拔劍的勇士或是杜杖的傷兵？／是我扶它走或是它扶我前進？／我輸它血或是它輸我血輪？／都不能回答，只知道／寒氣凜凜在吹我頸毛／最後的守夜人守最後一盞燈／只爲撐一幢傾斜的巨影／做夢，我沒有空／更沒有酣睡的權利」。詩中的「我」雖然開始懷疑歷史、懷疑「揮筆」的志業，感到「寒氣凜凜在吹我頸毛」，最後仍堅持到底：「最後的守夜人守最後一盞燈，即使是「只爲撐一幢傾斜的巨影」，仍堅定地自我承擔這戰鬥的責任：「做夢，我沒有空／更沒有酣睡的權利」，這樣一位戰鬥者（有主體位置）的精神，卻在女詩人的作品中非常少見。陳千武也有一首頗堪玩味的〈不必・不必〉[42]詩，在幽默的自嘲中堅持「我」（男人再老）也要站得住腳：「不必讓給我位置／小姐　車子　開得很快／我底終站馬上會到達／在這麼擁擠的人群裏／你怕我這個老頭兒／站不住腳嗎」。接著相當自謙：「不必，不必可憐我／雖然我的年紀這麼大／但年齡不是經過我的努力獲得的／不做過什麼／也會自然這樣醜老／老並不值得令人尊敬的特權／不必優待我　不必／不必同情我的皺紋這麼多／我吃過歷史／吐出了好多固有道德／使臉上的皺紋越多越神氣／不過我知道／我是一個敗家子／連一篇新潮紅樓夢也未曾寫過」「不必　不必捧我場／在這麼擁擠的人群裏／在這麼搖動的公共汽車裏／能夠站得住腳／我才感到安慰／誰也不必扶我下場／我底終站馬上會到達」。這首詩中的「我」展現了一位洞悉世事又心胸開朗自謙的可愛老人外，重要的是詩中堅持着「能夠站得住腳／我才感到安慰」的主體精神，有這種主體精神（自我可以抉擇或建構的社會位置），就不需要別人（小姐）讓什麼位置或「扶我下場」了。由此可見，父權制鏡像所建構的種種女人的「我」，總使得女詩人在「偽裝」或「內化」「她」時，無法達到男詩人因在社會上有主體位置而對「我」的建構或認同時那麼堅定（站得住腳），那麼安心（我才感到安慰）。

若是談到愛情詩，男詩人雖常會因愛的失落而感到憂傷孤獨甚至譏諷女人水性楊花，卻不會因此全盤否定自我生存的意義，更不會在愛的煉獄裡成聖而渴求愛之正義。倒是常有囚禁女人、要求女人開放、譏諷女人情慾自主的敘事出現，最極端的是鄭愁予有名的〈情婦〉一詩[43]：

「在一青石的小城，住著我的情婦／而我什麼也不留給她／祇有一畦金線菊，和一個高高的窗口／或許，透一點長空的寂寥進來／或許……而金線菊是善等待的／我想，寂寥與等待，對婦人是好的」「所以，我去，總穿一襲藍衫子／我要她感覺，那是季節，或／候鳥的來臨／因我不是常常回家的那種人」。詩中的「我」以「性政治」（男人操控女人）㊹的方式將男女之間的情慾關係敘事得清楚明白。此詩題「情婦」本代表男人不受婚姻束縛所追求的情慾，但詩中的「我」仍要囚禁「她」（鎮壓控制以適合男人的方式？），甚至明白宣告：「我想，寂寥與等待，對婦人是好的」，如果與上文所引的席慕蓉、方娥眞、斯人三女詩人所敘述出的女人的「我」在慾情中如何擔驚受怕，如何視死（愛情悲劇）而歸，更見出在父權社會中愛情慾望敘事的方式如何因性別位置而觀點大大的不同。又在李魁賢的一首〈愛情政治學〉㊺詩中，「我」與「妳」因爲愛情觀點不同而互相堅持，「我」雖曾去釋放自己的愛情觀追求「妳」所謂的靈性的自由，結果發現「我」失去力量：「我企求／愛情／可獨立於婚姻的統治之外／妳堅守／愛情／要獨立於性行爲的統治之外／我們只是認知／不表示同意或不同意對方的立場」「首先／是我逾矩／違反外交的禁忌／妳的抗議／使我體會到／我所信仰的愛情似有似無／愛情也許只是虛幻的籠罩／我反省而恍然領悟／精神生活的立場／應該獨立於愛情的統治之外／才能獲得充分靈性的自由」，但是：「我釋放自己／感到壓力鬆弛後的平靜／失去了張力和彈性／像一條沒有彈力的橡皮筋／呈現虛脫的狀態／望著喪失感覺的歷史眞空／沒有翻案的欲求／還不如蚯蚓／可以隨意翻翻佔有的領土」。詩中「我」之所以失去力量（性慾／情慾）無法像「蚯蚓／可以隨意翻翻佔有的領土」（此乃愛情政治學），所以最後：「我終於明白／內在自由的誕生／要甘願獻身於愛情的束縛下／成爲不後悔的囚徒／禁閉自己／期待鐵門終有打開的一天／終能獨立於龐大陰影的統治之外」。「我」又回歸於「愛情束縛之下」（可獨立於婚姻的統治之外而非獨立於性行爲的統治之外），「禁閉自己」（不再釋放自己的情慾，以匯聚力量）。「期待鐵門終有打開的一天」，「終能獨立於龐大陰影統治之外」，在此「鐵門」與「龐大陰影」指的即是「婚姻」與「性」的禁忌，表明「我」要與此角力以期待此兩種陰影消除。此詩所表露的「愛情政治學」即在展示「我」（男人）「妳」（女人）在愛情的角力下必須擊敗女人「性」之禁忌，以免男人的內在自由無領土可佔有，同時此詩亦頗有意思地敘述出「愛情」乃是一種「政治學」。陳克華在一九九五年出版的《欠砍頭詩》[46]集中有不少首詩也都有李魁賢此首詩男人與女人角力於情慾關係（性政治）的詩，都不像鄭愁予（五○年代末）「情婦」詩那樣只看見男人統治的力量，但詩中「我」的敘事方式皆可分析出男人難以揮掉的並非是女人的主張或陰影，反而是男人渴慾繼續佔有（統治）女人的權力慾。舉一首陳克華的〈閉上你的陰唇〉詩爲例：「你已然明瞭這個體面但強暴過你的世界／情與非情的分野／獸與禽獸不如的人類」「你說你已經成長成熟甚至／爛熟的境地／性與權力的重新分配／頹廢的屌與神經錯亂的屄／你也都熟悉」，開頭兩段的詩中的「你」已看出指的是女人（強暴過你的世界），且說出九○年代中的台灣有些女人已十分明瞭自己的處境。在第三段詩中的「你」更明顯爲女人：「你說什麼垃圾皆可以倒進你的乳溝／你是頭頂生瘡腳底流膿的大地之母／你的褻衣萬國旗／

你說讓我顛覆，讓我解構／讓我以凱撒的口吻說：／我來，我見，我被操」，此段詩中的「我」這個女人，被諷刺以身體顛覆父權的行爲是：「我來，我見，我被操」。當第四段女人用「我愛豬肉」一句意義游離、即興語來解構所謂的「正義之師」、「良知之國」後，第五段（也是最後一段）的人稱敘事有了巧妙的轉換：「豬肉愛我們。／（來，跟著我覆誦）／豬肉無比博愛—／如同海嘯本世紀以來最高的高潮即將來臨／如同潛意識中對法西斯的渴望：／可是／可是在我眞正聆聽之前／你何不先閉上你的陰唇」。此段詩中的「我們」包括男人與女人而「我」已是男人而非前段所指的女人。閱讀此詩，初始以爲詩中的男人要參加女人的游離、解構父權之國，但從最後一段第二句：「（來，跟著我覆誦）」開始已有著男人領導女人的意味，經過「如同海嘯本世紀以來最高的高潮即將來臨」及「如同潛意識中對法西斯的渴望」對比合看時更感知詩中男人的焦慮（一九九四年前後正是婦女團體反性騷擾要性高潮沖擊台灣社會而使不少男人爲文斥罵『豪爽女人』[47]的情況，此詩有恐懼女人要性高潮，指斥女人潛意識中對法西斯的渴望），即知詩中男人不但不想參加女人解構父權制，而且開始害怕「我愛豬肉」的聲音太大（有如海嘯般的高潮來臨），所以以「可是」一詞重復二行的語氣，要女人「先閉上你的陰唇」（此陰唇寓意九〇年代中期台灣社會少數女人要情慾自主之象徵），令人懷疑的是女人陰唇閉上之後，詩中的「我」（男人）如何眞正聆聽呢？亦可看出陳克華在此詩中雖「髒話」滿口（屌、屄、操、陰唇）只不過在打破白領階級的性虛僞罷了，完全沒有解構父權制的功力（頹廢的屌之故？），更無顛覆「性政治」的意圖，頗有面對女人不聽話之時，就叫女人閉上陰唇，（比閉嘴更具鎮壓的力量）的展示。

但是，在台灣現代男詩人的作品中，仍有「受傷的我」或「自我質疑」的「我」之敘事，相當難能可貴。李敏勇的〈軍艦〉[48]一詩如此說：「晨霧裡的汽笛聲／割裂了我睡夢中的／胸膛」「全世界的港口都在流血吧」「戰鬥艦鋒利的刀口／剖開水藍藍的肌膚／露出／一個永恒的傷口」「窗玻璃上／我的臉／閃爍著淚的光」。詩中的「我」對鋒利刀口的戰鬥艦（／軍艦）的殺傷力（「全世界的港口都在流血吧」）悲痛地斥責，甚至覺得它「剖開水藍藍的肌膚」（海，大自然）「露出／一個永恒的傷口」，指責軍艦的存在之不當（／反戰思想濃厚），且「割裂了我／睡夢中的胸膛」，詩中的「我」對受傷流血的感受已展示了父權鬥爭的血腥殘酷。但詩的最後一段：「窗玻璃上／我的臉／閃爍著淚的光」，仍將詩中的「我」提升至悲憫世人的高度，使詩中的「我」雖反對父權血腥的「我」，卻肯定悲憫但帶著俯看世事的主體高位的「我」。楊澤有一首〈煙〉[49]詩幾乎要取消（解構）父權制中大寫的我（I）[50]：「請讀我——請努力讀我／我是沒有手紋的一隻掌／我是沒有五官的一張臉／我是沒有刻度沒有針臂的一座鐘／請讀我——努力努力讀我／我是沒有銘辭沒有年月的一方／一方倒下的碑」「請讀我——請努力讀我／非掌非臉非鐘非碑的／我是縮影八〇〇億倍的一個／小寫的瘦瘦的i／請讀我——請努力努力讀我／我是生命，我是愛，我是不滅的／靈魂，焚屍爐中熊熊升起的一片／一片獨語的煙」。詩中的「我」拒絕自己的命運「非掌」（手紋），拒絕自己的身份「非臉」（文件中的大頭照）、拒絕自己運轉的時間「非鐘」、拒絕自己的歷史「非碑」，認同的是一片煙：

「焚屍爐中熊熊升起的一片」（大我肉體焚燬後的不受限制的煙），且更有趣地說明「我」是「縮影八〇〇億倍的一個／小寫的瘦瘦的i」，一舉推倒父權制充斥大寫「I」（我）的社會。這個小寫的「i」認同的是：「我是生命，我是愛，」（認同父權制下女性化的文化意涵）並認爲這才是值得肯定的價值：「不滅靈魂」，反襯出強調主宰命運、主宰身份、主宰時間、主宰歷史的荒謬的父權之主張。然而詩中說「我是沒有銘辭沒有年月的一方／一方倒下的碑」，是否意謂著男詩人在感受「自我受傷」（一方倒下的碑，有如前述李敏勇詩中的被軍艦割裂的我的睡夢胸膛）時（父權制中的父子鬥爭或兄弟鬥爭而失敗的一方？）才有機會看穿父權制的意義系統的荒謬（奠基於權力的大我、正義、歷史？），才能轉而認同父權制下的女性文化價值（／小i所包容的愛？）。在認同的同時，甚至比女詩人詩中「我」之敘事的語氣更堅定：「我是生命，我是愛，／我是不滅的／靈魂」。楊澤在他第二本詩集《彷彿在君父的城邦》[51]中有比此詩（在第一本詩集）更明確的「自我傷痛的追尋」，是否顯示在此詩中的「我」（小i）的認同，實無法解決詩人在「君父城邦」中種種政治、歷史變動中所挫傷的自我？最後舉一首較年青的男詩人楊平的〈必也君子乎〉[52]詩爲結論：「慷慨、率性、風度翩翩／—諸如此等美德／你說我有／想必就是有了／（無愧天地的一種自得）／每每輕搖折扇／任一袖青衫閒閒昇揚到雲的高度／神思　密林中溪水流觴的風雅／鑿壁引光，忖測夜讀經書的文士／白領階級的心情／以及／叢集鄉野山間肥沃多汁的／美麗神話：譬如不通事務的幼齒狐女／如何盛裝的期待一次邂逅—／燭火亮時：正衣肅容／燭火暗時：柳下惠／—三代以降的前輩風範令人傾倒！」「—電子時代的男兒亦不失其本色：／室燈亮時：我是我／室燈一暗：你以爲我是誰？」。收入這首詩的楊平詩集《永遠的圖騰》在一九九五年三月初版，詩中的「我」在第一大段皆以詼諧的口吻自嘲父權制下白領男士的文化建構：「慷慨、率性、風度翩翩」、「每每輕搖折扇／任一袖青衫閒閒昇楊到雲的高度」、「神思　密林中溪水流觴的風雅／鑿壁引光，忖測夜讀經書的文士」等，接著更有趣地解構性別關係中男士自我構築的愛情神話：「以及／叢集鄉野山間肥沃多汁的／美麗神話：譬如不通事務的幼齒狐女／如何盛裝的期待一次邂逅—」，最後更挖苦男文士在男女愛情關係中僞君子的構築：「燭火亮時：正衣肅容／燭火暗時：柳下惠—三代以降的前輩風範令人傾倒！」。男詩人能夠在詩中「自我解構」（包括階級與性別的解構）當然與自八〇年代中期在台灣學術界興起「解構」思潮，在大衆媒體上流行「後現代」話語以及女性主義思潮亦興起有關，尤其至九〇年代以後，兩者的影響力更爲深入。楊平在此詩的第二段（結尾）以相當有力的敘事與前一段平行對話：「—電子時代的男兒亦不失其本色」（自嘲父權制下男人的自我與古代男士一脈相傳）「室燈亮時：我是我」（男人在父權制下的正衣肅容的社會我），然而「室燈一暗：你以爲我是誰？」相當有趣且劇力萬鈞地質問「你」（父權制）妄想控制「我」麼？完全要衝出父權文化對男人自我的囚禁。然而此詩中的「我」之敘事，雖有這種強烈的男人性別的文化解構，但在敘事的氣勢上能有如此強力的挑叛口吻，仍顯出男詩人詩中的「我」比女詩人詩中的「我」因位置不同而有更多主體敘事的力量。

註釋：

❶「性別敘事」一詞從"Gender Narratives"一詞翻譯而來，是女性主義文學批評從詩的分析展向文化分析的一種路徑，有如馬克思主義階級的意識型態的分析一樣，從性別意識型態亦可看見文學作品（詩）中帶著歷史的父權制的意識型態及其在文化迷思中的種種意涵。參見Rachel Blau Duplessis :< "Corpses of poesy" Some Modern poets and some Gender Idealogies of Lyric >,《Feminist Measures｜Soundings in poetry and Theory》（The University of Michigan , 1994, U. S. A.）P.69—91, Ed. by Lynn Keller and Cristanne Miller.

❷「文本」一詞可參考林明澤：〈白紙黑字之內／外：試探「文本互涉」概念在文學批評上的多重可能性〉，《中外文學》（台北：第二十三卷，第一期，一九九四年六月）頁五一—六二。

❸冰心：《冰心代表作》（中國河南人民出版社，一九九二）頁二〇七。此詩的第二行「孤芳」在此書中印刷有誤，印爲「孤易」。

❹陳昭如：〈父權的國家化與家國對立——中共的婚姻法改革（上）（下）〉《台北：台灣立報，一九九五，十月二十七日及十一月三日》頁二五一—二六及二六—二七。

❺班昭：〈女誡〉《後漢書列女傳第七十四》（台北：洪氏出版社，一九七八）頁二七八五—二七九二。

❻❼ Toril Moi :《Sexual Textual Politics—— Feminist Literary theory》（Routledge , London and New York , 1994）此書最早發表於一九八五年。

❽從張秀亞至顏艾琳約翻查過七〇餘本女詩人詩集。

❾「鏡像」一詞源出於法國心理分析學派拉崗（Jacques Lacan）的「鏡像期」（The Mirror stage）用語，更是伊蕊格萊（Irigarag , Luce）的《反射鏡中的女人》（Speculum of the other Woman）的意涵。參考同❻）及❼Toril moi 書頁一二七—一四九。亦可參考劉毓秀：〈走出「唯一」，流向「非

一」：從佛洛伊德到依蕊格萊〉《中外文學》（台北：第二十四卷第十一期一九九六）頁八—三九。

❿ 顏艾琳：《抽象的地圖》（台北：縣立文化中心一九九四）頁四八。

⓫ 維金妮亞、吳爾芙著，張秀亞譯：《自己的屋子》（台北：純文學一九八三，五版）頁四一—四二。

⓬ 同❾。

⓭ 席慕蓉：《無怨的青春》（台北：大地，一九八九，初版爲一九八三）頁八四—八五。

⓮ 方娥眞：《娥眉賦》（台北：四季一九七七）頁一九六—二〇七。

⓯ 同上。在《娥眉賦》集中除去五至六首外，五〇餘首詩皆爲愛情悲喜交織的不安之詩。

⓰ 斯人：《薔薇花事》（台北：書林，一九九五）

⓱ 同上。著名的三首長詩〈寒夜吟〉、〈啊　馬丁〉、〈康橋百行一獻給余光中先生〉皆爲《薔薇花事》的壓卷之作。

⓲ 鍾玲：《現代中國繆司——台灣女詩人作品析論》（台北：聯經，一九八九）頁三八一。

⓳ Elizabeth Hirsh：〈Another Look at Genre：Diving into the wreck of Ethics with Rich and Irigaray〉《Feminist Measures—— Soundings in Poetry and Theory》（同❶）頁一一〇。

⓴ 林泠：《林泠詩集》（台北：洪範，一九八三）頁三五—三六。

㉑ 白雨（蘇白宇）：《一場雪》（台北：自印，一九八九）頁五七。

㉒ 宋后穎：《歲月的光環》（台北：揚智，一九九五）頁四九。

㉓ 夏宇：《腹語術》（台北：現代詩季刊社，一九九一）頁九。

㉔ 夏宇：《・摩擦・無以名狀》（台北：現代詩季刊社一九九五）倒數第二首詩。

㉕ 曾淑美：《墜入花叢的女子》（台北：人間雜誌，一九八七）頁二〇〇—二一。

㉖ 同上，頁二二—二三。

㉗ 零雨：《消失在地圖上的名字》（台北：時報，一九九二）頁四〇—四一。

㉘ 顏艾琳等：《薪火十六期》（台北：俄羅斯出版社，一九九四）頁五。

㉙ 沈花末：《水仙的心情》（台北：國家，一九七八）頁二五—二六。後又收入《有夢的從前》（台北：皇冠，一九八九）頁三四—三五。

㉚ 潘芳格：《淮山完海》（台北：笠詩刊社，一九八六）頁一六—一七。

㉛ 蓉子：《青鳥集》（台北：爾雅，一九九四再版，一九八二初版）頁八五—八六。後又收入《千曲之聲》（台北：文史哲出版社，一九九五）頁八—九。

㉜ 劉毓秀（黃毓秀，為反抗台灣社會久不修訂歧視女人的民法，九〇年代後從母性劉）：〈倒著站〉《自立早報副刊》（台北：自立早報，一九八八，八月十九日）。

㉝ 朵思：《心痕索驥》（台北：創世紀，一九九四）頁九—一〇。

㉞ 言言：《鳥毛語錄》（台北：自印，一九九四）頁二九。

㉟ 李元貞：《女人詩眼》（台北：縣立文化中心，一九九五）頁一九四。

㊱ 同❾，劉毓秀之文。

㊲ 紀弦：《紀弦自選集》（台北：黎明，一九七八）頁八七—八八。

㊳ 同上，頁三一二。

㊴ 余光中：《余光中詩選》（台北：洪範，一九八二）頁一二四—一二六。

㊵ 同上余光中詩集中有一首著名長詩〈敲打樂〉更有自我認同與中國認同纏綿38年的痛苦之語，同詩集中亦有多首詩擁有此種情感。

㊶ 同㊴，頁二八二—二八三。

㊷ 趙天儀等編選：《混聲合唱—「笠」詩選》（高雄：春暉出版社，一九九二）頁九二—九三。

㊸ 鄭愁予：《鄭愁予詩選集》（台北：志文，一九九七再版）頁一四一。

㊹ Kate Millett：《Sexual Politics》（台北：光輝出版社，一九七〇在台一版）可參考第一章導論。中文資料可參考王瑞香：〈檢視美國激進女性主義〉《女性人》（美陳幼石編，台北發行，第三期）頁六三—六五。

㊺ 同㊷，頁三七〇—三七一。

㊻ 陳克華：《欠砍頭詩》（台北：九歌，一九九五）頁六〇—六三為〈閉上你的陰唇〉。其他像〈婚禮留言〉、〈保險套之歌〉、〈夢遺的地圖〉、〈請讓我流血〉等詩亦有類似情緒。

㊼ 何春蕤：《豪爽女人》（台北：皇冠，一九九四）。

㊽ 李敏勇：《暗房》（台北：笠詩刊，一九八七再版）頁一〇—一一。

㊾ 楊澤：《薔薇學派的誕生》（台北：洪範，一九七七）頁六七—六八，為楊澤的第一本詩集。

㊿ 同⑪，第六章，頁一二八—一三二。

51 簡政珍、林燿德編《台灣新世代詩人大系（上）（下）》（台北：書林一九九〇）上冊中頁三六七—三七三收了楊澤第二本詩集中三首〈彷彿在君父的城邦〉之詩。

52 楊平：《永遠的圖騰》（台北：詩之華出版社，一九九五）頁一二—一三。在此詩集中，楊平有一首〈類似女權主義者〉之詩，詩中巧妙地以「類似」一詞來逃避對「女權主義者」過分嘲諷的用心。

認同、族群與女性

——台灣文學七十年

彭小妍

一、日治台灣：異文化的競技場

認同問題是日據時代以來台灣文學週而復始的議題，二〇年代張我軍提倡「台灣的文學乃中國文學的一支流」，❶揭開此議題之序幕。鑑於臺灣、中國因長期分治而在文化上「日深其鴻溝」，二〇年代張我軍在台灣文壇積極扮演傳承、銜接中國新文學運動的橋梁角色。張我軍出生於台北板橋，少年時期嚮往中國文化，於一九二一年前往中國「取經」，此後大半生漂泊兩岸，北京可說是他的第二故鄉，他曾擔任《台灣民報》編緝，於二四、二五年大力推介大陸五四新文學理論及作品，除了介紹胡適的「八不主義」，陳獨秀的「三大主義」等（3卷1號）文學革命理論之外，更轉載名噪一時的五四作家作品，如魯迅的〈狂人日記〉（3卷18號）、〈阿Q正傳〉（81—89號），淦女士（即馮沅君）的〈隔絕〉（3卷5；7）、冰心的〈超人〉

(3卷12)、郭沫若的新詩〈仰望〉(3卷18)等。他不但「爲台灣新文學的播種、催生起了最大的作用」,而且「撒播五四新文學」火種。❷

張我軍之所以要提倡「台灣的文學乃中國文學的一支流」,必須放在時代脈絡中來解讀。從日據時代起,台灣文壇即是異文化爭相較勁的文藝地盤。日治之始,某種階級的台灣文人和在台的日本人以舊漢詩「擊缽吟」的傳統相應和。二〇年代初張我軍大聲疾呼台灣文學爲中國文學之一「支流」,提倡源自五四的新文學運動,用意是和殖民統治階級提倡的舊漢詩畫清界線。一九二七年文化協會❸分裂前後到三〇年代,左翼文學刊物大盛,標榜「反資本主義、反殖民統治的共產主義、民族主義和無政府主義」,❹風行一時。一九三一年以國際普羅列塔利亞文藝爲號召的「台灣文藝作家協會」組成,成員多半是在台的日本人,大事攻擊台灣文藝運動的「排他主義」和「國家主義」,主張跨國際、消弭國族性的普羅文藝。❺四〇年代又有西川滿爲首的《文藝台灣》,提倡「外地文學(殖民地文學)是日本文學之一翼」。❻正當日據時代的台灣成爲異文化競技場的同時,台灣意識也逐漸萌芽;當年有關台灣「特種文化」和「鄉土文學」的論爭甚囂塵上,比起七〇年代的鄉土文學論戰亦不多讓。

文學典律的爭論涉及新的文學語言的問題,二、三〇年代台灣知識分子曾廣泛討論所謂「白話文」的內涵和定義:例如,北京話文究竟是白話文的代詞,抑僅是白話文的一部分?台灣話有音無字,是否能改造臺灣話使其適合寫作白話文?張我軍的意見和連文卿類似:由於交通便利、東西文化交互影響日深,臺灣話和其他語言一樣具有流動性,如果能自創新詞、新語,白話文「何必拘泥於官音」？❼三〇年代前後臺灣作家的創作語言趨向多元化，如張我軍的北京話文；呂赫若、楊守愚等的臺灣話文；還有善用日語借詞者。駁雜多樣的創作語言呈現作家勇於創新。七〇年代鄉土文學論戰時，文學作品中方言的運用又呈現一高潮，有的夾雜閩南語，例如黃春明和王禎和，或夾雜大量福建話，例如王文興的《家變》，在文學語音上力求突破。直到今天還有作家嘗試完全用方言來創作，例如閩南語、客語或原住民各族群的母語。如果沒有漢字對照，對其他族群或不懂自己族群語言的人而言，都造成閱讀上的障礙。要堅持對「母語」的執著，還是掌握更大的讀者群，是兩難的抉擇。

由於血緣、歷史、文化的交集，日據時代臺灣知識分子的中國情懷和台灣情懷錯綜複雜。《臺灣民報》三卷一期黃呈聰的〈應該著創設臺灣特種的文化〉就是針對殖民政府的同化政策，主張台灣應發展不同於日本、中國和西洋的文化特色。他指出：

> 凡文化是要創造、模仿、或將模仿來改造……文化若接觸異種的文化便會受刺激感化，其理性常常要求比自己向來的文化更好的……能創造建設特種的文化始能發揮台灣的特性，促進社會的文化向上，此種文化的建設是要大家努力，如不這樣努力，只憑著東西各種的文化所翻弄，或有傾於中國、或有傾於日本、或有傾於西洋、爲二重生活或三重生活，這是無利益的。❽

由台灣放眼舉世，「爲二重生活或三重生活」究竟是現代人不可避免的「命運」，還是「誘惑」？

二、由「原鄉」到族群

台灣知識分子的「中國」情結一言難盡。四、五〇年代前後，中國成爲回不去的「原鄉」，台灣成爲禁忌，族群書寫逐漸浮現檯面。鍾理和年少時因與妻子同姓，婚姻不見容於家族，於是投奔中國「原鄉」，追求幸福。然而他的中篇作品《夾竹桃》（一九四五）裡的北京大雜院，人性敗壞、環境破落，可看出他對原鄉期待的幻滅。他回台後所寫的《笠山農場》（一九五五），則把客家族群的村莊描寫成桃花源。笠山農場客家山歌繚繞、人與自然合一，是與世無爭的樂園。漂泊之終極，又回頭肯定族群所在之鄉土，是作家歷練過後的選擇。八〇年代初李喬的《寒夜三部曲》描寫客家人篳路藍縷開發台灣，頑強抵抗殖民政權的硬頸精神。李喬雄心勃勃，格局宏偉，立意爲客家人作族群抗暴史，全篇除了革命青年兒女情長的肥皀劇情節以外，穿插集會結社、抵抗殖民暴政的場景，煞是熱鬧。

八七年解嚴後原住民的族群書寫異軍突起，在散文和報導文學方面都有佳作。孫大川的《久久酒一次》（一九九一）自述他的生命中有三個「家鄉」，第一個家鄉是卑南族，第二個家鄉是漢人的「符號世界」，第三個家鄉是天主教信仰：「這三個家鄉有時各當其位，相安無事；有時三鄉斷裂、交互矛盾，窒礙難通。而常常徘徊於三鄉之間，正是我生命中最深的煎熬。」流落異鄉或漂泊他鄉的比喻，在孫大川的文字中比比皆是。他體認到原住民「進入了民族的黃昏」，思慮中展現原住民面臨族群死亡和新生的微妙關卡。❾瓦歷斯．尤幹則以「失樂園」模式描寫原住民文化的命運，「文明」或「科技」是侵犯破壞樂園的外力。❿但是失落的樂園能否再現？可能更實際的是如何「重建」原住民文化，如何以書寫來重建族群歷史。

原住民早期所標榜的「獵人文化」和近期的「山海文學」風格獨具，備受矚目。田雅各的作品《最後的獵人》（一九八七）和娃利斯．羅干的《奉雅腳蹤》（一九九一）呈現原住民在多重文化體制（律法）制約下，心靈的衝擊掙扎：基督教義、國家法律的制裁和原住民天神的律令爭相較勁，使族人惶惶然不知所從；最後是天神的律法戰勝。文化傳承的使命感、族群生存的危機、外來文明的衝激等等，是原住民文學一大特色。

雅美族的海洋文化別具色彩。夏本奇伯愛雅的《釣到雨鞋的雅美人》、夏曼藍波安的《八代灣的神話》，以族群特有的想像力，描寫人與自然、動物、靈界的交融衝突，展現神話、傳說、童話的魅力。夏曼藍波安「回歸」蘭嶼後的作品也令人矚目。「父親」象徵族群傳統的尊嚴和無奈，「兒子」接受漢族文化洗禮後，選擇回歸族群，學習造舟和捕魚的傳統。這種「歸鄉」，是心靈的，也是地理的回歸。但「兒子」能否抑制「遷徙」的衝動、擺脫文明的誘惑？「孫子」又會作什麼選擇？「回歸」主題的發展，值得密切注意。⓫

三、由反殖民到鄉土

七〇年代的鄉土文學論戰中，鄉土派的陳映眞首開反殖民主義論述。他因閱讀左翼作品，一九六八年至一九七五年繫獄外島，剛出獄遇上一九七七年的鄉土文學論戰，他便口誅筆伐，攻訐台灣的殖民文化，提倡民族文學。早在一九七五年他便以許南村發表了〈試論陳映眞〉，指出數百年來「新的和舊的帝國主義」侵凌中國，而「作爲東南中國門戶的台灣省，更是尖銳地經歷了東洋和西洋殖民體制的毒害。她經歷了殖民主義的局部或全面的、暫時或長期的霸佔，使她常常在歷史上因而和中國斷絕了。」⑫除了反殖民主義以外，這裡充分顯示出陳映眞的大中國情結。鄉土文學論戰後，直到一九八四年他仍不改反帝國主義的立場，在〈「鬼影子知識分子」和「轉向症候群」——評漁父的發展理論〉一文中，以拉丁美洲的「依賴理論」（Dependency theory）爲基礎，指出第三世界如何受到帝國主義國家的經濟剝削。⑬

一九七八年到八二年間，陳映眞發表了四篇題名爲《華盛頓大樓》的系列小說，包括短篇〈夜行貨車〉、〈上班族的一日〉，及中篇《雲》、《萬商帝君》，均以台灣的跨國公司爲主題。這一系列小說可說開風氣之先，結合了後殖民主義和政治寓言。如果將此系列故事串連起來看，其基本寓言架構如下：服務於跨國企業的本地員工（台灣籍或外省籍），在「成爲國際人」的憧憬中迷失了自我；上焉者在轉機時刻會有「頓悟」的經驗，體會到「鄉土」是生命的根源、存在的意義（例如〈夜行貨車〉中的詹奕宏）；下焉者則喪失心神，及於瘋狂（例如〈萬商帝君〉中的林德旺）。而「眞理」（認同鄉土）的展現通常是透過一名女性作爲「媒介」。由於這名女性媒介的引導，故事中的角色或讀者最後終於摒棄跨國企業，決心回歸鄉土。

鄉土論戰前後，如黃春明的〈莎喲娜拉再見〉（一九七三）寫日本觀光客集體到台灣買春和拉皮條的被殖民者；〈蘋果的滋味〉寫在台美軍的殖民心態和被殖民者的媚外。雖然在一九七七年前後的鄉土文學論戰中，黃春明始終沒有正式參與筆戰，同時否認他自己的作品是所謂的「鄉土文學」，但是不可諱言的，當時滋生的許多意識型態上的問題，黃氏這類小說可能難辭始作俑者之嫌。也不承認自己是鄉土派的王禎和，同時期也發表了題材類似的〈小林在台北〉（一九七三），亦曾引起廣泛注意。無論他們是否認同鄉土文學的歸類，至少他們在作品中明白表現了反崇洋媚外、反殖民經濟的情緒，而這種情緒到論戰期間白熱化了，變成口號式的辯論工具。從文學作品的內涵演變成意識型態的爭辯，因此是有軌跡可尋的。

一九八七年解嚴後，九〇年代的台灣文壇，政治寓言小說大行其道，民族／國家認同問題和族群意識抬頭（如前所述）。大體來說，解嚴前的政治小說側重「寫實」或「擬眞」（verisimilitude）的技巧，例如吳濁流的《亞細亞的孤兒》（一九四三—四五）以平舖直敘的方式描寫日據時代知識分子的悲哀，李喬的《寒夜三部曲》（一九八一）、東方白的《浪淘沙》（一九八一）等，以大河小說的模式建構族群史、家族史。

相對之下，九〇年代的政治小說開始見到陳映眞式寓言體的浮現，作者往往突破「寫實」，

「擬眞」的格局，以寓言的架構傳遞某種訊息或理念。如果過度凸顯「使命感」，使其凌駕小說美學的考量之上，則極有可能成爲作家的包袱，也容易引起讀者的排斥。政治寓言小說的成功端賴「寫實」與「寓言」之間的出入游移；重要的並非兩者的「際分」，而是交融。値得注意的是，九〇年代的政治寓言小說普遍呈現「重建歷史」的主題。

林燿德的《一九四七高砂百合》寓言架構十分顯明，作者企圖建構台灣殖民史。故事時間鎖定在一九四七年二月二十七日午後，以二二八事件的導火線作爲故事的起點、終點，也是轉捩點。整個台灣史以倒敘的方式展現，由不同種族、族群和宗教爲軸線，全部匯聚在臺灣的舞台上。故事起始時瓦濤・拜揚在深山峭壁上和部落的祖靈對話，痛惜族人的神話傳說面臨淪喪的命運；故事結束時瓦濤・拜揚在孫子羅洛根的夢境中出現，羅洛根從他手中接受了一個熊皮袋，象徵承接祖靈的神話。整部小說以熊皮袋、百合、和「女陰」等意象貫串起來，象徵族群神話和命脈的延續。⓮

在故事中我們看見許多「寫實」的場景，例如原住民的獵頭、鯨面；荷蘭教會的聖女、安德肋神父的信仰行止；台北街頭的動亂、閩南籍記者的採訪；閩南籍中醫廖清水琳琅滿目的藥舖、洛羅根和淪爲平地煙花的璐伊之間的愛慾；日本軍國主義者中野與情婦興子的交合、日本人中川與漢人吳有等共同參與的擊缽詩會；陳儀浙江官話的演講等等。但這許多場景又都有其象徵意義，就寓言層面而言，各人物也可解讀爲象徵性的角色。

例如聖女小德蘭臨終前見到象徵原住民部落的「驚人的大百合花」，但在伊芙修女的眼中她卻轉化成百合，呈現「令人戰慄的邪惡」。很明顯的，作者企圖藉白色百合和黑色百合的對比，宣告福爾摩沙島上基督教殖民政策的頹敗、原住民祖靈傳統的再生。原住民少女璐伊顯然象徵失根的百合，她淪爲都市娼妓，在羅洛根心目中她的軀體成爲「洞開的女陰」，除了生理的功能，已不再具有任何崇高、詩意的聯想和意義。羅洛根記憶中的「少女璐伊」，代表族群的集體記憶，給予他「頓悟」的能力；最後他從瓦濤・拜揚手中接受象徵祖靈傳統的熊皮袋，此時正是二二八前夕，台灣史的轉機時刻。

男作家如陳映眞與林燿德的後殖民寓言作品中，女性退化爲陪襯、象徵性的角色；透過女性，男性殖民世界的慾望和弱點原形畢露，讓男性理解到回歸鄉土或重建族群傳統的美好遠景。相對的，在女作家作品中，我們將看見女性角色在男性殖民世界中的「主體性」。

四、女性主義與後殖民主義

政治論述本來是男作家獨霸的領域，女作家作品積極參與政治論述，則起於一九八七年解嚴後，例如陳燁的《泥河》（一九八九）、李昂的《迷園》（一九九一）等，足以和男作家相抗衡。女作家筆下，政治認同問題經常融合性別認同——在紛爭對抗的意識形態中無所適從，就有如女子委身數男一般。殖民政府加諸本土族群的政治暴力每每比擬爲男性對女性軀體施加的性暴力。委屈求存、甚且從男性／殖民者體系中爭取利益，成爲女性／被殖民者的生活、思考模式。換言之，女作家故事中，性別認同問題與政治認同問題往往交互滲透。正由於此二主題的互動關係難以釐清，這類作品的解讀成為棘手的問題。⓯

《迷園》中錯綜複雜的政治認同問題及男女情慾婚姻關係，可以「重建歷史」主題及殖民/被殖民關係來詮釋。故事中女主角迷亂於國族史、家族史和個人的情慾史間，最後由歷史的見證領悟到「眞理」所在：無論台灣作為一個政治實體或女子作為一個個體，都應該擺脫「被殖民」的心態，追求獨立。《迷園》中台灣獨立的政治寓言十分顯明（剝奪了讀者想像的空間，可說是小說的敗筆），難以理解的是和政治寓言交互滲透的兩性權力（政治）關係。事實上小說中刻意經營的「兩性戰爭」是永恆的遊戲：女性如何逮到一個丈夫（或提供生活保障的伴侶）；只不過遊戲規則因時、地、人而易。《迷園》中的兩性戰爭搬到七〇年代歡場酬酢的台灣，更凸顯了婚姻「交易」關係的複雜和男女情慾的撲朔迷離。

小說的敘事模式可大分成三線，除了第三人稱敘事的主線，一是朱祖彥的信，另一個就是朱影紅以第一人稱敘述的內心獨白，與敘事主線以思緒聯想（association of ideas）交互滲透進行。和父親的信類似，女兒的獨白以回憶、倒述為主，也是對歷史的反思，但重點是個人史（她與林西庚的情史）。朱影紅兒時在菡園和父親學習家族史、國族史，小說中父親教導女兒的歷史課和攝影課都有「重建歷史」的作用。她與林西庚戀愛期間學習情慾的滿足：由開始時一再壓抑到熱情地參與性遊戲（有按摩女，司機「窺伺」的性遊戲），她一步步接受林西庚的指引，「學習」如何取悅他，也從中獲得歡愉。就「性別表演」和男女性特質的角度而言，她謹守女性受教於男性的本份，表面上被動、柔順、接受安排，事實上卻由學習中掌握到反被動爲主動的契機。最後她得到了「合法妻子」的地位，擺脫成爲林西庚另一個情婦的夢魘，也完成父親的遺志，以林西庚的財力買回並修復茵園，並捐給「台灣兩千萬人」，「樂園」失而復得的架構躍然紙上。

小說中台灣獨立的宣言毋庸置疑，朱影紅作爲一個完整的「人物」卻是許多評家難以理解的。要了解她，可以從她的獨白系列窺其端倪。朱影紅的獨白系列可以比擬爲心理分析(psychoanalysis)時的情境：是自我的分析，也是對讀者的自剖。「聽者」雖然無從發聲，但是心理分析上transference neurosis的效應卻可能存在——自剖者的焦慮、苦楚可能轉移到「聽者」的精神狀態中，而透過思緒聯想(association of-ideas)重新建構了個人情慾史傷痛的源頭後，自剖者本身的傷痛也似乎逐漸癒合。一旦理解自己如何一步步走上「放縱」、「墮落」，她在心理上認同了風塵女子。朱影紅整個獨白系列是一個女子在愛、慾、及兩性權力關係衝激下，面對自我認同危機(self identity crisis)的一個痛苦歷程。就政治寓言的角度而言，《迷園》論述的是政治認同問題；就「寫實」層面而言，《迷園》展現一個女子如何由情慾書寫面對自我。小說敘事游移出入於寓言層次和寫實層次之間，迷惑了讀者，也引發讀者嘗試解讀的趣味。

施叔青近期的《香港三部曲》已完成《她名叫蝴蝶》和《遍山洋紫荊》兩部，將來第三部出版時當可窺其全貌。三部曲以妓女黃得雲象徵殖民地香港；英國官員亞當·史密斯是殖民國的化身，先豢養她，繼而遺棄她；華人通譯屈亞炳代表通殖民國、出賣同胞的賣國賊，英國上司遺散黃得雲以後，他覬覦、接收她的身體，不久又唾棄她的不潔，另娶良家出身的「小腳媳婦」（象徵未受殖民國污染的「純粹中國」？）

小說的寓言架構也十分明顯，作者企圖書寫香港的殖民史，結局當然是殖民地人民的出頭天。故事中象徵殖民政策必敗的，是女性角色：殖民官員妻子夏綠蒂一心「要把英國花園搬到太平山頂山岡上的家」，但最後水土不服，得重病回國。同時我們看見「兩個殖民者陶醉在帝國偉大的構想」：夏綠蒂的丈夫懷特上校和駱克想像如何開發殖民地的鐵路系統，使「國際旅客可以從……九龍乘火車，經西伯利亞、莫斯科、巴黎而直達倫敦……」一個溫柔嬌弱的女性，輕易地反映出殖民者國際殖民大夢的脆弱。

這部小說集女性主義與後殖民主義於一爐。靠出賣身體維生的黃得雲，最後擺脫妓女習性，學得當鋪交易的奧秘，自立更生，撫養中英混血的私生子，送他上英文學校，終於「母以子貴」。陽具成爲小說中頗具象徵意義的意象，強調的是男性生殖器的攻擊性和脆弱反諷的是，一旦殖民地人民流血反抗，殖民國節節失利，屈亞炳的男性雄風大振，「稍一觸碰，即又豎起，終夜不能止。」，殖民國勢如破竹時，屈亞炳卻立即「龜縮」，在黃得雲床上一蹶不振。

也許爲了表現殖民地的異國情調，小說的文字讀起來偶覺有外文翻譯的風格。殖民國官員在「土著」面前射殺水牛的一幕，頗似喬治・奧威爾（George Orwell；1903-50）的短篇小說〈射殺大象〉（Shooting an Elephant）中的情景：殖民國官員必須滿足殖民地人民的期待，殺牛不眨眼，任由土著替他戴上「暴君」的「面具」，一旦扮演了殖民地人「要他扮演的英雄統治者的角色」，此後他有如行屍走肉，「成爲一具空的軀殼」。

小說中精雕細琢的「擬眞」細節俯拾皆是，恍如百年前香港再現：屈亞炳母親惜姑委身屈氏家族的賣身契歷歷如繪，當鋪的歷史和文物也鋪陳出栩栩如生的唐山風情。但這些細節又在在吻合、強化「東方主義」主導下西方人眼中的東方形象。殖民地的奇花異草雖「如眞」卻又「似幻」（殖民政府官員妻子夏綠蒂因花草所生的「蟲豸」而受驚失神，從此病重）；這些細節看似「寫實」，和小說的政治寓言訊息交互滲透之下，超越了寫實的範疇。政治寓言小說和後殖民理念結合，似乎正值當道之時，值得評家注意。施叔青以台灣作家的身份寫香港殖民史，不知日後文學史將列這部作品爲台灣文學或香港文學。以地域或國籍劃分的文學史觀，已不足反映作家越界描摹舉世華人殖民史的雄心。

註釋：

❶ 張我軍，〈請合力拆下這座敗草叢中的破舊殿堂〉，《臺灣民報》，三卷一號（一九二五年一月一日）。見《中國期刊五十種》（臺北：大東文化書局重印，一九四二），二卷；張光直編，《張我軍詩文集》（臺北：純文學出版社，一九八九），七十四頁。

❷ 參考秦賢次，〈臺灣新文學運動的奠基者——張我軍〉，《張我軍詩文集》，三十三—五十六頁。

❸ 一九二一年十月臺灣知識分子組織「臺灣文化協會」反抗日本殖民統治。

❹ 參考施淑，〈文協分裂與三十年代初文藝思想的分化〉，收入彭小妍編，《認同，女性與語言——臺灣現代文學集》（臺北：中央研究院中國文哲所，一九九六），十三—四十四頁。

❺ 參考《臺灣總督府警察沿革誌》（東京綠蔭書房複刻版，一九八六），第二編中卷，二九六頁。錄自王乃信等譯，《臺灣社會運動史（一九一三—一九三六）》（臺北：創造出版社，一九八九），卷一，四〇八—九頁。

❻ 參考葉寄民，〈日據時代的「外地文學」論考〉，《思與言》，第三十三卷第二期（一九九五年六月），三〇七—三〇八頁。

❼ 見張我軍，〈復鄭軍我書〉，《臺灣民報》，三卷六號（一九二五年二月二十一日）

❽ 黃呈聰，〈應該著創設臺灣特種的文化〉，《臺灣民報》，三卷一期（一九二五年一月一日）。

❾ 孫大川，《久久酒一次》，台北：張老師出版社，一九九一，頁一三三—一三四。

❿ 瓦歷斯·尤幹，《荒野的呼喚》，台中：晨星出版公司，一九九二，頁四十二頁。

⓫ 參考彭小妍，〈族群書寫與民族／國家——論原住民文學〉，《當代》，九八期（一九九四年六月），四十八頁—六十三頁。

⓬ 陳映眞，〈試論陳映眞〉，《陳映眞作品集》（臺北：人間出版社，一九八八），九卷十頁。

⓭ 陳映眞，〈反諷的反諷——評「第三世界文學的聯想」〉，《陳映眞作品集》，十二卷六十九頁。

⓮ 參考林燿德，《一九四七高砂百合》（臺北：聯合文學出版社，一九九〇）。

⓯ 參考彭小妍，〈女作家的情慾書寫與政治論述——解讀《迷園》〉，《中外文學》，二十四卷五期（一九九五年十月），七十二—九十二頁。

國家圖書館出版品預行編目資料

近、現代中國文學與文化變遷

／淡江大學中國文學系主編 --初版. --臺北市：臺灣學生，民85

面； 公分

ISBN 957-15-0802-0 (精裝)
ISBN 957-15-0803-9 (平裝)

1.中國文學 - 論文，講詞等

820.7 85013873

近、現代中國文學與文化變遷（全一冊）

編者：淡江大學中國文學系
出版者：臺灣學生書局
發行人：丁文治
發行所：臺灣學生書局
臺北市和平東路一段一九八號
郵政劃撥帳號〇〇〇二四六六八號
電話：三六三四一五六
傳眞：三六三六三三四
本書局登記證字號：行政院新聞局局版臺業字第一一〇〇號
印刷所：常新印刷有限公司
地址：板橋市翠華街八巷一三號
電話：九五二四二一九
定價 精裝新臺幣五四〇元 平裝新台幣四七〇元
西元一九九六年十二月初版

19505

ISBN 957-15-0802-0 (精裝)
ISBN 957-15-0803-9 (平裝)

淡江大學中文系出版

03802　晚唐的社會與文化
03803　戰爭與中國社會之變動
11909　五四精神的解咒與重塑
淡江中文學報(創刊號)
19503　俠與中國文化
淡江中文學報(第二期)
19504　人物類型與中國市井文化
淡江中文學報(第三期)
19505　近、現代中國文學與文化變遷